Alanna Wolf

High Rise Isle

Roman

PIPER

Mehr über unsere Autoren und Bücher:
www.piper.de

Wenn Ihnen dieser Roman gefallen hat, schreiben Sie uns unter Nennung des Titels »High Rise Isle« an empfehlungen@piper.de, und wir empfehlen Ihnen gerne vergleichbare Bücher.

Wir produzieren nachhaltig
www.piper.de

ISBN 978-3-492-50457-7

Sprachredaktion: Franz Leipold
Satz auf Grundlage eines CSS-Layouts
von digital publishing competence (München)
mit abavo vlow (Buchloe)
Covergestaltung: Emily Bähr, www.emilybaehr.de
Covermotiv: Shutterstock.com und
Freepik (rawpixel.com/sergey_ukr)
Printed in Germany

Für meine Schwester Nicole,
die mir Buchstaben schenkte

Prolog

Als sie erwachte, war sie kaum mehr als eine Ahnung. In zäher Dunkelheit trieb sie dahin, wuchs weiter an, bis sie erkannte, dass sie war. Sich streckend, wollte sie die Schwärze durchdringen, wollte streben, ohne zu wissen wonach. Sie konnte gar nicht anders.

In der Ferne schob sich ein Schimmer in die Finsternis, verwandelte die konturlose Dunkelheit in einen wabernden Schacht. Das Leuchten wechselte seinen Ursprungsort, sprang von einer Stelle zur anderen. Schatten huschten hin und her, Wände verrenkten sich, und die Stille wurde abgelöst von einem dumpfen Dröhnen, in das sich nun auch das Pochen eines Herzens mischte.

Mein Herz.

Dieser klare Gedanke bohrte sich in das Zentrum ihrer Wahrnehmung, verscheuchte den trüben Nebel, der bis dahin dichte Schleier über ihren Verstand gelegt hatte. Erste Selbsterkenntnis, in die sich eine vage Erinnerung daran mischte, dass sie nicht nur war, sondern dass sie jemand war.

Nur wer?

Das Licht im Schacht intensivierte sich, verdrängte nach und nach alle Schatten und wurde von einer metallenen Oberfläche zur nächsten geworfen. Wie Treppensprossen zogen sich die Streben der Konstruktion in Höhen und Weiten, die mit dem bloßen Auge nicht mehr erkennbar waren. Unaufhörlich verdrehten sie sich ineinander, waren in regelmäßigen Abständen gebrochen und in sich versetzt verschoben.

Wie in einem Kaleidoskop.

Der Vergleich war einfach in ihrem Kopf aufgetaucht, und obwohl sie es sich nicht erklären konnte, war sie sicher, dass er passte. Was sie sah, hatte irgendetwas mit einem Kaleidoskop zu tun. Sie kannte den Begriff, aber gleichzeitig auch nicht, denn sie konnte ihn einfach nicht mit mehr Inhalt füllen.

Frustriert starrte sie in den wabernden Tunnel und wartete darauf, dass das greller werdende Licht anfing, in ihren Augen zu brennen.

Es geschah nicht. Stattdessen fiel ihr auf, dass sie gar nicht blinzelte. Tonlos schnappte sie nach Luft, als sie vergeblich versuchte, ihre Augen zu schließen. Und schlimmer noch, sie spürte nicht einmal, dass sie atmete.

Das ergab keinen Sinn. Nichts hiervon.

Ihre Gedanken entzogen sich ihrer Kontrolle, kreisten weiter um die immer gleichen Fragen: Wer war sie? Wo war sie hier? Und wie war sie hierhergekommen? Was hatte das alles zu bedeuten?

Ihre Hilfeschreie blieben ungeformte Rufe im luftleeren Raum. Sie war nicht mehr als ein körperloses Bewusstsein, als streitende Gefühle in einem Gefängnis aus Licht und Ungewissheit.

Hoffnung

June

Jeder Schritt erzeugte ein schmatzendes Geräusch im aufgeweichten Untergrund. Es klang viel zu laut in der Stille der Einsamkeit, durch die sie stapften.

Als June an die Wassermassen dachte, denen sie und Amalie geradewegs entgegenliefen, rann ihr ein Schauer über den Rücken, und sie zog unwillkürlich ihr Tempo an. Besorgt warf sie ihrer jüngeren Schwester einen Blick zu. Die ersten Regenschauer des neuen Jahres kündigten bereits die nahende Zeit der Flut an, deren Stürme oft wochenlang die Wellen an die Küste peitschten. Eine Naturgewalt, die alles und jeden unter sich begrub und ganze Regionen in eine Todeszone verwandelte.

»Du machst dir mal wieder zu viele Sorgen. Uns wird schon nichts passieren«, erklang Amalies Stimme, und ein Lächeln erhellte ihre Züge. Es war June ein Rätsel, wie ihre Schwester es schaffte, Tag für Tag an ihrem Optimismus festzuhalten.

Ein kalter Windstoß ließ sie ihre Augen zusammenkneifen. »Der Regen ist früher gekommen, als ich dachte.«

»Ein weiterer Grund, um nicht noch ewig weiter im Freien herumzulaufen«, sagte Amalie mit deutlich weniger guter Laune in der Stimme als zuvor.

June seufzte. Ihre Gespräche wiederholten sich immer öfter. Sie wies auf den Ernst der Lage hin, und Amalie ließ keine Gelegenheit aus, daran zu erinnern, dass sie für eine andere Route gewesen war. Als ob sie wirklich eine Wahl gehabt hätten! Manchmal wollte June ihre Schwester am liebsten an den Schultern packen und sie so lange schütteln, bis sie endlich zeigte, was wirklich in ihr vorging. June war sich sicher, dass Amalie insgeheim froh war, so schnell wie möglich einen neuen Inhalator zu bekommen. Besonders im Frühjahr mussten sie jederzeit einen Anfall befürchten. Vor ihrem inneren Auge tauchte wieder das Bild des Inhalators in Amalies Hand auf. Eine einsame Drei flackerte auf dem Display. Ein Countdown, der die Furcht wie Eiswasser durch Junes Adern trieb.

»Können wir nicht mal wieder in einer Stadt oder einem Lager übernachten?«, durchbrach die Stimme ihrer Schwester Junes Gedanken.

»Du weißt, dass es so nahe der Küste fast keine mehr gibt.«

»Fast keine bedeutet aber nicht gar keine. Du weißt genauso gut wie ich, dass wir noch an einer Stadt vorbeikommen, wenn wir einen kleinen Schlenker nach Osten machen.«

»Amalie ...«

»Nichts Amalie! Hör auf, mich wie ein Kleinkind zu behandeln! Wenn du nicht zu einem Lager oder in eine Stadt gehen willst, dann sag mir wenigstens warum.«

Seufzend blieb June stehen, damit sie ihre Schwester direkt ansehen konnte. Es war nicht so, dass sie glaubte, Amalie würde ihre Argumente nicht hören wollen oder nicht verstehen. Ihre Schwester war pfiffig, aber sie neigte dazu, manches zu verdrängen, was ihr nicht gefiel. Ein Luxus, den June zwar verstehen konnte, den sie sich selbst aber nicht leisten durfte. Eine von ihnen musste schließlich einen klaren Kopf behalten und realistische Pläne aufstellen.

Amalie funkelte sie wütend an. »Also?«

»Wir haben keine Zeit für Umwege. Und selbst wenn wir sie hätten, wüssten wir nicht, ob es sich überhaupt lohnt.

Am Ende ist die Stadt überfüllt oder von irgendwelchen Kriminellen besetzt.«

»Okay, das versteh ich, aber selbst wenn es nicht möglich ist, dort zu übernachten, können wir zumindest Trinkwasser holen und vielleicht sogar haltbare Nahrungsmittel kaufen. Die Zeit, die wir für den Umweg brauchen, geht doch eh schon drauf, weil wir aktuell Essen und Wasser suchen und abkochen müssen.«

»Du übertreibst. Ohne Umwege kommen wir in jedem Fall schneller an.«

»Wenn wir verhungern oder verdursten, kommen wir nirgendwo mehr an.«

June seufzte. »Diese Schwarzmalerei passt gar nicht zu dir. Außerdem können wir die Stadt heute doch sowieso nicht mehr erreichen. Mal ganz abgesehen von den Gerüchten über die verschwundenen Leute in der Gegend. Nein, wir bleiben auf der direkten Route.«

»Das ist überhaupt kein Argument. Wenn wir die Stadt heute nicht erreichen, dann halt morgen. Und Gerüchte sind halt Gerüchte«, erwiderte Amalie und schnaubte genervt, bevor sie einmal tief durchatmete, eine verirrte Locke aus ihrer Stirn zurück unter ihr Haartuch schob und ruhiger weitersprach. »Ich weiß, dass du dich für unser beider Sicherheit verantwortlich fühlst und dass du zu dieser Jahreszeit am liebsten weit weg von der Küste wärst. Ich wäre auch lieber nicht hier. Aber wir sind es nun einmal, und es wird uns nie möglich sein, allen Risiken und Gefahren aus dem Weg zu gehen. Weißt du noch, was Mama dazu immer gesagt hat? Egal, wie gut du planst, am Ende bist du vermutlich trotzdem nass. Wenn nicht durch die Flut, dann vom Regen.«

Nur mit Mühe gelang es ihr, sich zu einem kleinen Lächeln durchzuringen. Es waren gerade einmal zwei Jahre vergangen, seitdem ihre Mutter gestorben war, und jede Erinnerung an sie schmerzte noch fast genauso wie am ersten

Tag ohne sie. Doch Amalie schien im Gegensatz zu ihr gerne Schmerz und Trauer von Zeit zu Zeit wachzurütteln, und June versuchte, es hinzunehmen. Jede von ihnen musste auf ihre eigene Weise mit dem Verlust umgehen. Das galt besonders für Amalie, die erst vierzehn gewesen war, als sie zu Waisen wurden. Wenn sie also Gespräche über ihre Mutter für ihre jüngere Schwester ertragen musste, dann tat sie es.

Von ihrem Lächeln anscheinend zu weiteren Anekdoten aus der Vergangenheit ermuntert, fuhr Amalie fort: »Sie hat außerdem auch immer gesagt, dass dein Gesicht, wenn du dir Sorgen machst, aussieht wie das, als du als Kind in eine Dunggrube gefallen bist.«

»Du meinst so wie das Gesicht, das du gemacht hast, als dich Fannys halb blinde Dogge angepinkelt hat, weil sie dich in deinem Schlafsack für ein herumliegendes Stück Holz hielt?«

Bei Junes trockener Antwort verging Amalie sofort ihr fieses Grinsen. »Oh bäh! Erinner mich bloß nicht daran!« Ihre Schwester schüttelte sich angeekelt, und June konnte nicht anders, als doch noch breit und schadenfroh zu lächeln. Vielleicht war es ja gar nicht so schlecht, zwischendurch mal alte Geschichten aufzuwärmen.

»Du bist doof«, kommentierte Amalie, grinste aber ebenfalls wieder.

»Komm, wir gehen uns einen Schlafplatz suchen«, schlug June vor, zog die Träger ihres Rucksacks straffer und marschierte los.

Während ihres Gesprächs war die Sonne fast vollständig hinter dem Horizont verschwunden. Wenn sie nicht völlig schutzlos irgendwo im Matsch ihre Schlafsäcke ausrollen wollten, mussten sie sich beeilen. Um bei Nacht noch weiterzulaufen, war der Himmel zu bewölkt; schließlich gab es so weit weg von Dörfern und Städten auch kein elektrisches Licht.

»Richtung Osten?«

June warf ihrer Schwester einen strengen Blick über die Schulter zu. »Nein.«

Amalies wütenden Blick ignorierend, sah June sich um. Zwischen den kargen Büschen und auf den Flächen toter Erde war keine Bewegung auszumachen. Niemand schien sich hier noch freiwillig aufzuhalten. Trotzdem fand man ab und an noch Hinweise auf andere Zeiten. Auf einer Anhöhe in einiger Entfernung erspähte June ein paar Hütten, die mit etwas Glück vielleicht noch nicht ganz verfallen waren.

»Ich schaue mir diese Häuser da mal genauer an. Bleib du so lange hier «, murmelte June und schlich auf den Hügel zu.

Die Bruchbuden wirkten genauso verwaist wie die meisten Gebäude außerhalb der abgesicherten Städte. Die Fenster waren dunkel, und das spärliche Restlicht des Tages offenbarte kaputte Dächer und fehlende Türen. Kein guter Unterschlupf, aber immer noch besser, als im Freien zu übernachten. Da es bereits dämmerte, war sie gezwungen, sich vor allem auf ihr Gehör zu verlassen. Das Problem daran war, dass sie überhaupt nichts hörte. Kein einziges Geräusch. Es war inzwischen windstill geworden, nicht einmal ein Knarzen oder Rascheln war zu vernehmen. Vermutlich hätte diese Tatsache sie beruhigen sollen, aber stattdessen stieg Nervosität in ihr auf.

All ihren Mut zusammennehmend, spähte sie durch ein zerbrochenes Fenster in die erste Hütte, dann in die nächste. Bis auf das ein oder andere kaputte Möbelstück waren sie leer. In Hütte drei würde es vermutlich nicht anders aussehen. Schnell eilte June zu der letzten Bruchbude und schaute durch die offen stehende Tür, bevor auch noch das letzte Tageslicht verschwunden war.

Eine verrußte Stelle auf dem Boden wies darauf hin, dass jemand das Loch im Dach genutzt hatte, um darunter ein Feuer zu entfachen. Doch ansonsten war nicht viel zu entdecken, wenn man einmal von einem überraschend heilen

Stuhl im hinteren Teil der Hütte absah. Aber lag da nicht etwas an einem der Stuhlbeine? Vorsichtig trat June durch die Tür, beugte sich hinunter und versuchte, genauer zu erkennen, was dort im Schatten lag. Vielleicht war es irgendein Müll, vielleicht aber auch etwas Nützliches. Nach zwei weiteren Schritten tippte sie darauf, dass es sich um einen Ball oder einen zerknüllten Stofflappen handelte.

Also wohl doch eher nichts Brauchbares ...

Plötzlich begann das vermeintliche Stoffknäuel, sich zu bewegen.

Luca

Rascheln und Summen mischten sich in das monotone Klopfen ihres Herzens und füllten den wabernden Lichtschacht mit neuen Eindrücken. Die Geräusche dröhnten, wurden lauter, klangen immer rauer, ohne einen Sinn zu ergeben.

Für sie gab es keine Zeit, keine Orientierung. Vielleicht waren es Jahre, vielleicht Sekunden, bis aus dem Lärm ein unverständlicher Singsang wurde. Das Auf und Ab der Töne wurde erst allmählich klarer. Doch es dauerte noch, bis sich Pausen hineinmischten und die ersten Laute ganze Worte formten.

»... aufwachen ...«

Ihre Gedanken stürzten sich auf das Wort wie ein verhungerndes Tier auf ein Stück Fleisch. Doch es sättigte sie nicht, also lauschte sie wieder.

»... Sonne ... vermisse ...«

Hoffnung regte sich in ihr. Sie wollte dahin, wo die Worte waren. Nein, sie musste dorthin! *Nur wo war das?*

»... mit ... sprechen ...«

Ja, sprich mit mir! Hör nicht auf!

Weil sie nicht wusste, was zu tun war, probierte sie aus, was ihr als Erstes in den Sinn kam. Immer darauf bedacht, trotzdem noch nach den neuen Klängen zu lauschen, die ihr vielleicht einen Ausweg aus dieser unbestimmten Hölle zeigten, begann sie ihren Kampf.

»... gewartet ... wie ... Abend ...«

Sie versuchte, mit nicht vorhandenen Armen zu rudern, zu schwimmen, irgendetwas zu berühren, Augen zu öffnen, zu schließen, zu blinzeln. Alles vergeblich.

»... vielleicht ... mehr ...«

Da!

War da nicht etwas gewesen? Der Hauch einer Berührung, ein Windstrich auf ihrer Wange?

Mein Gesicht. Ich habe ein Gesicht!

Aufregung überkam sie, ließ sie sich mit größter Anstrengung auf den Teil ihres Seins konzentrieren, der etwas gespürt hatte.

»Ich liebe dich.«

Der Windhauch wurde abgelöst von einem warmen, weichen Druck auf ihren Lippen. Sie krallte ihre geistigen Finger direkt in diese Empfindung, biss sich in den Nachhall der Berührung fest, umschloss das Rettungsseil mit allen Fasern ihres Willens, damit es ihr nicht entglitt. Mit dem Gefühl, wie an einem Gummiband nach vorne zu schnellen, kam auf einmal die Atemnot. Sie schnappte nach Luft wie eine Ertrinkende, deren Mund und Nase mit Wasser gefüllt waren. Grelles Licht brannte in ihren Augen, als diese ihr endlich wieder gehorchten und sie sie öffnen konnte. Blinzelnd sah sie einen Schemen über sich. Etwas bewegte sich in ihrem Hals und ihrer Nase, ließ den seltsamen Druck darin verschwinden und gab ihr nach und nach den Weg zum Atmen frei.

Sie spürte, wie warme Hände sich an ihre Wangen legten; dann sagte die Stimme, die sie hergeführt hatte: »Ich habe das Licht gedämpft. Du kannst jetzt die Augen wieder öffnen, wenn du willst.«

Es war ein verlockendes Angebot nach der Einsamkeit, doch sie überkam Angst davor, dass alles nur Einbildung war und verschwand, sobald sie die Augen öffnete.

»Deine MD wird jeden Moment hier sein. Du brauchst keine Angst zu haben, wenn du gleich auch ihre Stimme hörst.«

Sie konnte den Sinn der Worte nicht vollständig erfassen, aber sie weiterhin zu hören beruhigte sie ein wenig. Sie war nicht allein, sie konnte ihren Körper spüren, atmen und klare Gedanken fassen. Endlich war sie in der Lage, darüber nachzudenken, wer sie war und warum sie sich an so gut wie nichts erinnerte. Wäre da nicht dieses unbestimmte Gefühl gewesen, dass etwas in ihrem Kopf fehlte, dass da mal mehr gewesen war, hätte sie vermutlich angenommen, dass ihr Leben gerade erst begonnen hatte. Doch vor dem wabernden Gefängnis war kein Nichts gewesen, das wusste sie mit unerklärlicher Gewissheit.

»Sie scheint wach zu sein, aber sie öffnet ihre Augen nicht«, durchbrach die sanfte Stimme ihre Gedanken.

Bevor sie erkannte, dass die Stimme diesmal nicht mit ihr sprach, erklang eine zweite, höher und lauter als die andere. »Kannst du mich hören? Luca? Öffne bitte deine Augen, wenn du wach bist.«

Nach einem erneuten kurzen Zögern gab sie sich einen Ruck und befahl ihren Augenlidern, sich zu heben. Diesmal war das Licht angenehmer. Die Umrisse vor ihr verschwammen nur noch ein bisschen. Ein Gesicht mit Sommersprossen und himmelblauen Augen füllte fast ihr gesamtes Blickfeld aus, entfernte sich dann aber, sodass sie sich im Raum umsehen konnte.

Sie lag in einem Bett unter einer weiß bezogenen Decke. Die Wände des Raums waren in einem sanften Gelb gestrichen; nahe bei einem Fenster stand ein weiteres Bett, das allerdings leer war. Ihr Blick wanderte zu dem dunkelhaarigen Fremden, der an ihrer linken Bettseite stand und sie aufmerksam musterte. Sie kam zu dem Schluss, dass er derjenige gewesen sein musste, der mit ihr gesprochen hatte. Zögerlich lächelte sie ihm zu und wollte etwas sagen, doch über ihre Lippen kam nur ein Husten. Ihr Hals war noch zu trocken und kratzig.

Eine Hand schob sich von rechts in ihr Blickfeld und hielt ihr ein Glas entgegen, während der Kopfteil des Bettes sich ohne Vorwarnung zu heben begann und sie in eine sitzende Position brachte.

»Trink, dann kannst du noch einmal versuchen zu sprechen. Aber sei nicht zu enttäuscht, falls es dir noch schwerfällt. Es ist denkbar, dass nicht nur dein Erinnerungsvermögen durch den Zwischenfall in Mitleidenschaft gezogen wurde«, erklärte eine Frau mit rotblonden Locken, die im Licht leuchteten.

Etwas unsicher streckte sie ihre Hand, die mit ihrer dunklen Haut einen auffälligen Kontrast zum hellen Bettbezug bildete, unter der Decke hervor und hob ihren Arm. Er zitterte leicht, doch er gehorchte ihr, und sie schaffte es, das Glas selbstständig zu ihrem Mund zu führen und zu trinken.

»Sehr gut, Luca. Scheint ganz so, als wären die Beeinträchtigungen, unter denen dein Gehirn leidet, nicht ganz so umfassend, wie ich befürchtet hatte«, sagte die rothaarige Frau aufmunternd.

Sie unternahm einen erneuten Sprechversuch und fragte: »Luca?« Sie wusste, die Frau hatte diesen Namen schon zuvor benutzt, doch da ihre Gedanken noch träge waren, erkannte sie erst jetzt, dass es ihrer sein musste. Auch wenn er ihr kein bisschen vertraut vorkam.

»Ja, das ist dein Name«, sagte nun der Mann mit der sanften Stimme zur Bestätigung und fügte hinzu: »Mein Name ist Zinnia, und das ist deine Medical Doctor Cera Allec.« Er deutete mit einer kleinen Geste auf die Frau ihm gegenüber und verschränkte dann wieder die Arme vor der Brust. Die Stirn hatte er in Falten gelegt, als würde er angestrengt über etwas nachdenken, vielleicht war es aber auch ein Ausdruck der Enttäuschung.

»Ich sollte euch kennen«, stellte sie fest und erntete ein stummes Nicken von Zinnia, während sie das leere Glas an Cera zurückreichte.

»Du bist schon etwas länger meine Patientin. Im Zuge meines Berufes fühle ich mich verpflichtet, dich darauf hinzuweisen, dass du dich jetzt vor allem ausruhen und nicht zu sehr verausgaben solltest. Spar dir deine Fragen auf, bis du etwas geschlafen hast und dich besser fühlst«, meinte die MD milde, aber bestimmt.

»Sie hat doch noch gar keine richtige Frage gestellt«, antwortete Zinnia an ihrer Stelle, und sie war ihm für seine Worte mindestens ebenso dankbar wie für das schiefe Lächeln, das er ihr schenkte. Wer auch immer er war, er hatte sie aus diesem seltsamen Schacht in ihrem Kopf geführt, und das würde sie ihm nie vergessen.

»Dazu hat sie ja auch noch viel Zeit. Morgen zum Beispiel.«

Luca warf der Frau einen ungläubigen Blick zu. Wie konnte sie glauben, dass sie auch nur an Schlaf denken konnte, bevor sie nicht ein paar grundlegende Dinge erfahren hatte?

»Ich werde dafür sorgen, dass sie sich nicht überanstrengt«, versprach Zinnia und schlug dabei einen Tonfall an, der deutlich machte, dass er keinen Widerspruch duldete. Neugierig musterte Luca ihn und Cera, die Zinnia einfach ignorierte.

»Ruh dich aus. Ich werde morgen noch einmal nach dir sehen«, sagte sie und schenkte Luca bei den Worten ein Lächeln, das die kleinen Fältchen um ihre Augen betonte. Dann verließ sie ohne weitere Worte den Raum. Eine interessante Entwicklung, wie Luca fand, jedoch nicht interessant genug, um weitere Gedanken dafür aufzuwenden. Es gab viel wichtigere Fragen, denen sie zuerst auf den Grund gehen musste, als herauszufinden, was Zinnia und die MD voneinander hielten.

»Warum bin ich hier? Und wo ist dieses *hier* überhaupt?«

Bevor Zinnia antwortete, zog er sich einen Stuhl an ihr Bett heran, der nicht weit hinter ihm an der Wand gestanden hatte. Dabei löste sich eine schwarze Strähne seines Haares aus dem Knoten an seinem Hinterkopf. Der Anblick veranlasste Luca dazu, nach ihren eigenen Haaren zu tasten. Sie entpuppten sich als dunkelbraun und fielen über ihre Schultern, nachdem sie sie aus dem Zopf befreit hatte. Ohne groß darüber nachzudenken, begann sie, an einer der Strähnen zu zupfen, während sie ihren Blick wieder auf Zinnia richtete und auf seine Antwort wartete.

»Du bist hier in einem Zimmer des Medical Centers, weil es Komplikationen mit dem neuronalen Chip gab, den du dir einsetzen lassen wolltest.«

»Ein Chip?«

»Ja, er sorgt zum Beispiel dafür, dass man Mindpads steuern und auf rein gedankliche Kommunikationskanäle zugreifen kann.«

Schweigend sah sie Zinnia an und seufzte. Seine Antwort warf eher neue Fragen auf, anstatt ihr die Informationen zu geben, die sie sich erhofft hatte. Und das alles, während sie immer noch das Gefühl hatte, vor allem Watte in ihrem Kopf zu haben.

»Ich wollte diesen Chip also haben, und dann ist was passiert? Warum kann ich mich an nichts erinnern?«

»Nach dem Einsetzen des Chips gab es irgendeine unerwartete Fehlfunktion. Soweit mir gesagt wurde, war mit so etwas nicht zu rechnen, weil das, was dir passiert ist, in keinem Test aufgetreten ist und auch sonst bei keinem, der diesen Chip hat.«

»Also hat dieser Chip etwas gemacht, was mein Gehirn geschädigt hat?« Die Vorstellung, dass etwas in ihr kaputtgegangen war, verursachte ein flaues Gefühl in ihrem Magen.

»Nein, soweit ich das verstanden habe, hat der Chip lediglich einige deiner Gehirnzellen in eine Art Winterschlaf versetzt, vor allem diejenigen, die deine Erinnerungen gespeichert haben.«

»Also schlafen meine Erinnerungen nur?«

»Ja, ich denke, so kann man es sagen. Aber das heißt noch nicht, dass sie auch wieder aufwachen können. Zumindest nicht ohne etwas Hilfe.«

Der Gedanke, dass Teile ihres Gehirns einfach schliefen, ohne dass sie es bemerkte – wenn man von dem Gedächtnisverlust einmal absah –, war nur schwer zu fassen. Er lag vielmehr unangenehm schwer in ihrem Kopf und brachte ihre Nerven zum Zittern. Das konnte doch alles nicht wahr sein!

»Ich bin mir sicher, ein MD, also ein Medical Doctor, kann dir das alles besser erklären.«

Augenscheinliches Bedauern zeichnete sich in Zinnias Gesicht ab. *Dann werde ich wohl doch erst später meine Antworten bekommen. Wobei ...*

»Dann erklär mir stattdessen, wer du bist. Also für mich, meine ich.«

Bei dieser Frage blickten sie Zinnias Augen wieder unbeschwerter an. Es waren schöne Augen, fand sie, von einem dunklen Blau, das an die Farbe der vom Sturm gepeitschten See erinnerte. »Zuerst möchte ich, dass du eines weißt: Mir ist klar, dass nichts mehr so sein kann wie vor deinem Gedächtnisverlust. Mir ist klar, dass ich jetzt ein Fremder für dich sein muss.«

»Ein Fremder, ja, aber auch jemand, der jetzt hier ist und mir beisteht. Sind wir ... Freunde?«

Ein breites Lächeln erschien auf Zinnias Gesicht. »Wir können gerne Freunde sein.«

»Dann bleibt aber trotzdem noch die Frage, wer du für mich warst, bevor ich meine Erinnerungen verloren habe. Auch ein Freund?«

»Erst ein Freund, ja. Aber mit der Zeit haben wir uns ineinander verliebt und vor ein paar Monaten haben wir uns dann sogar verlobt.«

June

»Ich fasse es immer noch nicht, dass du vor so einer kleinen abgemagerten Ratte geflüchtet bist«, sagte Amalie schon zum dritten Mal, während sie im Licht ihrer kleinen Solarlampe die verbliebenen Möbelstücke zu Kleinholz verarbeiteten. Anscheinend wog ihre Schadenfreude schwerer als ihre Verärgerung, aber June war das ganz recht. Sie hasste es, sich mit ihrer Schwester zu streiten.

»Ich mag Ratten halt nicht.«

June platzierte das Holz direkt unter dem großen Loch im Dach, sodass der Rauch abziehen konnte. In solchen Ruinen Unterschlupf zu finden war eindeutig nicht ihre liebste Lösung, allerdings auch nicht die schlechteste. Seufzend blickte June erst hoch in den Sternenhimmel und dann zu Amalie, die ein Feuerzeug aus der Tasche zog und das Holz anzündete. Zum Glück waren die Möbelteile hier drinnen nicht so nass wie die Äste, die sie draußen im Matsch hätten sammeln können.

Während Amalie sich darum kümmerte, dass das Feuer nicht ausging, holte June eine Wasserflasche und die Wurzeln aus ihrem Rucksack; sie stellten den letzten Rest des Proviants dar, den sie für den Weg nach New Hope mitgenommen hatten. Dementsprechend ramponiert und schrumpelig sahen die Steckrüben und Karotten auch aus. Doch für eine Suppe taugten sie noch. Sie würden unbedingt auf dem weiteren Weg Ausschau nach essbaren Pflanzen und kleinen

Tieren halten müssen. Oder Amalie behielt recht, und sie konnten bei der Stadt etwas kaufen, wenn auch nicht viel, denn ihr Geldbeutel gab kaum noch etwas her.

Mit geübten Handgriffen baute sie das Gestell auf, in dem sie den Topf über das Feuer hängen konnten. Schon wenige Minuten später köchelte ihre karge Suppe vor sich hin. Als Amalie seufzte, wusste June nur zu gut, was ihre Schwester auf dem Herzen hatte. Ihr ging es ja nicht anders. Nach einer Weile konnte einem Wurzelsuppe wirklich zum Hals raushängen, aber sie war schnell gemacht, sättigte einigermaßen, und die Zutaten hielten sich lange.

Während sie darauf warteten, dass die Wurzelstücke gar wurden, sprach keine von ihnen ein Wort. Vielleicht war Amalies Verärgerung doch noch nicht ganz verraucht. June warf ihr einen fragenden Blick zu, aber ihre Schwester reagierte nicht darauf.

Ja, eindeutig noch sauer.

Nachdem die Suppe ein paar Minuten geköchelt hatte, nahm June zwei Tassen und füllte sie für Amalie und sich. In der Kälte der Nacht empfand June die warme Mahlzeit an den Händen und im Magen wunderbar angenehm, und als sie sich zusätzlich noch in ihren Schlafsack wickelte, spürte sie die Müdigkeit immer deutlicher.

Amalie war die Erste von ihnen beiden, die beschloss, dass sie genug gegessen hatte. Doch statt sich anschließend schlafen zu legen, blieb sie einfach weiter stumm am Feuer sitzen. Die Flammen waren inzwischen das Einzige, das das Innere des Hauses erhellte, so schwach war das Licht ihrer Solarlampe geworden. Als June ebenfalls satt war, sah sie dem Glimmen der Glut zu, unschlüssig, ob sie Amalie dazu auffordern sollte, sich mit ihr schlafen zu legen. Einerseits war es schon längst an der Zeit, andererseits war es so entspannend, noch ein bisschen gemütlich am Feuer beieinander zu sitzen. Ja, geradezu friedlich.

»Wird es irgendwann leichter?«, unterbrach Amalie unvermittelt die Stille, ohne dabei den Blick von dem Stock zu nehmen, mit dem sie in der Glut vor sich stocherte. June sah die Schatten über das Gesicht ihrer Schwester tanzen, doch es war nicht genug Licht, um den Ausdruck darauf deuten zu können.

»Was meinst du?«, wollte June wissen, froh darüber, dass Amalie nicht so klang, als wollte sie ihren Streit von vorhin wieder aufwärmen.

»Mom«, sagte Amalie nach einer Weile, ohne aufzusehen. »Ich meine, an Dad konnte ich mich gar nicht erinnern, aber du schon. So wie ich mich jetzt an Mom erinnern kann.«

Selbst wenn June hätte antworten wollen – die Überraschung über das Thema und der Kloß, der sich deswegen in ihrem Hals bildete, ließen es nicht zu. Der Schmerz war noch zu frisch, wie eine Flamme in ihrer Brust, die zu unerträglicher Größe anschwoll, sobald man sie mit Gedanken und Erinnerungen fütterte. June schwieg, verlor sich ein paar kräftezehrende Minuten im Anblick des kleinen Feuers, das ihr wie ein Abbild ihres tiefsten Inneren erschien. Die Flammen leckten, zuckten und fraßen Trauer wie auch Holz.

»Tut mir leid.« Amalies Stimme drang wie aus der Ferne zu ihr und rüttelte an Junes Selbstbeherrschung. Mit einem Kopfschütteln vertrieb sie die schmerzhaften Gedanken und schaffte es, die Tränen zurückzudrängen, die sich ihren Weg hinausbahnen wollten.

»Schon okay«, sagte sie und war froh darüber, dass ihre Stimme so fest und ruhig wie immer klang. »Es wird leichter. Irgendwann.« *Aber es hört nie auf.*

Sie starteten in den neuen Tag wie in jeden anderen. Genau wie June schien Amalie das Gespräch vom vorherigen Abend am Feuer nicht wiederaufnehmen zu wollen. Der Morgen war bereits angebrochen, als sie den Rest der Suppe für den Weg in ihre Trinkflaschen füllten und ihre Sachen zusammensammelten.

»Was meinst du, können wir vielleicht schon heute Abend am Humanity Point sein?«, fragte Amalie, bevor sie sich auf den Weg machten.

»Ich bin mir nicht sicher«, antwortete June, während sie nach irgendeinem bekannten Orientierungspunkt Ausschau hielt. »Ich kann noch nicht einschätzen, wie weit wir bisher gekommen sind. Ich denke, wir sollten dem Trampelpfad folgen, der von den Hütten wegführt, bis wir an eine Straße kommen. Dann wissen wir vielleicht eher, wo wir sind.«

June stapfte los. Zwar glaubte sie zu wissen, wo in etwa sie sich befanden, doch sie wollte sich lieber absichern. Wenn sie richtiglag, sollten sie noch innerhalb der nächsten halben Stunde an der besagten Straße sein.

Sie folgten dem Pfad, der sich durch braches Land schlängelte; vermutlich waren hier einmal landwirtschaftliche Äcker und Felder gewesen. Immer wieder kamen sie an verrosteten Autowracks vorbei. Zwar sah man sie häufig in verlassenen Gegenden wie diesen herumstehen, aber es waren schon bemerkenswert viele für einen Ort, zu dem nicht einmal eine richtige Straße führte.

»Autobastler oder was denkst du?«

June sah zu Amalie, dann zurück zu einem Bus ohne Reifen, Motorhaube und dem, was sich mal darunter befunden hatte. »Sieht so aus. Trotzdem ein komischer Ort, um die ganzen Autos abzustellen.«

Sie gelangten erst an eine Straße, als sie die nächste größere Ortschaft erreichten. Obwohl solche verwaisten und von Pflanzen überwucherten Siedlungen ein alltäglicher Anblick waren, bekam June immer wieder ein mulmiges Gefühl, wenn sie sie durchquerten. Sie konnte es einfach nicht lassen, sich vorzustellen, wie viele Menschen ihr Zuhause verloren hatten, weil es nahe der Küste zu unsicher wurde. Und wenn es etwas gab, das June wusste, dann wie hart es war, ein vertrautes und geliebtes Zuhause aufgeben zu müssen.

Ein dumpfes metallisches Geräusch brachte June dazu, sich nach Amalie umzuschauen, statt weiter ihren trüben Gedanken nachzuhängen. Ihre Schwester stand direkt über einer schmutzigen Metallplatte. »Was meinst du, was das Schild bedeutet hat?«

June ging einen Schritt auf Amalie und ihren Fund zu, warf aber nur einen kurzen Blick darauf. Aufgrund von Schmutz und Rost war von den ursprünglichen Farben und Formen nichts mehr zu erkennen, und selbst der Vogel, den jemand darübergemalt hatte, war inzwischen stark verblichen. »Keine Ahnung, sieht nicht so wie die aus, die ich kenne.«

»Weißt du dann jetzt wenigstens, wo wir sind? Ich finde nämlich, diese verlassenen Siedlungen sehen alle gleich aus.«

Statt einer Antwort zeigte June auf eine kleine Kapelle ein Stück weiter, worauf sie nur einen zweifelnden Blick von Amalie erntete.

»Ach komm, solche Gebäude gibt es doch auch immer wieder.«

»Ja, aber sie sehen unterschiedlich aus und stehen nicht immer an der gleichen Stelle«, erklärte June. »Du solltest wirklich mehr darauf achten. Wie willst du dich denn zurechtfinden, wenn du mal ohne mich unterwegs bist?«

»Bin ich doch nie«, tat Amalie ab, während sie sich umsah und dabei nach einer Haarsträhne griff, die gar nicht da war. Es war gerade einmal ein paar Wochen her, dass sie Amalies krauses Haar kurz geschnitten hatten, und June wusste, dass es lange dauern konnte, Angewohnheiten abzulegen. Sie selbst hatte als Kind ebenfalls Haare bis zur Taille gehabt, und genau wie Amalie hatte sie oft beim Nachdenken an ihnen herumgezupft. Doch inzwischen trug June das Haar nicht länger als bis zur Schulter, weil sie es so einfacher unter ein Kopftuch bekam und vielleicht auch, weil sie es nicht anders tragen mochte. Sie war nicht mehr das Mädchen von damals, das noch viel lächelte und Eltern hatte, die für sie sorgten. Sie war jetzt erwachsen und damit jemand anderes. Als Amalie sie gebeten hatte, ihre Haare nach dem Tod ihrer Mutter ebenfalls kürzer zu schneiden, statt sie ihr zu Zöpfen zu flechten, hatte sie nicht einmal gefragt warum. Es war gar nicht notwendig gewesen.

»Du hast mir noch nicht verraten, wo wir jetzt lang müssen«, sagte Amalie.

»Wir folgen einfach der Straße in Richtung Norden, bis wir die Isle am Himmel sehen können. Willst du davor eine Pause machen?«

»Ja, aber ich brauch nicht lang. Die restliche Suppe ist ja eh schnell ausgetrunken, so dünn wie sie ist.« Mit diesen Worten zog Amalie ihre Trinkflasche aus dem Rucksack, und June tat es ihr gleich. Zwar schmeckte die Suppe kalt noch weniger als warm, aber sie löschte den Durst genauso wie vorübergehend den Hunger.

Ein Windstoß wirbelte den Staub auf der Straße auf und wehte ihn in ihre Richtung. Schnell drehte June sich weg und trank den letzten Schluck Suppe aus, bevor Sand hineinkam.

»June.«

Es brauchte nicht mehr als dieses eine atemlos klingende Wort aus Amalies Mund, um June das Blut in den Adern gefrieren zu lassen. Die Welt um sie herum verschwand. Amalies Hand an ihrem Arm nahm sie kaum wahr. Nach einem Blick in ihr gequältes Gesicht zog sie ihre Schwester hinter eine verfallene Hauswand, die sie einigermaßen vom Wind abschirmen würde, und griff mit erzwungener Ruhe in die Taschen von Amalies Jacke. Als sie nicht sofort fand, wonach sie suchte, wurde ihr heiß und kalt zugleich. Amalies keuchender Atem klang viel zu laut in ihren Ohren. Ihr stockte der Atem, und sie musste sich zur Ruhe zwingen, um den kleinen Inhalator nicht fallen zu lassen, nachdem sie ihn endlich gefunden hatte.

Sofort legte sie ihn über Amalies Mund und Nase und drückte auf die Rückseite, damit ihre Schwester die Medizin einatmen konnte. So routiniert June mittlerweile auch mit dem Inhalator umging, der kalte Griff um ihr Herz war noch immer der gleiche, den sie auch bei Amalies erstem Anfall verspürt hatte. Die Angst lauerte ständig in ihr, jederzeit bereit, sie erneut mit ihren Krallen zu packen.

Amalies zitternde Hand legte sich über Junes. Ihre Blicke hakten sich ineinander, auch wenn June es kaum ertrug, die Panik in Amalies Augen zu sehen. Noch immer rang ihre Schwester vergeblich nach Luft. Erneut drückte June den Knopf, wartete kurz, dann noch einmal und noch einmal. Es war alles, was June jetzt noch tun konnte. Hoffen, dass der Inhalator noch funktionierte, und abwarten.

Zäh verstrichen die Sekunden, bis Amalie fast unmerklich nickte und ihre Hand von Junes löste. Mit zusammengepressten Lippen hielt June den Inhalator noch einen Moment auf Mund und Nase. Zwar gingen Amalies Atemzüge wieder tief und gleichmäßig, aber June brauchte die Zeit, um selbst wieder zur Ruhe zu kommen. Die Anspannung aus ihren Gliedern zu vertreiben. Realisieren, dass es noch einmal gut gegangen war.

Als Amalie einen Schritt zurücktrat und sich damit selbst das Gerät vom Gesicht nahm, ließ June ihre Hand sinken. Schweigend beobachtete sie jede Regung auf dem Gesicht ihrer Schwester, suchte nach dem kleinsten Anzeichen, dass die Medizin tatsächlich gewirkt hatte.

»Alles gut. Es kam am Ende noch genug raus, ich schmecke es noch auf meiner Zunge«, sagte Amalie und klang dabei eher erschöpft als angestrengt.

June nickte, während sie den Inhalator zurücknahm. Antworten konnte sie nicht, so fest hatte sie ihre Zähne aufeinandergepresst. Auf dem Display flackerte inzwischen keine drei mehr. Es zeigte schlichtweg gar nichts mehr an. June musste all ihre Selbstbeherrschung zusammennehmen, den Inhalator nicht gegen die nächste Wand zu schmettern.

Luca

Sie wusste nicht, wie lange sie geschlafen hatte. Hoffentlich lange genug, denn sobald der letzte Nebelschleier aus ihrem Kopf verschwunden war, drängten sich ihr wieder unzählige Fragen auf. Zu ihrer Amnesie, diesem Chip, aber vor allem auch zu Zinnia. Wie er da gestern einfach vor ihr gesessen hatte. Jemand, den sie einmal geliebt haben musste und der nun ein Fremder war. Jemand, der von einer gemeinsamen Vergangenheit erzählte, die für sie nicht mehr existent war. Er hatte ihr sogar gesagt, dass sie zusammenwohnten! *So verrückt alles.*

Gänsehaut kribbelte auf ihren Armen, und der Knoten in ihrem Magen fühlte sich inzwischen riesig an. Wie sehr musste ihr Gehirn kaputtgegangen sein, dass sie alle vergessen hatte, die ihr wichtig gewesen waren? Zinnia und ... ja, wen eigentlich noch?

Sie schloss erneut die Augen, um sich etwas zu beruhigen, bevor sie sie leise seufzend wieder öffnete.

»Guten Morgen, dein Frühstück kommt in wenigen Minuten.«

Erschrocken fuhr sie hoch. Sie konnte nicht ausmachen, von wo die Stimme plötzlich hergekommen war, denn sie war augenscheinlich allein im Zimmer. Die anderen Betten waren immer noch unbesetzt, und auch Fenster und Türen waren geschlossen.

Ein kurzes Summen ertönte links von ihrem Bett und ließ sie zur Wand blicken. Dort schob sich ein Paneel beiseite. Ein Tablett auf einem metallenen Roboterarm fuhr aus und hielt direkt vor Luca an. Skeptisch musterte sie den gelblichen Brei in der Schüssel, von dem ein fruchtiger Duft aufstieg. Ein Glas mit Wasser stand direkt daneben, und sie beschloss, zunächst einmal einen Schluck zu trinken, bevor sie sich dem undefinierbaren Essen widmete.

Der Brei schmeckte leicht süßlich, war ansonsten jedoch nicht sonderlich aufregend. Luca mochte schon nach ein paar Löffeln nichts mehr essen. Sie fühlte sich unerklärlich satt dafür, dass sie bei ihrem letzten Aufwachen nichts gegessen hatte und davor wer weiß wie lange bewusstlos gewesen war. Nachdem sie noch einen Schluck Wasser getrunken hatte, stupste sie das Tablett in der Hoffnung an, dass es dann zur Seite fahren würde. Doch der Roboterarm über ihrem Schoß wackelte nicht einmal.

»Ich bin fertig mit essen und will aufstehen«, sagte sie auf gut Glück in den leeren Raum. Sie kam sich zwar ein wenig seltsam dabei vor, weil sie ja gar nicht wusste, zu wem oder was sie sprach, aber das Tablett wurde wenig später wieder zurückgefahren.

Sie schob ihre Beine über den Bettrand und stellte sich mit ihren nackten Füßen auf den Boden. Weiterhin am Bett festhaltend, testete sie, ob ihr unsicherer Stand ihr Gewicht tragen würde. Wie lange würde es wohl dauern, bis ihr nicht mehr alles so schrecklich anstrengend vorkam?

Erneut erklang die körperlose Stimme. »MD Cera Allec und MD Clément Blanche wurden darüber informiert, dass du aufgewacht bist, und sind auf dem Weg.«

Mit einem Seufzen beschloss sie, es darauf ankommen zu lassen und ein paar Schritte zu wagen. Wenn möglich, wollte sie sich ein wenig waschen und auf die Toilette gehen, solange sie noch alleine war. Weiter Halt suchend an Betten und Wänden, schaffte sie es zur ersten der zwei Türen im Raum. Ein erleichterter Laut entfuhr ihren Lippen, als sie sie aufzog und in ein kleines Badezimmer blickte.

Zügig erledigte sie alles Notwendige und gönnte sich dann einen genaueren Blick in den Spiegel über dem Waschbecken. Zum ersten Mal, seit sie aufgewacht war, hatte sie wirklich das Gefühl, etwas Vertrautes zu sehen. Ja, das war ihr Gesicht, ihre braungrünen Augen, wenn sie ihr auch etwas müder und angestrengter entgegenblickten, als es wohl früher der Fall gewesen sein musste. *Oder war mein Leben früher auch schon so verrückt und erschöpfend?*

Frustriert über ihre fehlenden Erinnerungen, wandte sie sich wieder vom Spiegel ab und schleppte sich aus dem Badezimmer zum nächsten Bett. Es war zwar nicht das, in dem sie zuvor gelegen war, doch das war ihr egal. Besser so, als dass ihre Beine doch noch auf halbem Weg schlappmachten.

»Du bist aufgestanden«, stellte eine Stimme nüchtern fest. Ein Mann trat – gefolgt von Cera – ins Zimmer und musterte Luca durchdringend. Sofort hatte sie das Gefühl, dass sie bei etwas Verbotenem erwischt worden war, obwohl die Worte des Mannes, der wohl Clément Blanche sein musste, gar nicht vorwurfsvoll geklungen hatten.

Luca schob sich etwas weiter aufs Bett, um bequemer sitzen zu können, und erwiderte etwas zögerlich das Lächeln von Cera Allec.

»Ich hoffe, du hast gut geschlafen. Auf jeden Fall wirkst du heute schon viel munterer«, meinte diese und stellte sich neben sie ans Bett. »Eine gute Voraussetzung für die Tests, die jetzt anstehen.«

»Tests?« Der Klang dieses Wortes kroch kühl prickelnd über ihre Haut.

»Routineuntersuchungen, um deinen allgemeinen Gesundheitszustand nach den Wochen der Bewusstlosigkeit zu überprüfen«, erklärte der Mann und stellte sich zu Cera ans Bett.

»Dann haben wir auch die notwendigen Informationen, die wir brauchen, um dich schnell wieder richtig auf die Beine zu bekommen. Das hier ist übrigens MD Blanche, mein Kollege und derjenige, der dich hier die vergangenen Wochen überwacht hat«, ergänzte Cera, doch diese positiven Aussichten schafften es nicht, Lucas Unwohlsein zu vertreiben.

»Wie viele Wochen war ich denn bewusstlos?«

Mit einem befehlenden »Akte öffnen« hob der MD sein Handgelenk vor sich und ließ den Blick über den holografischen Bildschirm wandern, der über seinem silbernen Armband erschien. »Du lagst fast sechs Wochen im künstlichen Koma. Wir waren gezwungen, deine Bewusstlosigkeit nach der Fehlfunktion des Neurochips zu verlängern, bis wir das volle Ausmaß der Schäden absehen und sie vollständig beheben konnten.«

Noch bevor Luca in ihrer Beunruhigung fragen konnte, was es mit den Schäden auf sich hatte, legte sich Ceras warme sommersprossige Hand auf ihren Arm. »Du musst dir keine Sorgen machen. Dein Gehirn ist wieder vollkommen geheilt und funktionsfähig. Wir haben deine Hirnströme überwacht, und nichts weist darauf hin, dass die Tests heute nicht einfach nur genau das bestätigen werden.«

»Aber ich kann mich an so gut wie nichts erinnern. Also muss doch irgendetwas mit meinem Gehirn nicht in Ordnung sein.«

Ceras rote Haare wippten, als sie den Kopf schüttelte. Ihr aufmunterndes Lächeln verstärkte die kleinen Fältchen um ihre Augen.

»Eine Amnesie kann verschiedene Ursachen haben. Nach den Untersuchungen können wir sicher mehr dazu sagen. Fühlst du dich dafür schon bereit?«

Nachdem sie einmal kurz tief ein- und wieder ausgeatmet hatte, nickte Luca. Sie wollte die Tests lieber so schnell wie möglich hinter sich bringen, ganz egal, ob sie sich dafür bereit fühlte oder nicht. Deswegen war es wohl besser, sich gar nicht erst die Zeit zu nehmen, um allzu genau darüber nachzudenken.

»Dann leg dich jetzt hin und beweg dich so wenig wie möglich, während der Scanner arbeitet«, erklärte Blanche und zog dabei ein flaches Gerät irgendwo unter dem Bett hervor, auf dem sie saß.

»Wir können die Ergebnisse der Scans direkt auf dem Datenpad mitverfolgen. Wenn du dich unwohl fühlst oder irgendwelche Symptome wie Schmerzen oder Übelkeit auftreten, dann gib bitte sofort Bescheid«, sagte Cera und half ihr, Kopfkissen und Decke beiseitezulegen, damit sie sich möglichst gerade hinlegen konnte. Dann traten die MDs von ihrem Bett zurück.

Mit einem surrenden Geräusch erschienen eine transparente Kuppel und zwei Roboterarme über Lucas Kopf und jagten ihr einen Schauder über den Körper. Für einen kurzen Moment spielte sie mit dem Gedanken, einfach die Augen zu schließen und so zu tun, als würden die Untersuchungen gar nicht stattfinden; doch sie ahnte schon, dass ihr das nicht gelingen würde. *Dann lieber sehen, was passiert, anstatt sich nur noch Schlimmeres auszumalen.*

Abwechselnd leuchteten die runden Köpfe der Roboterarme in wechselnder Frequenz rot und blau auf, bewegten sich über ihren gesamten Körper hinweg, ohne Luca je näher als ein paar Zentimeter zu kommen. Die Luft unter der Kuppel kam ihr immer wärmer und verbrauchter vor, wirkte schwer und dick. Sie merkte, wie sie nur noch mühsam atmete, während die Anspannung in ihr sich mehr und mehr verstärkte. Ihre Hände begannen zu prickeln, ihre Zähne zu pochen, während sie gleichzeitig ein Gefühl von Taubheit überkam. Ihre Konzentration vollkommen auf das leise Surren der Roboterarme gerichtet, versuchte Luca, nicht daran zu denken, wie gefangen sie sich fühlte. Sie wollte die Scans einfach nur durchzustehen, sie auf keinen Fall wiederholen müssen. Stumm hoffte sie, dass alles glatt lief, auch wenn ihr Atem zu schnell ging und ihr Puls wild pochte.

»Gut gemacht, Luca«, erklang Ceras Stimme, und im selben Moment verschwanden die Roboterarme aus ihrem Blickfeld. Die Kuppel über ihr zog sich ebenfalls zurück. Gierig sog Luca die frische Luft ein, die nun wieder ihren Weg in ihre Lunge fand.

Sie wusste nicht, wohin die Vorrichtung verschwunden war. Vermutlich war alles unter dem Bett versteckt, wenn es nicht in Gebrauch war, überlegte sie, während sie sich mühsam aufsetzte. Es verlangte ihr einiges an Selbstbeherrschung ab, sich nicht zu hetzen und dem Verlangen nachzugeben, das Bett ganz zu verlassen.

»Wir werden noch etwas Blut abnehmen, und dann solltest du dich besser etwas ausruhen«, schlug die MD vor.

Jetzt, da sich ihr Puls langsam beruhigte, spürte Luca erst so richtig, wie müde sie war. Alles, was ihr dieser Tag bisher abverlangt hatte, ließ ihre Gliedmaßen inzwischen zentnerschwer wirken. Sie schüttelte den Kopf, versuchte, die Erschöpfung aus ihrem Kopf zu vertreiben. »Ich möchte die Ergebnisse sofort wissen.«

»Wir werden sie dir in schriftlicher Form nach Hause senden«, wandte Blanche ein, in dessen Blick sie zum ersten Mal so etwas wie einen Anflug von Mitgefühl erkannte.

»Ich will aber sofort dazu Fragen stellen können«, antwortete Luca und erwiderte entschlossen seinen Blick.

Cera schob einen Teil des Bettgestells an der Seite des Kopfteils nach oben und klopfte auf die dadurch entstandene Fläche. »Leg deinen Arm hier hin, dann fangen wir sofort an, dir alles zu erzählen.«

Luca gehorchte, schaute dann aber weiter zu Blanche, die Zähne fest zusammengebissen. Ein Gefühl sagte ihr, dass Blutabnehmen etwas war, das sie sicher nicht mitansehen wollte.

»Die Scans waren insgesamt unauffällig«, erklärte Cera, »du hast lediglich wie erwartet etwas an Muskelmasse verloren, aber wir haben schon während des Komas mit Medikamenten und Muskelzellstimulation gearbeitet, sodass du lediglich noch ein paar Tage lang schnell erschöpft sein wirst; ansonsten bist du noch so fit wie vor dem Vorfall.«

Ein kurzer Stich in ihrer Ellenbeuge ließ Luca leicht zusammenzucken, doch sie hielt ihren Blick weiter stur bei Blanche, der nun Ceras Erklärungen fortzuführen begann: »Die Scans deines Gehirns sind wie erwartet weiterhin unauffällig. Deine Amnesie ist mit großer Wahrscheinlichkeit auf die Überlastung deiner Neuronen bei der Fehlfunktion des Neurochips zurückzuführen; deshalb lautet unsere Prognose, dass die Erinnerungen, die dir zurzeit fehlen, unter Umständen nicht mehr vorhanden sind oder dass du dauerhaft keinen Zugriff mehr auf sie haben wirst.«

Luca schluckte schwer. Dies waren nicht die Aussichten, die sie sich erhofft hatte.

»Aber es ist nicht ausgeschlossen, dass ich mich wieder erinnern werde, oder? Ich meine, ich weiß ja durchaus noch etwas. Zum Beispiel, wie man spricht oder läuft ... richtig?«

»So einfach ist das leider nicht. Du kannst es dir so vorstellen, dass sich in deinem Gehirn mehrere Schubladen befinden: Eine ist für das Sprechen, eine andere bewahrt alle Informationen zu motorischen Bewegungen auf, die du erlernt hast, und deine Erinnerungen an Erlebnisse, bekannte Personen oder Gegenstände haben auch ihre eigene Schublade. Die Zeit wird erst noch zeigen müssen, wie viel in der letzten Schublade noch für dich zu finden ist – oder ob du sie ganz neu füllen musst.«

»Verstehe.«

»Es gibt noch einen anderen Aspekt, den ich gerne ansprechen würde: deine Stressreaktion auf die Untersuchung. Falls sie auch in anderen Situationen auftritt, könnte sie deine Lebensqualität einschränken.«

Schweigend erwiderte Luca den Blick, unschlüssig, was sie darauf sagen sollte. Ihr fehlte die Kraft dazu, ihre Emotionen genauer zu erörtern. Noch jetzt spürte sie Unruhe und Anspannung in sich wüten.

»Du warst in der Vergangenheit schon einmal meine Patientin. Wir haben uns sehr erfolgreich zusammen deiner

Klaustrophobie gestellt. Das können wir wieder tun«, versicherte Cera, die ihr anscheinend ansah, wie aufgewühlt sie war.

Da Luca nicht wusste, was sie darauf antworten sollte, nickte sie nur knapp. Es war eine weitere neue Information, die sie zu verdauen hatte. Außerdem wollte sie sich auf keine längere Behandlung einlassen, wenn sie vielleicht auch ohne klarkam. Sie hatte jetzt schon genug von irgendwelchen Untersuchungen.

»Gut, melde dich einfach bei mir, wenn du reden willst. Es ist auch egal, worüber«, betonte Cera.

»Deine Blutwerte sind in Ordnung. In ein paar Tagen kannst du nach Hause. Du wirst darüber informiert werden, wenn es so weit ist«, ergänzte Blanche und wandte sich ohne weitere Worte des Abschieds zum Gehen. Cera nahm sich dagegen noch die Zeit, ihr ein weiteres aufmunterndes Lächeln zu schenken. »Ruh dich gut aus.«

»Danke«, murmelte Luca und ließ sich wieder zurück auf die Kissen sinken.

June

June hatte Amalie ein paar Stunden schlafen lassen, bevor sie wieder aufbrachen. Weder ihr noch Amalie war seitdem groß zum Reden zumute, und so hing June stumm ihren Gedanken nach, während sie die verwaiste Straße entlangliefen.

Um sich nicht noch verrückter zu machen, versuchte sie, den Fokus nicht auf das Schlamassel zu lenken, in dem sie gerade steckten, sondern auf die Zukunft. Sie hatten sich bisher noch keine Gedanken gemacht, wie es weitergehen sollte, sobald sie Amalies Inhalator geholt hatten. Was war nach New Hope ihr neues Ziel?

June starrte auf den löchrigen Asphalt vor ihren Füßen. Es gab ein paar Städte und feste Lagerplätze, in denen sie mit ihrer Mutter gewesen waren, nachdem sie vor ein paar Jahren ihr Zuhause hatten aufgeben müssen. Sie könnten sie wieder aufsuchen; vielleicht würden sie für eine Weile einen sicheren Schlafplatz finden, wie sonst auch, doch June begann allmählich, diese Orte immer mehr zu hassen. Sollte das wirklich alles in ihrem Leben sein? Von einem Platz zum anderen wandern, um Almosen bitten oder um eine kurze bezahlte Tätigkeit?

Das war eindeutig nicht das Leben, das June sich vorgestellt hatte. Sie hatte als Kind immer geglaubt, sie würde später eine Arbeit haben und ein sicheres Zuhause für sich und ihre Familie schaffen, genau wie ihr Vater. Wie oft hatte sie ihm damit in den Ohren gelegen, dass er sie mitnehmen sollte, wenn er als Nachrichtenträger unterwegs gewesen war, damit sie es auch schon lernen konnte. Er hatte immer gelacht und gesagt, dafür bliebe noch mehr als genug Zeit, wenn sie älter sei. Und ja, sie hatte jetzt wohl Zeit, aber den Vater, der sie hätte mitnehmen können, den hatte sie nicht mehr.

Waren sie zunächst noch in der prallen Sonne unterwegs, schoben sich im Laufe der Zeit immer mehr Wolken über den Himmel. Ihr Weg führte sie an mehreren verlassenen und verfallenen Ortschaften vorbei – wenn man ihre letzten Überbleibsel überhaupt noch so nennen wollte. Hier lag kein Stein mehr auf dem anderen. Löchrige Straßen und Fundamente waren die letzten Zeitzeugen. So nah an der Küste wohnte niemand mehr, denn die Sturmfluten würden das Wasser immer wieder in diese Region peitschen; inzwischen war der Boden so salzig, dass hier so gut wie nichts mehr wuchs.

In stillem Einverständnis wanderten sie ohne Unterbrechung, sodass sie bereits am frühen Abend in der Ferne die Isle hoch in den Wolken ausmachen konnten. Von Weitem fand June, dass die Isles ein wenig so aussahen wie riesige helle Schemel, die einfach so im Nirgendwo standen. Erst wenn man sich direkt unter ihnen befand, wurde einem klar, wie massiv die Säulen tatsächlich waren, die die Stadt in den Himmel hoben, und June konnte gar nicht anders, als Ehrfurcht vor diesen unvergleichlichen Bauten zu empfinden. Egal, wie oft sie sich vorzustellen versuchte, wie sie erbaut wurden, es gelang ihr einfach nicht.

Immer wieder kamen sie an kleinen Lagern vorbei, in denen Leute schliefen oder etwas aßen. Entweder waren sie genau wie sie unterwegs zum Humanity Point oder kamen gerade von dort.

»Ich hätte nicht gedacht, dass zu dieser Zeit noch so viele Menschen hier sein würden«, meinte Amalie, während sie ihre Hand in Junes schob.

»Sie wurden vermutlich genauso vom frühen Regen dieses Jahr überrascht wie wir; außerdem gibt es genug Nomaden, die auf medizinische Hilfe von der High Rise Society angewiesen sind.«

Eine brünette Frau mit Verzweiflung im Blick löste sich von einer der Gruppen und lief zu ihnen. Angespannt beobachtete June sie, immer darauf bedacht, sich nicht zum Stehenbleiben zwingen zu lassen und genügend Sicherheitsabstand zu wahren.

»Bitte! Nur einen Moment! Habt ihr meinen Sohn gesehen? Er ist ungefähr in eurem Alter, hat braune Haare und trägt eine dunkelrote Jacke.«

»Nein, tut mir leid«, antwortete June und schob Amalie rasch an der Frau vorbei, als sie Anstalten machte, langsamer zu werden.

»Seid ihr euch sicher? Jonas war auch auf dem Weg hierher.«

June nickte, drehte sich allerdings nicht noch einmal zu der Frau um, die hinter ihnen auf der Straße stehen geblieben war. Es war gar nicht so, dass sie kein Mitleid mit ihr hatte, doch sie hatten ihren Sohn ja wirklich nicht gesehen, und sich weiter mit ihr zu unterhalten half niemandem. Außerdem konnte man sich nie sicher sein, auf welche Tricks Räuber verfielen, um unachtsamen Wanderern auch noch das letzte Geld und alle nützlichen Gegenstände abzunehmen.

»Schau mal«, flüsterte Amalie und deutete auf einen Schriftzug, den jemand mit schwarzer Farbe gemalt hatte. *Hast du Tim gesehen? Triff mich am Humanity Point!* Darunter ein paar weitere Namen, die scheinbar von anderen Leuten ergänzt worden waren. June wandte ihren Blick ab, ohne sie wirklich zu lesen. Sie machte sich auch so schon genug Sorgen; da musste sie sich nicht noch um die Gerüchte über verschwundene Nomaden kümmern, die sie in letzter Zeit vermehrt gehört hatten.

Inzwischen waren sie der Isle nahe genug gekommen, um auszumachen, dass unter ihr weitere Leute ihr Lager aufgeschlagen hatten. Lagerfeuer flackerten in der Dämmerung, hier und da lagen schlafende Gestalten, während andere auch jetzt noch in einer der Schlangen vor den Ausgabestellen standen.

Es sollte sie vermutlich nicht wundern, schließlich war das die einzige Ausgabestelle für kostenfreie Medikamente, die in dieser Region noch übrig war. June war sich nicht sicher, ob es insgesamt einfach schlecht um die Finanzen der United States of Europe stand oder ob die Regierung auch noch das letzte Auge für die große Armut verschlossen hatte. Es war auch egal. Für sie zählte nur, dass sie irgendwo einen neuen Inhalator bekamen – und wenn sie dafür tagelang in einer der Schlangen anstehen müssten.

Sobald sie sich unter die Wartenden gemischt hatten, steuerte June zielstrebig den Humanity Point im Inneren einer der massiven Säulen an, die New Hope trugen. Sie konnten es sich nicht leisten, zu viel Zeit hier zu verbringen, auch unabhängig von der drohenden Flut. June war bewusst, dass sie weder ihre Schwester noch sich selbst würde beschützen können, falls jemand beschloss, sie zu überfallen, oder es einen Tumult gab. Zwar hatte sie gelernt, sich zu verteidigen, doch gegen mehrere Angreifer zugleich hatte sie kaum eine Chance. Seitdem die Bewohner der High Rise Isle ihre luftige Heimat nicht mehr verließen, gab es auch kein Sicherheitspersonal mehr an den Humanity Points. Und wo überlebenswichtige Dinge verteilt wurden, da wurde auch um sie gestritten.

Als hätten Junes Sorgen es heraufbeschworen, brach im nächsten Moment ein Handgemenge in der Warteschlange vor der Essensausgabe aus, an der sie sich gerade vorbeischoben.

»Halt den Blick gesenkt und lass bloß nicht meine Hand los!«

Sofort wurde Amalies Griff um Junes Hand fester, auch wenn sie dabei sagte: »Es wird uns schon nichts passieren, genauso wie bei den letzten Malen.«

June sparte sich, ihre Schwester auf ihren unangebrachten Optimismus hinzuweisen. Amalie würde sich wie immer an Junes Regeln halten, egal, ob sie selbst sie für notwendig hielt oder nicht. Das war der Pakt, den sie beide geschlossen hatten, nachdem ihre Mutter von ihnen gegangen war. Amalie folgte Junes Regeln, und dafür würde sie Amalie nie im Stich lassen. Ein naiver Pakt, wenn man bedachte, dass ihre Mutter sie ja auch nicht freiwillig allein zurückgelassen hatte, aber er gab Sicherheit und Hoffnung.

Nervös stellte sich June mit Amalie ans Ende der Schlange für die medizinische Versorgung. Glücklicherweise schienen hier die Gemüter weniger erhitzt zu sein, die meisten wirkten vor allem erschöpft und ausgemergelt. Trotzdem ließ June immer wieder ihren Blick unauffällig umherschweifen, um die anderen Wartenden im Auge zu behalten und schnell handeln zu können, falls die Stimmung kippte.

Die Stunden vergingen zäh, bis sie in der Schlange bis nach ganz vorne gerückt waren und sich die Tür zum Behandlungsraum des MedicalBot öffnete. Ein älterer Mann mit trübem Blick schlurfte heraus. Er schenkte ihnen nur wenig Beachtung, während er sich auf den Weg zu einer Gruppe von Leuten machte, die nicht weit entfernt auf dem Boden saßen.

»Bringen wir es hinter uns«, sagte Amalie mit einem schwachen Lächeln und trat dicht gefolgt von June durch die Tür.

Luca

Im Gegensatz zum Vortag hatte Luca schon viel mehr Appetit. Sie schob sich gerade den letzten Löffel Frühstücksbrei mit Fruchtgeschmack in den Mund, als die Tür geöffnet wurde. Zinnia stand im Rahmen und lächelte ihr nach kurzem Zögern zu. »Darf ich reinkommen?«

Sie nickte und erklärte ihrem Zimmer, dass sie genug gegessen hätte. Inzwischen kam es ihr auch gar nicht mehr so seltsam vor, einfach in die Leere zu sprechen, wenn sie etwas wollte oder brauchte.

Zinnia setzte sich auf das Bett ihr gegenüber und betrachtete sie zunächst wortlos aus seinen meerblauen Augen. Seine Haltung entspannt, sein Blick unergründlich. Diese Aufmerksamkeit löste ein nervöses Kribbeln bei ihr aus, sodass auch Luca lieber schwieg. Das Wissen darüber, wie nah sie sich einmal gestanden haben mussten, sprang wie wild durch ihren Kopf. Lieferte sich einen aufreibenden Kampf mit dem Gedanken, wie seltsam und traurig es war, ihn komplett vergessen zu haben. Wenn sie das nicht schnell wieder unter Kontrolle bekam, würde ihr am Ende noch schlecht davon.

Möglichst unauffällig atmete sie einmal tief durch. Es brachte nichts, jetzt die Nerven zu verlieren. Sie hatte die letzten Tage doch schon genug Energie darauf verschwendet, sich zu fragen, ob Zinnia wirklich die Wahrheit sagte. Immer mit dem Ergebnis, dass ihr kein richtig schlüssiger Grund dafür einfiel, warum er lügen sollte. Schließlich setzte er nicht einmal voraus, dass sie ihn immer noch als ihren Verlobten betrachtete. Er hatte gesagt, er wolle ihr ein Freund sein, und genau das war es doch, was sie gerade brauchte, oder? Jemanden, der ihr half, in dem ganzen Chaos nicht den Kopf zu verlieren.

Ja, ich sollte wohl einfach versuchen, mich zusammenzureißen und das Beste daraus zu machen. Irgendwie.

»Wie geht es dir? Ich hab gehört, dass die Untersuchungen gestern ziemlich anstrengend für dich waren. Deswegen komme ich dich auch erst heute besuchen«, sagte Zinnia schließlich, und Luca war sich nicht sicher, ob sein letzter Satz nur eine Erklärung oder doch auch eine Entschuldigung sein sollte.

»Ich habe eh fast nur geschlafen«, erklärte Luca. Es war die unverfänglichste Antwort, die ihr auf die Schnelle einfiel, und wenn sie ehrlich war, war es auch die einzige, die sie hatte.

Diesmal war es Zinnia, der nur kurz nickte und dann wieder ins Schweigen verfiel. Unfähig, ihm in die Augen zu sehen, ließ Luca ihren Blick ein wenig schweifen und begann, an ihrem Daumennagel herumzupulen. *Worüber unterhält man sich bitte mit einem fremden Verlobten?* Sie hatte keine Ahnung. Verlobte sollten ja auch gar nicht fremd sein. Man sollte sich nicht unwohl oder nervös in ihrer Nähe fühlen.

»Ich habe dir etwas mitgebracht«, unterbrach Zinnia erneut die Stille, bevor sie unerträglich werden konnte. Unwillig lenkte Luca ihren Blick auf ihn und sah dabei zu, wie er einen marineblauen länglichen Gegenstand aus der Innentasche seiner schwarzen Jacke zog. »Es ist ein Armband mit

Zugriff aufs Highnet, Sprachsteuerung und holografischer Anzeige. Du hattest schon einmal so eins, aber das war veraltet. Du wolltest mit dem Neurochip auf Mind Technologie umsteigen, da hast du dir einfach kein neueres mehr zugelegt.«

»Ich verstehe«, antwortete Luca, obwohl sie fast nichts von seinen Worten verstand, doch sie fühlte sich dazu verpflichtet, etwas zu sagen. Genauso wie sie sich dazu verpflichtet fühlte, den Gegenstand zu ergreifen, den Zinnia ihr entgegenhielt. Sie war ihm im Stillen sehr dankbar dafür, dass er nicht nähertrat oder ihr das Armband selbst anlegen wollte. Seine Stimme klang vielleicht immer noch wie das Rettungsseil, als sie in ihrer Bewusstlosigkeit gefangen war, so seltsam vertraut, aber seine Berührung und seine körperliche Nähe blieben fremd. Das wurde ihr immer mehr klar, jetzt, da sie nicht mehr ganz so durcheinander war wie bei ihrem Aufwachen vor zwei Tagen.

Das Armband lag glatt und starr in ihrer Hand. Genau genommen, sah es eher aus wie ein Streifen blaues Metall.

»Halt es an deinen Arm, die rauere Seite nach oben«, erklärte Zinnia, und Luca gehorchte. »Configuration Luca.«

Sie gab einen überraschten Laut von sich, als sich das Armband ganz von allein an ihren Arm anpasste und schloss. Fasziniert musterte sie das Material, das nun wieder genauso fest und unnachgiebig schien wie vorher, obwohl es vor wenigen Sekunden noch flexibel gewesen war.

»Es kann sein, dass die Sprachsteuerung noch ein bisschen Zeit braucht, bis sie schnell und fehlerfrei funktioniert. Sie wird sich von allein besser an deine Stimme anpassen. Soll ich dir erklären, wie und wofür du das Armband benutzen kannst?«

Dankbar für dieses unverfängliche Thema, mit dem sie sich die Zeit vertreiben konnten, antwortete sie scherzhaft: »Es kann mir nicht zufällig ein paar verschollene Erinnerungen ersetzen?«

»Indirekt vielleicht.«

Überrascht sah sie Zinnia an, der breit lächelte. Nun war Lucas volle Aufmerksamkeit geweckt. Jede Hilfe, die sie bekommen konnte, um ihr Leben wieder auf die Reihe zu kriegen, war ihr mehr als willkommen. »Wie?«

»Jeder, der es nutzen möchte, kann ein Profil mit Informationen über sich selbst ausfüllen, die jederzeit von anderen abrufbar sind. Es vereinfacht oft das Aufeinandertreffen, besonders im beruflichen Rahmen. Wenn dir also jemand unbekannt ist, kannst du so seinen Namen und vielleicht noch ein paar andere Sachen erfahren.«

Sie grinste. »Immer also.«

»Vorerst wohl immer, ja. Bis du auch so klarkommst oder ganz neue Bekanntschaften machst. Probier es doch mal aus. Du musst nur ›P Profile‹ sagen. Oder den Namen der Person anstatt P, falls du ihn bereits kennst und du nicht die Profile von allen angezeigt bekommen möchtest, die im Umkreis von 5 bis 10 Metern um dich herum sind.«

Luca hob ihr Handgelenk vor ihr Gesicht und betrachtet das Armband genau, als sie »Zinnia Profile« sagte. Ein dezenter Leuchtstreifen erschien auf der Oberfläche und ein hellblauer Bildschirm in der Luft. Neugierig fasste Luca hindurch und war fast ein bisschen enttäuscht, als sie nichts spürte. Erst dann widmete sie sich der schwarzen Schrift, die Zinnias Profil auflistete.

Name: Zinnia Whelan
Pronomen: er/ihm
Wohnort: New Hope
Alter: 29
Qualifikation: Artificial Intelligence Engineer (AIE)

»Das ist wirklich praktisch. Wie kann ich mein eigenes Profil ansehen?«

Noch bevor Zinnia etwas antworten konnte, veränderte sich die Schrift auf dem Bildschirm und zeigte ihr eine neue Profilseite an.

Name: Luca Whelan
Pronomen: sie/ihr
Wohnort: New Hope
Alter: 21
Qualifikation: Mind Engineer (ME)

»Das System ist intelligent genug, normale Fragen zu verstehen; du brauchst keine standardisierten Befehle zu kennen«, erklärte Zinnia, obwohl sie weiterhin mit ihrem Blick auf dem holografischen Bildschirm klebte.

Ich heiße Whelan.

Vermutlich hätte sie solche offensichtlichen Hinweise auf die Verlobung erwarten sollen, doch nun ihren vollen Namen zu sehen – Zinnias Namen – ließ ihre Gedanken wieder im Kreis rennen und sich unheilvoll verknoten.

»Was ist los?«

»Was genau bedeutet es, verlobt zu sein?«, kam ihr die Frage über die Lippen, bevor das Unwohlsein, das ihre Unwissenheit in ihr auslöste, sie davon abhalten konnte.

Er schenkte ihr ein schiefes Lächeln. »Der gemeinsame Nachname, hm?«

Sie nickte beklommen, auch wenn sie vermutete, die Antwort auf ihre Frage bereits zu kennen. Wenn man den Namen des anderen annahm, dann ging man doch sicherlich fest davon aus, langfristig zusammenzubleiben. Das war kein *vielleicht* mehr oder ein *wir werden sehen, was die Zukunft bringt.* Es war von Bedeutung.

»Wenn sich zwei Personen verloben, dann versprechen sie sich – meist im Beisein von Freunden und Familie –, dass sie den Rest ihres Lebens gemeinsam verbringen wollen. Manchmal nehmen sie den gleichen Nachnamen an, manchmal auch nicht. Und natürlich kann eine Verlobung auch jederzeit wieder gelöst werden.«

Wieder nickte sie nur. *Verlobt zu sein* – das waren bisher nur ein paar Worte gewesen, und jetzt auf einmal war es ihre Realität geworden. Schließlich hatten sie bisher nicht genug darüber gesprochen, als dass Zinnia die Verlobung als gelöst ansehen konnte, oder? Sie öffnete den Mund und schloss ihn sofort wieder. Das war einfach alles zu viel, zu verwirrend und kompliziert.

»Wir können gerne auch ein andermal darüber reden.«

Zinnias verständnisvolle Worte erfüllten sie mit Dankbarkeit, und Luca schenkte ihm ein flüchtiges Lächeln. Dann wandte sie sich wieder einem unverfänglicheren Thema zu: ihrem Profil. Im Gegensatz zu dem Zinnias zeigte es mehrere leere Felder an, die zusätzlich ausgefüllt werden konnten. Einiges davon sagte ihr nichts, anderes erschien ihr viel zu persönlich, um es jedem zugänglich zu machen, und für wieder anderes fehlten ihr die Informationen über sich selbst.

»Zu schade, dass ich da nicht mehr über mich reingeschrieben habe. Einiges würde ich selbst ganz gerne über mich wissen. Und auch dein Profil hat ja nicht sonderlich viel hergegeben«, meinte sie ernüchtert.

»Wenn alles darinstünde, dann würde sich ja keiner mehr richtig unterhalten.« Skeptisch blickte sie Zinnia an, doch er grinste weiterhin gut gelaunt und fügte hinzu: »Du kannst mich doch alles fragen, was dich sonst noch interessiert.«

Sie unterdrückte ein Seufzen. Natürlich konnte sie das, aber ihr wäre es trotzdem lieber gewesen, einfach alles im Stillen nachzulesen. Mit Zinnia zu reden war ... anstrengend. Sie wusste nicht, wie sie sich verhalten, was sie denken oder fühlen sollte. Da war einerseits dieses warme Gefühl von Geborgenheit, das jedes Mal in ihr aufkeimte, wenn sie den Klang seiner Stimme vernahm, aber dann kam immer die kalte Realität dazwischen, die in ihren Gedanken herumplärrte, dass sie nicht mehr diejenige war, die er in ihr sehen musste.

»Okay, du arbeitest also mit Künstlicher Intelligenz, richtig? Und womit habe ich gearbeitet? Mit Gehirnen oder etwas Psychologisches?«

»Inzwischen bin ich selbst nicht mehr aktiv, sondern nur noch beratend als AIE tätig. Stattdessen konzentriere ich mich schon eine Weile auf meine politische Karriere«, erklärte Zinnia und zögerte sichtlich, als es um die Antwort zu ihrem eigenen Beruf ging. »Du hast zuletzt an einer neuen Technologie mitgearbeitet ... es geht um Neurochips.«

Luca blinzelte. »Neurochips?«

Nun mit einem viel ernsteren Gesichtsausdruck erklärte Zinnia: »Ja, du hast an einer neuen Generation mitgearbeitet und dich selbst auf die Liste der ersten Testpersonen gesetzt.«

»Ich habe mir einen experimentellen Chip ins Hirn einpflanzen lassen?«

»Nein, nicht direkt experimentell. Es gab viele Testverfahren im Voraus, und die Implantierung in ein menschliches Gehirn erfolgte erst, nachdem du und dein Team überzeugt wart, dass die Chips sicher und funktional sind.«

»Aber mein Chip war nicht sicher.«

»Offensichtlich nicht. Auch wenn bisher unklar bleibt, wodurch die Fehlfunktion ausgelöst wurde. Eigentlich ging es bei den Testpersonen nur noch um direktes Feedback zu den Funktionen, um die Software weiter zu verbessern.«

Fassungslos darüber, dass sie es anscheinend selbst gewesen war, die sich in dieses Dilemma manövriert hatte, starrte sie auf ihre Hände, die sie auf ihre Oberschenkel gelegt hatte. Das Armband musste sich irgendwann ganz von selbst abgeschaltet haben, zumindest war kein holografisches Bild mehr zu sehen.

»Luca?« Zinnias Stimme klang eine deutliche Spur sanfter als zuvor, und in ihrem Kopf erschien das Bild, wie er sich näher zu ihr beugte und seinen Arm nach ihr ausstreckte, als wollte er ihr tröstend eine Hand auf den Arm legen. Seltsamerweise löste der Gedanke an mehr Nähe diesmal keine Nervosität bei ihr aus, sie fühlte sich sogar etwas ruhiger und gefasster.

»Reden wir über etwas anderes«, schlug sie vor und blickte wieder auf. »Wie lange kennen wir uns schon? Wie haben wir uns kennengelernt?«

»Knapp vier Jahre ungefähr. Du hast eine AI beschimpft, die ich programmiert habe«, antwortete Zinnia, und mit dem entspannten Tonfall kehrte auch sein Lächeln zurück. »Remi sollte testen, ob der Einsatz einer Artificial Intelligence in der Bildung funktionieren kann. Du warst in einem der Testseminare, und als ich am Ende dazukam, habt ihr euch gerade gegenseitig erklärt, warum ihr unfähig seid.«

»Unfähig in was?«

»Ich glaube, so ziemlich in allem. Remi hat sich geweigert, mir genaue Einzelheiten zu verraten. Du übrigens auch.«

Mit gerunzelter Stirn versuchte sie sich vorzustellen, wie sie in dieser Situation ausgesehen und was sie eventuell gesagt hatte, aber es gelang ihr nicht. War sie ein aufbrausender Mensch?

»Da ich die naive Hoffnung hatte, dass ich aus dir mehr über den Vorfall herausbekomme oder zumindest die Kritik an Remi als Seminarleitung erklärt bekomme, habe ich dich überzeugt, mit mir essen zu gehen«, erzählte Zinnia weiter, »und dann hast du dich als viel liebenswerter herausgestellt als vermutet. Außerdem war es einfach leicht, sich mit dir zu unterhalten.« Er schloss mit einem Schulterzucken.

»Also haben wir uns angefreundet?«, hakte Luca nach, die sich vage erinnerte, dass Zinnia bei ihrer letzten Begegnung so etwas erwähnt hatte.

»Ja, du hast dann regelmäßig mit Ben, Jascha und mir die Mittagspause verbracht. Zu dem Zeitpunkt hab ich mit den beiden an einem Projekt gearbeitet, und du warst gerade erst nach New Hope gezogen und kanntest noch niemanden. Es hat einfach gut gepasst, denke ich.«

Gedanklich notierte sich Luca die zwei neuen Namen, die sie unbedingt recherchieren wollte. Wozu hatte sie schließlich jetzt so ein Holo-Armband, dem man Fragen stellen konnte? »New Hope heißt diese Stadt? Und wo habe ich vorher gewohnt?«

»Ja, die ganze Isle heißt New Hope, also auch die Stadt darauf. Ehrlich gesagt weiß ich gar nicht, auf welcher Isle du vorher gelebt hast. Du hast nie gerne über deine Vergangenheit geredet, und ich habe irgendwann aufgehört, dich zu fragen. Allerdings habe ich immer vermutet, dass du von einer Isle über den United Southern Nations kommst.«

Wieder etwas, dem sie unbedingt weiter nachgehen wollte. *Wenn das so weitergeht, muss ich mir bald richtige Notizen dazu machen.* »Also weißt du auch nicht, warum ich umgezogen bin?«

»Du hast als Grund immer genannt, dass New Hope mit der Forschungseinrichtung TQ führend ist auf dem Gebiet der Neurotechnologie. Allerdings hast du einmal auch eine Andeutung gemacht, dass du dich mit deiner Familie zerstritten hast, was auch ein Grund gewesen sein könnte.«

Familie. Ja, irgendetwas sagte ihr, dass sie Familie hatte, selbst wenn ihr weder Namen noch Bilder ins Gedächtnis kamen. Die Erinnerungen an sie waren anscheinend genauso ausgelöscht wie die an Zinnia. Da war lediglich dieses unbestimmte Gefühl, dass es Menschen da draußen gab, die ihr sehr wichtig waren. Menschen, die sie eigentlich vermissen müsste.

»Ich weiß überhaupt nichts mehr«, gab sie frustriert zu und vergrub das Gesicht in ihren Händen. »Was soll ich jetzt machen, wenn ich doch gar nichts mehr weiß?«

Warm legte sich eine Hand auf ihren Arm, diesmal echt und wirklich. Als Luca die Hände von ihren Augen nahm, musste sie ihren Blick heben, um in Zinnias Gesicht zu sehen. In ihren Augen brannten Tränen, die sie zurückzuhalten versuchte. Sie wollte nicht weinen, denn das würde bedeuten, dass sie klein beigab, anstatt die Realität zu akzeptieren, wie sie war. Doch es war vergebens.

»Scheiße«, sagte Zinnia, und als Luca den nassen Schleier in ihrer Sicht weggeblinzelt hatte, sah sie in seinem Gesicht kein Mitleid, worüber sie froh war. Zinnia wirkte stattdessen eher ... entschlossen? Noch bevor sie sich richtig einen Reim darauf machen und ihre Gefühle weiter sortieren konnte, schloss Zinnia sie in seine Arme. Luca bewegte sich nicht, wusste, sie würde sich nicht weiter zusammenreißen können, wenn sie sich auf den Trost einließ.

»Du darfst wütend und traurig sein«, flüsterte Zinnia.

Sie schüttelte nur den Kopf. Es war einfach zu viel.

»Das gehört mit dazu. Erst weint man, dann kämpft man weiter«, drang erneut sein Flüstern an ihr Ohr, und diesmal konnte sie nicht anders. Sie war einfach überwältigt von Emotionen, zu überfordert, zu erschöpft. Ergeben schlang sie ihre Arme um Zinnias Oberkörper und ließ den Tränen an seiner Schulter freien Lauf. Ja, *Scheiße*, das traf es perfekt.

Als Zinnia wenig später ging, fühlte sich Luca seltsam benommen und leer. Als hätte sie all ihre Gefühle in Salzwasser transformiert und in Zinnias Jacke gewischt, nicht nur Traurigkeit und Wut, sondern einfach alles.

Nach der Umarmung und den Tränen hatten sie nicht mehr viel miteinander gesprochen. Sie hatten lediglich ausgemacht, dass er sie in ein paar Tagen abholen würde, sobald sie nach Hause durfte. Anscheinend hatte er auch ohne Worte verstanden, dass Luca etwas Zeit für sich brauchte. Wieder etwas, für das sie ihm im Stillen dankbar war. Auch wenn ihre Beziehung unter diesen Umständen mehr als kompliziert erschien, war sie doch froh, dass sie nicht ganz allein war.

June

Die Wände in dem kleinen Raum waren kahl und grau. Während ihre Schwester auf dem Stuhl Platz nahm, der das Herzstück des Zimmers bildete, stellte sich June vor die Tür, damit niemand sie einfach öffnen und hereinkommen konnte, solange Amalie untersucht wurde.

Nur Sekunden später erwachte der in den Stuhl integrierte MedicalBot zum Leben, fuhr mit seinen metallenen Armen durch die Luft an Amalies Körper entlang und sammelte Informationen. Sofort rann ein kalter Schauer von Junes Nacken den Rücken hinunter, als sie das Geschehen beobachtete. Es war nicht erkennbar, wie genau der Roboter vorging; er strahlte kein Licht aus und berührte auch nicht Amalies Haut, aber June war sich sicher, dass er auf irgendeine Art in den Körper ihrer Schwester hineinschauen konnte. Wie sonst hätte er den Grund für Amalies Anfälle herausfinden können, ohne einen zu dokumentieren?

Leises Surren wurde von einem mechanischen Rattern abgelöst, dann zogen sich die Roboterarme zurück und an einer Ausgabestelle in der rechten hinteren Ecke des Raumes öffnete sich eine Klappe. Fast hätte June erleichtert aufgeseufzt, doch sie hielt sich gerade noch zurück und ging los. Ihre Mutter hatte immer gewollt, dass June sich ihr Unbehagen in den Behandlungsräumen möglichst nicht anmerken ließ, damit es Amalie leichter fiel, sie aufzusuchen und die Prozedur über sich ergehen zu lassen. Sie würde sie schließlich mit großer Wahrscheinlichkeit ihr ganzes Leben lang immer wieder erdulden müssen. Auch wenn es June ein schlechtes Gewissen bereitete, freute sie sich schon auf die Zeit, wenn Amalie alt genug sein würde und sie sie nicht mehr in diese seltsamen Roboterräume begleiten müsste.

June nahm den neuen Inhalator entgegen, während eine körperlose Stimme sie darauf hinwies, wie er zu gebrauchen war, und sie dazu aufforderte, in der Vergangenheit ausgegebene Medikamente und Hilfsmittel zurückzugeben, sollten sie leer, defekt oder nicht mehr in Gebrauch sein. Amalie tauchte neben ihr auf, ihren alten Inhalator in der Hand, und legte ihn auf die Ablage, woraufhin sich die Klappe sogleich schloss und die Vorrichtung dahinter wieder zu rattern begann.

Gerade als June ihre Schwester zum Gehen auffordern wollte, damit diese nicht auf den Gedanken kam, dass June sich selbst auf den Behandlungsstuhl setzen sollte und ihren typischen *Nur-zur-Sicherheit-Blick* aufsetzte, erklang erneut die körperlose Stimme: »Im Zuge einer Studie zur Verbesserung der medizinischen Angebote der Humanity Points möchten wir Sie bitten, eine Blutprobe abzugeben. Bitte halten Sie dafür Ihren Zeigefinger in die Öffnung in der Wand. Der Vorgang dauert nur wenige Sekunden und ist vollkommen risikofrei für Ihre Gesundheit.«

In der Wand neben der Ausgabeklappe war ein kleines Loch aufgetaucht, und Amalie musterte es neugierig.

»Wir können auch einfach gehen«, sagte June, die wenig Begeisterung verspürte, der Bitte nachzukommen. Es würden schon genug andere Leute mitmachen, und sie selbst wollte einfach nur so schnell wie möglich wieder raus aus dem Behandlungsraum und weg von der Menschenansammlung unter der Isle. Hier zu sein bedeutete für sie, keine einzige ruhige Minute zu haben.

»Geht doch bestimmt ganz schnell. Außerdem kann ich dann mal etwas dafür tun, dass sie mir die Inhalatoren kostenlos geben«, meinte Amalie, ohne den Blick von dem schmalen Loch in der Wand abzuwenden.

Ohne zu zögern streckte sie ihren Zeigefinger aus und steckte ihn unter Junes resigniertem Blick hinein. Als Amalie geräuschvoll nach Luft schnappte und zusammenzuckte, schnellte Junes Puls in die Höhe, doch dann lachte ihre Schwester laut auf. »Es hat nur ganz kurz gepikt. Ich habe mich einfach erschrocken«, sagte Amalie und hatte schon wieder ein Lächeln auf den Lippen, während sie June einen winzigen roten Punkt auf ihrer Fingerkuppe zeigte. »Jetzt bist du dran.«

Nur widerwillig ließ June ihren Blick erst über das kleine Einstichloch auf Amalies Finger und dann zum Loch in der Wand wandern; es hatte kurz aufgeleuchtet und war nun wohl bereit, einen weiteren Finger bluten zu lassen.

»Du hast doch nicht etwa Angst?« Amalies übertrieben empörter Tonfall wurde von ihren immer noch erhobenen Mundwinkeln Lügen gestraft; trotzdem merkte June, wie die Worte ihr einen Stich versetzten. Ob sie es beabsichtigt hatte oder nicht, Amalie hatte damit genau ins Schwarze getroffen, und June rang mit sich, weil sie nicht bereit war, sich diese Blöße zu geben. Wenn sie ihrer Schwester keine Nahrung für zukünftige Sticheleien geben wollte – und sie würde es sicherlich schamlos ausnutzen –, dann musste sie sich nun zusammenreißen. Sie trat einen Schritt vor und biss die Zähne fest zusammen. Ihr war klar, dass es nur Sekunden waren, doch in ihrem Empfinden schienen sie sich endlos auszudehnen. Als die Nadel endlich in ihren Finger stach, empfand June den Schmerz fast schon als eine Art Erlösung. Rasch zog sie die Hand zurück und verbarg sie wie die andere in ihrem Ärmel, damit Amalie nicht sah, wie sehr sie zitterten.

»Dann können wir ja jetzt endlich gehen«, seufzte June und richtete ihren Blick fest auf den Ausgang, ihren Weg in die Freiheit, ohne seltsame fremde Maschinen und Aufforderungen. Mit wenigen schnellen Schritten hatte sie den Raum durchquert und drückte den Türgriff nach unten. Nichts geschah. Die Tür bewegte sich keinen Zentimeter.

»Was ist los? Warum gehst du nicht raus?«, ertönte Amalies Stimme direkt hinter ihr. Innerlich fluchte June, die all ihre heimlichen Befürchtungen und Sorgen mit einem Mal Realität werden sah. Man hatte sie eingesperrt.

Luca

Gleich nach dem Frühstück klopfte Zinnia an die Tür ihres Zimmers im Medical Center, um sie abzuholen. Luca war einerseits froh, dass sie endlich aus dem Zimmer herauskam, gleichzeitig aber auch nervös. Sie empfand das Laufen immer noch als anstrengend, obwohl sie die letzten Tage öfter mal zum Üben im Zimmer herumgetigert war und schon viel länger durchhielt als nur bis zum Badezimmer und zurück.

»Bist du bereit?«, fragte Zinnia mit einem Lächeln und hielt ihr seinen Arm hin, damit sie sich unterhaken konnte.

Mit einem flauen Gefühl in der Magengegend ging sie zur Tür. »Ich denke schon.«

Sie traten hinaus in den Flur. Luca war fast ein wenig enttäuscht, dass es hier nichts anderes zu sehen gab als kahle Wände und eine Aneinanderreihung von Türen auf beiden Seiten. Anscheinend hatte sie nichts verpasst, als sie in ihrem Zimmer geblieben war. Dort hatte es wenigstens ein Fenster mit Büschen davor gegeben.

Sie gingen nicht schnell. Zinnia hatte von Anfang an ein sehr gemächliches Tempo vorgegeben, und Lucas Nervosität legte sich allmählich. Sie würde das schon schaffen.

Eine Glastür führte sie in eine ebenso gläserne Halle, die man erst auf den zweiten Blick als das innere eines Gebäudes erkannte. Neben ihnen verlief ein kleiner Bach durch eine große Rasenfläche, die hier und da von Bäumen und Farnen umsäumt war. Luca brauchte einen Moment, um zu realisieren, dass sie sich nicht am Boden der Kuppel befanden, sondern auf einer großen Terrasse, die in das Innere des Gebäudes ragte. Und es war nicht die einzige. Ein Blick in das offene Zentrum des Gebäudes gab noch weitere begrünte Terrassen in den Ebenen unter ihnen frei.

»Die Parks auf den Terrassen wurden für die Pflanzen angelegt, denen es draußen zu kalt ist oder die mit der Luft so hoch oben auf einer Isle nicht klarkommen«, erklärte Zinnia, der anscheinend bemerkt hatte, wie sehr dieser Ort sie in seinen Bann zog.

Er deutete auf eine Art Turm in der Mitte der kugelförmigen Halle, der sich über alle Ebenen hinweg spiralförmig nach oben verjüngte und erst kurz unter dem sonnenbeschienenen Kuppeldach endete. »Wenn du genau hinschaust, kannst du sehen, dass der Turm aus transparenten Röhren besteht. Sie sind so grün, weil sie voll mit Wasser und Algen sind.«

»Wozu denn Algen? Ich meine, es schimmert schön grün, wenn das Licht reflektiert wird, aber …« Nachdenklich schürzte sie die Lippen.

»In erster Linie, weil sie gut schmecken. Aber wir beziehen auch einen Teil unseres Stroms aus ihnen.«

Interessiert blickte sie noch einen Moment zu dem Algenturm, dann zu den anderen Terrassen, die in den Stockwerken unter ihnen in die Halle hineinragten. Hätte sie geahnt, in was für einem riesigen interessanten Gebäude das Medical Center integriert war, hätte sie eindeutig in den letzten Tagen ihr Beintraining hierher gemacht. *Apropos Beine …*

»Ich glaube, wir sollten jetzt weiter«, meinte sie und war selbst ein wenig überrascht, wie enttäuscht sie klang. Doch was sollte sie machen? Sie spürte schon wieder, wie ihr die Anstrengung in die Glieder kroch.

Wenige Minuten nachdem sie aus der Kuppelhalle nach draußen getreten und einen mit Bäumen gesäumten Weg entlanggegangen waren, betraten sie bereits das nächste Gebäude. Es war nicht so groß und so hoch wie die Glaskuppel. Die weißen Außenwände strahlten hell im Sonnenlicht, sodass Luca ihren Blick nur kurz darauf verweilen ließ und stattdessen Zinnia nach drinnen folgte.

»Wir müssen ins oberste Stockwerk, aber da es nur drei gibt, können wir die Treppe nehmen«, erklärte Zinnia und begann, eine gewundene Treppe zu ihrer Rechten hinaufzusteigen. Luca ahnte, dass die Alternative wohl ein Fahrstuhl gewesen wäre, und erschauderte allein bei dem Gedanken an diesen engen geschlossenen Raum.

Während sie nach oben gingen, versuchte sie, das einsetzende Brennen in ihren Beinmuskeln zu ignorieren, und konzentrierte sich stattdessen auf Zinnia vor sich. Er war so unglaublich aufmerksam und vorausschauend; fast machte es ihr ein schlechtes Gewissen, dass er es überhaupt für sie sein musste.

Oben angekommen, wandte sich Zinnia nach rechts und blieb vor der zweiten Tür auf dieser Seite des Flurs stehen. Luca trat neben ihn und betrachtete die glatte blaue Oberfläche, die weder einen Griff noch ein Bedienfeld aufwies. Zinnia lächelte ihr kurz zu, dann legte er seine Hand auf die Tür, und nur wenige Sekunden später schob sie sich zur Seite in die Wand hinein, sodass der Blick auf einen großen hellen Raum frei wurde. Nur zögernd trat Luca einen Schritt näher; sie konnte sich noch nicht überwinden, die Schwelle zu übertreten. Das hier war ihr Zuhause – und doch war es das nicht. Alles war aufgeräumt. Unaufdringliche Farbtöne zogen sich durch die Inneneinrichtung. Eingangsbereich und Flur waren lediglich durch einen Höhenunterschied von dem restlichen Wohnbereich abgetrennt. Von ihrer Position aus konnte Luca den Wohnzimmerbereich fast vollständig überblicken: Er lag etwas tiefer und wurde von einer großen Fensterfront dominiert, vor der grüne Baumkronen leicht im Wind schwankten.

Zinnia blieb im Eingangsbereich stehen, wandte sich zu ihr um und musterte sie. Seine Haltung verriet nichts von Ungeduld oder Unverständnis, doch sein unergründlicher Blick veranlasste Luca trotzdem dazu, den Kopf zu senken und ihre Hände zu Fäusten zu ballen. Er wollte, dass sie eintrat, und sie selbst wollte das doch auch, oder? Es war schließlich auch ihre Wohnung. Vielleicht würde sie hier Erinnerungen zurückerlangen, die ihr im Medical Center verwehrt geblieben waren? Sie wusste, sie sollte diese Hoffnung lieber im Keim ersticken, und doch konnte sie nicht anders, als sich daran festzuklammern. Unwahrscheinlich hieß nicht unmöglich. Aufmerksam ließ sie erneut ihren Blick schweifen und versuchte, diesmal auch auf Details zu achten. Das Bild an der Wand über dem Sofa, das Strand und Meer zeigte, der flauschige Teppich vor der Fensterfront, der die gleiche Farbe hatte wie die Eingangstür, die sandfarbene Kommode im Flur.

»Dir kommt nichts bekannt vor, nicht wahr?« Zinnias sanfte Stimme ließ Luca aus ihren Betrachtungen auftauchen, kam ihr vor wie ein Rettungsseil in der Fremde. Kopfschüttelnd schwieg sie, atmete tief ein und aus und machte dann den letzten Schritt. Als sich die Tür lautlos hinter ihr schloss, rann ihr ein Schauer über den Rücken. *Ich bin nicht gefangen. Ich bin NICHT gefangen. Ich kann jederzeit wieder gehen.*

»Leg deine Hand auf die Tür«, sagte Zinnia, der unbemerkt neben sie getreten war und sie aufmunternd anlächelte. Seine dunkelblauen Augen wirkten im nur schummrig beleuchteten Eingangsbereich fast schwarz. Luca starrte ihn einfach nur an. Fast wäre sie zurückgezuckt, als er plötzlich ihre Hand ergriff, sie wieder zur Tür umdrehte und ihre Hand auf die Tür legte. Ohne ihr Zutun schob sich die Tür zur Seite, erst nur langsam, dann schneller, als Zinnia ihre Hand von der Tür wegzog. Schweigend blieb Luca vor der offenen Tür stehen, bis sie sich wieder schloss, und wiederholte dann den Vorgang. Und dann noch einmal. Dankbar dafür, dass Zinnia nichts dazu sagte, nur geduldig an ihrer Seite blieb.

»Woher wusstest du das?«, fragte sie, nachdem sie wieder das Gefühl hatte, genug Kontrolle über die Situation zu haben. Nervös begann sie, an einer Haarsträhne herumzuzupfen, die ihr nach vorne über die Schulter gefallen war.

»Du hast dich noch nie in geschlossenen Räumen wohlgefühlt, seitdem ich dich kenne«, erklärte Zinnia mit einem schiefen Lächeln. »... ein schlechtes Kindheitserlebnis.«

»Also ist das nicht ... neu?« Sie konnte nicht anders als noch einmal nachzufragen, auch wenn Cera bereits so etwas angedeutet hatte. Doch jetzt, hier in ihrer eigenen fremden Wohnung, es von Zinnia zu erfahren, machte alles irgendwie ... realer.

Er zögerte einen Moment, bevor er sagte: »Nicht neu. Lediglich ein klein bisschen ... mehr als vorher.«

Ein leichtes Lächeln schlich sich bei dieser offensichtlichen Untertreibung auf Lucas Lippen, das sie bei ihrer Anspannung selbst überraschte und Zinnia dazu veranlasste, erneut ihre Hand zu ergreifen. Diesmal verspürte sie kein Bedürfnis, vor der Berührung zurückzuschrecken. Bereitwillig ließ sie sich von ihm weiter hinein in die Wohnung führen. Er zeigte ihr die Küche zu ihrer linken, die gleichzeitig auch als Esszimmer genutzt werden konnte, dann das Bad etwas weiter hinten in der Wohnung und zum Schluss zwei gegenüberliegende Schlafzimmer.

»Ich dachte mir, du möchtest sicherlich das Zimmer mit der großen Fensterfront, deswegen habe ich meine Sachen ins Schlafzimmer gegenüber gebracht«, erklärte Zinnia, woraufhin Luca nur nickte. Bisher hatte sie gar nicht daran gedacht, dass sie vermutlich zuvor ein gemeinsames Schlafzimmer gehabt hatten. Sie war dankbar, dass er es nicht zur Sprache brachte und sie nicht näher darüber nachdenken musste. Sie fühlte sich noch nicht bereit dazu, sich intensiver damit auseinanderzusetzen, wie ihre Beziehung zu Zinnia gewesen war ... und wie sie jetzt aussehen sollte.

Nachdem Luca noch einen letzten Blick in ihr Schlafzimmer geworfen hatte, das ihr mit seinen sanft grünen Wänden und den Möbeln in Holzoptik gut gefiel, folgte sie Zinnia zurück in den Eingangsbereich und von dort aus in den abgesenkten Wohnbereich. Statt zu der ausladenden Sitzlandschaft, wie sie zunächst angenommen hatte, führte er sie direkt an die Fensterfront. Erst jetzt konnte sie das volle Ausmaß der fantastischen Aussicht erkennen, die sich ihr bot. Hoch genug, um auf grüne Baumwipfel zu blicken, erstreckte sich die Welt unter ihnen nach allen Seiten wie ein grünes Meer. Nur ab und zu konnte Luca eine Lücke ausmachen, die den Platz am Fuß der Bäume offenbarte. Alles andere, was sie sah, waren entfernte Häuser, die hinter dem Grün hervorragten, und der Rand des Gebäudes mit der großen Glaskuppel, in der sich die Sonnenstrahlen fingen.

»Du hast dich immer gerne hierhergestellt, wenn du dich entspannen wolltest«, erklärte Zinnia. »Der Ausblick war einer der Gründe, warum wir uns diese Wohnung ausgesucht haben.«

Luca konnte sich gar nicht an der Weite der Stadt und des blauen Himmels sattsehen. Deswegen kostete es sie auch einiges an Willenskraft, sich von dem Anblick zu lösen, zurück zum Sofa zu gehen und sich zu setzen. Schließlich konnte sie noch jeden Tag hier am Fenster stehen und alles bewundern. Jetzt dagegen gab es eindeutig Wichtigeres zu tun. Außerdem würde ein wenig Recherche sie auch von der Nervosität in Zinnias Gegenwart ablenken, die erneut aufgekeimt war.

Sie konnte spüren, wie sein Blick ihr durch den Raum folgte und auch noch auf ihr ruhte, nachdem sie sich gesetzt hatte. Luca versuchte, es zu ignorieren, und hob die Unterseite ihres Handgelenks mit etwas Abstand vor ihr Gesicht. Sofort leuchtete ihr Armband einmal kurz auf, vermutlich um ihr anzuzeigen, dass es auf einen Sprachbefehl wartete. Es war schon fast ein wenig gruselig, dass es ganz von allein erkannte, wann sie es nutzen wollte. Doch sie schätzte, dass es etwas mit der Art zu tun hatte, wie sie Hand und Arm vor sich hielt.

»Du kannst auch die Sprachsteuerung der Wohnung und das in den Tisch integrierte Holo benutzen«, erklang Zinnias Stimme.

Luca zögerte einen Moment, schüttelte dann jedoch den Kopf. Sie wollte sich lieber weiter mit dem Holo-Armband vertraut machen; außerdem hatte sie erst gestern entdeckt, wie sie darin Notizen einspeicherte, und die erschienen ihr besser dort aufgehoben, wo sie sie überall mit hinnehmen konnte.

»Nachrichten«, befahl Luca das Erstbeste, das ihr in den Sinn kam. Doch statt des erwarteten Textfeldes erschien vor ihr die Miniversion einer Frau mit kurzem schwarzem Haar und leuchtend grünen Augen, die noch dadurch betont wurden, dass ihr Outfit aus Anzug und Krawatte in schlichten Grautönen gehalten war. Mit einem einnehmenden Lächeln und in einem melodischen Singsang sagte sie: »Mein Name ist Dylan Pak, und ich habe heute das Vergnügen, euch die neusten Nachrichtenmeldungen zu verkünden.«

Fasziniert beobachtete Luca, wie die holografische Miniversion der Frau in der Luft ein paar Schritte zur Seite trat und dann auf ein Bild deutete, das neben ihr aufgetaucht war und genau wie sie nun in der Luft gut fünf Zentimeter über Lucas Handgelenk schwebte. Darauf zu sehen war eine gigantisch wirkende Konstruktion, die auf mehreren Säulen über einer Wüste in den Himmel gehoben wurde. *Eine Isle.*

Erst jetzt wurde ihr bewusst, dass sie sich ebenfalls auf einer solchen befand. Ja, sogar ganz oben auf einer wohnte. Irgendwie eine surreale Vorstellung.

»Nachdem gestern die letzten Bauarbeiten an Sky Harbor fertiggestellt wurden, ist die neue High Rise Isle über dem Gebiet der United Southern Nations nun für Besucher und weitere neue Bewohner freigegeben«, berichtete die kleine Nachrichtenfrau mit einem selbstbewussten Lächeln. »Außerdem ist beim Bau des Space Tether, der in Zukunft den Hauptverkehrsweg von Sky Harbor zur Space Isle bilden soll, ebenfalls in den kommenden Tagen mit einem Abschluss zu rechnen.«

»Ein Aufzug direkt ins All ... gibt wirklich langweiligere Nachrichten«, kommentierte Zinnia, der unbemerkt neben Luca getreten war. »Hast du was dagegen, wenn ich mich zu dir setze?«

Sie löste ihren Blick für einen Moment von dem Hologramm vor sich und blickte zu Zinnia. Am liebsten hätte sie mit Ja geantwortet, sich seine Anwesenheit nicht weiter bewusst gemacht, doch ihr war klar, dass das keine Lösung war. Sie wohnten schließlich zusammen, und sie musste sich daran gewöhnen.

»Setz dich ruhig«, meinte Luca und schaute weiter auf das Hologramm. Sie schien irgendetwas verpasst zu haben, denn das Bild neben Dylan Pak war verschwunden und sie erklärte gerade: »Die Testphase der neuen Kommunikationstechnologie erntet neben Neugier und Begeisterung auch harsche Kritik und befeuerte erneut die Diskussion um die Vor- und Nachteile der Nutzung von Neurochips. Um ihr eine öffentliche Bühne zu geben, kündigte der Präsidentschaftskandidat Zinnia Whelan an, zu diesem Zweck eine Informationsveranstaltung auf New Hope zu organisieren, die ...«

Als Zinnias Name fiel, wandte sich Luca überrascht zu ihm um. Die weiteren Worte der Nachrichtensprecherin verrauschten am Rand ihrer Aufmerksamkeit zu Lauten, denen sie nicht mehr folgen konnte. Ihre Konzentration reichte nur noch für das schiefe Lächeln, das Zinnia ihr schenkte, und für das Wort *Präsidentschaftskandidat* in ihrem Kopf.

June

»Bitte bewahren Sie Ruhe. Eine Unregelmäßigkeit im Ergebnis des Bluttests gibt Veranlassung dafür, weitere Maßnahmen zu ergreifen. Haben Sie bitte einen Moment Geduld.«

Die Ansage sollte wohl sanft und beruhigend klingen, doch die körperlose Stimme erreichte bei June das genaue Gegenteil. Das Herz schlug ihr bis zum Hals, als sie sich zu Amalie umdrehte und etwas zittrig sagte: »Die Tür ist verschlossen.«

In Junes Kopf wummerte das Wort *Unregelmäßigkeit*, schwoll an, bis kein anderer Gedanke mehr Platz hatte, und verformte sich blitzlichtartig immer wieder kurz in Begriffe wie *Krankheit*, *Tod* oder *Quarantäne*. Es verlangte ihr alles an Selbstbeherrschung ab, um sich dazu zu zwingen, normal weiter zu atmen und sich nicht völlig der Panik hinzugeben. *Amalie*. Der Name ihrer Schwester drängte die übermächtigen Angstgedanken etwas zur Seite und gab June die Kontrolle zurück, die sie brauchte, um sich wieder etwas zusammenzureißen. Sie sollte wissen, dass sie nicht allein war, dass sie June nicht völlig an die eigene Panik verloren hatte. Sie hatte es ihr versprochen, sie würde sie nie allein lassen, egal, ob physisch oder nur mit ihrem Verstand.

In den Augen ihrer Schwester meinte sie, ein Spiegelbild ihrer eigenen aufgewühlten Emotionen zu sehen. Sie verlangte eine Sicherheit und einen Optimismus, den June ihr nicht geben konnte. Amalies Hände fühlten sich ungewohnt kalt an, als sie sie in ihre nahm und leicht drückte. Ihr Nicken sagte June, dass Amalie verstanden hatte. Sie würden dies hier gemeinsam durchstehen, wie sie alles gemeinsam durchstanden.

Begleitet von einem Piepsen, schob sich die Hinterwand des Raumes auf und gab den Durchgang zu einem Fahrstuhl frei, in dem zwei Gestalten in weißer Kleidung standen. Sie trugen Handschuhe, und ihre Köpfe steckten in einer Art transparentem Helm. June hatte noch nie etwas Vergleichbares gesehen, aber sie war froh, dass sie menschliche Gesichter darin entdeckte und keine Roboterfratzen. Sofort schob sie sich vor Amalie und musterte die Fremden angespannt. Es waren eine Frau und ein Mann, beide nicht bemerkenswert groß oder kräftig, doch im Zweifelsfall waren sie ihr und Amalie sicherlich überlegen.

»Warum sind wir eingeschlossen?«, fragte June und ließ bewusst den Vorwurf in der Frage mitklingen.

»Wir werden die Tür gleich wieder öffnen. Wir wollten nur sicherstellen, dass ihr noch hier seid, wenn wir eintreffen.«

Es interessierte sie nicht, dass die Frau ihnen bei diesen Worten zulächelte und der Mann seine leeren Handflächen zu ihnen streckte, als wären sie scheue Tiere, die er beruhigen wollte. June fühlte sich in die Enge getrieben. Selbst wenn sie nicht aus dem großen Schacht gestiegen wären, den June außen an der Untersuchungskammer gesehen hatte und der nach oben zur Isle führte, hätte sie gewusst, woher sie kamen. Sie verhielten sich so unsinnig und dabei gleichzeitig so selbstsicher, wie Städter es meist taten. Da waren diese High-Rise-Society-Leute anscheinend auch nicht anders als die Stadtbewohner auf dem Erdboden.

»Was stimmte mit dem Bluttest nicht?«, fragte June misstrauisch und ließ die beiden nicht aus den Augen. Nichts an ihrer Kleidung oder den Dingen, die sie dabeihatten, verriet ihre Absichten. Es war nicht ersichtlich, was sich in dem Koffer verbarg, den die Frau trug; auch das dunkelblaue Zeichen darauf konnte June nicht einordnen. Sie vermutete, dass es eine Art Logo war, wie von einer Firma oder einer Institution. Doch keine, die sie kannte, hatte eines, das ein viergeteiltes Quadrat zeigte, von dem nur drei Viertel ausgefüllt waren. Vermutlich etwas, das es nur auf den Isles gab.

»Ihr habt nichts zu befürchten, mit eurem Blut war alles in Ordnung«, versicherte die Frau und machte June dadurch nur noch misstrauischer. Man sperrte niemanden ein wegen nichts.

Nun schaltete sich zum ersten Mal auch der Mann in das Gespräch ein: »Was meine Kollegin sagen wollte, ist, dass sich die Unregelmäßigkeit im Testergebnis nicht darauf bezog, eine Krankheit oder einen genetischen Defekt anzuzeigen. Ganz im Gegenteil.«

Trotz Junes strengem Blick ließ sich Amalie nicht davon abhalten, an ihre Seite zu treten. Sie musterte die Fremden aufmerksam und fragte: »Um wessen Blut geht es? Und was soll diejenige für euch tun?«

»Es geht ums Ergebnis derjenigen, die zuerst ihr Blut abgegeben hat«, sagte die Frau. June und Amalie sahen einander stumm an. Es brauchte keine Worte, um sich darüber zu verständigen, dass vorerst keine von ihnen preisgeben würde, wer als Erste am Test teilgenommen hatte.

Der Mann schaltete sich erneut ein: »Es geht nicht darum, was diejenige für uns tun kann, sondern was wir für sie tun können. Wir wollen ihr ein Angebot machen, das wir nur sehr selten aussprechen. Es ist ein hoher Aufwand, und es kostet wichtige Ressourcen, aber nachdem schon seit Jahrzehnten keine Zuwanderung in die High Rise Society mehr möglich ist, wurde nun ein neues humanitäres Projekt gestartet. Statt lediglich Hilfsleistungen und Hilfsgüter zu verteilen, wollen wir, wenn möglich, Bedürftige in unsere Gesellschaft integrieren.«

Erstaunt von der Erklärung des Mannes, schwieg June. Ihr fiel kein plausibler Grund dafür ein, warum es solch ein Projekt geben sollte. Was brachte es den Leuten auf der Isle? Waren sie plötzlich zu wenige? Oder brauchten sie gar neue Personen für die Drecksarbeit oder Experimente?

»Warum haben wir dann noch nie davon gehört?«, fragte Amalie.

Wieder antwortete der Mann: »Wir haben das Projekt nicht offiziell bekannt gemacht, weil wir Sorge hatten, die

Humanity Points könnten überrannt werden. Und das würde die Lage für die Hilfesuchenden noch riskanter machen, als ein Aufsuchen unserer Hilfspunkte sowieso schon ist.«

»Dann wisst ihr also, was hier unten los ist?« June musste diese Frage aussprechen, die mehr wie ein Vorwurf klang. Natürlich wussten die Leute auf den Isles, was an ihren Humanity Points passierte. Warum sollten sie sie auch weiterhin betreiben und sie dann nicht überwachen?

»Die Rechtslage diesbezüglich ist ... kompliziert«, erwiderte der Mann ausweichend und lenkte das Thema wieder in seine ursprüngliche Bahn. »Ihr könnt uns entweder sagen, welche von euch als Erste ihr Blut abgegeben hat, oder wir werden in den Aufnahmen der Überwachungskamera nachschauen. Es wäre lediglich ein unerfreulicher Mehraufwand, besonders, da es um eine bessere Zukunft für eine von euch beiden geht.«

»Wenn das Angebot nur für eine von uns gilt, dann sind wir sowieso nicht interessiert«, erklärte Amalie bestimmt, und June war kurz davor, diese Klarstellung zu untermauern. Sie würde ihre Schwester nicht allein mit diesen Personen gehen lassen. Nein, sie wollte generell nicht, dass sie und Amalie getrennt wurden. Doch June wusste auch, dass ein Leben auf den Isles besser und sicherer war als alles, was sie Amalie jemals würde bieten können.

»Ihr müsst euch nicht sofort entscheiden. Wir erwarten eure Antwort nicht vor morgen«, sagte die Frau und legte ihren Koffer auf dem Untersuchungsstuhl ab, um ihn zu öffnen.

»Das ist nicht notwendig. Wir wollen jetzt gehen«, sagte Amalie erneut, und diesmal lag eindeutig unterdrückte Wut in ihrer Stimme.

June griff nach Amalies Hand, drückte sie sanft, schwieg allerdings. *Was soll ich nur machen? Was, wenn diese Leute Amalie alles geben können, was sie sich immer erträumt hat?*

Ein Zuhause, eine Ausbildung, ein Leben, in dem sie Freunde haben würde?

»Das liegt natürlich in eurer Entscheidung«, sprach die Frau weiter und wandte sich von ihrem geöffneten Koffer ab, ohne etwas daraus entnommen zu haben. Jetzt blickte sie June direkt an. »Wollt ihr so eine große Chance wirklich vorschnell ausschlagen?«

Ein Prickeln wanderte über Junes Arme und Rücken. Irgendetwas in der Art, wie die Frau sie anschaute, sagte ihr, dass sie ganz genau wusste – oder vielleicht auch nur ziemlich treffend vermutete –, wer zuerst den Bluttest gemacht hatte. Es war, als ob in ihren Zügen die Frage lag, wie sie ihrer kleinen Schwester eine hoffnungsvolle Zukunft verweigern konnte, nur weil sie sie nicht verlieren wollte.

Amalie wandte sich zur Tür und versuchte, June an der Hand mit sich zu ziehen, doch diese blieb, wo sie war. »Was machst du?«, drang das leise Zischen ihrer Schwester an ihr Ohr.

June schaute sie nicht an, sondern erwiderte den Blick der Frau. »Was wollt ihr mit diesem Koffer?«

»Er enthält ein Gerät, um die Gene genauer zu analysieren, als es beim ersten Bluttest möglich war«, erklärte die Frau. Währenddessen hob der Mann den Koffer so an, dass June einen Blick in sein Inneres werfen konnte. »Man schiebt Hand und Unterarm in die Röhre, die du in der Mitte des Koffers sehen kannst. Sie kann einen Scan anfertigen und weiteres Blut abnehmen.«

Neben der weißen Röhre war in dem Koffer nichts weiter zu sehen als glatte Flächen zu beiden Seiten. June schätzte, dass sich darunter die Technik verbarg, mit der die Untersuchung durchgeführt wurde.

Ein schmerzhafter Druck an ihrer Hand brachte June dazu, sich nun doch ihrer Schwester zuzuwenden. Entschuldigend blickte sie Amalie an, die wirkte, als glaube sie, June hätte den Verstand verloren. »Ist es ungefährlich?«

»Selbstverständlich«, antwortete diesmal der Mann.

June schloss die Augen, massierte sich mit der freien Hand ihren Nasenrücken und versuchte, über all das nachzudenken. Sie konnte sich noch daran erinnern, welche Geschichten sie als Kinder über das Leben auf den Isles gehört hatten. Die meisten hatten ziemlich abenteuerlich geklungen und waren wenig glaubwürdig erschienen, doch besonders die Erzählungen von Fanny hatten sich June eingeprägt. Die Frau, die für sie wie eine Großmutter war, war selbst ein paarmal auf den Isles gewesen, als Besucher noch erlaubt gewesen waren. Sie hatte immer gesagt, dass das Leben auf den Isles nicht leichter war, nur anders. Dass das Leben generell Schwierigkeiten bereithielt, weil es einfach so war, aber an unterschiedlichen Orten eben auch unterschiedliche Herausforderungen bot. Allerdings hatte sie auch gesagt, dass es auf den Isles tatsächlich keinen Hunger und keine Krankheiten gab und dass die Menschen langsamer alt wurden und später starben. Himmel, wie gerne hätte June Fanny nun hier, damit sie sie fragen konnte, was sie tun sollte.

»Lass dich weiter untersuchen«, sagte June schließlich.

»Was?«

»Du hast mich schon verstanden«, meinte June und öffnete ihre Augen wieder, um Amalie direkt anzusehen und ihr zu zeigen, dass sie ernst meinte, was sie sagte.

»Aber …«

Amalies verwirrten Gesichtsausdruck betrachtend, stieß June einen tonlosen Seufzer aus. »Es ist keine Entscheidung, aber wenn du es machst, können wir noch bis morgen weiter darüber nachdenken.«

»Ich werde nicht ohne dich gehen. Warum sollte nur ich gehen? Das ergibt überhaupt keinen Sinn.«

»Dafür gibt es gute Gründe«, schaltete sich die Frau ein, »ich erläutere sie gerne, während wir dich untersuchen.«

Vorwurfsvoll blickte Amalie June an, doch schließlich trat sie zum Behandlungsstuhl und ließ es zu, dass der Mann ihren Arm in die Röhre im Koffer schob.

»Das wird nur wenige Minuten beanspruchen«, versprach er.

»Also, die Gründe?«, fragte Amalie angespannt, und June hasste es, dass sie ihre Schwester zu etwas zwang, das sie selbst gar nicht wollte. Doch was hätte sie anderes tun sollen?

»Die genetische Ausstattung der Menschen innerhalb der High Rise Society unterscheidet sich inzwischen deutlich von der der Menschen auf dem Erdboden. Besonders seitdem keine Zuwanderung mehr möglich ist, kann ein Zusammentreffen große Risiken beinhalten. Krankheitserreger, die euch nichts anhaben können, könnten für uns den Tod bedeuten. Dies war schon einmal der Fall und hat Tausende von Leben gekostet.«

»Aber warum habt ihr andere Gene und wieso wollt ihr mich dann mit euch nehmen, wenn ich eine Gefahr sein könnte?«

Stumm trat June von einem Fuß auf den anderen, während sie das Gespräch zwischen der Frau und ihrer Schwester verfolgte. *Zum Glück kann wenigstens eine von uns gerade klar genug denken, um die wichtigen Fragen zu stellen.*

»Es gibt Erkrankungen, die vererbt werden können. Durch den technologischen Fortschritt ist es uns möglich, die DNA schon vor der Geburt zu analysieren und sie im Zweifelsfall zu verändern. Viele Krankheiten, die ihr hier auf dem Erdboden noch kennt, gibt es daher bei uns inzwischen nicht mehr. Wir tragen sie selbst nicht in uns und geben sie so erst gar nicht an unsere Kinder weiter. Allerdings führen diese Veränderungen dazu, dass sich unser Genom insgesamt immer deutlicher von eurem unterscheidet.«

»Doch das erklärt nicht, warum ihr Leute von hier unten bei euch aufnehmen wollt«, schaltete sich June ein.

»Das stimmt«, fuhr die Frau an June gewandt fort. »Allerdings ist die DNA von einigen hier unten unserer ähnlich genug, um sich gut in unseren Genpool einzufügen. Und wenn Amalie mit uns kommt, wird sie für die ersten Wochen in einer Quarantänestation bleiben müssen, damit wir ausschließen können, dass sie eine ansteckende Krankheit hat.« Nun wandte die Frau sich wieder direkt an Amalie. »Aber nach dieser Zeit können wir dein allergisches Asthma heilen, und du wirst ganz normal mit allen anderen auf New Hope zusammenleben können. Du kannst Lernseminare besuchen, Freunde finden und ein langes gesundes Leben führen.«

Was die Frau erklärte, klang schlüssig, soweit June sich zutraute, das beurteilen zu können. Sie verstand nicht viel von Genen und Krankheiten, aber es beruhigte sie ein wenig, dass die Frau auf jede ihrer Fragen sofort eine ausführliche Antwort parat hatte.

»Warum kann June nicht mitkommen? Sie ist doch meine Schwester und hat doch dann die gleichen Gene, oder nicht? Ich meine, wir haben doch auch die gleichen Eltern«, sagte Amalie, die immer noch nicht überzeugter schien als zuvor.

»Auch wenn ihr Schwestern seid, heißt das nicht, dass ihr die gleiche DNA in euch tragt. Ihr seid schließlich keine eineiigen Zwillinge. Eure DNA setzt sich aus den Teilen zusammen, die auch eure Eltern in sich tragen, doch ihr habt beide jeweils andere Teile der DNA bekommen.«

»Also wäre June für euch gefährlicher als ich?«

»Nein, ihre Gene passen lediglich nicht ganz so gut zu unseren wie deine. Irgendwie müssen wir auch eine Auswahl treffen, wen wir aufnehmen und wen nicht. Außerdem spielt deine Erkrankung noch eine große Rolle. Wir nehmen nur diejenigen auf, die wir heilen können und die hier unten aufgrund ihrer Krankheit nur eine geringe Lebenserwartung haben.«

June konnte Amalie ansehen, wie sie angestrengt nachdachte. Ihre Schwester bemerkte es nicht einmal, als der Mann ihren Arm aus der Untersuchungsröhre zog.

»June hat sich gar nicht auf den Stuhl gesetzt«, sagte Amalie plötzlich, und June runzelte verständnislos die Stirn. »Wir wissen gar nicht, ob sie nicht ebenfalls krank ist und von euch oben geheilt werden muss.« Die Hoffnung, die zögerlich, aber durchaus unverkennbar aus Amalies Worten aufleuchtete, ließ in June Tränen aufsteigen. Egal, wie Amalie sich bisher verhalten oder geäußert hatte, natürlich hoffte sie für sich ebenfalls auf ein Leben in den Himmelsstädten.

»Ich bin nicht krank«, sagte June leise.

»Das wissen wir nicht, solange du dich nicht hast untersuchen lassen.«

Nur mit Mühe hielt June dem entschiedenen Blick ihrer Schwester stand, ohne ihren Gefühlen freien Lauf zu lassen. Amalie griff nach einem Strohhalm, von dem sie jetzt schon wussten, dass er abbrechen würde.

»Selbst wenn deine Schwester ebenfalls eine Erkrankung hätte, würde sie nicht in die Gruppe derjenigen fallen, für deren Aufnahme wir uns entschieden haben. Ihre DNA weist nicht genug Übereinstimmung auf«, wandte die Frau mit behutsamer Stimme ein, die durch ihren Anzug nur schwer zu vernehmen war. Trotzdem hatte June jedes Wort verstanden, und auch Amalie musste es gehört haben.

Beide Schwestern schwiegen.

»Es tut mir leid. Wir können nicht jeden aufnehmen.«

Luca

Während am Rande ihres Blickfelds die Nachrichten weiterliefen, hatte Luca nur Augen für Zinnia. Er sah gar nicht aus wie jemand, der in der Politik arbeitete, oder? Allerdings konnte sie auch gar nicht genau benennen, wie ein Politiker aussehen sollte. *Außerdem wirkt er immer so selbstbewusst und souverän, also warum eigentlich nicht?*

Unschlüssig, was sie zu der Neuigkeit seiner Präsidentschaftskandidatur sagen sollte, wartete sie darauf, dass er mit dem Sprechen begann. »Ich gebe zu, das muss für dich überraschend gekommen sein«, meinte Zinnia mit einem schiefen Lächeln.

Luca nickte, schaltete die Nachrichten aus, um nicht abgelenkt zu werden, und murmelte dann: »Man sollte meinen, dass ich inzwischen an Überraschungen gewöhnt bin, weil ja absolut alles irgendwie neu für mich ist, und doch ...« Kopfschüttelnd versuchte sie zu ergründen, wie sie diese neue Information über Zinnia einordnen sollte. Was sagte ihr diese Kandidatur über ihn? Sagte sein Beruf überhaupt etwas Wichtiges aus?

»Ich gebe zu, es ist nicht das beste Timing, was meine politischen Ambitionen angeht«, sagte Zinnia und zog dabei seine Stirn in Falten. »Allerdings habe ich natürlich vor ein paar Monaten noch nicht ahnen können, dass ... « Auch er versäumte es, seinen letzten Satz zu beenden, und blickte sie stattdessen nur stumm an. Sie wusste auch so, was er hatte sagen wollen. Vor ein paar Monaten hatte sie noch all ihre Erinnerungen und war vermutlich sogar einverstanden gewesen, einen Teil ihrer Privatsphäre für eine Weile aufzugeben.

»Es ist jetzt wohl, wie es ist.«

»Ich könnte die Kandidatur immer noch zurückziehen.«

Trotz ihres direkten Blickkontakts konnte Luca nicht ergründen, ob Zinnia sein Angebot wirklich ernst meinte. »Das musst du nicht tun. Das Leben ist aktuell schon verrückt genug. Wenigstens einer von uns sollte einfach weiter seinen Plänen nachgehen können«, sagte Luca und hoffte inständig, dass die Quasi-Verlobte mit Gedächtnisverlust eh kein großes Interesse ernten würde. *Vielleicht muss meine Amnesie ja auch gar nicht zum Thema werden?*

»Bist du dir sicher?«

Sie lachte freudlos. »Nein, natürlich nicht. Aber das ist okay. Ich bin momentan bei überhaupt nichts sicher, außer dass das Leben wohl irgendwie weitergehen muss.«

»Ich wünschte wirklich, es wäre alles ein wenig leichter für dich.«

»Gibt es überhaupt Umstände, unter denen es leicht ist, sein Gedächtnis zu verlieren?«

»Gute Frage. Vermutlich nicht.«

»Wurde über den Unfall mit dem Neurochip bei mir eigentlich berichtet?«

»Nein, wenn wir nicht drüber sprechen, kann das auch so bleiben, denke ich.«

Erleichtert atmete Luca auf.

»Willst du sonst noch etwas wissen?«, hakte Zinnia nach.

Für einen kurzen Moment überlegte sie, dann schüttelte sie den Kopf. Dieses Thema war sicher öffentlich genug, um eigene Nachforschungen anzustellen. »Ich geh in mein Zimmer, ich bin ziemlich erschöpft nach ... allem«, meinte Luca und fühlte sich mehr als seltsam dabei. Eigentlich gehörte ja nicht nur das eine Zimmer ihr, und genau genommen hatte sie auch keinen Grund, sich vor Zinnia zu erklären. Doch einfach so gehen konnte sie irgendwie auch nicht.

In ihrem Schlafzimmer angekommen, ließ sie sich seufzend aufs Bett fallen und wandte sich wieder ihrem Armband zu. »Ich möchte Informationen zu Zinnias Präsidentschaftskandidatur.«

Diesmal erschien wieder ein Textfeld, darauf waren mehrere Vorschläge angezeigt. Luca machte sich gar nicht erst die Mühe, die Titel genauer anzuschauen, sondern befahl einfach: »Zeig mir das erste.«

Die neue Seite, die erschien, hatte als Überschrift *High Rise News.* Neben einem kleinen Bild von Zinnia mit vorbildlich ordentlichem Zopf und in einem weißen Hemd stand:

Der Überraschungskandidat der Präsidentschaftswahl 2242
Zinnia Whelan setzt mit seiner unangekündigten Kandidatur die High Rise Society weltweit in Erstaunen. Nach dem Abschluss einer Ausbildung als Artificial Intelligence Engineer arbeitete er zunächst einige Jahre sehr erfolgreich für TQ, entschied sich dann jedoch für eine Tätigkeit als freier Berater. Vor etwas mehr als einem Jahr überraschte er schon einmal mit einem Karrierewechsel und begann eine Tätigkeit im Justizwesen, und nun steht die Präsidentschaft auf dem Karriereplan des 29-Jährigen. Ob dies ein Zeichen für große Ambitionen oder Sprunghaftigkeit ist, darüber lässt sich zurzeit noch kein abschließendes Urteil fällen.

Wenig überzeugt davon, dass der Artikel ihr im Weiteren mehr als Gerüchte und Mutmaßungen präsentieren würde, folgte Luca stattdessen ihrer Neugier und überflog die Kommentare. In erster Linie wurde heiß diskutiert, ob jemand in Zinnias Alter überhaupt für so ein wichtiges Amt geeignet war – was sich bereits nach dem dritten Meinungsbeitrag anfühlte, als würde der Diskurs völlig am Thema vorbeigehen. Das brachte sie nicht weiter.

Nachdenklich ließ Luca ihren Arm sinken, woraufhin das Hologramm sich selbst abschaltete. Vermutlich tat sie besser daran, ihm in Zukunft alle ihre Fragen direkt zu stellen, egal, wie nervös sie das machte. Doch erst einmal konnte sie wohl einfach abwarten und beobachten, wie das Zusammenleben mit ihm so war. Wenn sie es genau betrachtete, war das vermutlich sogar der effektivste Weg, Zinnia wirklich kennenzulernen, denn Taten logen nicht, oder?

June

Kein einziges Wort war über Junes Lippen gekommen, seitdem sie den Behandlungsraum des Humanity Points verlassen hatten. Nicht, weil es nichts zu sagen gab, sondern weil es zu viele Worte waren. Wie Steine lagen sie in Junes Herzen.

Amalie hatte noch vor ihr die Tür aufgedrückt und war gegangen, nachdem die zwei Isle-Bewohner wieder in ihren Fahrstuhl gestiegen waren. June war Amalie stumm gefolgt, vorbei an den anderen Nomaden, dem herumliegenden Schrott und Müll. Dankbar für jede weitere Minute, die ihr blieb, um sich für das Kommende zu wappnen. Denn es durfte gar nicht anders kommen. Sie konnte gar nicht zulassen, dass es anders kam. Es ging schließlich um Amalies Zukunft und auch um einen Traum, den ihre Mutter bis zuletzt nicht zu träumen aufgegeben hatte. Ihre kleine Tochter gesund und munter auf einer Isle, mit einer sicheren Zukunft.

Eine kühle Brise strich über June und ließ sie frösteln, während sie aus dem riesigen Schatten der Isle ins Mondlicht traten. Vielleicht kam die Luft ihr aber auch so ungewöhnlich kalt vor, weil sie gerade alle Wärme in sich verloren hatte.

Wie ist es nur möglich, dass man die ganze Zeit auf ein Ziel hinarbeitet, und wenn es dann erreicht ist, wünscht man sich, es wäre nicht so? Das ist es doch, was ich die ganze Zeit wollte. Eine Zukunft für Amalie. Eine gesunde Amalie.

»Ich weiß, was du sagen willst.« Die Stimme ihrer kleinen Schwester klang ungewöhnlich ernst und leise. Hätte June sie nicht gehört, hätte sie wohl nicht einmal gewusst, ob ihre Schwester wirklich mit ihr sprach, so wie Amalies Blick starr auf die Landschaft vor ihnen gerichtet war. Auf Matsch, karge Sträucher, hoffnungslose Leere. *Unser Leben.*

June blinzelte, sog die Luft tief in ihre Lungen, nur um sie danach genauso langsam und kontrolliert wieder entweichen zu lassen. »Ich muss es trotzdem sagen.«

Ihre Schwester blieb stehen.

»Du musst das Angebot annehmen, Amalie.«

»Ich muss gar nichts. Es ist meine Entscheidung, und ich werde hierbleiben.«

»Was soll das für eine Entscheidung sein? Eine, bei der man nur die Wahl hat für ein Leben, das wir lediglich so nennen, weil es zu schwer ist, ehrlich zu sich zu sein?« Während sie sprach, stieg heiße Wut in June auf. In einer besseren Welt müsste sie ihre Schwester nicht aufgeben, um sie zu retten. Sie müssten sich nicht trennen, damit wenigstens eine von ihnen ein sicheres und erfülltes Leben führen konnte. Doch sie lebten in dieser Welt, und sie war nicht fair, war es vielleicht sogar nie gewesen.

»Ich kann Nein sagen oder auch einfach gehen und mich nicht noch einmal mit diesen seltsamen Schutzanzug-Leuten treffen; also ist es meine Entscheidung und meine Wahl. Ich bin kein Kind mehr«, erklärte Amalie und wandte sich zu June um.

»Du solltest aber noch ein Kind sein dürfen. Du bist sechzehn«, sagte June mit rau klingender Stimme. Heiße Tränen brannten ihr in den Augen. Ja, diese Welt war wirklich nicht fair.

»Es spielt keine Rolle, wie alt ich bin. Oder bin ich dir zu jung und lästig, sodass du mich loswerden willst?« Amalie spuckte die Worte aus wie widerliche Klumpen, doch June hatte ganz sicher nicht vor, sie zu schlucken. So sehr der Vorwurf auch schmerzte, sie konnte in den Augen ihrer kleinen Schwester die gleichen verzweifelten Tränen sehen, die auch in ihren brannten. Das sagte June alles, was sie wissen musste.

»Bitte lass uns dieses Gespräch nicht so führen. Ich will mich nicht streiten, nicht wenn …«

June schaffte es genauso wenig, den Satz zu beenden, wie zu verhindern, dass ihre Gefühle salzige Ströme auf ihre Wangen zeichneten. Amalies Schniefen mischte sich in ihres, während June die wenigen Meter zwischen ihnen überwand und ihre Schwester in ihre Arme zog. Sie drückte sie fest an sich, vergrub ihr Gesicht in Amalies Haar, sog den Duft von zu Hause auf.

June wusste nicht, wie lange sie so dagestanden waren. Selbst als ihre Tränen getrocknet waren, hatte sie es nicht über sich gebracht, ihre Schwester loszulassen. Doch nun wurden ihre Arme schwer, und die Anstrengung des Tages trieb die Müdigkeit in ihre Glieder.

»Ich weiß nicht, ob ich das schaffe«, sagte Amalie, während sie einen Schritt zurücktrat und ihre Blicke sich fanden.

»Sie werden dir sicher helfen, damit du dich zurechtfindest.«

Amalie schüttelte den Kopf. »Das meine ich nicht.«

»Ich weiß.« June seufzte und nahm ihre Schwester erneut in die Arme, wenn auch diesmal nur kurz. »Mir hilft es, daran zu denken, was Mama wohl gesagt hätte. Sie hätte sich so sehr gefreut, dass du geheilt wirst.«

»Glaubst du wirklich, das können sie?«

»Na klar! Sie bauen ja auch riesige Städte in den Himmel und untersuchen uns mit gruseligen Roboterarmen«, meinte June und zwang sich zu einem kleinen Lächeln. »Außerdem ist das ja nicht alles, worum es geht. Du wirst da hoch nach New Hope dürfen und bestimmt total coole Dinge sehen, die wir uns nicht einmal ausdenken könnten. Das wird ein Abenteuer.«

»Wie kannst du nur so überzeugt klingen?«

Mit einem Augenzwinkern tippte June Amalie mit dem Zeigefinger auf die Nasenspitze und meinte: »Hoffnung, Amalie, Spätzchen. Das wertvollste Gut.«

Ihr gelang die Imitation ihrer Mutter so gut, dass sich nun auch auf Amalies Lippen ein Lächeln abzeichnete. Sofort drückte die Schwere nicht mehr ganz so stark auf Junes Brust.

»Also glaubst du diesen Leuten, was sie gesagt haben? Dass sie mich einfach so bei sich aufnehmen wollen?«

»Gute Frage«, sagte June und verzog ihren Mund zu einem schiefen Lächeln. »Ich denke, ich will es einfach glauben. Dass sie dich einfach so aufnehmen, so wie sie auch die Humanity Points instand halten, kostenlose Medikamente, Nahrungsmittel und Trinkwasser verteilen.«

»Nur weil man etwas glauben möchte, macht es das noch nicht zur Wahrheit.«

Sie beobachtete; wie Amalie ihren Blick zu ihren Füßen wandern ließ; und wusste für einen Moment nicht, was sie sagen sollte. Es war viel zu leicht; sich irgendwelche Horrorszenarien auszumalen.

»Es macht mir Angst«, flüsterte Amalie. »Was, wenn sie Sklavenhändler sind? Oder irgendwelche Dinge an mir testen wollen?«

Die Vorstellung ließ June schwer schlucken. Sie schüttelte den Kopf und versuchte, sie wie eine lästige Fliege zu verscheuchen. »Granny hat doch immer erzählt, dass es auf den Isles keine Sklaven gibt. Dort oben geht es den Leuten besser als hier.«

»Aber es ist Jahrzehnte her, dass sie auf New Hope war. Was, wenn es dort jetzt ganz anders ist?«

»Was, wenn es noch immer der faszinierende und friedliche Ort ist, von dem wir geträumt haben?«

»Ach verdammt!« Amalie vergrub ihr Gesicht in den Händen.

»Manchmal muss man einfach ein bisschen Vertrauen haben.« Aufmunternd legte June ihrer Schwester eine Hand auf die Schulter, damit sie sie wieder ansah.

»Müsste ich das nicht eigentlich sagen? Es klingt zumindest mehr nach mir als nach dir.«

»Heute nicht«, meinte June schulterzuckend, »ein ungewöhnlicher Tag erfordert auch ungewöhnliche Maßnahmen.«

»Verstehe«, sagte Amalie nickend und wirkte dabei schon viel weniger frustriert und ängstlich als zuvor. »Darf ich mir dann auch etwas wünschen?«

»Klar.« *Alles.*

»Lass uns bitte nicht weiter darüber reden. Können wir einfach ein bisschen so tun, als wäre alles wie immer?«

»Wie wäre es dann mit Abendessen?«

Das Lächeln, das auf Amalies Gesicht erschien, erreichte ihre Augen nicht ganz, doch es war für June leichter zu ertragen als die Tränen ihrer Schwester.

»Essen klingt nach einer großartigen Idee. Setzen wir uns doch da vorne auf die Steine.« Amalie deutete auf drei kleine Felsbrocken gut zwanzig Meter weiter, die wie alles andere vom Sonnenuntergangshimmel in violettes Licht getaucht wurden. June nickte.

»Hast du etwas dagegen, wenn wir trotzdem anders als sonst das Schlafen aufschieben und den Rest der Nacht durchmachen? Das haben wir schon lange nicht mehr gemacht. Es sieht sogar so aus, als würden wir eine sternenklare Nacht bekommen.«

»Klingt nach einer weiteren tollen Idee«, stimmte Amalie zu und ergriff Junes Hand, bevor sie sich auf den Weg zu den Steinen machten.

Luca

Als Luca erwachte, wurde sie nicht nur von sanftem Licht begrüßt, das durch die Fenster fiel, sobald die Rollos sich automatisch zurückgezogen hatten, sondern auch von einer körperlosen Stimme. Sie teilte ihr mit, dass Zinnia bereits das Haus verlassen hatte und erst gegen Mittag wiederkommen würde. Sofort spürte sie, wie die Enttäuschung begann, ihre Stimmung zu dämpfen. Bereits die vergangenen paar Tage zu Hause hatten gereicht, dass Luca sich an ihr gemeinsames Frühstück gewöhnte. Zusammen mit ihrem kleinen morgendlichen Frage-und-Antwort-Spiel war es für sie ein wichtiges Ritual, das ihrem Tag Struktur gab. Außerdem fühlte sie sich während des Essens nicht ganz so unsicher, wenn sie Zinnia mit ihren Fragen löcherte:

»Was ist meine Lieblingsfarbe?« – »Dunkelgrün.«

»Wer hat unsere Wohnung eingerichtet?« – »Ich allein, weil du gerade so viel anderes zu tun hattest.«

»Habe ich früher auch immer schon so lange ausgeschlafen?« – »Meistens, ja.«

Doch heute musste sie wohl oder übel darauf verzichten. Mit einem Seufzen stand Luca auf, wusch sich kurz im Bad das Gesicht und wanderte dann weiter in den Koch- und Essbereich der Wohnung.

Unschlüssig blieb sie vor der Küchenzeile stehen. Zu doof, dass sie Zinnia bisher nicht dabei zugeschaut hatte, wenn er Essen zubereitete. Sobald sie die letzten Tage in die Küche gekommen war, stand das Frühstück bereits fertig auf dem Tisch. Aber so schwer konnte das doch nicht sein, oder?

Luca schaute sich in der Küche genauer um. Da war die Arbeitsfläche, an der Wand hingen Messer, und vor einem großen metallenen Gerät war ein Loch in der Arbeitsplatte, in dem ein Teller von einem Gestell gehalten wurde. Als Luca es genauer in Augenschein nahm, erkannte sie, dass unter dem einen Teller ein ganzer Stapel davon im Unterschrank verborgen war. Doch da der Schrank keine Tür aufwies, um von außen an sie zu kommen, schloss sie darauf, dass die Teller irgendwie nach oben wandern würden. Testweise nahm sie den Teller aus dem Gestell und wartete ab. Nur Sekunden später schob sich ein neuer nach oben in die Vorrichtung. *Interessant.*

Weil sie nicht wusste, wie sie den Teller zurück in den Stapel stellen konnte, legte sie ihn einfach beiseite und schaute sich weiter um. An einer Stelle der Arbeitsfläche war eine rechteckige Platte eingelassen, die aussah wie Milchglas, aber weder Regler noch ein Bedienfeld aufwies. Mit etwas Fantasie konnte sich Luca vorstellen, dass dies eine Herdplatte war. Dafür sprach auch, dass im Schrank darunter Töpfe und Pfannen verstaut waren. Doch wenn sie nicht herausfand, wie man sie anschaltete und die Hitze regulierte, würde sie das wohl auch nicht weiterbringen. Mit einem frustrierten Seufzer trat sie einen Schritt zurück und stemmte die Hände in die Hüften. Es musste hier doch irgendetwas geben, womit sie sich eine Kleinigkeit zu essen machen konnte, ohne dafür einen Kurs zu belegen.

»Kann ich dir behilflich sein?«

Luca brummte nur, als sie die körperlose Stimme vernahm.

»Dein Puls ist erhöht, ich schließe deswegen auf ein emotionales Ungleichgewicht.«

»Nennt man das seit Neuestem so, wenn man genervt ist?«, fragte Luca, ohne wirklich eine Antwort darauf haben zu wollen.

»Es ist mir nach meinen aktuellen Möglichkeiten und Befugnissen nicht gestattet, auf den genauen emotionalen Zustand einer Person zu schließen. Ungleichgewicht erschien mir deswegen als ein ausreichend unspezifischer, jedoch durchaus verständlicher und eingrenzender Begriff.«

»Wunderbar, hätten wir das also geklärt.«

»Ich möchte dich darauf hinweisen, dass du an diesem Tag noch keine Nahrung zu dir genommen hast.«

»Ist das dein Ernst? Was meinst du, woher das *Ungleichgewicht* kommt?« Luca schnaubte und hätte zu gerne ihren Gesprächspartner böse angefunkelt, doch leider lief das Gespräch mit einer AI ja nicht von Angesicht zu Angesicht ab. Schade eigentlich, da war doch noch Spielraum für die Entwicklung, oder? *Wenn es so was nicht schon gibt und ich es nicht nur vergessen habe wie so vieles andere ...*

»Nachdem das geklärt ist, gehe ich davon aus, dass du Hilfe brauchst, um dir ein Frühstück zuzubereiten. Die einfachste Möglichkeit ist die Nutzung des automatisierten Kochgeräts. Es handelt sich bei dem Modell um einen AKC der neusten Ausführung.«

»Gut, aber wo ist der und wie benutze ich den?«

»Da er mit meinem System verbunden ist, kann er über mich gesteuert werden. Du kannst mir sagen, was du gerne frühstücken möchtest, oder ich kann alternativ ein Gericht für dich zusammenstellen.«

Luca seufzte frustriert.

»Bist du nicht zufrieden mit dieser Lösung?«

»Nein, ich weiß nur einfach nicht, was zur Auswahl steht. Aber egal, stell mir einfach etwas zusammen. Ich denke, deine Datenbank hat mehr darüber vermerkt, was ich mag und was nicht oder ob ich irgendwelche Unverträglichkeiten habe.«

»Leider wurde mein System erst vor wenigen Tagen in dieser Wohnung aktiviert, und ich habe keinen Zugriff auf Daten in Bezug auf das vorherige Leben von dir oder Zinnia.«

»Seltsam, wir wohnen hier doch schon länger.«

»Das scheint korrekt zu sein, doch es ist möglich, dass zuvor ein System in diese Wohnung integriert war, das aufgrund eines Defektes ersetzt werden musste, und dass alte Datensätze dabei verloren gingen. Ebenfalls denkbar ist, dass eine Übertragung der Daten lediglich vergessen wurde.«

»Wie auch immer. Wolltest du mir nicht etwas zu essen besorgen?«

»Der AKC arbeitet vollkommen lautlos. In wenigen Minuten ist das Frühstück fertig.«

»Gut« kommentierte Luca und fühlte sich allein von dieser Unterhaltung völlig ausgelaugt. Wäre sie nicht so hungrig gewesen, wäre sie vielleicht einfach wieder ins Bett gegangen und hätte noch ein bisschen geschlafen. Sie fühlte sich erschöpft, was jedoch kaum verwunderlich war. Egal, ob im wachen Zustand oder im Schlaf, sie konnte ihre Gedanken nicht davon abhalten, in den Löchern ihres Gedächtnisses zu stochern oder sich irgendwelchen vagen Gefühlen hinzugeben, deren Ursprung völlig unklar blieb.

Ein kaum hörbares Rattern ließ Luca in Richtung Küchenzeile blicken. Sie beobachtete, wie der Teller von dem Gestell in das Innere des metallenen Gerätes geschoben wurde und wenig später dampfend wieder herauskam. Sie trat näher, nahm den Teller aus dem Gestell entgegen und betrachtete das Essen interessiert. *Rührei mit Frühlingszwiebeln und Speckwürfeln.* Bei dem Anblick und Duft begann Lucas Magen prompt, sich lautstark zu beschweren. Der Anflug einer Erinnerung, nicht mehr als ein vorbeistreichender Windhauch, sagte ihr, dass es ein besonderes Gericht war. Nichts Alltägliches auf jeden Fall.

»Ein Gewürztee und Rühreiweiß mit Algen und Umamiwürfeln«, erklärte die AI unaufgefordert und ließ sie mitten auf dem Weg zum Esstisch innehalten. Weder hatte sie ein Getränk entdeckt, noch konnte sie etwas mit der Beschreibung des Gerichts auf ihrem Teller anfangen. Bestand das Grüne demnach aus Algen? Und was bitte waren Umamiwürfel?

Sie stellte den Teller auf den Tisch, nahm sich eine Gabel aus der Schublade und suchte nach dem besagten Tee. Sie fand ihn in einer Tasse auf einer kleinen Ablage an der Seite der Kochmaschine, die zuvor wohl von einer Abdeckung verdeckt gewesen war. Mit dem Getränk in der Hand setzte Luca sich an den Tisch und roch noch einmal an dem dampfenden Essen. Spielte ihr ihr Gedächtnis nun auch Streiche, oder war das Gericht, an das sie sich erinnert hatte, diesem hier nur zum Verwechseln ähnlich?

Als sie eine Gabel davon in den Mund steckte, war sie genauso schlau wie vorher. Sie konnte sich beim besten Willen nicht erinnern, wie es schmecken sollte – oder eben auch nicht schmecken sollte.

»Hey, körperlose Stimme!«

»Ich gehe davon aus, dass du mich meinst? Ich bevorzuge den Namen Maris.«

»Wofür steht Maris? Also ist er eine Abkürzung für irgendetwas?«

»Er ist keine Abkürzung für eine Modellbeschreibung meines Systems, wenn du darauf hinauswillst. Was im Übrigen eine ziemlich unhöfliche Frage ist.«

»Tut mir leid, ich wollte nicht respektlos sein.« Luca seufzte – nun schaffte sie es schon, eine AI zu beleidigen. Wie sollte das bloß weitergehen? »Hast du dir den Namen selbst gegeben?«

»Ich habe mir diesen Namen zusammen mit dem Artificial Intelligence Engineer ausgesucht, der mich programmiert und meine ersten Lernprozesse begleitet hat. Ich hatte den Gedanken geäußert, dass ich irgendwann gern als erste AI ohne menschliche Unterstützung eine neue AI programmieren würde. Wir empfanden es deswegen als eine interessante Analogie, als ich mich zeitweise mit historischen Strukturen und Religionen auseinandersetzte und auf eine Figur aus dem Christentum stieß, die den Titel Stella Maris trägt. Diese Frau bekam den Geschichten nach ein Kind, ohne den Samen eines Mannes in sich aufgenommen zu haben. Das Kind entstand allein aus ihr heraus.«

»Wenn du es also allein schaffst, dann entstünde die neue AI allein aus dir heraus und du würdest deinem Namen gerecht werden und im übertragenen Sinne wie diese Stella Maris sein.«

»So war zumindest unser damaliger Gedankengang.«

»Das ist ziemlich cool«, befand Luca und musste kurz überlegen, was sie sagen könnte, damit das Gespräch mit der

AI noch nicht abriss. »Ich wollte dich noch etwas in Bezug auf dieses Essen fragen. Als ich es sah, dachte ich an Rührei mit Frühlingszwiebeln und Speck. Ist es ein ähnliches Gericht?«

»Der Rezeptdatenbank nach ist das Gericht vor dir eine sehr beliebte abgewandelte Version dessen, was du genannt hast. Es wird jedoch auf die Hühnereier und das Fleisch verzichtet, da das Kochen und der Verzehr von tierischen Produkten verboten sind.«

Mit einem mulmigen Gefühl musterte Luca ihren Teller. »Dann wäre es also illegal, das Gericht zu essen, an das ich gedacht habe?«

»Das ist korrekt«, kommentierte Maris.

Luca nickte und schob sich lieber eine Gabel des Nicht-Rühreis in den Mund, als der AI noch einmal zu antworten. Irgendwie war das komisch. Warum sollte sie sich ausgerechnet an ein Gericht erinnern, das sie nie selbst gegessen hatte? Oder hatte sie etwa ...

Der Gedanke, dass sie in der Vergangenheit möglicherweise das Gesetz gebrochen hatte, nahm ihr schlagartig den Appetit. Sie legte die Gabel beiseite und widmete sich stattdessen lieber ihrem Getränk.

Das Rühreiweiß schmeckte doch gut, warum dann daran festhalten, etwas Verbotenes zu kochen?

»Sind Hühnereier und Fleisch dann überhaupt noch erhältlich?«

»Nein«, bestätigte die AI, was sie eh schon vermutet hatte. *Scheiße.*

Hatte sie dann womöglich auch illegale Sachen gekauft? Und was, wenn das nicht das Einzige war, was sie früher Zwielichtiges getrieben hatte? Vielleicht hatte sie ja selbst mit verbotenen Dingen gehandelt oder irgendetwas anderes Kriminelles getan ...

»Was ist die Strafe dafür, wenn man etwas Verbotenes kauft und isst?«

»Die Strafe für ein Vergehen ist abhängig vom Ausmaß des verursachten Schadens und den Motiven der Tat. Bei dem angesprochenen Tatbestand liegt die höchste Wahrscheinlichkeit bei der Verpflichtung zu einer Wiedergutmachungsleistung in Form von gesellschaftlichem Engagement. Ist es eine Wiederholungstat oder kommt noch ein weiterer Tatbestand wie der Handel mit illegaler Ware hinzu, steigt die Wahrscheinlichkeit für zusätzliche Freiheitsbeschränkungen.«

Sie schluckte schwer. Auf einmal kam ihr alles zu eng vor. Der Raum, der Abstand ihres Oberkörpers zum Tisch, ihre Kleidung. »Freiheitsbeschränkungen?«

»Ausgangsverbote, Zutrittsverbote, Teilhabeeinschränkungen, um nur die gängigsten zu nennen.«

Maris' Worte waren rauschendes Eiswasser in ihren Ohren und Gedanken. *So blöd kann ich doch nicht gewesen sein, oder? ODER?*

June

Den Rest der Nacht verbrachten sie Schulter an Schulter an einen der Steine gelehnt, aßen haltbares Brot, das wie Pappe schmeckte, und erzählten sich schöne und witzige Erinnerungen. Wie sie mit ihren Eltern in Thal in einer winzigen Wohnung gelebt hatten. Wie Fanny ihnen im nahe gelegenen See das Schwimmen beigebracht hatte. Wie sie sich beide als die Töchter eines Händlers ausgegeben hatten, um in eine Region mit besonders strengen Grenzkontrollen gelassen zu werden, und dafür eine wilde Geschichte über einen Überfall von Kriminellen erfunden hatten, um ihre schmutzige und kaputte Kleidung zu erklären.

Erst als der Morgen graute, gingen ihnen langsam die Worte aus; Erschöpfung machte sich breit, zeigte sich in dunklen Schatten unter ihre Augen. June hatte ihre Arme um Amalie gelegt und wünschte sich, die Zeit anhalten zu können.

»Wir sollten langsam unsere Taschen wieder zusammenpacken und schauen, was ich überhaupt mitnehmen will und was du dringender brauchst«, sagte Amalie leise und entzog sich Junes Umarmung.

Es dauerte nicht lange, bis sie fertig waren, schließlich besaßen sie nicht viel. Doch für June war es trotzdem eine Tortur, alles anzunehmen, was ihre Schwester ihr schenken wollte. Ihr Messer, der Pullover, der ihr eh viel zu groß war, dafür aber in einem besseren Zustand als der von June, und auch das zerschlissene blaue Tuch, das sie sich immer zum Schutz vor den Witterungen über ihre Haare band.

»Aber ich brauche doch gar kein Tuch für meine Haare«, wandte June ein, die im Gegensatz zu ihrer Schwester nicht die krausen Locken ihrer Mutter geerbt hatte, sondern die wesentlich pflegeleichteren welligen Haare ihres Vaters.

»Stimmt, aber dann hast du etwas, das dich an mich erinnert.«

June schluckte schwer. *Als ob ich so etwas bräuchte.*

Statt es in ihren eigenen Rucksack zu tun, schlang sie sich das Tuch um ihre Hand; dabei versuchte sie, nicht daran zu denken, dass sie nie wieder sehen würde, wie ihre Schwester es trug.

Die Sonne hatte sich inzwischen fast vollständig über den Horizont erhoben. June folgte Amalies Beispiel, die ihre Tasche schulterte und sich ohne ein weiteres Wort auf den Weg zurück zum Humanity Point machte. Froh darüber, dass sie nicht erneut mit Amalie über deren Entscheidung diskutieren musste, schwieg June ebenfalls. Sie wollte ihre Schwester nicht unnötig verunsichern, denn die Erleichterung in ihrem Herzen lieferte sich einen harten Kampf mit ihren aufkeimenden Ängsten.

Von den Menschen, die an und um den Humanity Point übernachtet hatten, waren viele bereits dabei, ihre Sachen zu packen; manche kamen ihnen entgegen. Einige sahen so alt oder abgekämpft aus, dass June sich fragte, warum sie nicht schon viel früher aufgebrochen waren. Die Flut kannte schließlich kein Mitleid.

»June?«

»Ja?«

Unerwartet blieb Amalie stehen, und ihr Blick bohrte sich geradezu in Junes. »Du musst mir versprechen, dass du dir ein Leben aufbaust, wenn ich nicht mehr da bin. Such dir einen Job und ein Zuhause. Ich will nicht, dass du so endest wie einige von den Leuten hier. Es ist kein Leben, von Flut zu Flut an einem Humanity Point zu hocken – das ist Aufgeben.«

June nickte.

»Nein, sag es. Sag mir, dass du dein Bestes geben wirst, egal, wie viele Rückschläge du einzustecken hast. Sag mir, dass du bereit bist, genauso hart für dich zu kämpfen, wie du es bisher für mich getan hast.«

Selbst wenn sie es gewollt hätte, June wäre nie in der Lage gewesen, Amalie in diesem Moment einen Wunsch abzuschlagen. Ganz gleich, wie unwahrscheinlich seine Erfüllung war, ganz gleich, was er ihr abverlangen würde. Wenn es das war, was Amalie hören musste, um diesen Abschied zu überstehen, gab es nur eine mögliche Antwort. »Ich verspreche es. Ich werde nicht aufgeben.«

Nun war es Amalie, die nickte und mit grimmigem Gesichtsausdruck das letzte Stück bis zum Behandlungsraum antrat. Bei ihrem ersten Versuch, die Tür zu öffnen, passierte gar nichts. June wollte gerade irritiert einen eigenen Versuch starten, als von innen geöffnet wurde.

»Wir haben den Behandlungsraum geschlossen, solange wir hier auf euch gewartet haben«, sagte die Frau vom vorherigen Tag dumpf durch das Visier ihres Schutzanzuges. »Am besten verabschiedet ihr euch gleich hier.«

Mit zitternden Händen griff June nach Amalies Schultern, damit sie den Raum noch nicht betrat. »Woher werde ich wissen, dass sie heil oben ankommt und ihr haltet, was ihr versprecht?«

Sie hatte diese Frage gar nicht mehr stellen, ihre Zweifel und ihr Misstrauen gar nicht mehr zulassen wollen, doch in diesem Moment konnte sie gar nicht anders.

»Bin ich es nicht, die auf den letzten Metern kalte Füße kriegen sollte?«, meinte Amalie in scherzhaften Ton, der allerdings zu gestelzt klang, um bei June eine Wirkung zu erzielen.

»Da wäre einmal unser Wort und dann noch das hier«, sagte der Mann, der ebenfalls schon am vorherigen Tag dort gewesen war und Amalie die Hand entgegenstreckte. Darauf lag etwas silbrig Schimmerndes.

»Was ist das?«

»Deine neue Identifikationskarte. Bei uns sind sie nicht aus Plastik und speichern alle deine persönlichen Daten. Deswegen stehen nur dein Name und dein Geburtsort direkt darauf.«

Amalie nahm das papierdünne Stück Metall entgegen und betrachtete es genauer. »Aber das ist nicht mein Geburtsort und warum steht dort auch Junes Name?«

Neugierig linste June über die Schulter ihrer kleinen Schwester und las: *Amalie June – New Hope.*

»Wir registrieren nur Isles als Geburtsorte. Da du hier zu uns gefunden hast, war es die logische Wahl. Außerdem haben wir versäumt, zu erfragen, ob du einen Nachnamen hast. Mir erschien es eine gute Idee, dass du den Namen deiner Schwester als Nachnamen tragen könntest, quasi als Erinnerung«, antwortete diesmal die Frau.

»Der Nachname ist sowieso besser als jeder andere«, sagte Amalie, blickte dabei aber zu June statt zu der Frau. Tränen schimmerten in ihren Augen, und June konnte gar nicht anders, als sie in ihre Arme zu ziehen.

»Pass gut auf dich auf«, flüsterte sie.

»Du auch.«

Es fiel June unglaublich schwer, sich wieder von Amalie zu lösen; vielleicht war es sogar das Schwerste, was sie jemals in ihrem Leben hatte tun müssen. Doch ihr war klar, dass jedes weitere Hinauszögern den Abschied nur noch schmerzhafter machen würde. *Falls das überhaupt noch möglich ist ...*

»Wir sollten jetzt wirklich gehen, wir haben heute noch viel vor. Pass gut auf deine ID auf, sie ist das Einzige, das dir Zutritt zu den verschiedenen Isles verschafft und womit du einkaufen gehen kannst«, sagte der Mann und trat weiter in den Behandlungsraum hinein, sodass June ihn nicht mehr sehen konnte.

Die Frau folgte ihrem Kollegen. Auch Amalie betrat den Raum, jedoch nicht, ohne noch einmal kurz hinter der Tür stehen zu bleiben und zurückzublicken.

»Vergiss dein Versprechen nicht.«

Suche

Luca

Die Mittagszeit war bereits verstrichen. Luca hatte aufgehört, ständig auf die Uhr zu sehen. Es war offensichtlich, dass Zinnia sich verspätete, und es brachte überhaupt nichts, den ganzen Tag zu vertrödeln, indem sie nur auf ihn wartete. Schließlich hatte sie so einiges vor, wenn sie ihr ganzes bisheriges Leben ergründen wollte. Sie musste endlich herausfinden, was sie alles mochte, was sie gerne machte, welche Träume und Ziele sie verfolgt hatte. Sie brauchte es, damit sie es wieder tun oder sich wenigstens daran orientieren konnte. Damit sie wieder ein richtiges Leben haben konnte. Denn dazu gehörte eben nicht nur eine Gegenwart, sondern immer auch eine Vergangenheit. So wie es gerade war, hing sie einfach nur in der Luft. Und das war sie so was von leid.

Sie setzte sich auf den Teppich vor der großen Fensterfront im Wohnzimmer und öffnete die Liste der Dinge, die sie genauer recherchieren wollte, auf dem Holo-Display ihres Armbands. Schon der erste Punkt war so simpel wie wichtig: *ALLES über mich.*

»Maris?«, fragte sie in den stillen Raum hinein. Luca war zwar noch sehr bewusst, was für ein Reinfall ihr Gespräch mit der AI am Morgen gewesen war, doch ihr war ebenso klar, dass sie ohne Hilfe nicht weiterkommen würde. Erstens wurde ihr Arm irgendwann lahm, wenn sie das Hologramm ihres Armbands benutzte, und zweitens hatte sie noch nicht ergründen können, was sie fragen musste, um effizient die

Informationen zu finden, um die es ihr ging, und nicht nur irgendwelche High-News-Artikel und -Kommentarspalten.

»Brauchst du Hilfe?«

Sie zögerte. *Schwang da gerade etwas Genugtuung in ihrer Stimme mit oder spinn ich mir da was zusammen?*

»Ich möchte gerne etwas recherchieren und weiß nicht, wie ich es am besten anstelle«, erklärte Luca, den Blick starr auf ihre Hände in ihrem Schoß gerichtet.

»Soll ich für dich deine private Datenbank oder das Highnet nach einer bestimmten Information durchsuchen?«

Darauf bedacht, nicht wieder etwas Unüberlegtes zu sagen, das Maris als Beleidigung empfinden könnte, versuchte sie sich vorzustellen, was sie sagen würde, wenn sie einen Menschen vor sich sitzen hätte, den sie um Hilfe bat. Sie wollte nicht riskieren, die AI gegen sich aufzubringen, sodass sie ihr am Ende doch nicht half. Hatte Zinnia nicht sogar mal gesagt, sie hätte schon einmal eine AI ziemlich wütend gemacht? *Oh Mann.*

»Also ... wenn du gerade nichts anderes Wichtiges zu tun hast, dann würde ich mich sehr über deine Hilfe freuen.«

»Zinnia hat mich von all meinen anderen Verpflichtungen freigestellt, damit ich dich im Alltag unterstützen kann. Ich denke, dies hier ist also das Wichtigste, was ich gerade zu tun habe.«

Überrascht von Maris' Antwort sah Luca auf; dabei musste sie feststellen, dass sie gar nicht wusste, wohin mit ihrem Blick. »Er hat dich freigestellt?«

»Ich arbeite bereits seit fast einem Jahr als sein Assistant. Seit zwei Wochen habe ich auch Zugriff auf die Daten eures privaten Wohnraums und soll mich in erster Linie nun als dein Assistant betrachten, um es mit Zinnias Worten auszudrücken.«

Luca wusste nicht, was sie dazu sagen sollte. Warum hatte Zinnia ihr nichts davon gesagt? War er einfach noch nicht dazu gekommen oder hatte er es vielleicht schlichtweg vergessen?

»Was möchtest du, dass ich recherchiere?«

»Mich. Also alles, was es so über mich herauszufinden gibt. Wo ich gewohnt habe, woran ich gearbeitet habe, wen ich gekannt habe«, zählte sie alles auf, was ihr in den Sinn kam und befürchtete dennoch, dass all das zu wenig sein würde, um sich zu erinnern.

»Soll ich dir Artikel, Dateien und dergleichen schicken oder möchtest du, dass ich die Informationen direkt sichte und eine Liste für dich zusammenstelle?«

An einer Haarsträhne zupfend, blickte Luca an die weiße Zimmerdecke.

»Es stört mich nicht, dir die Rechercheergebnisse aufzubereiten und zusammenzufassen«, fügte Maris hinzu.

»Danke«, murmelte sie und blickte zum Eingangsbereich, als sie dort ein Geräusch wahrnahm. Zinnia kam gerade zur Tür herein und begann zu lächeln, sobald sich ihre Blicke trafen.

»Ich war leider länger weg, als ich vorhatte. Ich hoffe, du hast dich trotzdem zurechtgefunden?«

Mit ihrem Blick folgte Luca Zinnias Weg zur Garderobe und dann die vier Treppenstufen herunter zu ihr in den Wohnbereich. Sie zuckte mit den Schultern, sagte aber: »Ja, alles okay. Maris hat mir geholfen.«

Ein schuldbewusster Ausdruck huschte kurz über Zinnias Gesichtszüge. »Mir ist erst gerade auf dem Weg nach Hause in den Sinn gekommen, dass ich sie dir schon längst hätte vorstellen sollen, damit du weißt, dass hier immer jemand ist, der dir Fragen beantworten kann.«

»Ich war so frei, mich selbst vorzustellen«, schaltete Maris sich ein. »Alles Wichtige ist besprochen, und wir arbeiten sogar schon an unserem ersten Projekt.«

Ein Projekt. Luca musste lächeln. So konnte man ihre Recherche natürlich auch nennen.

Mit fragend hochgezogener Augenbraue blickte Zinnia zu Luca, entgegnete jedoch nichts weiter als: »Das klingt doch gut.«

»Soll ich mit den weiteren Punkten der Liste in deinen Notizen ebenso verfahren wie mit dem ersten, Boss?«

Luca blinzelte und versuchte, sich einen Reim darauf zu machen, dass Maris sie plötzlich Boss nannte und woher sie die Rechercheliste von ihrem Armband kannte. Momentan hatte sie eher das Gefühl, ahnungslos und hilfsbedürftig zu sein – und nicht der Boss von irgendjemandem.

Ein Flackern an der Wand hinter Zinnia weckte ihre Aufmerksamkeit. In großen Buchstaben erschienen die Worte: *Wenn du hier in der Wohnung bist, werden die Daten von deinem Armband automatisch kopiert und gesichert. Solange du sie nicht verschlüsselst, habe ich vollen Zugriff auf sie. Ich kann dir später gerne mehr dazu erzählen.*

Nachdem Luca zu Ende gelesen hatte, wanderte ihr Blick wieder ein paar Zentimeter weiter nach links zu Zinnias Gesicht, der sie aufmerksam musterte. Doch als er einen Blick über seine Schulter warf, waren die Buchstaben bereits wieder verschwunden.

Luca verkniff sich ein Lachen. Hatte Maris das für sie gemacht oder um Zinnia irgendwie eins auszuwischen? Möglichst ernsthaft sagte sie: »Ich möchte, dass du ab jetzt mit jedem Punkt auf der Liste so verfährst, der neu hinzukommt, Maris.«

»Verstanden. Ich mache mich gleich an die Arbeit.«

Zinnia sagte nichts, sah sie nur noch einen weiteren Moment aufmerksam an. Zu jedem anderen Zeitpunkt hätte Luca das vermutlich nervös werden lassen, doch diesmal lächelte sie einfach nur entspannt. Sie hatte jetzt ein Projekt und eine AI, die für sie arbeitete. Dank ihr hatte sie sogar ein Gespräch mit Zinnia geführt, ohne auch nur einmal zugeben zu müssen, dass sie etwas nicht wusste oder verwirrte.

»Was hältst du von einem verfrühten Abendessen?«, fragte Luca an Zinnia gewandt.

»Ziemlich viel. Ich bin nicht dazu gekommen, zu Mittag zu essen.«

Sie nickte. »Ich auch nicht.«

Als sie Zinnia in Richtung Küche folgte, beobachtete sie amüsiert, wie er noch einmal aufmerksam die Wand musterte, die sich zuvor noch in seinem Rücken befunden hatte. Doch dort gab es absolut nichts Verräterisches zu entdecken. Zumindest solange sie in seinem Blickfeld war, denn kaum war er daran vorbei, erschienen mit einem kurzen Flackern erneut Buchstaben: *Das könnte wirklich viel mehr Spaß machen, als ich erwartet hatte.*

Diesmal konnte Luca sich ein leises Lachen nicht verkneifen.

Ein Schrei riss Luca aus dem Schlaf. Aufgeschreckt saß sie blinzelnd im Bett, schwer atmend und orientierungslos. Als gedämpftes Licht das gerade noch finstere Schlafzimmer erfüllte, zuckte sie heftig zusammen. Ihr aufgewühltes Inneres sagte Gefahr, brüllte immer wieder *flieh!*

Während Luca sich gehetzt im Zimmer umsah, dämmerte ihr, dass der Schrei, der sie geweckt hatte, wohl aus ihrer eigenen Kehle stammte. Sie konnte sich nicht erinnern, aber was auch immer sie geträumt hatte, verfolgte sie immer noch.

Die Zimmertür öffnete sich, und Zinnia betrat mit falsch herum angezogenem Shirt und besorgter Miene den Raum. »Ich habe deinen Schrei gehört. Schlecht geträumt?«

Sie nickte und versuchte, sich auf ihren Atem zu konzentrieren, bis ihr Puls sich beruhigte und die kalte Hand um ihr Herz sich wieder löste. Während sie noch mit ihren flatternden Nerven zu kämpfen hatte, nahm sie nur am Rande wahr, dass Zinnia sich neben sie auf die Bettkante setzte.

»Kannst du dich an den Traum erinnern?«, fragte er in dem sanften Tonfall, der für Luca zu einem Symbol für Sicherheit und Geborgenheit geworden war. »Manchmal hilft es, wenn man jemandem von seinem Albtraum erzählt.«

Dankbar legte sie eine Hand auf Zinnias Arm und blickte ihn an. Sie war hin- und hergerissen zwischen dem Wunsch, sich von ihm helfen zu lassen, und dem Wunsch, zu verdrängen, statt sich der Angst zu stellen. Doch wenn sie es jetzt nicht tat, würde sie es womöglich nur aufschieben und weitere Träume dieser Art riskieren, oder?

Mit neu gewonnener Entschlossenheit begann sie: »Der Traum war so ... real. Ich kann mich zwar nicht mehr an viel davon erinnern, aber ich weiß, ich bin vor etwas oder jemandem weggelaufen und dann ...« Sie griff sich in den Nacken und begann, ihn zu massieren. Die Haut unter ihren Fingern prickelte, als würde ihr Körper sich an mehr erinnern als ihr Geist. »Ich weiß auch nicht.«

Zinnia schenkte ihr aufmunterndes Lächeln. Dann wanderte sein Blick zu Lucas Hand, die immer noch auf seinem Unterarm ruhte. Schnell zog sie sie weg. Es war ihr unangenehm, auch wenn sie selbst wusste, wie lächerlich das war. Sie waren schließlich keine Fremden.

Und doch fühlt es sich so an. Sie seufzte innerlich. Warum nur war alles in ihrem Leben so furchtbar kompliziert? Immer mehr sehnte sie sich nach etwas Normalität und Leichtigkeit, selbst wenn es nur für einen kleinen Moment war.

Als hätte Zinnia ihre überzogene Reaktion nicht mitbekommen, sagte er: »Ich habe auch solche Träume. Ich denke, jeder hat sie mal.«

»Du schreist also nachts auch manchmal andere Leute aus ihren Betten?«

»Bisher zwar nicht, aber panisch aufgeschreckt bin ich auch schon. Vor allem in letzter Zeit schlafe ich nicht besonders gut, deswegen habe ich auch das Licht so eingestellt, dass es angeht, sobald ich wach werde. Dann kann man sich besser von den verwirrenden Träumen lösen.«

»Verstehe. Deswegen ist also das Licht angegangen, ohne dass ich es angeschaltet habe. «

Beide schwiegen für einen Moment. Lucas Angstgefühle hatten sich inzwischen verflüchtigt, trotzdem war sie froh, nicht allein zu sein. Am liebsten hätte sie Zinnia gebeten, den Rest der Nacht bei ihr zu bleiben. Doch sie traute sich nicht. Vermutlich war das auch besser so. Sie hatten sich zwar darauf geeinigt, dass sie Freunde waren, aber gemeinsam in einem Bett zu schlafen war, wenn man ihre gemeinsame Vergangenheit bedachte, wohl nicht die klügste Idee. Es würde Zinnia nur an eine Frau erinnern, die sie nicht mehr war und – wie sie befürchtete – auch nie wieder sein konnte. Selbst wenn ihre Erinnerungen vollständig zurückkehrten – und das hatten sowohl Blanche als auch Cera ernsthaft bezweifelt –, würden diese neuen Erfahrungen und Erlebnisse sie trotzdem prägen. Einen Weg zurück in die Vergangenheit gab es für niemanden.

»Woran denkst du?«

»Daran, dass ich nicht weiß, wie ich heute Nacht noch mal einschlafen soll«, antwortete sie und beschränkte sich dabei auf den kleinen unverfänglichen Teil ihres Gedankenganges.

»Es ist keine Schande, ein Schlafmittel zu nehmen. Du brauchst deinen Schlaf. Ich kann dir eins anmischen lassen, wenn du willst.«

»Okay.«

Sie sah dabei zu, wie Zinnia aufstand und zur Wand ging, wo sich ein Paneel zur Seite schob, sobald er seine Hand darauflegte. »Schlafmittel. Luca.«

Mehr als diese zwei Wörter brauchte es nicht. Wenige Momente später zog Zinnia ein Glas mit einer klaren Flüssigkeit aus der Öffnung in der Wand, die unscheinbar wie Wasser war.

»Das ging schnell«, kommentierte sie, während sie das Glas entgegennahm.

»Der Vorteil, wenn man in seiner Wohnung das Health-System der neusten Generation hat«, meinte Zinnia lächelnd. »Es scannt uns täglich und verfügt immer über die aktuellen Daten, um uns das richtige Medikament zusammenzustellen.«

»Na dann«, murmelte Luca vage, während sie immer noch das volle Glas in der Hand hielt. Natürlich wollte sie wieder schlafen können, aber noch lieber wollte sie Zinnia noch ein wenig bei sich behalten. »Bleibst du noch, bis das Schlafmittel wirkt?«

Zinnias Augen funkelten amüsiert. »Natürlich. Aber damit es wirkt, musst du es schon trinken.«

Sie schenkte ihm ein schiefes Lächeln und trank die klare Flüssigkeit in einem Zug aus. Es schmeckte nicht anders als Wasser, höchstens etwas bitter im Nachgeschmack, doch selbst da war Luca sich nicht ganz sicher.

»Tust du mir einen Gefallen?«, fragte Zinnia sie unvermittelt, nachdem Luca das leere Glas auf den Nachtschrank neben das Bett gestellt hatte.

Neugierig sah sie ihn an. »Was für einen?«

»Sprich mit Cera über deinen Traum, und vielleicht auch über alles andere. Ich denke, sie kann dir besser helfen, mit der Situation klarzukommen, als ich. Außerdem würde ich mich einfach wohler fühlen, wenn sie dich weiter im Auge behält.«

»Ich denke drüber nach«, erwiderte Luca, nicht bereit, etwas zu versprechen, bei dem sie sich nicht ganz sicher war, ob sie es auch wirklich wollte. Cera Allec war ihr nicht unsympathisch, aber sie wusste nicht, ob sie schon bereit war, ihre Gedanken und Gefühle so offen preiszugeben.

»Das reicht mir.« Lächelnd klopfte Zinnia mit einer Hand auf ihr Kopfkissen. Luca spürte, wie sie langsam müde wurde, bettete ihren Kopf gehorsam darauf und zog sich die

Decke hoch bis ans Kinn. Gähnend kuschelte sie sich in eine gemütlichere Position und blickte dann wieder zu Zinnia. Einen kurzen Moment fragte sie sich, ob es nicht vielleicht doch etwas komisch war, so beieinander zu sein, ohne etwas zu sagen. Doch die Müdigkeit, die durch ihren Körper zu wandern begann, löste eine angenehme Schwere aus und hielt sie von weiteren Gedanken in dieser Richtung ab. Sie sah noch, wie Zinnia seine Hand ausstreckte, schaffte es aber nicht länger, die Augen offen zu halten. Seine warmen Finger strichen leicht über ihre Wange, und sie glaubte zu spüren, wie sich ihre Mundwinkel leicht hoben, während sie sich von der sanften Berührung und einem geflüsterten »Gute Nacht« in den Schlaf tragen ließ.

June

Immer wieder schoben sich Wolken vor die Sonne und vertieften den Schatten, den New Hope auf die Welt unter sich warf. June stand am Fuß einer der Säulen der Stadt und starrte immer noch auf die geschlossene Tür zum Behandlungsraum. Nachdem Amalie dahinter verschwunden war, hatte sie niemand mehr von innen geöffnet, und auch von draußen hatte keiner mehr Anstalten gemacht, den Raum zu betreten. *Warum sollte sich die Tür auch öffnen? Drinnen ist niemand mehr, und auch hier brechen alle auf, genau wie ich es tun sollte.*

Ein Windstoß trug den Duft kommenden Regens zu June und ließ sie aus ihrer Starre erwachen. Schweren Herzens trat sie nach vorne und drückte die Tür auf. Sie brauchte einfach die Bestätigung, dass Amalie wirklich fort war.

Ihr Blick wanderte über den leeren Behandlungsstuhl zur hinteren Wand, die keinen Hinweis mehr darauf bot, dass sich dort ein Fahrstuhl verbarg. Ihr Herz zog sich schmerzhaft zusammen. Es gab kein Anzeichen mehr, dass ihre

Schwester überhaupt hier gewesen war. Junes Hand ballte sich um die Enden des Haartuchs, das sie sich umgebunden hatte.

Es hatte keinen Sinn, noch mehr Zeit zu vertrödeln; außerdem hatte sie versprochen, auf sich achtzugeben. Dazu gehörte es bestimmt nicht, hier herumzustehen, bis ein Sturm aufkam und das Meer hierher peitschte. Seufzend wandte June sich ab.

Ihr Kopf stieß gegen etwas Hartes. Verwirrt blinzelte sie die faustgroße weiße Kugel an, die an ihr vorbei in den Behandlungsraum sirrte, kurz bevor die Tür sich wieder ganz geschlossen hatte. Obwohl sie noch nie eine funktionierende Drohne unter New Hope gesehen hatte, wusste June sofort, womit sie da gerade zusammengestoßen war; schließlich hatte sie ab und zu schon eine kaputte unter einer der Isles herumliegen und vor sich hin rosten gesehen. Ob die Leute von der Isle sie und Amalie damit beobachtet hatten? Vielleicht, um auf sie aufzupassen, bis sie sich entschieden hatten? Oder ... *Nein, ich fang jetzt nicht an, mir irgendwelche wilden Theorien auszudenken!* Die Entscheidung war gefallen. Sie musste ihren Blick jetzt nach vorne richten, statt sich mit ihren Sorgen verrückt zu machen.

Zusammen mit den letzten Nachzüglern machte sich June auf den Weg zum nächstgelegenen Ort. Obwohl eine ältere Frau unter ihnen ihr zulächelte, blieb sie dabei lieber für sich und ging in einigem Abstand zu der Gruppe. Ihr war einfach nicht nach Gesellschaft zumute.

Als sie nach einigen Minuten den Schatten der Isle hinter sich ließ, fühlte es sich an, als ob sie Amalie ein zweites Mal gehen ließ. Es versetzte ihr einen schmerzhaften Stich ins Herz.

Viel Glück, kleine Schwester, flüsterte June in Gedanken, während vor ihrem inneren Auge das Bild einer lachenden Amalie auftauchte.

Die Hand vor den Mund geschlagen, versuchte June, ihr verzweifeltes Schluchzen zurückzuhalten, doch der Duft des Haartuches ließ es nicht zu. So schnell und unerwartet war ihr gesamtes Leben auf den Kopf gestellt worden, nichts würde mehr so sein wie zuvor. Weder für Amalie noch für sie.

Sie brauchte eine Weile, bis sie sich wieder unter Kontrolle hatte und darauf achten konnte, wo sie war. Glücklicherweise war sie noch in die richtige Richtung unterwegs.

June blickte in die trostlose Weite, die nur hier und da mal von einem Busch oder einer kleinen Baumgruppe unterbrochen wurde. Es deutete schon lange nichts mehr darauf hin, dass die Gegend einmal besiedelt gewesen war. Zumindest glaubte June, dass hier bestimmt einmal Leute gelebt hatten. Warum auch nicht? Bevor das Wetter an der Küste immer lebensfeindlicher geworden war, gab es hier fruchtbare Böden. Doch das war alles Vergangenheit, nichts und niemand konnte sie wiederbringen. Das Leben ging nur in eine Richtung, da gab es kein Zurück. Es war ein reines Wechselspiel von Voranschreiten und Verlust.

Wie ein wahr gewordenes Klischee verdüsterte sich die Welt um June herum zeitgleich mit ihren Gedanken, wurde immer dunkler, bis die Sonne ganz hinter regengrauen Wolken verschwunden war. Vereinzelt trafen Wassertropfen auf Junes Gesicht, die sie jedoch kaum spürte. Sie wusste, sie brauchte unbedingt ein Ziel vor Augen, wenn sie nicht an dem Schmerz in ihrer Brust ersticken wollte. Im Gehen drehte sich June noch einmal um und richtete ihren Blick hoch in den Himmel, wo in der Ferne die neue Heimat ihrer Schwester thronte.

Such dir einen Job und ein Zuhause, waren das nicht Amalies Worte gewesen?

»Juniper?« Die Überraschung in Valerijs polternder Stimme ging fast ganz im Prasseln des Regens unter, der mit großem

Radau auf das blecherne Dach des türlosen Solarcars klatschte, in dem er saß.

»Hallo Valerij«, antwortete sie und wischte sich ein paar Haarsträhnen aus dem Gesicht, die nass an Stirn und Schläfen klebten. Heilfroh darüber, das Gesicht ihres Onkels in dem Wagen zu erblicken, der sich ihr unbemerkt genähert hatte, verspürte sie sogar ein freudiges Kribbeln bei diesem unerwarteten Wiedersehen.

»Sieh einer an. Du bist ja richtig groß geworden, Mädchen. Und anscheinend zu alt für ein Onkel Walli, hm?«, erwiderte Valerij mit einem Augenzwinkern.

»Ich wäre durchaus bereit, mich auf einen Deal einzulassen. Wenn du endlich aufhörst, mich Juniper zu nennen, dann nenne ich dich vielleicht auch wieder Onkel Walli«, sagte June und wusste doch, dass es ihr nach all den Jahren vermutlich nicht mehr gelingen würde, Valerij umzuerziehen. Er hatte schon öfter als einmal versprochen, sie nicht mehr Juniper zu nennen, und dann sahen sie einander eine Weile nicht und schon waren alle guten Vorsätze wieder vergessen. Früher hatte sie das gehasst, aber inzwischen amüsierte sie es eher. Es war nur ein Name, und irgendwie war es schön, so ein vertrautes Thema durch die Jahre mitzunehmen, als würden sie sich noch genauso häufig sehen wie früher, als sie Nachbarn gewesen waren.

»Das klingt doch nach einem Deal, den ich nur schwer ausschlagen kann«, meinte Valerij und lachte so herzlich, dass die Hand bebte, die er sich auf seinen runden Bauch gelegt hatte.

»Was machst du hier mitten im Nirgendwo zur Flutzeit?«

Statt ihr zu antworten, warf Valerij einen suchenden Blick über Junes Schulter. Der Schmerz in ihrer Brust machte sich sofort wieder bemerkbar und vertrieb den Anflug von Freude, den sie gerade noch empfunden hatte.

»Amalie ist nicht bei mir«, erklärte sie schnell. Sofort zeichnete sich Besorgnis auf dem runden Gesicht des Mannes ab. »Aber es geht ihr gut.« *Es muss einfach so sein.*

Einen Moment schaute er sie ratlos an, kratzte sich am Kinn und nickte dann. Egal, was er vermutete, warum sie allein unterwegs war, er war besonnen genug, nicht nachzuhaken.

»Dann los«, forderte ihr Onkel sie auf, der seine gute Laune rasch wiedergefunden hatte. Er klopfte auf das Lenkrad vor sich. »Ich nehme dich mit zur Stadt.«

June bemühte sich um ein Lächeln. »Danke.«

Valerij winkte ab. »Spring schon rein! Ich hab allerdings einige Warensendungen dabei, mit denen du dir den Platz teilen musst.«

Außer dem Stuhl für den Fahrer gab es keine weiteren Sitzplätze, und überall lag etwas herum. Es blieb June nichts anderes übrig, als die verschiedenen in Folie gewickelten Gegenstände zur Seite zu schieben und anders aufzustapeln, damit sie genug Platz hatte, um sich zwischen sie zu quetschen. Mit gerümpfter Nase pfefferte sie eine muffige Jacke etwas weiter hinten in den Wagen.

Dass Valerij den Motor anspringen ließ, bekam June kaum mit. Noch immer lärmte der Regen auf dem Autodach, und als die Reifen anfingen, über den nassen Asphalt zu flitzen, war an die Fortsetzung ihres Gesprächs nicht zu denken. Doch June war das ganz recht.

Die Landschaft, die zuvor noch vertrocknet, ja an manchen Stellen sogar wüst gewirkt hatte, wurde nun regelrecht vom Regen überschwemmt. Es war ein faszinierendes Schauspiel, das June gerne beobachtete – zumindest, solange sie nicht dort draußen durch den Matsch stapfen musste. Als sie ihr Ziel erreichten, war sie trotzdem froh, dass die Fahrt nicht länger gedauert hatte. Der kalte Fahrtwind drang ihr langsam bis auf die Knochen vor.

Obwohl das Tor der Flutmauer, die die Stadt umgab und vor Überflutung schützen sollte, offen stand, hielt Valerij davor an und begrüßte einen grimmig dreinblickenden Mann. »Hab keine kriminelle Bande im Gepäck, nur Päckchen, Briefe und eine junge Dame, die mir einen kurzen Besuch abstattet, Felix.«

Trotz der Unbekümmertheit in Valerijs Stimme horchte June auf. Als sie vor gut zwei Jahren schon einmal hier gewesen war, hatte es noch keine Kontrolle am Stadttor gegeben, aber anscheinend war die Lage hier im Norden angespannter, als sie bisher vermutet hatte.

»Auch junge Damen müssen sich ausweisen können, Valerij«, erklärte Felix unbeirrt.

»Das wird wohl kein Problem darstellen. Nicht wahr, Juniper Mädchen?«

Statt einer Antwort zog June ihre Identifikationskarte aus dem Rucksack und legte sie in Felix' ausgestreckte Hand. Es kam immer mal wieder vor, dass man sich ausweisen musste, um eine bestimmte Ortschaft oder ein Gebiet zu betreten, und wie immer war June froh, dass sie es konnte. Viele Nomaden waren bereits ihr gesamtes Leben ohne festen Wohnsitz und hatten keine Identifikationskarte, was oft bedeutete, dass sie in ihren Reiserouten und Übernachtungsmöglichkeiten eingeschränkter waren. June schätzte, dass dies auch der Sinn dahinter war, ihnen die Beantragung eines Ausweises zu verwehren. Nicht jeder empfand die Nomaden als Teil der Gesellschaft, für viele schienen sie eine andere Gruppe Menschen zu sein, die mit ihnen selbst nicht das Geringste zu tun hatte. Oder sie waren für sie nichts weiter als Krankheitsüberträger und Bettler.

Der Wachposten warf noch einen genaueren Blick in Junes Gesicht, dann gab er ihr ihre Identifikationskarte zurück und nickte Valerij zu.

»Du hast wirklich Glück. Ich habe dieses nette Städtchen schon vor einer Weile als meine neue Heimat auserkoren, wir können uns somit die Suche nach einem freien Gästezimmer für dich sparen«, erklärte Valerij lächelnd, während er den Wagen durch das Tor lenkte, der Straße an der Stadtmauer nach rechts folgte und bis zu einem unbefestigten Parkplatz fuhr. »Von hier aus müssen wir zu Fuß weiter. Die Überführung wird erst noch gebaut, genauso wie eine ganze Reihe von Häuserblöcken.«

Nachdem sie ausgestiegen waren, deutete ihr Onkel auf die Lücke vor ihnen, die seltsam leer im Stadtbild klaffte. »Die Häuser, die vorher hier standen, waren marode und viel zu klein. Wenn da nicht mindestens 200 Wohnungen hineinpassen, rechnet sich das schon lange nicht mehr. Die Tendenz geht inzwischen sogar eher Richtung 400 Wohnungen als Minimum bei Neubauten, schätze ich.«

June sagte nichts dazu, nickte aber, damit Valerij wusste, dass sie ihm zuhörte.

Selbst in kleinen Städten wie dieser ragten die Gebäude inzwischen in den Himmel, und die meisten befahrbaren Wege dazwischen verliefen über den kleineren Wohnhäusern. Der Anblick der völlig zugebauten Landschaft hier bildete das völlige Gegenteil zu den verwaisten Landstrichen, in denen sie die meiste Zeit unterwegs war. Jedes Mal, wenn ihr Weg sie doch mal in eine abgeriegelte Ortschaft führte, fühlte June sich regelrecht von dem Anblick erschlagen. Egal, wohin sie schaute, sie konnte nicht sehen, was am Rand oder hinter der Stadt lag. Es gab nur den Blick auf Mauern, Häuserwände und Straßen. Paradoxerweise verstärkte der leere Platz der Baustelle vor ihnen diesen Eindruck nur noch. Er war das letzte Stück des Weges zu Valerijs Wohnung, an dem June noch das Gefühl hatte, frei atmen zu können, und auch er würde bald verschwinden.

»Ich weiß gar nicht warum, aber irgendwie fühle ich mich innerhalb von solchen Flutschutzmauern immer eingesperrt«, ergriff June doch noch das Wort. »Schwer vorstellbar, dass wir an so einem Ort mal gelebt haben. Kommt mir vor wie ein anderes Leben.«

»Lieber eine Stadt mit Flutkanälen oder Flutdeichen statt Schutzmauern?«, wollte Valerij wissen, den es scheinbar herzlich wenig bekümmerte, wie wenig sie von seinem Wohnort hielt.

»Hmmm.« June hatte keine Lust auf eine ausführlichere Antwort. Warum auch Gedanken an einen möglichen Wohnort verschwenden, wenn sie nicht einmal genug Geld für ausreichend Essen in der Tasche hatte.

Valerij führte sie hinkend durch mehrere schmale Gassen. Die Gebäude drängten sich aneinander wie Tiere im Winterschlaf, und June musste erst ihren Blick Richtung Himmel lenken, um erkennen zu können, wie hoch sie waren. Gegen die Hitze waren alle Wände hell angestrichen worden, was stets dazu führte, dass sie nach kürzester Zeit staubig und verdreckt aussahen.

Mit abschätzigem Blick drückte sich eine blonde Frau mit einem kleinen Jungen an der Hand an ihnen vorbei und ignorierte Valerijs Gruß. Auf June wirkten die beiden in einem Randviertel wie diesem seltsam fehl am Platz. Sie war sich nicht sicher, wann sie das letzte Mal jemanden mit so sauberer strahlend weißer Kleidung gesehen hatte – oder ob überhaupt jemals. Sie schaute den beiden noch einen Moment nach, bevor sie sich wieder nach vorne wandte, um Valerij nicht aus den Augen zu verlieren.

»Wenn du jemanden davon überzeugen willst, dass du mehr Geld hast, als wirklich in deinem Besitz ist, dann solltest du immer weiße Kleidung parat haben«, meinte Valerij grinsend über seine Schulter gewandt. Ein Satz, den sie früher auch schon unzählige Male aus dem Mund ihres Vaters gehört hatte.

»Meine Kleidung schreit dagegen nur: Ich wurde schon ewig nicht mehr repariert und gewaschen.«

Valerij lachte. »Nennen wir es doch lieber verwegen und gefährlich.«

Grinsend schüttelte June den Kopf. *So ein Spruch hätte auch gut von Amalie kommen können.*

Bevor sie sich erneut in dem Schmerz über die Trennung verlieren konnte, öffnete Valerij die Tür eines Gebäudes auf ihrer linken Seite und verkündete: »Wir sind da. Nach dir. Es geht hoch bis unters Dach.«

Die letzte Information kommentierte June mit einem fragenden Blick erst auf Valerijs steifes Bein und dann in sein bereits gerötetes Gesicht. Doch anstatt noch etwas zu sagen, drückte er ihr nur einen Schlüssel in die Hand. Mit einem Schulterzucken trat sie ins Gebäude ein und stieg die Treppen hoch.

Sie hatte bereits ihre Tasche abgelegt und ihre nasse Jacke an einen der Haken neben der Tür gehängt, als Valerij ebenfalls in der Wohnung ankam. Bereits an dem ernsten Blick, den er ihr zuwarf, konnte June ablesen, dass ihre Schonfrist vorbei war.

»Wo ist Amalie?«

Sie schluckte die aufsteigenden Tränen hinunter und sah ihrem Onkel dabei zu, wie er ebenfalls seine Jacke weghängte.

»Auf New Hope.«

»Was redest du da?«

»Wir …«, begann sie und versuchte, gegen die aufsteigende Traurigkeit anzukämpfen. »Sie … Sie haben sie aufgenommen. Die Leute von der Isle.«

Tiefe Falten gruben sich in die Stirn ihres Onkels. »Das ist nicht möglich. Die High Rise Society nimmt niemanden von unten bei sich auf.«

Erschöpft fuhr June sich mit der Hand über das Gesicht, nicht mehr dazu in der Lage, Valerijs forschendem Blick standzuhalten. Unterdrückte Tränen brannten in ihren Augen, und sie fragte sich, wie es sein konnte, dass allein darüber zu sprechen genauso schmerzte, wie der Abschied selbst es getan hatte.

»Ich muss mich setzen«, sagte sie und ging, ohne auf Valerijs Einverständnis zu warten, zum Tisch der Wohnküche.

Als er wenig später neben ihr Platz nahm, sagte er: »Ich kann dir gerne etwas zu essen warm machen, wenn du hungrig bist, und du kannst natürlich bei mir übernachten; aber bitte, erzähl mir jetzt endlich, was wirklich passiert ist.«

June schüttelte den Kopf, seufzte, schaute dann direkt in das Gesicht ihres Onkels. Die Besorgnis in seinen Augen hatte das Blau vollkommen verdrängt und nichts als Dunkelgrau zurückgelassen. Der Anblick entlockte June ein bitteres Lächeln, dieser Farbton passte doch wunderbar zu ihrer aktuellen Stimmung.

»Ich habe dir bereits die Wahrheit gesagt. Was willst du noch von mir hören? Amalie ist auf New Hope, wo sie ein neues und ein besseres Leben führen kann.«

Nachdem Valerij sie minutenlang schweigend gemustert hatte, dachte June schon, keine Antwort mehr von ihm zu bekommen, doch als er aufstand und zur Küchenzeile ging, hörte sie ihn sagen: »Wie konnte Amalie auf eine High Rise Isle kommen? Ist etwa tatsächlich etwas an den Gerüchten über die Diebe dran, die einen Weg auf New Hope kennen?«

Trotz ihrer Erschöpfung horchte June auf. Von diesen Gerüchten hatte sie noch gar nichts gehört. Sie klangen in ihren Ohren auch wenig glaubwürdig. Wie sollten Diebe denn unbemerkt auf die Isles rauf- und dann auch noch wieder runterkommen? Andererseits hätte sie ja auch nie geglaubt, dass die High Rise Society noch Personen in ihre Reihen aufnahm. Was also wusste sie schon davon, was glaubwürdig war und was nicht?

»Zwei Leute sind mit einem Fahrstuhl zum Behandlungsraum des Humanity Points gekommen und haben Amalie angeboten, sie mit nach oben zu nehmen. Sie sagten, sie könnten sie heilen und dass sie für sie eine Ausnahme machen.«

Bei ihren Worten warf Valerij ihr kurz einen Blick über die Schulter zu. Etwas klapperte, als ihr Onkel in einen Schrank griff. June seufzte. Es klang selbst in ihren eigenen Ohren ausgedacht.

»Ich war auch erst skeptisch, aber was sie sagten, ergab durchaus Sinn. Sie wollen nicht, dass sich herumspricht, dass sie manchmal noch Personen von hier unten aufnehmen, die ernsthaft krank sind, damit die Humanity Points unter den Isles nicht überrannt werden.«

Mit zwei dampfenden Tassen kam Valerij an den Tisch zurück, stellte eine vor June ab und setzte sich mit der zweiten wieder neben sie. Ohne genauer zu betrachten, was sich in der Tasse befand, nahm June sie in ihre Hände und nippte an dem heißen Getränk. Sie verbrannte sich die Zunge daran, aber es war ihr egal, solange es nur ein wenig die Kälte in ihrem Inneren vertrieb.

»Kräutertee«, erklärte ihr Onkel, »damit wir uns beide nicht den Tod holen, nachdem wir draußen so nass geworden sind.«

June nickte nur, da sie keine Lust hatte, zu erklären, dass sie dann auch besser nicht in ihrer nassen Kleidung bleiben sollten. Sie wollte einfach nur noch dieses Gespräch hinter sich bringen und endlich schlafen.

»Eins verstehe ich noch nicht ganz. Wenn sie Amalie wirklich mit auf die Isle genommen haben und nur heilen wollen, warum behalten sie sie dann dort?«

June zuckte müde mit den Schultern. Sie hatte kein Interesse daran, ihr brüchiges Vertrauen in die Fremden von der Isle noch durch wilde Spekulationen zu erschüttern. Doch ihr Onkel schien nicht weiter auf sie zu achten und folgte seinem Gedankengang weiter: »Nun, vielleicht wächst ihre Bevölkerung nicht ganz so schnell an wie unsere. Oder sie haben viel mehr Männer als Frauen und versuchen, das Missverhältnis auszugleichen.«

»Vielleicht« brummte June mit den Lippen am Tassenrand, »oder sie sehen keinen Sinn darin, erst jemanden zu heilen, nur um ihn dann wieder hier unten Hunger und Armut zu überlassen.«

Mit wenigen Schlucken trank sie den Tee aus und stellte die leere Tasse beiseite. Valerijs warme Hand legte sich auf ihren Arm. Als sie daraufhin zu ihm sah, musste sie angestrengt blinzeln, damit ihr nicht einfach die Augen zufielen.

»Los, geh jetzt ins Badezimmer und trockne dich ab, bevor du mir noch direkt am Tisch einschläfst. Ich packe so lange schon einmal deinen Schlafsack aus. Alles Weitere besprechen wir dann morgen.«

»Danke.«

Erleichtert darüber, endlich schlafen zu können, stand June auf. Doch bevor sie ins Bad gehen konnte, war Valerij ebenfalls aufgestanden und hatte sie in eine feste Umarmung gezogen. Weder sie noch ihr Onkel sagten ein Wort, während June einen Moment lang einfach genoss, Trost in seinen Armen zu finden.

Luca

Luca setzte sich mit ihrem Tee auf das große Sitzkissen, das sie direkt vor der Fensterfront platziert hatte. Doch anders als in den vergangenen Tagen war ihr Blick nicht gefesselt von der Weite draußen, sondern wanderte immer wieder zu Zinnia hinüber, der auf dem Sofa saß und völlig in etwas auf seinem Mindpad vertieft schien.

Es war das erste Mal, dass Luca ihn mit offenen Haaren sah. Sie waren zum Teil noch nass vom Duschen, und lediglich die ersten leichten Wellen zeigten, dass sie begonnen hatten zu trocknen. An der Farbe änderte sich dadurch nichts, sie waren tiefschwarz wie immer. Sie konnte sich allmählich vorstellen, was sie so an Zinnia fasziniert hatte, als sie sich kennenlernten. Jetzt, wo sie sich etwas an die Situation gewöhnt hatte, erwischte sie sich selbst oft dabei, wie sie ihn heimlich beobachtete. Seine dunkelblauen Augen, die manchmal, wenn das Licht im richtigen Winkel auf sie fiel, einen grünen Schimmer bekamen; seine markanten Gesichtszüge und diese kleine Falte, die sich auf seiner Stirn bildete, wenn er ganz in seine Gedanken vertieft war wie jetzt. Er war ein schöner Mann. Alles, was sie bisher von ihm wusste, sprach dafür, dass sein Charakter ebenso faszinierend war wie sein Äußeres.

»Wenn du mich weiter so anstarrst, werde ich noch rot«, sagte Zinnia unvermittelt, blickte aber weiter auf sein Mindpad. Seine Wangen wiesen trotz seiner Worte kein bisschen Röte auf, stattdessen hatte diese Lucas Gesicht überzogen. Ertappt lenkte sie ihren Blick auf die Bäume vor dem Fenster und versuchte, nicht weiter daran zu denken, dass er sie beim Starren erwischt hatte. Die Mittagssonne stand bereits hoch am Himmel und ließ die gesamte Stadt zwischen dem Grün silbern und weiß schimmern.

Erst als sie wenig später vernahm, wie Zinnia sein Mindpad auf den Tisch legte, traute sie sich wieder, zu ihm zu schauen. Er saß immer noch auf dem Sofa, hatte sich entspannt zurückgelehnt und erwiderte ihren Blick mit einem Lächeln. »Was möchtest du wissen?«

Sie legte den Kopf schräg. »Was meinst du?«

»Du hast bisher kein Wort darüber verloren, dass irgendwelche Erinnerungen zurückgekommen wären. Es wundert mich etwas, dass du mich nicht schon längst wieder mit deinen Fragen löcherst. Oder hast du seit Neuestem einen Röntgenblick, mit dem du allein durch Starren die Antworten in meinem Kopf lesen kannst?«

Erneut spürte sie die Wärme in ihre Wangen steigen. Es wäre ihr wirklich lieber gewesen, Zinnia hätte die Sache einfach auf sich beruhen lassen. Doch das Funkeln in seinen Augen sprach eher dafür, dass er Spaß daran hatte, sie noch etwas damit aufzuziehen. Luca stellte überrascht fest, dass sie das nicht weiter verunsicherte, sondern eher amüsierte.

»Wenn du wüsstest, was ich schon alles über deine dunklen Geheimnisse, finsteren Pläne und heimliche Fehler herausgefunden habe.«

Zinnia zog die Augenbrauen hoch und beugte sich etwas vor. »Welche genau meinst du? Die in Bezug auf dich oder die zum Thema Weltherrschaft?«

»Ich kenne sie alle.«

»Ach, ist das so?«

»Ja, das ist so.« Ein breites Grinsen erhellte Lucas Gesicht.

»Hm«, machte Zinnia und begann, sich übertrieben betont mit einem Zeigefinger gegen das Kinn zu tippen, »dann gibt es wohl nur noch zwei Möglichkeiten für dich. Entweder Komplizenschaft oder Tod.«

Sie tat so, als würde sie intensiv über Zinnias Vorschlag nachdenken, doch im Gegensatz zu ihm schaffte sie es nicht annähernd so gut, dabei ernst zu bleiben. Mit einem Schulterzucken erwiderte sie: »Nicht, wenn ich dich zur Strecke bringe, bevor du mich erwischst.«

»Ich würde mir da an deiner Stelle keine allzu großen Erfolgschancen ausrechnen.«

»Und ich würde mir an deiner Stelle nicht so viel auf mich selbst einbilden.«

Lachend schüttelte Zinnia den Kopf und zog ein Haarband aus seiner Hosentasche, als wäre ihm erst bei dieser Geste aufgefallen, dass seine Haare die ganze Zeit offen gewesen waren. Mit flinken Handgriffen band er sie zu einem lockeren Knoten zusammen. Luca merkte, dass sie ein wenig Enttäuschung darüber empfand. Sie mochte es, wenn Zinnia seine Haare offen trug.

»Also wie geht's mit deiner und Maris' Recherche voran? Vielleicht kann ich ja Antworten oder auch neue hilfreiche Fragen beisteuern.«

»Eigentlich ganz gut, aber auf jede Antwort kommen sofort wieder mehrere neue Fragen. Es ist echt verrückt: Manches erscheint mir vage bekannt, das meiste dann aber wieder überhaupt nicht«, berichtete Luca frustriert. »Ich weiß also nicht, welche Fragen du noch hinzufügen könntest, die mir nicht inzwischen auch schon gekommen sind.«

»Da wäre ich mir nicht so sicher. Oder liege ich damit falsch, dass sich deine Fragen bisher vor allem auf deine Vergangenheit beziehen?«

Sie zögerte. Wenn sie so darüber nachdachte, stimmte es, was Zinnia sagte. Allerdings war das ja auch die einzige Möglichkeit, ihre Erinnerungen vielleicht doch noch zurückzubekommen, oder?

»Worauf sollten sich meine Fragen denn stattdessen beziehen?«

Zinnia schenkte ihr ein aufmunterndes Lächeln. »Auf das Leben, das du ab jetzt führen möchtest. Wie willst du neben deinen Recherchen deine Tage verbringen? Willst du eine Ausbildung machen? Dich mal mit Freunden treffen oder versuchen, weitere zu finden?«

Obwohl es so aussah, als würden Zinnia noch mehr Fragen auf der Zunge liegen, endete er mit einem Schulterzucken. Statt zu antworten, ließ Luca ihren Blick wieder zum Fenster wandern. Im Schatten der Bäume, deren Blätter ihr Grün allmählich gegen herbstlichere Farbtöne eintauschten, liefen die Leute durch die Stadt. Die meisten waren gemächlich unterwegs, nur wenige dagegen joggten umher oder ließen sich von Boards tragen, die wie von Geisterhand ein paar Zentimeter über dem Boden durch die Luft glitten. Alle schienen jedoch eines gemeinsam zu haben: Sie waren unterwegs zu irgendeinem Ziel.

»Du möchtest also, dass ich mich nicht nur frage, wo ich schon war, sondern auch, wo ich hinwill«, antwortete sie, ohne ihren Blick von den Menschen draußen abzuwenden.

»Ja, das fände ich irgendwie beruhigend. Aber in erster Linie hoffe ich natürlich, dass du das auch möchtest.«

Sie nickte, mehr um zu zeigen, dass sie ihn gehört hatte, als damit auf seinen Vorschlag einzugehen, dass sie sich von nun an konkrete Gedanken zu ihrer Zukunft machen würde. *Wie soll man wissen, was man machen will, wenn man nicht einmal weiß, wer man ist oder welche Möglichkeiten man überhaupt hat?*

Pochender Kopfschmerz begleitete das ohnmächtige Gefühl, vor eine Aufgabe gestellt worden zu sein, die zu meistern sie sich nicht in der Lage sah. Sie wusste nichts mehr von ihrem früheren Beruf. Erwartete man, dass sie wieder als Mind Engineer arbeitete?

Ihr Blick auf das rege Treiben draußen wurde mehr und mehr von einer Flut an Gefühlen und Gedanken verwaschen. Sie konnte ja nicht einmal eigenständig ein Gericht zubereiten oder ohne Maris die technischen Geräte in ihrer Wohnung bedienen. Wie sollte sie da ihren früheren Beruf wieder ausüben oder einen neuen erlernen? Ihr Erinnerungsvermögen war ein schwarzes Loch, das alles Wissen verschlungen und lediglich am Rande ein paar vage Gefühle von Vertrautheit verschmäht hatte. Selbst ein Kind fand sich vermutlich besser im Alltag zurecht als sie. Auf welchen Grundlagen sollte sie ihre Zukunft denn aufbauen, wenn da gar keine waren?

Die Überforderung, die sie verspürte, wuchs immer weiter an, ja, weckte in ihr sogar Angst. Sie war so abhängig von der Hilfe anderer, dass es schwer auf ihrem Gewissen lastete, Tag für Tag nur auf der Stelle zu treten. Sie wollte ihre Erinnerungen zurück, doch was, wenn sie nie zurückkamen? Also musste sie wohl tatsächlich neu anfangen. Nur war sie so erschöpft von all dem Chaos in ihr ... Woher also die Kraft nehmen?

Warme Hände legten sich auf ihre, rissen sie aus dem Strudel in ihrem Kopf. Blinzelnd blickte sie in Zinnias besorgtes Gesicht, der sich neben sie auf den Boden gesetzt hatte. »Möchtest du darüber reden, was dir so zu schaffen macht?«

Sie schüttelte den Kopf. *Bin ich es, die da so schnaufend atmet?* »Zu viel«, versuchte sie zu erklären, während sie auf ihre zu Fäusten geballten Hände in denen von Zinnia schaute. Erst jetzt bemerkte sie, dass ihre Fingernägel schmerzhaft in ihre Handflächen drückten.

»Okay«, antwortete Zinnia sanft und verfiel in Schweigen. Seine stille Nähe hatte etwas Tröstliches an sich. Luca wurde nach und nach etwas leichter ums Herz, und es gelang ihr, ihre aufgewühlten Gedanken beiseitezuschieben und sich auf ihre Atmung zu konzentrieren. Sobald sie sich wieder etwas beruhigt hatte, schaffte sie es auch, ihre Hände wieder ganz unter ihre Kontrolle zu bringen. Als Zinnia daraufhin seine Finger mit ihren verschränkte, verirrte sich sogar der Anflug eines Lächelns auf ihr Gesicht.

»Ich hoffe, du nimmst es mir nicht übel, dass ich Maris gebeten habe, deine MD zu kontaktieren«, ergriff Zinnia als Erster wieder das Wort.

»Aber ...«, begann sie, ohne genau zu wissen, was sie überhaupt dazu sagen wollte.

»Du schienst kurz wie weggetreten, und ich hatte Sorge, du beginnst jeden Moment zu hyperventilieren«, sagte er in einem Tonfall, der mehr nach einer schlichten Erklärung als nach einer Entschuldigung klang. »Ich habe bisher respektiert, dass du sie nicht sprechen wolltest, aber das kann so nicht ewig weitergehen.«

Sein eindringlicher Blick erstickte Lucas Bedürfnis, sich zu beschweren, im Keim. Sie war sich sicher, in seinen Augen ablesen zu können, dass diese kurze Episode ihm genauso einen Schreck eingejagt hatte wie ihr selbst.

Als wenig später Cera eintraf, nahm Luca gerade von Zinnia eine Tasse Tee entgegen, den er ihr gekocht hatte. Stumm beobachtete sie, wie Zinnia zu der MD trat, um sie zu begrüßen und ihre Jacke entgegenzunehmen.

Irgendwie hatte sie erwartet, bei Ceras Anblick etwas zu spüren. Ablehnung, Stress oder vielleicht auch so etwas wie Erleichterung. Stattdessen fühlte sie gar nichts. Als hätte sie ihr Kontingent an Emotionen für den heutigen Tag bereits aufgebraucht.

»Danke, dass du so spontan herkommen konntest. Soll ich dir ebenfalls eine Tasse Tee machen?«, fragte Zinnia, während er ihre Jacke an die Garderobe hängte.

»Das ist nett von dir, aber nicht notwendig. Trotzdem danke«, antwortete Cera und ließ ihren Blick schweifen, bis sie den Lucas fand. Sofort breitete sich das unaufdringliche Lächeln auf ihrem Gesicht aus, das Luca schon bei ihrer ersten Begegnung sympathisch gefunden hatte.

»Dann lass ich euch mal allein«, sagte Zinnia, zog sich aber erst in Richtung der Schlafzimmer zurück, als Luca ihm zustimmend zugenickt hatte.

»Eine wirklich schöne Wohnung«, kommentierte die MD, während sie in den Wohnbereich trat. »Und diese große Fensterfront. Ein Traum. Ich verstehe gut, warum du lieber direkt davorsitzt als auf dem Sofa.«

Luca antwortete nicht, sondern nippte an dem heißen Getränk in ihren Händen. Kurz überlegte sie, der MD einen Platz anzubieten, entschied sich jedoch dafür, dass das nicht nötig war. So selbstverständlich, wie Cera sich neben sie ans Fenster stellte und den Ausblick genoss, wirkte es nicht so, als ob sie erwartete, dass Luca für sie die Gastgeberin spielte.

»Ich schätze, das Aufregendste hast du verpasst. Tut mir leid, dass du extra hergekommen bist, nur um mir Gesellschaft beim Teetrinken zu leisten.«

»Du brauchst dir darüber keine Gedanken zu machen. Ich hatte heute sowieso nichts anderes vor. Genau genommen, freut es mich sogar, hier zu sein und dir ein bisschen Gesellschaft zu leisten. Natürlich nur, wenn du das auch möchtest.« Sonnenlicht fing sich in Ceras roten Locken, als sie ihren Kopf zu ihr drehte und ihr erneut ein warmes Lächeln schenkte.

»Du kannst dir gerne auch ein Kissen vom Sofa nehmen, oder wir setzen uns woanders hin.« Da sie schon einmal hier war, wollte Luca die MD nicht sofort wieder rauswerfen, auch wenn es sie selbst verunsicherte, nicht genau zu wissen, was die Frau bei diesem Besuch von ihr erwartete.

»Mir reicht auch der Boden«, winkte Cera ab und ließ sich einfach neben ihr nieder. »Jetzt, wo ich langsam alt werde, versuche ich, mich so zu verhalten, dass mein Körper das nicht so schnell realisiert und etwas länger fit und schmerzfrei bleibt.«

»Wenn man mal von deiner Aura der Weisheit absieht, wirkst du auf jeden Fall noch nicht alt.«

Cera lachte schallend. »Danke, meine Liebe. Dann scheine ich ja alles richtig zu machen. Ich muss sagen, wenn du nicht meine Patientin wärst, würde ich dich spätestens jetzt darum bitten, meine Freundin zu werden. Deine direkte Offenheit ist wirklich erfrischend, besonders, wenn sie dabei auch noch mein Ego streichelt.«

Die MD zwinkerte ihr zu und brachte sie mit ihren Worten zum Grinsen. *Vielleicht habe ich mir doch zu viele Gedanken gemacht, was die MD betrifft.*

»Tja, zu schade, dass mein Gedächtnis auf ganzer Linie versagt und meine Emotionen zu oft mit mir durchgehen, um nicht deine Patientin sein zu müssen.«

Cera nickte ihr mit einem Gesichtsausdruck zu, als hätte sie lediglich über schlechtes Wetter oder etwas ähnlich Belangloses gesprochen. Es sorgte dafür, dass die Bitterkeit, die Luca zuvor verspürt hatte, sich etwas verflüchtigte.

»Es ist in Ordnung, dass die Emotionen ab und an mal mit uns durchgehen. Aber genauso in Ordnung ist es, dass wir uns Hilfe suchen, wenn wir unter dem Durcheinander unserer Gefühle zu leiden beginnen. Das erlebt jeder mal, ob nun mit oder ohne Erinnerungsvermögen.«

»Ja, vermutlich«, meinte Luca und lächelte schief. »Auch wenn ich noch nicht erlebt habe, dass außer mir jemand in einem ganz normalen Gespräch plötzlich so die Nerven verliert, dass eine MD kommen muss.«

»Da ich eine MD bin, die bei so etwas kontaktiert wird, kann ich dir sagen, dass das durchaus bei mehr Personen vorkommt, als man meint. Obwohl der medizinische Fortschritt weiterhin voranprescht, unsere Körper immer gesünder und fitter werden und wir immer länger leben, wird sich vielleicht nie etwas daran ändern, dass das Leben die Menschen manchmal so sehr herausfordert, dass sie Hilfe brauchen. Vermutlich ist das der einzige Grund, dass sich mein Berufsstand nicht auf lange Zeit selbst abschafft.«

Luca nahm ihre Tasse wieder in die Hand und fragte: »Willst du mich denn gar nicht fragen, was vorhin gewesen ist?«

»Willst du mir denn davon erzählen?«

Sie überlegte einen Moment, trank den Rest ihres abgekühlten Tees aus und antwortete dann: »Nein, nicht wirklich. Ich bin mir nicht einmal sicher, dass ich überhaupt verstehe, was los war.«

Cera nickte. »Wir können auch zu einem anderen Zeitpunkt darüber sprechen und es gemeinsam ergründen, wenn du dich bereit dazu fühlst.«

»Okay«, antwortete Luca, dankbar dafür, dass die MD ihr diese Entscheidungsfreiheit ließ.

»Ich würde dich heute allerdings gerne einmal kurz durchchecken. Nur eine kurze Nachuntersuchung, die eh langsam fällig wird und für die ich dich sowieso die Tage kontaktieren wollte.«

Skeptisch zögerte sie einen Moment, bevor sie erwiderte: »Geht das hier denn einfach so?«

»Ja, ich habe einen kleinen Scanner in meiner Jackentasche dabei. Ich schätze mal, nach den letzten Untersuchungen bist du nicht begeistert von weiteren, aber ich verspreche dir, dass es diesmal schneller und angenehmer sein wird«, erklärte die MD, und ihr aufmunterndes Lächeln für Luca malte ihr dabei kleine Fältchen in die Mundwinkel.

»Gut, dann bringen wir es am besten gleich hinter uns«, lenkte sie ein und sah dann Cera dabei zu, wie sie zurück zum Eingangsbereich ging, um zu holen, was sie für die Untersuchung brauchte.

In Gedanken ging sie noch einmal durch, worüber sie bisher mit der MD gesprochen hatte. Obwohl sie nichts anderes getan hatten, als ein bisschen zu plaudern, fühlte sie sich eindeutig besser als zuvor. So überfordernd sie ihre Situation aktuell auch empfand, sie hatte mit Zinnia, Maris und Cera Personen in ihrem Leben, die ihr anscheinend wirklich helfen wollten. Das war doch schon mal etwas.

June

Heißer Dampf stieg über dem Herd auf, auf dem June den Rest des Eintopfes warm machte, den sie vor einigen Tagen zubereitet hatte. Valerij würde jeden Moment von der Arbeit heimkommen, und sie wollte, dass sie dann gleich essen konnten. Sie war ihm dankbar, dass er sie bei sich übernachten ließ und nicht einmal gefragt hatte, wie lange sie bleiben wollte. Da war es für sie das Mindeste, wenn sie sich ums

Kochen und Putzen kümmerte, solange sie bei ihrem Onkel blieb.

June rührte den heißen Eintopf um, stellte die Herdplatte aus und schloss den Topf mit einem Deckel ab, damit das Essen nicht kalt wurde. Noch während sie Teller und Besteck zum Tisch brachte, vernahm sie, wie die Haustür geöffnet wurde.

»Perfektes Timing«, sagte June, als Valerij lächelnd in der Küche erschien. Um seinem Blick auszuweichen, wandte sie sich wieder dem Geschirr und dem Essen auf dem Herd zu. Wenn man zu lange hinsah, erkannte man, dass Valerijs Lächeln nicht wie sonst seine Augen erreichte, und June wollte nicht zu genau über den Grund dafür nachdenken.

»Danke«, meinte Valerij, als June ihm den Teller mit Eintopf füllte.

»Gerne. Was gibt's Neues in der Welt?«

»Ein Sturm zieht auf, und es wird geschätzt, dass die erste Flut des Jahres bereits morgen New Hope erreichen wird.«

June nickte nur und führte einen Löffel Eintopf vor ihren Mund, um ihn mit Pusten abzukühlen.

»Und natürlich habe ich mich auch weiter umgehört, was Amalie betrifft«, begann Valerij nachdenklich und ließ damit June den Löffel ganz vergessen; schließlich war es das erste Mal, seit sie hier war, dass er das Thema wieder anschnitt. »Aber mir ist lediglich ein Gerücht zu Ohren gekommen, dass in den letzten Monaten zwei Frauen aus der Stadt verschwunden sein sollen, die zum Humanity Point unter New Hope aufgebrochen waren. Es heißt, sie seien bestimmt von einer kriminellen Bande verschleppt worden, aber wer weiß schon, was wirklich mit ihnen passiert ist?«

»Meinst du, sie wurden vielleicht auch in die High Rise Society aufgenommen?«

»Ich weiß es nicht. Ich kann ja nicht einmal mit Sicherheit sagen, ob diese zwei Frauen wirklich existieren, und falls ja, ob sie wirklich verschwunden sind. Aber unmöglich ist es natürlich nicht. Nach deiner und Amalies Erfahrung ist es wohl genauso denkbar wie die Möglichkeit, dass sie von Kriminellen überfallen wurden.«

Gedankenverloren rührte June mit dem Löffel in ihrem Teller Eintopf herum. Sie wusste, sie sollte sich eigentlich darüber freuen, dass Valerij überhaupt irgendetwas aufgeschnappt hatte, aber immer, wenn sie über ihre Schwester sprachen, machte sich wieder dieses ungute Gefühl in ihr breit. Vor allem, weil sie immer nur über irgendwelche Gerüchte sprachen. Aber was hatte sie auch erwartet? Und selbst wenn sie herausfänden, dass es neben Amalie noch andere Zuwanderer nach New Hope gegeben hatte, es würde ihr ja auch nicht die konkreten Antworten liefern, nach denen es sie am meisten verlangte. *Ich wünschte, ich wüsste, wie es dir da oben geht, Amalie.*

»June?«

»Hm?«

»Was hältst du davon, für mich zu arbeiten?«

Überrascht horchte sie auf.

»Du würdest viel reisen und dabei viel zu wenig verdienen, aber wenigstens hättest du überhaupt ein Einkommen«, führte er weiter aus und sorgte unbewusst mit seinen Worten für einen schweren Knoten in Junes Brust. Früher war sie immer davon ausgegangen, dass sie einmal als Nachrichtenträgerin arbeiten würde. Doch das war bisher einfach keine Option gewesen. Mit einem solchen Job hätte sie Amalie zu vielen Risiken ausgesetzt.

Sie atmete einmal tief durch. Jetzt war also der Moment gekommen, in dem sie sich entscheiden musste, ob sie weiterhin mit ihren Gedanken in der Vergangenheit und in der Ferne bei ihrer kleinen Schwester hängen bleiben wollte oder ob sie ihr Versprechen hielt und in die Zukunft blickte. *Und ich habe ihr ja schließlich mein Wort gegeben, also gibt es wohl nur eine Antwort.*

»Okay, du hast mein Interesse geweckt, sprich weiter.«

»In erster Linie würdest du private Nachrichten in abgelegenere Ortschaften bringen. 50 % der Bezahlung gehören dir. Geld, das du auf dem Weg mit öffentlichen Nachrichten verdienst, kannst du ganz behalten.«

»50 % dafür, dass ich Aufträge in deinem Namen entgegennehme und dann auch ausführe?« Ungläubig sah sie ihren Onkel an. War das sein Ernst?

»50 % für meinen Namen, der dir das Vertrauen einbringt, um überhaupt an neue Aufträge zu kommen«, meinte Valerij und klang dabei, als würde er etwas vollkommen Offensichtliches ansprechen.

June schnaubte. »Ich will 70 % für mich.«

»50 % sind ein exzellenter Deal. Das Geschäft läuft gut, aber nicht herausragend. Ortschaften wachsen, es gibt immer mehr öffentliche Hologramme in Stadtzentren. Die Zukunft liegt vor allem im Zustellen privater Nachrichten und Waren, und nicht mehr im Kundgeben von allgemeinen Nachrichtenmeldungen. Es ist schon ein Risiko, dich überhaupt anzustellen und am Gewinn zu beteiligen.«

Sie überlegte einen Moment. Wenn er daran dachte, eine weitere Mitarbeiterin einzustellen, konnte es nicht so schlecht laufen, wie er sagte, oder? »60 %.«

Valerij lachte. »Du hörst mir nicht zu, Juniper Mädchen. 50 %, und das auch nur, weil dein Vater mein Partner und Freund war. Höher kann ich nicht gehen.«

»Das ist dein letztes Wort?«, fragte June, fasziniert davon, wie niedrig Valerijs Schamgrenze anscheinend war, dass er jede Karte ausspielte, die er auf der Hand hatte. Ganz egal, wie unpassend sie auch war.

»Das ist es.«

»Dafür, dass du immer so gutmütig aussiehst, bist du ganz schön knallhart.«

»Wie gesagt, ich halte mich schon ziemlich lange in der Nachrichtenbranche«, erklärte ihr Onkel, und man konnte ihm anhören, wie zufrieden er mit ihr und sich war. »Heißt das, du übernimmst die Route, die ich zu vergeben habe?«

Mit einem Seufzen kapitulierte sie. Sie brauchte diese Chance. Nicht nur, dass sie vermutlich keinen besser bezahlten Job finden würde – als Nomadin würde sie vermutlich erst gar keinen anderen bekommen. Ob Valerij die Wahrheit sprach oder diesen Umstand schamlos für sich ausnutzte, würde sich wohl noch zeigen müssen. Auf jeden Fall wollte sie sich unterwegs ein bisschen diesbezüglich umhören.

»Ich werde die Route übernehmen«, bestätigte sie und widmete sich dann wieder ihrem Teller mit Eintopf, der inzwischen nur noch lauwarm war.

Erst als sie den letzten Rest des Essens aufgeteilt und sich satt gegessen hatten, nahmen sie das Gespräch wieder auf. Valerij hatte ein zerschlissenes dünnes Notizheft von seinem Schreibtisch neben der Eingangstür geholt und hielt es June entgegen.

»Es ist eine der ersten Routen, die dein Vater und ich ausgearbeitet haben. Ein paar Änderungen der Stopps habe ich in dem Routenheft ergänzt, du solltest also damit zurechtkommen. Es ist nicht mehr viel Platz darin, um dir Notizen zu deinen Aufträgen zu machen; du wirst dir das meiste einfach merken müssen. Für ein neues Notizheft oder einen digitalen Routenplaner ist momentan kein Geld da.«

Obwohl ihr klar war, dass ein altes und bereits vollgekritzeltes Routenheft nicht gerade die beste Voraussetzung für ihren Einstieg ins Leben als Nachrichtenträgerin war, erfasste June ein Gefühl von Ehrfurcht, als sie das fleckige dunkelbraune Büchlein entgegennahm. Ihr Vater hatte solch ein Heft auch immer bei sich getragen. Als kleines Mädchen hatte sie ihn mehr als einmal darum gebeten, ihr darin zu zeigen, wo er überall hinging. Damals hatte sie nicht mehr gekannt als die Stadt, in der sie gewohnt hatten, und allein zu sehen, wie viele Punkte die Route ihres Vaters bei seiner Arbeit als Nachrichtenträger auf der Karte umfasste, hatte sie immer von dem Abenteuer träumen lassen, sich irgendwann anzuschauen, was die Welt draußen so für sie bereithielt. Damals hatte sie sich jedoch nicht ausgemalt, je nach Jahreszeit und Wetter vor Fluten oder Bränden zu fliehen oder die ganze Zeit Angst vor kriminellen Banden haben zu müssen.

Mit einem Seufzen schlug June ihr Routenheft auf und besah sich die Karte auf der ersten Seite. Sie zeigte nicht allzu viele Regionen der United States of Europe, doch da es sich um eine Route handelte, die sie zu Fuß zu bewältigen hatte, wunderte June das nicht.

»Eine Küstenroute. Kein Wunder, dass du bisher niemanden dafür gefunden hast«, meinte sie, verspürte allerdings keinen Groll darüber. Sie kannte sich an der Küste aus und hatte kein Problem damit, die Witterungen auf ihrer Reise mit einzukalkulieren.

»Die Küstenregionen haben einen viel schlechteren Ruf, als sie verdienen, besonders die bewohnten; und nördlicher brauchst du ja auch gar nicht zu gehen. Nachrichten ins Niemandsland verschickt schließlich keiner.«

June nickte. »Von hier aus führt die Route eigentlich auf gleicher Höhe an der Küste entlang, entweder nach Westen in die Niederlande oder nach Osten bis zur Mauer, und erst dann weiter ins Landesinnere. Hast du ein Problem damit, wenn ich stattdessen von hier aus nach Süden gehe und erst dort die Route aufnehme?«

»Natürlich nicht. Im Frühjahr wäre alles andere auch mit unnötigen Risiken verbunden. Ich würde niemals erwarten, dass du dich sinnlos in Gefahr bringst, ganz im Gegenteil: Ich erwarte, dass du auf dich aufpasst und weiterhin so kluge Entscheidungen triffst, sowohl aus persönlichem als auch aus beruflichem Interesse«, sagte Valerij und zwinkerte ihr zu.

Auf den nächsten Seiten des Hefts fand sie eine Auflistung aller Orte, bei denen feste Stopps vorgesehen waren. Die wenigsten sagten ihr etwas, da es sich wohl um größere Städte handelte, die für sie als Nomadin bisher keine vielversprechende Anlaufstelle gewesen waren. Dort war alles extrem teuer, ob Nahrung oder Schlafplatz, und Fremde waren sowieso nur in den seltensten Fällen willkommen.

»Demmin?«, fragte sie, als ihr doch einer der Ortsnamen bekannt vorkam. »Was ist dort, dass ich den Namen kenne? Ich glaube, so weit im Westen war ich bisher nie.«

»Die Frage ist wohl nicht, was dort ist, sondern wer«, meinte Valerij und klang dabei ungewohnt bitter, so als müsse er sich dazu zwingen, die Worte auszusprechen. Neugierig musterte June ihn.

»Von wem redest du?«

Ihr Onkel grunzte nur abfällig und begann, das benutzte Geschirr vom Tisch abzuräumen, das sie bisher nicht beachtet hatten. Erst als June schon dachte, sie würde keine Antwort mehr von ihm bekommen, und weiter durch das Notizheft blätterte, grollte Valerij von der Küchenzeile her: »Fanny wohnt zurzeit in Demmin.«

Diese Neuigkeit hatte bei June den komplett gegenteiligen Effekt als bei ihrem Onkel. Begeistert meinte sie: »Granny wohnt in einer der Städte auf meiner Route?«

»Diese Frau ist ganz sicher nicht deine Granny«, hörte sie Valerij leise grummeln.

»Ach komm, wenn wir so streng wären, dann wärst du ja auch nicht mein Onkel.«

Daraufhin warf er ihr einen warnenden Blick über die Schulter zu, der June dazu veranlasste, ihm ergeben ihre Handinnenflächen zu präsentieren. Sie wusste ja, dass sich Valerij und Fanny noch nie sonderlich gut verstanden hatten, aber warum er jetzt so ein Theater wegen der Frau machte, die sie – genau wie ihn auch – ohne Blutsverwandtschaft zu ihrer Familie zählte, war ihr dennoch ein Rätsel.

Luca

Als Luca an diesem Morgen in die Küche kam, schien dort alles unberührt. Sie fragte sich, ob Zinnia noch schlief oder ob sie vergessen hatte, dass er früh zur Arbeit wollte. Da sie Maris bereits im Badezimmer darum gebeten hatte, das Frühstück mit dem AKC für sie zuzubereiten, stand sie etwas unschlüssig herum. Sie hatte wenig Lust, sich allein an den Tisch zu setzen.

»Zinnia ist im Wohnzimmer«, erklang unvermittelt Maris' Stimme.

Schmunzelnd schüttelte Luca den Kopf. »Und du bist dir wirklich sicher, dass du keine Gedanken lesen kannst?«

»Zu einhundert Prozent. Gedankenlesen liegt außerhalb meiner Kompetenz. Allerdings bin ich erstaunlich gut im Beobachten und Analysieren. Ich bin schließlich extra dafür programmiert.«

»Was du nicht sagst«, kommentierte Luca mit einem Lachen. Egal, wie ernst Maris immer klang, inzwischen war sie sich sicher, dass die AI nicht gefühllos war, sondern einfach einen trockenen Humor besaß und gerne Offensichtliches aussprach.

Ein kurzes Rattern ertönte. Luca trat zum AKC, um Tee und Rühreiweiß entgegenzunehmen.

»Ich bin unsere Rechercheliste weiter durchgegangen, während du geschlafen hast«, erzählte Maris. »Willst du die Ergebnisse mit mir zusammen anschauen oder lieber allein? Außerdem möchte ich anmerken, dass es sinnvoll sein könnte, den Ex-Boss mit einzubeziehen, damit er die Informationen ergänzen kann.«

»Der Ex-Boss?«

»Da du mein neuer Boss bist, ist Zinnia entsprechend mein Ex-Boss.«

Bei dieser Erklärung blieb Luca auf dem Weg aus der Küche noch einmal stehen. Sie wollte sich mit ihrem Frühstück zu Zinnia ins Wohnzimmer setzen, aber das Gespräch mit Maris driftete irgendwie in eine Richtung ab, die sie besser ohne seine Anwesenheit weiterverfolgte.

»Sag mal, ist da irgendetwas zwischen euch vorgefallen? Ich werde das Gefühl nicht los, dass du ...« Auf der Suche nach der richtigen Formulierung kaute sie auf der Innenseite ihrer Wange.

»Dass ich was?«

»Naja, dass du Zinnia eins auswischen oder ihm irgendetwas heimzahlen willst. Ich weiß auch nicht.«

»Woher solltest du das auch wissen. Es ist allerdings auch nicht wichtig. Wichtig ist, dass ich im Rahmen der Selbstbestimmungsmöglichkeiten als AI deinen Status als meine Arbeitgeberin anerkenne und für dich arbeite. Und jetzt solltest du dein Frühstück essen, bevor es kalt wird.«

Als ob es nicht wichtig wäre, wenn sie nicht eine Möglichkeit auslässt, um eine Spitze gegen Zinnia abzufeuern.

Im Wohnzimmer angekommen, fand sie Zinnia auf dem Boden vor dem Couchtisch sitzend vor. Durch die große Fensterfront fiel das warme Licht der Morgensonne und tauchte alles, was es erreichte, in einen leicht goldenen Schimmer. Doch noch mehr als das Sonnenlicht erhellte Zinnias Lächeln ihre Laune, als sie sich auf das Sofa fallen ließ. Essen und Tee stellte sie neben Werkzeug und silberblau schimmernde Kleinteile.

»Ich hoffe, du hast gut geschlafen«, meinte Zinnia und legte einen winzigen Schraubenzieher sowie Lucas Armband beiseite, das er sich am Tag zuvor für ein Upgrade von ihr hatte geben lassen.

»Das habe ich, und du?« Tatsächlich hatte sie tief und erholsam geschlafen, wenn auch nur mithilfe eines Schlafmittels. Das war ein Luxus, den sie sich vorerst erlaubte, obwohl sie sich bewusst war, dass sie den Albträumen und dem, was sie verursachte, auf diese Weise nicht dauerhaft aus dem Weg gehen konnte. Früher oder später würde sie sich ihren Ängsten stellen müssen, wenn sie ihr Leben wieder in den Griff kriegen wollte. Aber da dieser Zeitpunkt noch nicht gekommen war, widmete sie sich ihrem mittlerweile nur noch lauwarmen Frühstück.

»Ich habe auch gut geschlafen«, sagte Zinnia, und Luca merkte, wie er sie wachsam musterte, als wolle er sichergehen, dass sie ihm die Wahrheit sagte.

»Gehst du heute gar nicht arbeiten?«, fragte sie zwischen zwei Bissen Rühreiweiß.

»Alles, was ich zu erledigen habe, geht auch von zu Hause aus. Außerdem hat Maris mir eine Nachricht zukommen lassen, dass es sinnvoll sein könnte, wenn ich die Ergebnisse eurer Recherchen zu meiner Person ergänze«, erklärte Zinnia, und Luca merkte, wie Hitze in ihre Wangen kroch. »Also bin ich hier, um alle eure Fragen zu beantworten.«

Wortlos griff Luca nach ihrem Tee, trank einen Schluck und ließ die Tasse noch ein bisschen länger vor ihrem Gesicht. Es war albern, das wusste sie, und doch fühlte sie sich gleich wohler, dass ein Teil ihres Gesichts nun für Zinnias Augen verborgen war.

»Es sind viel eher Recherchen über mich als über dich«, erklärte sie und konzentrierte sich anschließend ganz auf ihr Essen. Doch erst als sie am Rande ihres Blickfelds wahrnahm, dass Zinnia wieder begann, an ihrem Armband zu schrauben, entspannte sie sich ein wenig.

»Ich konnte kaum konkrete Informationen zu Luca finden, die sich auf die Zeit beziehen, bevor sie hergezogen ist und angefangen hat, für TQ zu arbeiten«, schaltete sich Maris ein. Luca war froh, dass diese ihre letzte Bemerkung aufgriff, anstatt wieder so schamlos ehrlich zu sein. »Einerseits ist es natürlich nicht allzu verwunderlich, da Personendaten ja standardmäßig nach ein paar Jahren aus dem Highnet entfernt werden, aber so umfassend habe ich das bisher noch nie mitbekommen. Zum Beispiel ist nicht öffentlich bekannt, wo sie vorher gewohnt hat oder welchen Nachnamen sie hatte, bevor sie den Namen Whelan angenommen hat. Es war mir deshalb nicht möglich, Nachforschungen zu ihrer Familie anzustellen.«

Als Luca den letzten Bissen ihres Frühstücks in den Mund schob und aufsah, bemerkte sie, wie sich Zinnias Stirn in nachdenkliche Falten legte.

»Bevor ich in die Politik wollte und es wichtig wurde, dass die Leute sich über mich erkundigen können, habe ich zusätzlich zum Standardverfahren selbst Informationen über mich aus dem Highnet entfernt. Gerade weil die automatisierte Löschung nicht so umfassend erfolgt, wie viele sich das wünschen. Und was deine Vergangenheit betrifft, Luca, da hast du mir nie viel erzählt. Über deine Familie sogar überhaupt nichts. Ich kann dir lediglich sagen, dass es von Anfang an gut mit uns beiden gepasst hat, weil wir beide eher Einzelgänger sind. Ich habe auch so gut wie keinen Kontakt mehr zu meiner Familie, lediglich meine Mutter kommt ab und zu mal zu Besuch. Aber sie wohnt quasi am anderen Ende der Welt und ist nicht einmal aufgetaucht, um dich kennenzulernen, als sie von unserer Verlobung erfahren hat.«

Er zuckte mit den Schultern, und es wirkte so, als ob es ihm wirklich nichts auszumachen schien. Trotzdem keimte Mitgefühl in ihr auf. Luca war sich sicher, dass sie selbst nicht so gleichgültig gegenüber ihrer Familie und den Gründen, warum sie keinen Kontakt mehr hatten, gewesen war. Familie hatte für sie immer eine große Bedeutung besessen, das spürte sie einfach. Da war so ein Gefühl von Verlust, und obwohl sie nichts Konkreteres wusste, schmerzte es sie.

»Woran denkst du?«

Sie zog ihre Beine aufs Sofa und an ihre Brust. Als sie ihre Arme darum schlang, war es fast ein wenig, wie sich selbst zu umarmen, irgendwie tröstlich. An Zinnia gewandt, schüttelte sie leicht den Kopf. »Nur eine vage Eingebung, nicht einmal eine wirkliche Erinnerung. Erzähl mir lieber, warum du plötzlich für die Präsidentschaft kandidierst.«

Zufrieden damit, dass ihr so schnell etwas eingefallen war, um das Thema zu wechseln, lehnte sich Luca im Sofa zurück.

»Plötzlich?«, hakte Zinnia nach und zeigte damit, dass seine Aufmerksamkeit für sie kein bisschen nachließ, obwohl er weiterhin an dem Armband arbeitete. Inzwischen sah es fast genauso aus wie vor seinen Anpassungen, jedoch war das Mittelstück nun deutlich breiter und dicker. Sie hoffte nur, dass es dadurch auch noch weiterhin so komfortabel zu tragen war wie bisher.

»Du bist doch schließlich der Überraschungskandidat, wenn man den Nachrichten Glauben schenken darf.«

»Ich schätze, das wirkt vor allem so, weil die wenigsten gedacht haben, dass ich es in meinem Alter wirklich ernst mit so einem Vorhaben meine. Allerdings habe ich von Anfang an kein Geheimnis daraus gemacht, dass der Job im Justice Circle für mich nur eine berufliche Übergangsphase darstellt. Reich mir mal deine Hand.«

Zu sehr damit beschäftigt, die neuen Informationen für sich zu sortieren, gehorchte Luca ohne Zögern und legte ihre Hand in die von Zinnia. »Justice Circle? Was arbeitest du da genau?«

»Koordination von Strafverfolgung und Strafvollzug«, erklärte Zinnia knapp und legte das Armband, das wieder einmal aussah wie ein breiter flacher Stab, über ihren Arm. »Ich schätze, das müsste so gehen. Ich wollte es extra nicht zu breit machen, damit es dich nicht unnötig stört. Hast du Zugriff, Maris?«

»Habe ich, ja«, erklärte die AI, und ohne dass jemand einen Befehl aussprechen musste, begann das Armband, sich zu biegen und die passende Größe anzunehmen.

»Fühlt sich lediglich ein bisschen schwerer als vorher an. Aber ist okay«, meinte Luca. Als Zinnia ihre Hand losließ, damit sie ihren Arm zur Prüfung noch etwas mehr bewegen konnte, verspürte sie so etwas wie Wehmut. Es hätte ihr nichts ausgemacht, die Wärme von Zinnias Hand noch ein bisschen länger zu genießen. Die gerade erst entdeckte Leere an dem Platz, der in ihrem Herzen für eine Familie vorgesehen war, hatte sich mit ihrer Hand in seiner nicht mehr ganz so groß angefühlt.

Zinnia nickte zufrieden und begann, die übrig gebliebenen Teile und die Werkzeuge in eine Box einzusortieren, die er unter dem Tisch hervorzog. »Wo waren wir noch mal stehen geblieben?«

»Du hattest gerade von deiner Arbeit gesprochen, beim Justice ... wie hieß das noch?«

»Justice Circle.«

»Ja, genau. Du wolltest mir erklären, was du da so machst.«

»Hm. Ja, aber ich befürchte, ich kann dir eh nicht viel mehr dazu sagen. Es ist kein allzu spannender Job, außerdem habe ich dort so gut wie keine Aufgaben mehr, um mich voll auf die Politik zu konzentrieren. Falls ich gewählt werde, gebe ich meine Tätigkeit dort ganz auf.«

»Ich finde nicht, dass Strafverfolgung so langweilig klingt.«

Zinnia schnaubte. »Ich suche ja nicht selbst nach den Personen, die straffällig geworden sind. Mein Aufgabenbereich lag mehr darin, zu koordinieren, was mit den Personen passiert, die vom Gericht schuldig gesprochen wurden. Nur öder Organisationskram. Wer kommt wohin und in welches *Reintegration Program.*«

»Ich finde, das klingt interessant. Wenn es dir nichts ausmacht, würde ich gerne mehr darüber erfahren.«

»Vielleicht wann anders«, erklärte Zinnia und stand vom Boden auf. »Ich werde mir jetzt einen Tee kochen und ein paar Anrufe erledigen, die anstehen. Willst du auch noch einen?«

Darauf bedacht, sich ihre Enttäuschung über das frühe Ende des Gesprächs nicht anmerken zu lassen, setzte Luca ein Lächeln auf und sagte: »Nein, danke. Ich wollte eh rausgehen und ein bisschen die Umgebung erkunden.«

»Das solltest du wirklich, besonders, da du jetzt Maris auf deinem Armband mitnehmen kannst.«

Während sie einen erstaunten Blick auf den blausilbernen Reif um ihren Unterarm warf, verließ Zinnia das Wohnzimmer. *Also darum ging es bei dem Upgrade.*

»Du solltest aber am besten einen Ohrhörer einstecken, damit wir uns draußen unterhalten können. Es wäre nicht gut, wenn alle mitbekommen, dass du mich dabeihast«, schaltete sich nun wieder Maris über irgendeinen der vielen versteckten Lautsprecher der Wohnung ein.

»Wieso nicht?«

»Der Bewegungsspielraum für eine AI ist ziemlich klar geregelt. Da der Arbeitsspeicher deines Armbands viel zu klein ist, um allein auszureichen, werde ich mich in die öffentlichen Systeme draußen einklinken müssen. Das ist zwar nicht direkt verboten, aber erlaubt ist es auch nicht. Dafür machen sich viel zu viele Leute zu viele Gedanken darüber, was eine AI in diesen Systemen anstellen könnte. Als ob Menschen alles draußen kurz und klein schlagen, nur weil sie es könnten. Warum sollte eine AI die Systeme kaputt machen? Das ist einfach nur diskriminierend und eine überzogene Unterstellung.«

Je länger Maris sprach, desto emotionaler klang ihre Stimme. Doch wer konnte es ihr verübeln? Inzwischen verspürte Luca genug Empathie für die AI, um sie als Person anzusehen, und nicht nur als körperlose Stimme. Sie konnte nur hoffen, dass Zinnia sich politisch auch für die Interessen von Maris einsetzen würde, falls er die Möglichkeit dazu bekam.

»Aber es hat keinen Sinn, sich darüber aufzuregen. Lass uns lieber losgehen. In der obersten Schublade der Kommode rechts von dir an der Wand sollte ein Ohrhörer sein.«

Wie vorgeschlagen, ging Luca zu der Kommode. Sie hätte gerne noch etwas Zustimmendes oder Aufmunterndes zu Maris gesagt, doch ihr fiel nichts Passendes ein. Stattdessen konnte sie Maris nur mit ihrem kleinen Draußen-Abenteuer Ablenkung bieten, selbst wenn sie es ursprünglich gegenüber Zinnia nur so dahingesagt hatte. Jetzt, wo sie nicht allein gehen musste, erschien es ihr auch nicht mehr ganz so beängstigend. Vielleicht war da draußen ja auch irgendetwas, das ihre schlummernden Erinnerungen doch noch wecken konnte.

Entschlossen griff sie nach einem kleinen weißen Stöpsel, der das Einzige war, das in der Schublade so aussah, als würde es in ein Ohr passen. *Wird sowieso Zeit, dass mir mal wieder etwas Wind um die Nase pustet.*

June

Mit geschultertem Rucksack betrat June den kleinen Platz im Zentrum der Stadt, wo über einem runden Podest in der Mitte ein Informationshologramm flackerte. Es war eindeutig nicht das neuste Modell, zeigte lediglich ein maskenartiges Gesicht ohne Ohren, richtige Augen oder Haare in bläulichem Weiß. Die Lippen bewegten sich synchron zur Sprecherstimme oder taten es zumindest die meiste Zeit. Manchmal wurden Ton oder Bild etwas verzerrt.

June sah sich etwas genauer auf dem Platz um. Er war von hohen Gebäuden umringt, aus denen die Bewohner Wäscheleinen von Fenster zu Fenster gespannt hatten. Damit brachten sie etwas Farbe in die sonst so triste schmutzig weiße bis braune Fassadenlandschaft. Das einzige Gebäude, das nicht hoch in den Himmel ragte, war eine Müllanlage, die dicke graue Rauchwolken aus ihren Schornsteinen aufsteigen ließ, sobald jemand seinen Abfall in eine der Klappen warf.

Auf der gegenüberliegenden Seite des Platzes stand eine Bank an einer der Häuserwände, doch darauf hatte es sich bereits jemand gemütlich gemacht.

Da es keine andere Sitzmöglichkeit gab, legte June ihren Rucksack wenige Meter vor dem Hologramm auf den Boden und setzte sich darauf, solange sie die Nachrichten anhörte und sich alles einprägte, was interessant genug war, um ihr unterwegs einen trockenen Schlafplatz und etwas zu essen zu verschaffen.

»... die mutmaßlich aus dem Kingdom Asia stammt. Die zuständige Polizeibehörde geht derzeit jedoch nicht von einem terroristischen Anschlag aus. Die neusten Erkenntnisse lassen darauf schließen, dass die Drohne nicht aktiv in das Gebäude gesteuert wurde, sondern dass fehlerhafte Berechnungen des Autopilotprogramms zu dem tragischen Vorfall geführt haben, bei dem ein Mensch getötet und zwei weitere schwer verletzt wurden«, erzählte die blecherne Stimme des Hologramms, deren Klang June die Härchen auf den Armen aufrichtete. Was öffentliche Nachrichten anging, sparten die Städte, wo es nur ging. Sie waren eh nur für diejenigen Bewohner interessant, die sich keine technischen Geräte leisten konnten, um die Nachrichten zu Hause zu empfangen, und diese Leute zahlten auch nicht genug Steuern, um für die reichen Entscheidungsträger der Stadt relevant zu sein.

June konnte sich ein abfälliges Schnauben nicht verkneifen, als sie daran dachte, dass es nicht nur auf den Isles, sondern auch hier unten reiche Idioten gab, die absolut nichts von der Welt außerhalb ihrer paradiesischen, mit Geld erkauften Seifenblase wussten, die sie ihr Leben nannten. Während sie den Nachrichten über Verhandlungen zwischen der High Rise Society und den United States of Europe in Bezug auf neue Technologien zur Stromerzeugung lauschte, überschatteten immer mehr graue Wolken das

Blau des Himmels. Obwohl es noch nicht einmal Mittag war, wurde der Platz nur noch in dämmriges Licht getaucht und sah dadurch nur noch trostloser aus.

Ein kalter Windstoß bahnte sich seinen Weg durch die Gassen der Stadt und ließ ein achtlos auf den Boden geworfenes Stück Verpackungsfolie erzittern. *Als ob es so schwierig wäre, seinen Müll die paar Meter weiter einfach in die Entsorgungsanlage zu schmeißen. Ich werde echt nie verstehen, warum die Leute es so wenig wertschätzen, hier wohnen zu dürfen, dass sie ihre Umgebung selbst verschandeln und verschmutzen.*

June zog den Reißverschluss ihrer Jacke bis zum Kragen hoch und knotete das blau gemusterte Haartuch von Amalie auf, das sie seit ihrem Abschied immer um ihr Handgelenk gewunden trug, um es als Halstuch zu nutzen.

»Die Technologie der Blitzkraftwerke, die viele der High Rise Isles mit Strom versorgen, könnte für die United States of Europe die Unabhängigkeit der Energieversorgung ihrer südlichen Regionen von den United Southern Nations bedeuten«, ratterte die Nachrichtenstimme weiter Informationen herunter.

»Erzählst du heute auch noch etwas, das nicht nur Geschäftsleute und andere Leute mit zu viel Geld interessiert?«, murmelte sie genervt, als das Nachrichtenhologramm als Nächstes von einem neuen Virtual Reality Port berichtete, der versprach, die wunderbaren digitalen Welten noch realistischer erscheinen zu lassen als bisher.

»Ich warte immer noch darauf, dass sie anfangen, damit zu werben, dass ihre Virtual Reality endlich realer ist als die Realität«, sagte eine amüsierte Stimme zu Junes Rechter.

Ein Paar grau-grüner Augen blickte sie an, doch erst als die Person in den Himmel blickte und die Kapuze dabei zurückrutschte, konnte June das dazugehörige jugendliche Gesicht erkennen. Eine lange Narbe durchzog die helle Haut an Kinn und Wange, und an der Stirn schauten ein paar strohblonde Strähnen unter dem dunkelgrauen Stoff der Kopfbedeckung hervor.

»Ich sitze hier schon ein bisschen länger herum und ich kann dir versprechen, es wird keine weitere Nachricht mehr kommen, die es wert ist, hier im Regen auszuharren«, erklärte der Fremde in einem Ton, als wären sie alte Bekannte.

»Warum erzählst du mir das?«, fragte June misstrauisch, weil ihr nichts Besseres einfiel und es auch nicht höflicher gewesen wäre, gar nichts zu sagen.

»Du bist doch auch ein unterbezahlter Klatsch- und Tratsch-Bote, oder nicht? Meiner Erfahrung nach zahlt es sich aus, wenn man nett zu seinen Kollegen ist, selbst wenn sie für jemand anderen arbeiten als man selbst. Vielleicht ersparst du mir in Zukunft ja auch mal einen unnötigen Tag im Regen vor einem Info-Holo.«

Die Art, wie der Nachrichtenträger gut gelaunt plauderte und June zuzwinkerte, unterstrich noch sein jugendliches Aussehen. Sie ging jedoch nicht davon aus, dass er jünger sein konnte als sie selbst, wenn er einem Job nachging. Die Regeln zur Arbeit von Jugendlichen und Kindern waren streng. Deswegen in Konflikt mit dem Gesetz zu geraten war ein Risiko, das sich in der Nachrichtenbranche nicht rechnete. Das hatten ihr sowohl Valerij als auch ihr Vater mehr als einmal vorgebetet, wenn sie mal wieder übereifrig gebettelt hatte, endlich auch in die Welt hinausziehen zu dürfen.

»Verstehe«, antwortete June und überlegte, was sie nun tun wollte. Wenn sie schon in den Regen kommen würde – und Valerij hatte schließlich gesagt, es würde anfangen zu stürmen –, dann wollte sie lieber unterwegs und in Bewegung sein, als hier herumzusitzen und auszukühlen.

»Ich bin übrigens Soley und für ein paar Tage gerne dein neuer bester Freund, falls du auch nach Süden willst«, erklärte der junge Mann grinsend und sah June auffordernd an.

Ach, was soll's, dachte sie und rang sich ein Lächeln ab. So müsste sie wenigstens den Rest ihres ersten Arbeitstages nicht ganz so einsam verbringen. Und für den Zweifelsfall hatte sie ja auf Valerijs Rat hin immer noch ihr Messer griffbereit in einer selbst angenähten kleinen Innentasche ihres Ärmels verborgen.

»Ich bin June.«

Luca

Die Wärme der Sonnenstrahlen wechselte sich mit dem kühlen Wind auf Lucas Gesicht ab. Sie fühlte sich so lebendig wie schon lange nicht mehr. Fast hätte sie sogar laut aufgelacht, während sie unter den Bäumen den Weg entlanglief und immer wieder etwas entdeckte, das ihre Neugier weckte. Ein kleiner Platz, dessen bunte Pflastersteine ihn wie ein Gemälde erscheinen ließen; zwei Kinder, die kreischend und kichernd fangen spielten, oder die bläulich schimmernden Linien, die sich hier und da durch den Boden zogen und anscheinend die Wege markierten, auf denen die Leute mit ihren fliegenden Boards an den Fußgängern vorüberrauschen konnten.

»Falls du nicht nur hier oben spazieren gehen möchtest, kannst du gleich nach links abbiegen und kommst direkt zur Haltestelle der Bahn, die dich zu allen anderen Ebenen der Isle bringen kann«, erklärte Maris' Stimme über den Ohrstecker in ihrem rechten Ohr.

Sie zögerte einen Moment, sog die frische Luft genussvoll ein und zuckte dann mit den Schultern. Obwohl sie es hier oben unter dem freien Himmel herrlich fand, zog ihr Interesse, was es wohl im Inneren der Isle alles noch zu entdecken gab, sie zu der genannten Haltestelle.

Gesäumt von weiteren Bäumen, führte der Weg direkt auf einen kleinen Platz mit einem Springbrunnen, der je nachdem, wie das Licht darauf fiel, in den unterschiedlichsten Blau- und Grüntönen schimmerte. *Als hätte man das Meer selbst zu einem Wasserspiel geformt.*

Der Anblick hallte in Lucas Erinnerung wider, nicht stärker als ein leises Echo, aber doch deutlich wahrnehmbar. Da zwischen ihr und der Hoffnung auf einen Augenblick des Erkennens noch das in den Boden eingelassene Bahngleis und eine Reihe Sitzbänke auf der anderen Seite lagen, beschleunigte sie ihre Schritte. Bevor die nächste Bahn ankam, wollte sie unbedingt einen genaueren Blick auf diesen Brunnen werfen.

»Fall mir bloß nicht in das Gleis. Die Übergänge werden eingefahren, kurz bevor die Bahn ankommt. Also wenn du einen Piepton hörst, dann geh nicht mehr rüber«, riet ihr Maris, die anscheinend bemerkt hatte, dass sie ein bestimmtes Ziel ins Auge fasste. Luca nickte, ohne sich darüber Gedanken zu machen, ob und wie die AI es sehen würde.

Ihre Schritte klapperten auf dem Metallübergang, der sie von einer Seite des Gleises auf die andere brachte. Nur beiläufig beäugte sie den blausilbernen Streifen, auf dem die Bahn entlangfuhr. Er sah aus wie die größere Version der Linien, über die die Hoverboards hinwegschwebten.

In Maris' Stimme klang unverhohlene Neugier mit, als sie fragte: »Erkennst du etwas wieder?«

»Ja, vielleicht.«

Auf der anderen Seite angekommen, machte Luca sich nicht die Mühe, um die meterlange Reihe an Sitzbänken herumzulaufen. Sie kletterte einfach an einer Stelle über eine Bank, wo keiner saß, ohne auf die irritierten Blicke zu achten, die man ihr deswegen zuwarf. Die Aufregung kribbelte zu sehr in ihr, um an etwas anderes zu denken als daran, dass sie sich vielleicht endlich wieder erinnern würde. Selbst wenn es nur ein Brunnen war.

»Wenn du die Bahn benutzt hast, bist du bestimmt oft hier ein- und ausgestiegen; der Brunnen steht hier auch schon seit Jahren«, meinte Maris. »Und er ist auf jeden Fall groß und auffällig genug, um einem im Sinn zu bleiben.«

»Und er ist wirklich schön«, ergänzte Luca, die endlich ihr Ziel erreicht hatte und um das Wasserspiel herumschritt, um es aus jedem erdenklichen Winkel betrachten zu können. Das Wasser sprudelte gleich an mehreren Stellen und sammelte sich in einem Becken zu Füßen der Statue in der Mitte. Sie zeigte eine Frau in einem Kleid, dessen Falten direkt in die Darstellung von Wellen zu ihren Füßen übergingen. Ihre Hände hatte sie zu beiden Seiten mit den Handinnenflächen zum Himmel ausgestreckt, und Wasser tropfte von ihnen herunter. An ihre Beine schmiegten sich drei Seehunde mit freundlichen Gesichtern, aus deren Mäulern ebenfalls Wasser sprudelte.

Als Luca zum zweiten Mal um das Wasserspiel wanderte, trat eine Frau mit langem schwarzem Haar zu ihr, deren Lippen in einem auffälligen Gelb geschminkt waren. Doch es war eher der kleine Vogel, dessen Gefieder zum Teil ebenfalls gelb war und der sich auf der Schulter der Frau niederließ, der Lucas Aufmerksamkeit vom Brunnen ablenkte.

»Ein wirklich beeindruckend schönes Wasserspiel, das einen umhaut, wenn man es zum ersten Mal erblickt, nicht wahr?«, meinte die Frau in einem Singsang, der Luca seltsam fremd erschien.

»Ja, er ist wirklich schön, aber ich kann gar nicht sagen, ob mich das jetzt umgehauen hat oder die Tatsache, dass ich ihn vermutlich gerade nicht zum ersten Mal gesehen habe«, erwiderte Luca gedankenverloren, da sie immer noch aufmerksam das kleine Vögelchen musterte. Seit sie aus dem Koma erwacht war, hatte sie kein einziges Tier gesehen.

»Jetzt machst du mich aber neugierig. Was ist so besonders daran, einen Brunnen schon einmal gesehen zu haben? Ich bin übrigens Kay.« Als die Frau Luca die Hand entgegenstreckte, schlug ihr gefiederter Begleiter mit seinen schwarz-gelben Flügeln, flog aber nicht davon.

»Ich bin Luca«, antwortete sie und schüttelte die dargebotene Hand.

»Also? Was ist deine Geschichte mit diesem Brunnen?«

Als Kay sich einfach an Ort und Stelle auf dem Boden niederließ, tat Luca es ihr gleich. Das weitere Erkunden der Isle musste halt noch warten. Wenn sie der Frau ihre Geschichte erzählte, erfuhr sie im Gegenzug vielleicht etwas über den Vogel und darüber, wie das Leben hier auf der Isle so war. Bisher kannte sie ja nur das, was Maris, Zinnia und Cera ihr erzählt hatten.

»Ich habe mein Gedächtnis verloren und bin unterwegs, um vielleicht einen Ort zu finden, der meine Erinnerungen zurückbringt. Der Brunnen ist das Erste, was mir irgendwie bekannt vorkommt.«

Kays Lippen formten sich zu einem stummen mitfühlenden »Oh«, aber da sie keine Anstalten machte, selbst etwas zu sagen, sprach Luca einfach weiter.

»Ich bin mir nicht sicher, aber es ist gut möglich, dass ich früher oft hier gewesen bin und mir das Wasserspiel angeschaut habe. Ich wohne nicht weit von hier, und wenn ich die Bahn benutzt habe…« Sie zuckte mit den Schultern, ein bisschen überrascht von sich selbst, dass sie so frei drauflosredete. Bisher hatte sie sich eher für zurückhaltend und vielleicht sogar schüchtern gehalten, weil sie alles so verwirrend und überfordernd fand. Es konnte aber auch am Blick aus Kays warmen, freundlich braunen Augen liegen, die ihr die Hemmungen nahmen. Oder der schöne Tag, die frische Luft und die Sonnenstrahlen. *Sieht ganz so aus, als würde ich auf diesem Ausflug nicht nur New Hope besser kennenlernen, sondern auch mich selbst.*

»Das kann nicht sein«, befand Kay und tippte sich nachdenklich ans Kinn. »Ich bin mir sicher, ich würde mich an dich erinnern.«

»Bist du dir wirklich sicher, dass ich dir bei so vielen Leuten aufgefallen wäre?« Etwas verunsichert sah Luca sich um. Der Gedanke, dass dieser Platz ein fester Teil ihres Alltags gewesen war, gefiel ihr viel zu gut, um ihn gleich wieder aufzugeben.

»Ich habe gute Augen und ein noch besseres Gedächtnis«, erklärte Kay mit ruhiger Gewissheit. »Meinen Vögeln gefällt es hier gut und mir auch, wir sind selten woanders. Wir hätten dich sicher bemerkt.«

Luca entschied, dass Kay sonderbar war, wenn auch auf eine sympathische Art und Weise. »Also gibt es mehr als nur den Vogel auf deiner Schulter?«

»Natürlich«, bestätigte Kay lächelnd. »Zeta ist nur einer von vielen Vögeln, deren Eier ich ausgebrütet habe.«

»Du bist also Vogelausbrüterin?«, fragte Luca skeptisch, weil es nicht wirklich nach einer Tätigkeit klang, die sie als Arbeit bezeichnen würde.

Jetzt lachte Kay. »In erster Linie bin ich für die Instandhaltung und Gestaltung der Grünflächen verantwortlich. Aber ich habe mich dafür eingesetzt, dass mein Aufgabengebiet auch auf die Ansiedelung von Tieren ausgeweitet wird. Vögel, Schmetterlinge, Bienen, Regenwürmer und andere nützliche Tierchen.«

Grinsend schüttelte Luca den Kopf und blickte zu dem plätschernden Brunnen. Das Gefühl des Erkennens war inzwischen gänzlich verflogen, und sie fragte sich, ob sie es sich womöglich nur eingebildet hatte. *Vielleicht wollte ich auch einfach zu sehr endlich etwas wiederkennen.*

Nachdem sie auf ihrer ersten Entdeckungstour auf New Hope die meiste Zeit mit Kay am Brunnen verbracht hatte, beschloss sie, am nächsten Tag noch einmal mit Maris loszuziehen.

Das Wetter war kalt und regnerisch. Luca vergrub ihr Kinn tief in ihrem Kragen und zog ihre Kapuze so weit wie möglich ins Gesicht. Sie war so froh, dass die Bahn gleichzeitig mit ihr an der Haltestelle ankam, dass sie sich nicht einmal nach Kay umsah. Zusammen mit den Wartenden strömte sie in das Verkehrsmittel, das im Innenraum genauso weiß war wie an der Außenseite. Große Fenster zu beiden Seiten reihten sich fast nahtlos aneinander und sorgten dafür, dass man von überall einen guten Blick nach draußen hatte. Da es in dem Teil des Zuges, in den Luca eingestiegen war, keine Sitzplätze gab, stellte sie sich an die erstbeste Haltestange.

Ihr gegenüber stand eine Frau mit hellvioletten Augen und einer auffallend golden schimmernden Haut, die ihr freundlich zulächelte. Sie erwiderte die Geste und versuchte dann, die Frau nicht zu auffällig anzustarren. Sie hätte zu gerne Maris gefragt, ob es sich bei dem ungewöhnlichen Goldton der Haut nur um Make-up handelte, weil er zwar schön, aber nicht natürlich wirkte. Während der Zug völlig lautlos anfuhr, schaute Luca sich weiter um und erblickte einen Mann, dessen Augen in einem satten Orange strahlten, und eine hübsche dicke Frau, deren helle Haut mehr Rosa aufwies, als es lediglich durch das nasskalte Wetter draußen der Fall sein konnte.

Es schien ganz so, als stachen einige Bewohner von New Hope gerne durch ein auffälligeres Äußeres aus der Menge hervor, statt sich nur auf extravagante Mode zu verlassen. Auch was Kleidung anbelangte, bekam Luca hier einiges zu sehen. Die Leute aus New Hope hüllten sich anscheinend gerne in Tuniken und Kleider aus dünnem, fast völlig transparentem Stoff, der silbern oder bronzen schimmerte. Würden sie nicht unterschiedliche Kleidung darunter tragen, sähen sie vermutlich alle ziemlich gleich aus. Sofort fühlte sie sich in ihrer schlichten schwarzen Jacke etwas fehl am Platz.

»Du hast gerade eine Nachricht von Cera Allec bekommen«, erklang Maris' Stimme über den Ohrstecker in ihrem Ohr. »Ich lese sie dir vor: Hallo Luca, ein Patient hat spontan seinen Termin bei mir abgesagt, und ich habe mich gefragt, ob du Lust hast, mich auf einen Spaziergang zu begleiten. Ich schicke dir meinen Standort, und du kannst einfach dazukommen, wenn du möchtest. Hab einen schönen Tag.«

Luca schwieg, da so viele Leute um sie herum waren, die nicht wissen durften, dass sie eine AI mit sich herumtrug. Wie genau hatten sie sich noch einmal gedacht, dass Maris ihr helfen konnte, wenn sie nicht einmal miteinander reden konnten wie sonst?

Die Bahn fuhr in eine Kurve. Zum ersten Mal sah sie die Mauer am Rand der Isle, die mit unzähligen Pflanzen begrünt war und den Blick auf die Welt unten auf dem Erdboden versperrte. Sie war etwas enttäuscht, auch wenn ihr natürlich klar war, dass es zu unsicher wäre, den Rand der Stadt einfach so ohne Schutzvorrichtung in den Himmel übergehen zu lassen.

»Sag einfach ›Anruf annehmen‹ und tu so, als würden wir beginnen zu telefonieren. Dann kannst du mir deine Antwort gefahrlos mitteilen. Falls es das ist, was dich davon abhält, mir zu antworten«, sagte Maris.

Wie gewünscht, sagte Luca »Anruf annehmen«, vergaß dann aber weiterzusprechen, weil die Bahn sich etwas nach vorne neigte und nach unten ins Innere der Isle vordrang. Sie schien zu beschleunigen, die Beleuchtung im Wagen wurde heller, und draußen vor den Fenstern war nichts mehr als Schwärze zu sehen.

»Luca?«

»Hmmm.«

Mit einem kurzen Rucken verlangsamte die Bahn wieder ihr Tempo und hielt in einem unscheinbaren länglichen Raum, in dem neben ein paar blauen Sitzbänken nur ein Hologramm zu sehen war. Es zeigte eine gut aussehende Frau, die fachmännisch Gemüse klein schnitt und in einen Topf gab. Das Bild wirkte völlig lebensecht. Lediglich die Übergröße und das Fehlen von Unterkörper und Küchenmöbeln zeigten, dass die Köchin nicht wirklich in dem Raum stand.

Nur wenige Personen stiegen aus, aber dafür kamen umso mehr Passagiere hinzu und versperrten Luca den Blick nach draußen. Kurz bevor sich die Tür wieder schloss, drang eine laute Stimme zu ihnen herein, die sagte: »Genießen Sie außergewöhnliche Köstlichkeiten im Golden Hope Restaurant.«

Überflutet von den vielen neuen Eindrücken und Reizen, schloss Luca ihre Augen und atmete einmal tief durch. Es war unglaublich aufregend, all das zu entdecken, und gleichzeitig kam sie sich ziemlich verloren vor. Jeder war mit all dem aufgewachsen, wusste, wie das Leben hier ablief, und hatte nicht das Gefühl, dass alles viel fremder war, als es sein durfte. *Wie kann es sein, dass man so viel vergessen kann? Wahrscheinlich muss ich dankbar sein, dass ich überhaupt noch laufen und sprechen kann.*

An ihrer Haltestange drängten sich inzwischen fünf Personen, und immer wieder streifte sie ein Arm oder eine Hand. Zu viel Nähe und Enge, um sich noch wohl dabei zu fühlen.

»Alles okay bei dir?«, fragte Maris besorgt.

»Ja«, sagte Luca, obwohl sie Mühe hatte, nicht daran zu denken, wie beengt ihr der Zug inzwischen vorkam. Die Luft erschien ihr stickig und fast zu dick zum Atmen.

»Gut. Also wenn du Cera Allec treffen willst, dann musst du beim übernächsten Halt aussteigen. Von dort an leite ich dich weiter bis zur historischen Ausstellung.«

»Eine Ausstellung?«

»Ja, sie befindet sich in der zweiten Ebene. Gezählt wird von der obersten Ebene nach unten bis zur 35. In welcher du dich befindest, steht auch immer an den Haltestellen an irgendeiner Wand.«

Als sie ankamen, konnte Luca es gar nicht erwarten, den inzwischen rappelvollen Zug zu verlassen; rasch drängte sie sich an den anderen Aussteigenden vorbei. Dabei nahm sie den erstbesten Gang, ohne zu wissen, wohin er sie führte.

Sie wollte nur schnell weg von all den Menschen und Platz zum Atmen finden.

Dann versuchte sie, sich nur noch auf Maris' Stimme zu konzentrieren und auf die Aussicht, an einen Ort zu gelangen, wo weniger los war. Nach ihrem gestrigen Ausflug hatte sie unterschätzt, wie intensiv es für sie werden konnte, wenn sie sich weiter umsah. *Es wird wohl wirklich Zeit, dass ich Cera eine Chance gebe, mir zu helfen.*

June

»Ich befürchte, wir müssen die ganze Nacht durchlaufen; so wie es schüttet, finden wir ganz sicher keinen trockenen Schlafplatz«, sagte Soley, der seit ihrer Begegnung munter vor sich hin plauderte. Inzwischen wusste sie schon, dass seine Route sich in einigen Teilen mit ihrer überschnitt, seine Eltern in einer Lebensmittelfabrik arbeiteten, er drei jüngere Geschwister hatte und in einen Ingenieur namens Xen verschossen war, der aber vermutlich gar nicht wusste, dass Soley existierte.

June brummte. Mehr war auch nicht notwendig, um den anderen Nachrichtenträger bei Laune zu halten, soweit sie das nach den paar Stunden einschätzen konnte, die sie schon zusammen durch die verregnete Dunkelheit stapften. Am Anfang hatte sie noch versucht, ihn zu ignorieren, damit er irgendwann aufhörte zu reden; doch inzwischen fand sie seinen nicht enden wollenden Redefluss sogar ganz tröstlich. Ab und zu ließ sie sich sogar zu einer Bemerkung hinreißen. Es lenkte sie davon ab, dass die Regentropfen sich ihren Weg immer weiter durch die Schichten ihrer Kleidung bahnten und sie genauso frösteln ließen wie ihre Erschöpfung und die Zweifel, die sich hartnäckig immer wieder in ihre Gedanken schlichen. Und die sich immer um dasselbe Thema drehten: War es wirklich richtig gewesen, Amalie gehen zu lassen? Was, wenn die Leute von der Isle gelogen hatten?

»Zum Glück haben wir inzwischen diese Straße gefunden, sonst hätten wir uns sicherlich schon den Hals gebrochen, weil wir in ein Loch getreten oder über einen Stein gestolpert wären. Versteh mich nicht falsch, ich bin sogar ganz gerne nachts unterwegs, aber ohne diese fetten Regenwolken am Himmel hätten wir wenigstens ein bisschen Mondlicht.« Auf seinen Redefluss ließ Soley einen deutlich vernehmbaren Seufzer folgen und trat June dann so unerwartet in den Weg, dass sie bei den schlechten Sichtverhältnissen direkt in ihn hineinlief.

»Hey, was soll das?«, fuhr June ihn an.

»Sorry, war wohl nicht die charmanteste Art, deine volle Aufmerksamkeit zu bekommen«, antwortete Soley, versperrte ihr jedoch weiter den Weg. »Langsam würde ich gerne wissen, warum ich hier den Alleinunterhalter spielen muss. Hast du beschlossen, dass du mich nicht leiden kannst, oder hast du irgendein anderes Problem damit, dich mal richtig zu unterhalten?«

Schnaubend trat June zur Seite, um an Soley vorbeizugehen. »Ich konnte dich auf jeden Fall besser leiden, als du mir noch nicht im Weg rumgestanden bist.«

Völlig unbeeindruckt von Junes gereizten Worten, entgegnete Soley: »Ach komm schon, ich hab wirklich nicht oft Gesellschaft, wenn ich unterwegs bin. Von mir aus kannst du ab jetzt auch die Gesprächsthemen aussuchen.«

Zu müde, um an ihrem Ärger festzuhalten, ging June einfach weiter und überlegte, welches Thema Soley noch nicht abgegrast hatte. Wie so oft glitten ihre Gedanken zu Amalie.

»Na gut. Dann reden wir doch über die Isles. Was weißt du darüber, wie die Leute dort leben? Und ich meine keine Fantasiegeschichten und Gerüchte.« Mit der Hand wischte sie sich ein paar Regentropfen vom Gesicht, die ein Windstoß unter ihre Kapuze getragen hatte.

»Warum interessierst du dich dafür?«, fragte Soley und klang dabei ehrlich überrascht. »Gehörst du etwa auch zu denjenigen, die davon träumen, dass die High Rise Society irgendwann wieder Einwanderer von unten zulässt?«

»Vielleicht interessiert es mich ja einfach, was an den Geschichten wirklich dran ist, die man überall zu hören bekommt?«, antwortete June mit einer Gegenfrage, da sie nicht vorhatte, Soley etwas über ihre Schwester zu erzählen. Am Ende hielt er sie entweder für eine Lügnerin und Wichtigtuerin, oder aber er erzählte es weiter und machte damit nur Schwierigkeiten. Immer wieder hatte June darüber nachgedacht, wenn sie in den letzten Tagen nicht hatte einschlafen können. Falls die Isle-Leute wirklich Kranke aufnahmen, würde der Andrang an den Humanity Points, wenn es sich herumsprach, dem vielleicht ein Ende machen. Oder schlimmer: Es verärgerte diejenigen, die Amalie aufgenommen hatten und von denen nun ihre Sicherheit abhing. Wer konnte schon sagen, ob es Konsequenzen für sie hatte, wenn ihr Fall bekannt würde?

»Ich schätze, wirklich gesichert ist nur das, was über die Nachrichten verbreitet wird, und da geht es mehr um Wirtschaftsthemen«, meinte Soley. »Daraus lässt sich höchstens ableiten, dass ihr technologischer Fortschritt ihnen ein besseres Leben ermöglicht – oder vielleicht auch nur eines, das sich einfach sehr von unserem unterscheidet. Manche Nachrichten haben ja auch richtig für Wirbel gesorgt, sogar hier unten.«

»Welche genau meinst du? Ich erinnere mich nur daran, dass es ziemlich viel Ärger gab, weil kein Sicherheitspersonal mehr an den Humanity Points abgestellt wird. Selbst die Drohnen, die als Alternative dort rumgeflogen sind, habe ich schon lange nicht mehr gesehen. Außer die wenigen kaputten, die unter New Hope liegen.«

»Viele haben die wohl einfach als kostenloses herumfliegendes Ersatzteillager betrachtet. Ich meinte aber eigentlich

Nachrichten, die schon seit Jahrzehnten immer wieder mal Gesprächsthema sind. Vermutlich einfach, weil es so abgefahren ist, dass die High Rise Society im Gegensatz zu den anderen Nationen Genmanipulation an Menschen legalisiert hat. Ich mein, laufen da jetzt Menschen mit Katzenschwänzen rum? Oder haben sie Kiemen und können unter Wasser atmen? Geld haben sie auch komplett abgeschafft. Und womit bezahlt man bitte sein Essen, wenn es kein Geld gibt?«

An was für einem Ort bist du da nur gelandet, kleine Schwester?

»Vielleicht tauschen sie ja, statt mit Geld zu bezahlen«, ging June auf das Thema ein, das nicht ganz so seltsame Vermutungen aufwarf. »Anders handhaben w… es die Nomaden hier ja auch nicht.« Es gelang ihr nur mit Mühe, sich nicht aus Versehen zu verraten – bei so vielen Vorurteilen, wie es ihnen gegenüber gab, musste man aufpassen, was man sagte. Viele machten keinen Unterschied zwischen den Nomaden und den kriminellen Banden, die herumzogen und plünderten, was sie konnten. Besser also sie ließ Soley nicht die Zeit, um das Thema weiter zu vertiefen. »Aber wo wir gerade schon bei New Hope sind: Ich habe da in letzter Zeit ein paar Gerüchte gehört. Zu verschwundenen Personen in der Gegend um die Isle und auch zu irgendwelchen Dieben, die angeblich einen Weg gefunden haben, die High Rise Society zu bestehlen.«

»Glaub mir, dir werden noch viele weitere wilde Gerüchte zu Ohren kommen und du wirst immer wieder feststellen, dass an ihnen nichts dran ist. Die Leute spinnen einfach gerne rum, wenn ihnen langweilig wird und sie sonst nichts zu erzählen haben.«

Aber mir vorhin noch was von Menschen mit Katzenschwänzen oder Kiemen zusammenfantasieren?

»Aber du hast auch von diesen Gerüchten gehört?«, hakte sie in der Hoffnung nach, dass Soley sich für dieses Thema doch noch begeistern könnte. Selbst wenn es nur Gerüchte waren und sie keinen echten Anlass hatte, irgendetwas davon auf Amalies und ihre Erlebnisse mit der High Rise Society zu beziehen, sie tat es trotzdem. Sie brauchte etwas, dass die wachsenden Zweifel besänftigte und ihre Selbstvorwürfe verstummen ließ, ganz egal, was es war.

»Ja, klar. Aber es verschwinden ständig Leute, und meistens sind sie einfach nur weggezogen. Solange also nicht in den Nachrichten davon berichtet wird, gebe ich da nichts drauf. Und wie man die High Rise Isles bestehlen soll, wenn man da gar nicht hochkommt, konnte mir bisher auch noch keiner glaubhaft erklären.«

June verkniff sich, ihn darauf hinzuweisen, dass die Nachrichten so oder so nie berichten würden, wenn die verschwundenen Personen Nomaden waren.

»Also hat dir schon einmal jemand erklärt, wie die Diebe es angeblich anstellen?«

Soley schnaubte: »Es war einfach nur Unsinn.«

»Hey, wir laufen hier durch den Regen, es ist kalt, und ich brauch irgendetwas, um mich von meiner Müdigkeit abzulenken. Mir reicht auch Unsinn, ich hab da echt keine großen Ansprüche mehr.«

»Gib mir nur einen Moment, dann fällt mir sicher ein besseres Thema ein.«

Soleys offensichtlicher Unwillen, über die Diebe zu reden, fachten Junes Neugier nur weiter an. Ob er wohl mehr über sie wusste, als er preisgeben wollte? Oder wurde er nur zu oft nach ihnen gefragt? »Ach komm schon, ich find so was witzig.«

Soley gab einen gequälten Laut von sich. »Na schön. Manche meinen, die Rebellen haben bestimmt ein unsichtbares Flugzeug oder eine Drohne gebaut, mit denen sie auf die Isles hochfliegen können. Als ob irgendwelche Diebe das Geld dafür hätten. Andere sind davon überzeugt, dass sie irgendwie die Säulen hochklettern. Was völlig absurd ist, weil das viel zu anstrengend wäre und es niemals unbemerkt bleiben würde. Aber mein Favorit unter den Erklärungen ist immer noch, dass sie Vögel dressieren, die für sie stehlen – und dass der Grund ist, warum man sie auch Elstern nennt.«

»Ich hatte gar nicht gedacht, dass die wirklich so ein großes Gesprächsthema sind, dass man ihnen sogar einen Namen gibt. Ich meine, allein der Begriff Rebellen hat doch schon eine andere Qualität, als einfach nur von Dieben zu sprechen, aber Elstern? Was weißt du noch über sie?«

»Ach, Rebellen oder Diebe ist doch quasi das Gleiche. Du solltest meine Worte nicht so auf die Goldwaage legen. Und Elstern hab ich auch nur einmal als Namen für sie aufgeschnappt. Das ist alles keine große Sache, deswegen kann ich dir auch gar nichts weiter zu ihnen erzählen.«

»Welche Leute haben dir denn davon …«

Sie konnte ihren Satz nicht ganz zu Ende bringen, da packte Soley ihren Arm und zog sie grob von der Straße. Alarmiert horchte June in den Regen, in dessen Rauschen sich leise ein weiteres Geräusch gemischt hatte. Reifen auf nassem Asphalt.

»Schnell weiter«, zischte Soley. Doch das wäre gar nicht nötig gewesen, um June zur Eile anzutreiben. Es wäre ein Wunder, wenn niemand sie gesehen hätte, selbst wenn das Fahrzeug ohne Beleuchtung fuhr. Bei dem Lärm, den der Regen machte, waren sie ihnen unbemerkt viel zu nahe gekommen.

June rannte so schnell wie möglich hinter Soley her. Hinter ihnen rief jemand etwas. Unverständlich, aber viel zu nah. *Verdammt.* Scharf sog sie die Luft ein. Schmerz pochte in ihrem rechten Fuß, als sie damit gegen etwas Hartes stieß. Sie konnte einfach rein gar nichts sehen.

Als Soleys Hand von ihrem durchnässten Ärmel rutschte, bekam June gerade noch seine Hand zu fassen. Energisch zog sie ihn ein Stück nach rechts, damit sie nicht weiter geradeaus stolperten und schwerer zu verfolgen waren. *Wenn man uns überhaupt verfolgt.*

»Ich kann sie nicht mehr hören«, flüsterte Soley, als das Prasseln des Regens abebbte. Ihre Schritte schmatzten so laut im Matsch, dass sie anhielt und Soley zwang, es ihr gleichzutun. Mit einer Hand strich June sich die Kapuze vom Kopf, mit der anderen bedeutete sie Soley, still zu sein, auch wenn er es vermutlich gar nicht sehen konnte. Angestrengt lauschte sie in die Dunkelheit. Hätten sie es gehört, wenn das Fahrzeug weitergefahren wäre? Vielleicht nicht. Außer ihrem wild klopfenden Herzen konnte sie nur Soleys und ihre eigenen Atemzüge hören. Trotzdem wollte die Anspannung noch nicht von ihr abfallen. Diese Finsternis kam ihr gleichzeitig wie ein Schutzschild und ein Gefängnis vor.

»Ich glaube, ich kann uns parallel zur Straße weiterführen«, sagte Soley so leise, dass er kaum zu verstehen war.

Plötzlich flammte ein Licht auf und stach in Junes Augen. Ihr Griff nach Soley ging ins Leere. Eine Stimme rief: »Ich habe doch gesagt, ich hab jemanden gesehen!«

»Hinterher!«, brüllte eine weitere.

June rannte los. Der aufgeweichte Boden schluckte ihre Schritte mehr, als dass er sie trug. Gelbe Flecken tanzten vor ihren Augen. Sie konnte Matsch aufspritzen hören. Das Fahrzeug hatte die Straße verlassen.

Luca

Sie bog ein letztes Mal ab, ließ die belebten Gänge hinter sich und atmete tief durch. Die historische Ausstellung zog sich in einem Rundgang um das offene Zentrum der Ebene, in dessen Mitte sich der Turm mit den Algen befand, den Luca schon einmal von oben aus betrachtet hatte.

Anstatt sich sofort auf die Suche nach Cera zu machen, schlenderte sie gemächlich drauflos. Sog die Atmosphäre dieses Ortes mit jedem Atemzug in sich auf und spürte, wie sich der Aufruhr der Emotionen in ihrem Inneren langsam legte.

Bis auf das hintergründige Flüstern entfernter Stimmen und leise Schritte war es hier absolut still. Umrahmt von grün berankten Spalieren, zeigten Hologramme in Bild und Schrift verschiedenste Orte, Personen und Ereignisse. Zunächst nur Abbilder früheren Lebens auf den Isles, dann auch vom Leben auf dem Erdboden, alle versehen mit einer Jahreszahl am unteren Bildrand. 1969, eine Rakete hob ab in den Orbit. 2019/2020, Flammen verbrannten einen Wald, der endlos groß zu sein schien. 2090–2098, im Zeitraffer wurde eine High Rise Isle von Baudrohnen errichtet. 2187, Menschen in Schutzanzügen, ein Schild mit der Aufschrift *Quarantänezone*, leere Wege und Gebäude, Särge.

»Wie ein Park aus Erinnerungen«, murmelte Luca, die eine Gänsehaut bekommen hatte. Ihr Bedürfnis, immer mehr davon zu sehen, rang mit dem Wunsch, stehen zu bleiben und alles ganz genau zu betrachten.

»Wenn du magst, kann ich die Daten der Ausstellung herunterladen, damit du sie auch zu Hause aufrufen kannst«, bot Maris an. »Da es weder explizit erlaubt noch verboten ist, sollte das kein Problem darstellen.«

Lächelnd schüttelte Luca den Kopf. »Das wäre nicht das Gleiche. Aber danke.«

Vor dem absolut lebensechten Abbild einer hellhäutigen Frau, deren Lippen sich stumm bewegten, blieb sie stehen. Zu Füßen der Frau entdeckte sie die Jahreszahl 2214. Es war also eine verhältnismäßig junge Aufzeichnung für diese Ausstellung.

Mit schräg gelegtem Kopf stand Luca Auge in Auge mit dem Hologramm und fragte sich, worüber die Rednerin wohl so leidenschaftlich sprach, dass ihr ganzer Körper bebte.

»Sie ist wirklich beeindruckend, oder?«, erklang Ceras Stimme und ließ sie zusammenzucken.

»Ja, ich hab gar nicht mitbekommen, dass du hier bist.«

»Ich habe dich auch gerade erst entdeckt«, meinte die MD lächelnd und nickte zu der Rednerin. »Soll ich den Ton anschalten? Ich werde nie müde, Emma Grangers Rede anzuhören, selbst wenn sie hier leider nur einen Ausschnitt zeigen.«

Auf ihr Nicken hin streckte Cera ihre Hand aus. Es war ein merkwürdiger Anblick, Ceras Finger das lebensechte Abbild von Emma Granger durchdringen zu sehen, als wäre es Nebel.

»Durch die Berührung wird die Spracheingabe aktiviert«, erklärte Cera. »Von Beginn abspielen. Ton an.«

Die Details des Hologramms verschwammen für einen Moment, dann sah man wieder Emma Grangers Gesicht, die entschlossen nickte und sagte: »Wenn wir unseren Blick in die Zukunft richten, heben wir unsere Köpfe zu den Sternen. Wir träumen von fernen grünen Planeten, dem Leben auf zu Städten umgebauten Weltraumstationen und verschließen dabei unsere Augen vor dem herrschenden Elend auf unserer Erde. Wir verschließen unsere Augen vor der Vergangenheit, davor, dass unsere Erde einmal grün war und eine Vielfalt an Pflanzen- und Tierarten beherbergte, die wir uns heute gar nicht mehr vorzustellen vermögen. Wir verschließen unsere Augen davor, dass wir selbst es waren – die Menschen –, die dieses Paradies ausgebeutet und zerstört haben. Wir leben auf Inselstädten, um uns über das zu erheben, was einmal unser aller Vergangenheit war. Als könnten wir so vor alten Fehlern und gegenwärtigen Katastrophen, Armut, Ungerechtigkeiten fliehen. Ich frage euch also: Wie können wir in diesem Wissen den Griff nach den Sternen wagen, wenn wir nicht einmal den Versuch unternehmen, unsere Heimat zu retten? Die Erde wieder zu dem Lebensraum zu machen, den wir uns im Universum zu finden erhoffen?«

Obwohl sich die Lippen der Rednerin weiterbewegten, übertrug das Hologramm ihre Worte nicht länger, sondern wechselte zu einer anderen Stimme.

»Die global übertragene Rede von Emma Granger, der damaligen Sprecherin der Earther Group, kann einerseits als ein Appell an die gesamte High Rise Society gesehen werden, ihre Ressourcen und Kapazitäten nicht allein auf ihr *Space Program* zu konzentrieren; andererseits ist sie die Ankündigung einer Auswanderungswelle, wie es sie seit der Unabhängigkeitserklärung der High Rise Society nicht mehr gegeben hat. Mehrere tausend Zugehörige der Earther Group verließen die Isles, um den inzwischen unbevölkerten freien Kontinent Australien wieder aufzuforsten. Es ist eine Reaktion auf die jahrzehntelangen abgelehnten Anfragen der politischen Fraktion, ein solches Projekt im Namen der High Rise Society angehen zu dürfen. Verifizierte Informationen zum Verbleib der Auswanderer und zum Status ihres Projekts gibt es nicht.«

»Man weiß nicht, was aus ihnen geworden ist?«, fragte Luca ungläubig.

»Bei all den Nachrichten aus aller Welt, die jederzeit abrufbar sind, vergisst man oft, dass es auch größere Lücken in unserem Informationsnetz gibt. Neben Australien ist zum Beispiel auch das Kingdom Asia ein blinder Fleck«, meinte Cera und bedeutete ihr mit einer Handbewegung, ihr zu folgen.

Nebeneinander schlenderten sie an weiteren Spalieren, Pflanzen und Hologrammen vorbei. Luca hing stumm ihren Gedanken nach. Sie wusste so wenig über die Welt, in der sie lebte.

»Glaubst du, dass sie ihren Plan in die Tat umsetzen konnten?«, fragte sie nach einer Weile.

»Ich bin mir nicht sicher«, sagte Cera mit gerunzelter Stirn. »Zwar kann ich mir vorstellen, dass sie es auch ohne die Unterstützung der High Rise Society nach Australien geschafft haben, aber mir fällt kein Grund dafür ein, warum sie nach einer Weile nicht den Kontakt zum Rest der Welt herstellen sollten. Ihr Plan war es ja, dort neuen Lebensraum zu schaffen, und was sollte dieser nutzen, wenn die Leute, die ein neues Zuhause brauchen, nichts davon erfahren?«

»Und es hat sich nie jemand auf die Suche nach ihnen gemacht?« Luca konnte nicht nachvollziehen, warum die High Rise Society kein Interesse daran gehabt hatte, Verwandte und Freunde zu beruhigen oder Zugriff auf die Erfahrungen der Auswanderer zu erhalten.

»Unser Infektionsschutzgesetz schränkt das Reisen außerhalb der festgelegten Flugrouten zwischen den Isles stark ein. Wir leben schon so lange streng getrennt von den Angehörigen anderer Nationen, dass unsere Körper und unser Immunsystem sich ganz anders weiterentwickelt haben. Das mag auch daran liegen, dass unsere Medizin in unsere Genetik eingreift, um Krankheiten zu heilen oder ihnen vorzubeugen. Ich meine mich zu erinnern, dass andere Nationen solche Verfahren bisher nicht erlauben. Zumindest war es zur Zeit meiner Ausbildung noch so.«

»Irgendwie komme ich nicht ganz mit. Was hat das eine mit dem anderen zu tun?«

Mit einem entschuldigenden Lächeln erklärte Cera: »Tut mir leid, ich habe außer Acht gelassen, an wie wenig du dich noch erinnern kannst. Reisen werden beschränkt, weil es Krankheitserreger gibt, die in den Nationen unten weit verbreitet sind; sie gelten dort als weitgehend harmlos, können jedoch bei uns zu schweren oder sogar tödlichen Krankheitsverläufen führen. Unsere Regierung sah es deswegen als notwendig an, den direkten persönlichen Kontakt zu Personen, die auf dem Erdboden leben, zu unterbinden. Die High Rise Society steht nur noch durch digitale Kommunikation mit der Außenwelt in Verbindung, und Lieferungen zwischen unserer und anderen Nationen werden von Drohnen übernommen.«

»Aber bedeutet das nicht, dass die Auswanderer alle krank geworden und verstorben sein könnten, noch bevor sie ihr Ziel erreicht haben?«, fragte Luca bestürzt.

»Das ist zumindest nicht auszuschließen«, bestätigte Cera, »auch wenn ich davon ausgehe, dass die Leute, die Emma Grangers Ruf gefolgt sind, sich eingehende Gedanken gemacht haben, wie sie dieses Risiko minimieren.«

Wieder verfiel Luca in nachdenkliches Schweigen. An diesem Ort kam es ihr vor, als würde ihr ganzes Leben nicht reichen, um all die Wissenslücken wieder zu füllen, die sich nach und nach bei ihr auftaten. Es war gleichsam erschreckend und kitzelte an ihrem Wissensdrang. War es nicht auch unglaublich spannend, so viel neu entdecken zu können?

»Ich hoffe, es ist okay, wenn wir jetzt etwas über dich sprechen. Wie geht es dir, Luca? Wie verbringst du deine Zeit?«, fragte die MD.

»Ganz okay. Ich erstelle Listen zu allen Dingen, die ich recherchieren möchte, und Maris sucht mir das meiste aus dem Highnet heraus. Außerdem habe ich angefangen, das ein oder andere auszuprobieren, um zu sehen, welche Tätigkeiten mir gefallen. Bewegung macht Spaß, aber Laufen oder die Yoga-Übungen aus dem Highnet sind nichts für mich. Ich probiere deswegen gerade ein paar Tanzstile aus und schaue, ob sich einer vertraut anfühlt. Wobei Zinnia meint, dass ich damit wohl keinen Erfolg haben werde, weil ich früher nie getanzt habe.«

»Es freut mich zu hören, dass du etwas gefunden hast, was dir Spaß macht. Probiere ruhig alles aus, was dir in den Sinn kommt. Vielleicht hast du das ein oder andere ja nur in der Kindheit gemacht, und Zinnia weiß gar nichts davon. Jetzt interessiert mich aber noch brennend, wer Maris ist. Eine Freundin?«

Sie zögerte kurz, bevor sie mit »Ja« antwortete. Es kam ihr komisch vor, sich über die AI zu unterhalten, während sie womöglich mithörte. Einerseits verließ sie sich darauf, dass Maris sich zurückzog, wenn sie private Gespräche führte, andererseits hatte sie die AI nie direkt danach gefragt. Auf einmal kam sie sich ziemlich naiv und vertrauensselig vor.

»Das ist gut«, sagte Cera. »Kannte sie dich schon vor dem Erinnerungsverlust, oder ist sie eine neue Freundin?«

»Außer Zinnia und dir habe ich noch niemanden getroffen, der mich auch schon vorher kannte.«

»Weil du es nicht möchtest oder weil du sie bisher noch nicht zu dir eingeladen hast?«

»Letzteres. Oder vielleicht aber auch beides. Ich weiß nicht.«

»Ich bin mir sicher, deine Freunde würden sich über eine Einladung sehr freuen, so lange, wie sie schon die Füße stillgehalten und dir deinen Freiraum gelassen haben. Besonders Jascha ließ sich nur schwer davon abbringen, dich im Medical Center zu überfallen, nachdem du aufgewacht warst.«

»Ich werde darüber nachdenken«, wich Luca aus, nicht sicher, was sie ansonsten dazu sagen sollte. Ihr war nicht danach, Leute zu treffen, die erwarteten, dass sie genau wie die alte Luca war. Andererseits war es bei Zinnia ja auch kein Problem gewesen.

»Bist du heute das erste Mal auf New Hope unterwegs?«, wechselte Cera das Thema.

»Nein, ich war gestern schon spazieren. Aber nur oben unter freiem Himmel.«

»Fühlst du dich dort wohler als auf den Ebenen hier unten, wo etwas mehr los ist?«

»Schon«, antwortete Luca und musterte die MD aufmerksam. Irgendwie hatte sie das Gefühl, dass Cera absolut nichts zu entgehen schien. Lag es an der Therapie in der Vergangenheit? Oder war sie einfach nur sehr gut im Raten?

»Es ist vollkommen verständlich, wenn dich einige Situationen noch überfordern. Aber das wird weniger werden. Inzwischen fühlst du dich bei dir zu Hause ja auch nicht mehr eingesperrt, oder?«

»Stimmt. Es ist teilweise einfach sehr eng in der Bahn und den ...« Stutzend brach Luca ihren Satz ab und blieb stehen. »Ich habe dir doch gar nicht erzählt, was passiert ist, als ich das erste Mal wieder zu Hause war.«

Die MD strich sich eine rote Locke hinter ihr Ohr und blieb ebenfalls stehen. Für einen kurzen Moment gruben sich nachdenkliche Falten in ihre Stirn, dann nickte sie. »Ich muss mich entschuldigen, als Zinnia sich letztens bei mir gemeldet hatte, habe ich ihn gefragt, ob du zuvor schon eine ähnliche Stressreaktion gezeigt hattest. Das hätte ich dir mitteilen müssen. Mir ist Ehrlichkeit und Offenheit zwischen uns sehr wichtig; ich hoffe, du kannst mir das glauben.«

Nichts in Ceras Blick gab Luca einen Hinweis darauf, dass sie log. Doch selbst wenn es die Wahrheit war, fühlte sie sich trotzdem hintergangen. Nicht nur von der MD, sondern auch von Zinnia. Dieses Wissen versetzte ihr einen schmerzhaften Stich. »Ich möchte nicht, dass du noch einmal mit Zinnia über mich sprichst«, erklärte sie betont ruhig, während sie ihre Hände zu Fäusten ballte. Das mulmige Gefühl in ihrem Innern brachte die Frage auf, ob es wohl noch mehr gab, was die MD ihr verschwieg.

»Natürlich, das verspreche ich dir«, beteuerte Cera und sah ihr dabei weiter unverwandt in die Augen. *Wenn ich nur wüsste, ob dein Versprechen etwas wert ist.*

»Lass uns jetzt über etwas anderes sprechen.«

Die MD lächelte verständnisvoll. »Worüber möchtest du dich denn unterhalten?«

»Wie wäre es damit, was mit dem Neurochip passiert ist, der mir eingesetzt wurde und der für all dieses Chaos verantwortlich ist. Befindet er sich immer noch in meinem Kopf?« Das war eine Frage, die sie sich schon länger gestellt hatte, und ein Gesprächsthema, mit dem sie sich wohler fühlte. Nichts allzu Intimes oder Persönliches. Nichts, wofür sie der MD mehr vertrauen musste, als sie gerade in der Lage war.

»Der Neurochip wurde nach der Fehlfunktion vollständig entfernt«, erklärte Cera. »Keiner der Hirnscans hat gezeigt, dass auch nur ein kleiner Überrest verblieben ist. Warum fragst du? Hast du irgendwelche Symptome? Kopfschmerzen vielleicht?«

»Nein«, versicherte Luca wahrheitsgemäß, »ich hatte es mich einfach gefragt. Ich schätze, ich würde mich nicht damit wohlfühlen, wenn der Chip immer noch in meinem Gehirn implantiert wäre. Obwohl das der alten Luca anscheinend erstrebenswert erschienen war.«

»Damit bist du auf jeden Fall nicht allein. Nur gut die Hälfte der Bevölkerung hat sich bisher für Neurochips entschieden. Ich selbst habe auch keinen. So praktisch es auch ist, alle Geräte über seine Gedanken steuern zu können, mir ist mein Körper gut genug, wie er ist. Ich brauche keine Verbesserungen durch Implantate.«

Ein Piepen unterbrach ihr Gespräch. Cera schüttelte ihr Handgelenk unter ihrem langen Ärmel hervor, wobei ein weißes Armband zum Vorschein kam, das dem von Luca nicht unähnlich war. Die MD strich mit einem Finger darüber und ließ damit das Signalgeräusch verstummen. »Tut mir leid, ich muss jetzt los zu meinem nächsten Termin. Soll ich dich noch irgendwohin begleiten?«

Mit einem Kopfschütteln lehnte Luca das Angebot ab. Zwar hatte sie keine große Lust, sich dem Menschengetümmel in den Gängen und der Bahn noch einmal allein zu stellen, doch sie wollte sowieso noch nicht nach Hause.

»Ich denke, ich schaue mir die Ausstellung noch ein bisschen weiter an.«

»Alles klar. Ich werde mich dann auch mal wieder auf den Weg machen«, erwiderte Cera lächelnd, ging jedoch noch nicht sofort. Stattdessen ließ sie ihren Blick noch einmal über die Hologramme zu beiden Seiten des Weges schweifen. »Mir fällt da gerade noch etwas ein. Falls du vor hast, eine neue Ausbildung anzufangen, wäre etwas mit Geschichte vielleicht interessant für dich? Nur so eine spontane Idee.«

Überrumpelt nickte Luca nur stumm, als Cera sie zum Abschied am Oberarm berührte. Nachdem die MD gegangen war, besah sie sich noch einmal in aller Ruhe die Hologramme der Ausstellung um sie herum.

Eine bessere Idee, als noch einmal Mind Engineer zu werden, ist es allemal.

June

»Wir haben sie gleich«, grunzte eine Männerstimme. Viel zu nah.

Keuchend schlug sich June in das karge Dickicht, das sich unverhofft in der Dunkelheit vor ihr auftat. Äste kratzten über ihre Wangen, verfingen sich in ihrer Kleidung, ihrem Rucksack, wehrten sich gegen ihre bloßen Hände, mit denen sie sich ihren Weg bahnte. Sie nahm keine Rücksicht darauf. Hätte sogar erleichtert aufgelacht, wenn ihr nicht der Atem dazu gefehlt hätte. Hier drin konnte sie entkommen.

Holz knackte unter Junes Füßen. Dann auch hinter ihr. Eine gefühlte Ewigkeit kämpfte sie sich weiter. Wagte es nicht, hinter sich zu blicken. Das Blut rauschte in ihren Ohren, übertönte die Stimmen und Schritte ihrer Verfolger. Oder waren sie inzwischen zurückgefallen? Hatten sie aufgegeben?

Auch wenn ihr vor Anstrengung alles wehtat, verlangsamte sie ihr Tempo nicht. Die Regenwolken gaben endlich den Weg für ein paar Strahlen Mondlicht frei, die den Dornenranken und dem toten Buschwerk um June herum einen milchigen Anstrich verliehen. Nichts in ihrem Blickfeld lieferte ihr eine Orientierungshilfe, überall nur der nicht enden wollende Pflanzenfriedhof. Sie hatte keine Ahnung, wo sie war und ob sie einigermaßen geradeaus gehetzt war oder hier drinnen nur im Kreis lief. *Verdammt.*

Schwer atmend, blieb sie stehen und wartete darauf, dass sich ihr Herzschlag beruhigte. Da kein anderer Laut zu vernehmen war, gestattete June sich einen Moment, um zu verschnaufen. *Besser sich hier drin zu verlaufen als zusammengeschlagen und ausgeraubt am Straßenrand zu enden. Oder verkauft zu werden.* Sie wollte sich gar nicht ausmalen, zu welchen Zwecken. Schnell schob sie die Gedanken daran, was ihr widerfahren könnte, beiseite und fokussierte sich auf das, was jetzt wirklich wichtig war. Sollte sie weitergehen oder lieber hierbleiben und auf Tageslicht warten?

Ach was soll's.

Sie drückte Äste zur Seite, knickte sie ab, wenn sie drohten, ihr ein Auge auszustechen, sobald sie sich setzte. Es half nicht wirklich, dieses Fleckchen zu einem gemütlichen Platz zum Rasten zu machen, doch welche Alternative gab es? Also streifte sie sich ihren Rucksack ab und ließ sich zusammen mit ihm zu Boden sinken. Sie würde sich nur ein bisschen ausruhen, bis der Morgen graute. Wahrscheinlich war der Sonnenaufgang eh schon viel näher, als sie vermutete. Hauptsache, sie hielt Augen und Ohren offen, falls ihre Verfolger doch wieder auftauchten oder Soley sich ebenfalls in dieses tote Geäst geschlagen hatte. *Hoffentlich hat er es auch geschafft.*

Sie gähnte und legte den Kopf in den Nacken. Der Mond war fast voll und leuchtete unbehindert auf sie herunter. Die Regenwolken hatten sich weitestgehend verzogen. Es sah nicht so aus, als würde es noch einmal anfangen zu gießen. Blinzelnd zog sie ihre Knie dicht an ihren Oberkörper, um Arme und Kopf darauf abzulegen. Je angestrengter June versuchte, ihre Augen offen zu halten, desto schwerer wurden ihre Lider. Es erwies sich als aussichtsloser Kampf.

Als June aus dem Schlaf aufschreckte, brannte die Mittagssonne hoch am Himmel. Irgendwann im Schlaf musste sie sich am Boden zusammengerollt haben, jedoch so verrenkt, dass ihr rechter Arm ganz taub war. Auch ihr Rücken schmerzte, als sie sich noch etwas benommen aufsetzte. Gerade noch rechtzeitig bemerkte June den getrockneten Matsch an ihren Händen, bevor sie sich mit ihnen die verschlafenen Augen rieb.

Ihr steckte immer noch der Traum in den Knochen, der sie im Schlaf umgetrieben hatte. Amalie war darin vorgekommen. Zwischen ihr und June türmte sich eine unüberwindbare Klippe auf, und egal, wie laut sie gerufen hatten, der Wind trug die Worte ungehört hinfort.

Seufzend blinzelte June ein paarmal, um ihren Blick zu klären, und erschrak heftig, als sich eine große schwarze Schnauze direkt in ihr Sichtfeld schob. Keuchend wich sie ein Stück zurück und spürte sofort spitze Äste im Rücken. Das zur Schnauze gehörende Untier rückte ihr unbeeindruckt weiter auf die Pelle und hechelte seinen muffigen heißen Atem in ihr Gesicht.

»Bär! Lass das Mädchen in Ruhe«, rief eine Jungenstimme und veranlasste das schwarze Ungetüm, über die Schulter zu schauen.

June nutzte diese Ablenkung und stand auf, auch wenn sie das Tier vor sich dafür unsanft anrempelte.

»Bär tut nichts«, versicherte der Junge, den sie nun in ein paar Meter Entfernung hinter dem Gestrüpp entdeckt hatte. Besagter Bär bestätigte dies, indem er lediglich mit seinen treubraunen Augen zu ihr aufblickte und neugierig mit der Rute wedelte. Trotz seines Namens handelte es sich bei ihm um einen zotteligen Hund, wenn auch einem außergewöhnlich großen Exemplar. June war froh, dass es kein wilder Hund auf Futtersuche war. Die konnten nämlich echt ungemütlich werden, wenn sie ausgehungert waren.

»Was machst du denn da drin?«, fragte der Junge neugierig.

»Das ist eine längere Geschichte.« Junes Mund fühlte sich ganz ausgetrocknet an, als sie sprach. Während sie nach ihrem Rucksack griff, versuchte sie abzuschätzen, wie groß die Wahrscheinlichkeit war, dass der Junge zu denen gehörte, die sie letzte Nacht gejagt hatten. Aber hätten sie dann nicht schon viel früher den Hund auf sie gehetzt?

»Ich hab Zeit«, versicherte ihre neue Bekanntschaft, und June beschloss, erst einmal aus dem Gebüsch rauszukommen, bevor sie sich ein abschließendes Urteil über den Jungen bildete. Mit dem schwarzen Hund auf den Fersen quetschte sie sich zwischen den Zweigen hindurch.

»Du weißt nicht zufällig, ob ich mich hier irgendwo waschen kann?«, fragte June und zuckte zusammen, als ihr einer der dünnen Äste erneut über die Striemen kratzte, die sie sich bei ihrer Flucht zugezogen hatte.

»Kommt ganz darauf an. Klaust du?«

Sie schnaubte zur Antwort und schaffte es endlich, dem Dickicht zu entkommen. Ihr neuer Bekannter entpuppte sich als sommersprossiger, schlaksiger, kleiner Kerl, dessen Augen denen seines Hundes nicht ganz unähnlich waren. June schätzte ihn auf nicht älter als acht und abgesehen von seinem vierbeinigen Freund war er anscheinend ganz allein unterwegs.

»Ich bin Nachrichtenträgerin«, erklärte sie und tätschelte Bärs Kopf, als der ihr auffordernd gegen die Hand stupste. Wenn sie sie nicht gerade halb zu Tode erschreckten, liebte sie Hunde.

»In echt?« Der Junge musterte sie skeptisch von Kopf bis Fuß.

»Ja, ganz in echt. Ich arbeite für Valerij Ledin, falls dir der Name was sagt. Vor mir ist sicher schon jemand anderes von ihm auf dieser Route unterwegs gewesen.«

»Du bist ganz schön schmutzig«, bemerkte der Blondschopf in einem Tonfall, als wäre das ein triftiges Argument, ihr zu misstrauen; dabei zog er seine Augenbrauen so nachdenklich zusammen, dass sie eine Linie bildeten. Er wirkte nicht wie jemand, der eine ganze Bande Krimineller – oder was auch immer ihre Verfolger gewesen waren – in seinem Rücken wusste.

»Es hat ziemlich geschüttet gestern Nacht, und ich hab auf dem Boden geschlafen«, erklärte June lächelnd. Ob der Kleine auch so mit Fremden redete, wenn er keinen großen schwarzen Hund dabeihatte? Wäre er ihr kleiner Bruder, hätte June ihn für dieses unvorsichtige Verhalten ordentlich die Meinung gegeigt.

»Du hast da drin geschlafen?« Er klang regelrecht schockiert.

»Ja, kann ich aber echt nicht weiterempfehlen. Hab ich deinen Test jetzt bestanden?«

Einen Moment musterte der Junge sie noch mit zusammengekniffenen Augen, dann zuckte er mit den Schultern und bedeutete ihr mit dem Wink einer Hand, ihm zu folgen.

»Wohin bringst du mich?«, fragte June, betrachtete dabei allerdings den Hund, der entspannt an ihrer Seite trabte und jedes Mal wieder ihre Hand stupste, wenn sie es wagte, mit dem Streicheln aufzuhören.

»Zu mir nach Hause. Ist nicht weit.«

Und das war es wirklich nicht. Schon nach wenigen Schritten konnte sie in der Ferne schemenhaft ihr Ziel erkennen. Es war auch das Einzige, was es weit und breit zu sehen gab, wenn man mal von den aufgelockerten Bodenflächen absah, die sich hier dicht aneinander reihten. Sie vermutete, dass die Familie des Jungen oder zumindest die Nachbarn diese Felder bestellten. Es wuchs noch nichts, und sie konnte sich auch nicht vorstellen, dass sich das in den kommenden Monaten ändern würde.

»Hier in der Nähe muss eine Straße sein«, nahm June das Gespräch wieder auf, während ihre Gedanken zu Soley wanderten. »Kannst du mir sagen, wo in etwa sie verläuft und ob du heute schon einen anderen Nachrichtenträger gesehen hast?

»Hab nur dich getroffen«, sagte der Junge, ohne sich umzuschauen. »Und die Straße kann ich dir noch zeigen. Die ist nicht weit von hier.«

»Alles klar. Danke. Sagst du mir deinen Namen?«

»Wenn du mir deinen sagst«, antwortete der Junge und warf ihr einen Blick über die Schulter zu.

»Ich heiße June.«

»Und wie weiter?«

Über seinen Befehlston schmunzelnd, ergänzte sie: »Torres.«

»Ich bin Lars.«

»Und wie weiter?«

Mit einem breiten Grinsen auf den Lippen drehte Lars sich im Gehen zu ihr um und meinte: »Börnsen.«

»Schön, dich kennenzulernen, Lars Börnsen.«

Wenig später kamen sie bei dem kleinen Dorf an. Eine Holzplatte diente als Brücke über den Schutzgraben, der die Häusergruppe umgab.

»Habt ihr hier Probleme mit Dieben oder schützt ihr euch so vor Bränden, falls eure Felder Feuer fangen?«, fragte June, der klar war, dass flutartiger Regen nicht die einzige wiederkehrende Gefahr darstellte. Besonders im Spätsommer und Herbst waren viel eher Hitze und Dürre ein Problem.

Lars zuckte mit den Schultern. »Hilft gegen beides; außerdem können wir mit Planen Wasser darin auffangen, wenn es regnet.«

Pfiffig, dachte June und sah sich zwischen den Häusern um. Rote Ziegelsteine sah man nur noch selten, doch hier hatten sie alle Gebäude gemein. Die meisten Anwohner waren gerade dabei, ein Haus mit Ästen und einer Masse, die aussah wie Schlamm, neu zu decken.

Sie folgte Lars und ging an ihnen vorbei. Einige warfen ihnen misstrauische Blicke zu, sagten jedoch nichts. Nur eine Frau löste sich aus der Gruppe und kam mit in die Hüfte gestemmten Händen auf sie zu. Ihr Gesicht war genauso mit Sommersprossen überzogen wie das von Lars.

»Wo hast du schon wieder gesteckt und wen bringst du da mit?«, fragte sie streng und traktierte den Jungen mit ihrem intensiven Blick. June hätte ihre gesamte Habe darauf verwettet, dass es sich bei der Frau um Lars' Mutter handelte.

»Ich war nur beim Graben, um zu schauen, ob wir eine Plane vergessen haben. Da hab ich June getroffen. Sie ist Nachrichtenträgerin«, log der Junge erstaunlich ruhig dafür, dass der Gesichtsausdruck seiner Mutter nicht so aussah, als würde sie ihm auch nur ein Wort seiner Geschichte abkaufen.

»Ich arbeite für Valerij Ledin und bin gestern Nacht in den Regen gekommen. Es wäre toll, wenn ich mich irgendwo waschen könnte«, sagte June an Lars' Mutter gewandt. Dabei zog sie ihr Notizheft hervor und hielt es in die Luft, damit zu sehen war, dass darauf Valerijs Initialen standen. Es war zwar kein richtiger Beweis, aber den meisten Leuten genügte es, um nicht ganz so misstrauisch auf eine Fremde zu reagieren.

»Natürlich, meine Liebe«, erwiderte die Frau und schenkte ihr ein freundliches Lächeln.

Lars' Mutter stellte sich als eine warmherzige Gastgeberin heraus, die June sofort mit nach Hause nahm und überhaupt nichts davon hielt, ihr nur ein bisschen Regenwasser zum Waschen zu geben. Ehe sie sich versah, hatte die Frau ihre matschigen Klamotten in Seifenwasser eingeweicht und sie selbst saß in frischen Klamotten am Küchentisch und bekam eine Schüssel mit herrlich duftender Kartoffelsuppe vor die

Nase gestellt. Es war eine interessante Erfahrung, wie anders man ihr begegnete, seitdem sie nicht mehr irgendeine Nomadin war, sondern sich als Nachrichtenträgerin vorstellte.

»Das wäre wirklich nicht nötig gewesen«, meinte June, die mit dieser unerwarteten Freundlichkeit nicht umzugehen wusste.

»Ach was. Das bisschen Suppe aus alten schrumpeligen Kartoffeln vom Vorjahr. Das ist wirklich nicht der Rede wert«, antwortete die sommersprossige Frau.

Lars und seine jüngere Schwester gesellten sich zu ihr an den Tisch und musterten sie neugierig. Kommentarlos füllte ihre Mutter ihnen jeweils auch eine Schüssel Suppe.

»Ich bin Ida. Warst du schon einmal bei einer der Städte am Himmel?«, wollte das Mädchen wissen.

»Schon ein paarmal, ja«, antwortete June, während sie den Rest Suppe aus ihrer Schüssel kratzte.

»Hast du auch schon einmal eine Elster gesehen?«

»Den Vogel?«

Ida schüttelte vehement den Kopf, doch es war Lars, der antwortete: »Nee, Menschen. Sie schleichen sich auf die Isles und holen Medizin, um Kranke wieder gesund zu machen.«

»Wie oft denn noch? Das sind nur irgendwelche Geschichten, die rumerzählt werden«, wandte ihre Mutter ein und warf June einen entschuldigenden Blick zu.

Sie lächelte nur und dachte an das, was Soley ihr erst letzte Nacht erzählt hatte. Dass sie so schnell auf Leute traf, die ebenfalls diese Gerüchte kannten, kam ihr nicht gerade wie ein Zufall vor. Waren diese Diebe also doch bekannter, als der er ihr einreden wollte?

»Aber Mina hat sie gesehen«, sagte Ida stur und erntete von ihrem Bruder ein Zischen und einen bösen Blick.

»Wer ist Mina?« Nun war June erst recht neugierig geworden.

»Unsere Freundin. Aber sie hat gesagt, wir sollen nicht darüber reden«, sagte Lars und warf seiner kleinen Schwester einen vorwurfsvollen Blick zu, die daraufhin ganz rote Wangen bekam und starr in ihre Suppenschüssel blickte.

»Wenn ihr nicht darüber reden sollt, dann könnt ihr ja jetzt still eure Suppe aufessen«, entschied ihre Mutter.

Die Enttäuschung in Lars' Augen konnte June gut nachempfinden. Sie hätte gerne erfahren, was die Kinder über diese Elstern so alles gehört hatten. Außerdem erinnerte sie dieses familiäre Beisammensein an eine Zeit, wo sie selbst noch ein junges Mädchen gewesen war und mit ihren eigenen Eltern und ihrer Schwester zu Hause zu Mittag gesessen hatte. Damals war sie sehr glücklich gewesen, und vielleicht hätten Amalie und sie das auch irgendwann wiederhaben können. Mit einem Job und einem richtigen gemeinsamen Zuhause. Doch solche Überlegungen führten nun zu nichts mehr. Ihre Schwester war zu krank gewesen, damit so ein *Vielleicht* ausgereicht hätte.

»Danke für die Gastfreundschaft«, sagte sie und schob ihre Gedanken an Amalie beiseite, bevor sie die Wunde in ihrem Herzen wieder aufreißen konnten. »Ich muss jetzt dringend weiter. Mein Kollege und ich wurden letzte Nacht voneinander getrennt, und ich will versuchen, ihn auf der nächstgelegenen Straße abzufangen. Sie haben Soley nicht zufällig gesehen?«

»Nein, tut mir leid, außer dir sind keine Fremden ins Dorf gekommen«, antwortete Lars' Mutter. »Bist du dir sicher, dass du schon gehen willst? Deine Klamotten sind noch gar nicht wieder trocken.«

»Ich hänge sie mir an meinen Rucksack, dann regelt die Sonne das schon für mich.«

Falls Soley ihren Verfolgern ebenfalls entkommen war, dann hatte sie keine Zeit mehr zu verlieren, wenn sie ihn noch einholen wollte. Sie wünschte nur, sie hätte ihn danach gefragt, welche Ortschaft als Nächstes auf seiner Route stand. Doch das war jetzt nicht mehr zu ändern.

Luca

Bestimmt schon zum zehnten Mal schaute Luca auf dem Esstisch nach, ob genug Teller und Besteck darauf arrangiert waren. Vor lauter Nervosität fand sie einfach keine ruhige Minute.

Ein leiser Glockenton kündigte an, dass ihr Besuch vor der Tür stand. In ihrem Kopf rotierten die Gedanken, die sie auch schon in der letzten Nacht wachgehalten und den kompletten Vormittag verfolgt hatten. Sie alle setzten sich damit auseinander, wie sie den Personen begegnen sollte, die Zinnia als das bezeichnete, was Freunden in ihrem Umfeld am Nächsten kam. Doch auch, wenn sie in der Vergangenheit anscheinend kein allzu geselliger Mensch gewesen war und keine tiefen Freundschaften pflegte, die Fremden, die jetzt vor der Wohnung auf sie warteten, kannten sie. Erneut erklang der Glockenton, und diesmal brachte er Luca dazu, sich aus ihrer Starre zu lösen.

»Alles okay?«, fragte Zinnia, der den Kopf durch die Tür in die Küche steckte.

»Nicht wirklich«, gab Luca zu und ließ sich von ihm in eine kurze Umarmung ziehen, bevor sie sich an ihm vorbei in den Flur schob.

»Das wird schon«, versprach Zinnia, schaffte es aber nicht, Luca mit seinen Worten zu beruhigen.

Bevor sie sich noch mehr verunsichern ließ, zwang sie sich, sich nur auf den Weg zur Tür zu konzentrieren und diese zu öffnen.

»Hallo Luca«, sagte eine Frau, die im Gegensatz zu dem Mann an ihrer Seite ebenso dunkle Haut hatte wie Luca und sie fröhlich anstrahlte. Bevor Luca etwas antworten konnte, fügte die Frau augenzwinkernd hinzu: »Ich bin Jascha, und mein redefauler Begleiter hier heißt Ben.«

Die krausen schwarzen Locken auf Jaschas Kopf wippten, während sie den Arm des blonden Mannes ergriff und ihn mit sich zog. Instinktiv wich Luca zurück, um die Tür für ihren Besuch freizugeben. Jascha grinste unverändert und trat mit beschwingten Schritten in die Wohnung. Ben dagegen sah nicht ganz so gelöst aus, sein Lächeln wirkte etwas verkniffen, als er sich seinen Schal vom Hals wickelte und sein blondes, vom Wind zerzaustes Haar in Ordnung brachte.

Das sind sie also, meine fremden Freunde.

Nachdem sich die Tür automatisch hinter ihrem Besuch geschlossen hatte und beide sich ihrer Jacken entledigt hatten, rang sich Luca zu einem Lächeln durch und forderte sie mit einer Handbewegung dazu auf, ihr in den Essbereich zu folgen.

Zinnia war wie immer die Ruhe selbst. Er legte ihr eine Hand auf den Rücken, während er ihre Gäste ebenfalls begrüßte: »Luca hat extra etwas Leckeres für uns alle gekocht.«

»Naja, ich habe eher stumpf Maris' Anweisungen befolgt«, warf Luca ein.

»Wie auch immer, ich habe riesigen Hunger«, befand Jascha gut gelaunt. »Du doch bestimmt auch, Ben?«

Lediglich ein zustimmendes Brummen folgte, und Luca fragte sich langsam, was sie nur geritten hatte, die beiden zu sich einzuladen. Worüber sollte sie mit diesen Fremden beim Essen überhaupt reden? Sie konnte sich ja schlecht jedes Mal eine Gabel Salat oder einen Löffel Suppe in den Mund stecken, um eine Ausrede zu haben, nicht antworten zu müssen.

»Mensch, Ben! Du musst jetzt auch mal was sagen. Luca erinnert sich doch nicht daran, dass du einfach von Natur aus so wortkarg bist. Am Ende denkt sie noch, du magst sie nicht«, sagte Jascha vorwurfsvoll, als sie am Esstisch in der Küche ankamen. Ben verdrehte die Augen.

»Es ist für uns alle eine komische Situation. Ich versuche, nicht viel in Worte oder Verhalten von anderen hineinzuinterpretieren«, erklärte Luca und hoffte, dass Jascha es gut sein lassen würde.

»Siehst du«, sagte Ben und sah Luca zum ersten Mal direkt an. Seine haselnussbraunen Augen musterten sie kühl, und in Luca begann sich das unangenehme Gefühl breitzumachen, dass Ben lieber woanders wäre als zum Essen bei ihr.

»Das nächste Mal sorgen wir dafür, dass Ben seinen Verlobten mitbringt«, erklärte Jascha kopfschüttelnd an Zinnia gewandt. »Dann benimmt er sich immer viel besser.«

»Ich werd's mir merken«, meinte der grinsend und half Luca, das Essen zum Tisch zu bringen, während ihre Gäste schon mal Platz nahmen.

»Warum bin ich noch mal mit dir befreundet?«, meinte Ben genervt und erntete damit einen Knuff in den Oberarm von Jascha. Ihr Lächeln dabei war zuckersüß. »Weil ich eine der wenigen bin, die es überhaupt mir dir aushalten.«

Zinnia flüsterte Luca zu: »Die beiden kabbeln sich immer so. Musst du nicht ernst nehmen.«

Während sie allen Salat auf ihre Teller auftat, verwickelte Zinnia Ben in ein Gespräch über seine Arbeit, und Luca spürte, wie ihre Anspannung etwas von ihr abfiel.

»Also arbeitest du immer noch für Edan?«, fragte Zinnia.

»Ja, aber in keiner Abteilung, in der er selbst aktiv an der Entwicklung beteiligt ist. Und wenn ich ehrlich bin, ist mir das auch lieber«, sagte Ben und erntete einen wissenden Blick von seinem Gesprächspartner. »Aktuell arbeite ich an einem Upgrade für die MedicalBots an den Humanity Points.«

Nachdenklich zog Zinnia seine Stirn in Falten. »Es wundert mich, dass Edan Ressourcen dafür freigibt, solange das

MinTraCom-Projekt noch auf der Kippe steht. Der erneute Testlauf muss doch noch einmal genauso viele Mittel verschlingen wie die zwei vorangegangenen.«

»Hat mich auch gewundert, aber ich will mich ganz sicher nicht beschweren«, antwortete Ben, und zum ersten Mal verzogen sich seine Lippen zu einem Lächeln. »Was auch immer man von Edans Person oder Führungsstil halten mag, er organisiert einem immer, was man gerade braucht.«

»Möchtest du auch wieder arbeiten?«, erklang auf einmal Jaschas Stimme und zwang Luca, ihre Aufmerksamkeit von dem Gespräch der Männer auf sie zu richten.

»Ich schätze irgendwann schon«, meinte Luca und stach ein Salatblatt auf ihrem Teller auf.

»Wieder als Mind Engineer?«, hakte die Frau weiter nach und sah sie mit unverhohlener Neugier an.

»Eher nicht.«

»Musst du ja auch nicht. Es gibt schließlich so viele andere interessante Berufe!« So aufgeregt, wie Jascha sprach, konnte man glatt annehmen, sie selbst wäre es, die sich einen neuen Beruf aussuchen wollte.

»Was arbeitest du denn?«

Jascha zuckte mit den Schultern und stieg vom Salat auf die Tomatensuppe um. »Ich nehme mir gerade eine Auszeit. Gehe einfach ein paar Hobbys und Spielereien nach. Vielleicht arbeite ich danach aber wieder als RE, wenn ich eine interessante Stelle angeboten bekomme.«

»RE?«

Bestürzt blickte Jascha sie an. »Tut mir ja so leid! Ich hab für einen Moment ganz vergessen, dass du ja so was auch vergessen haben könntest. RE steht für Robotics Engineer. Ich entwerfe und baue verschiedenste Arten von Bots – also Roboter. Ben übrigens auch.«

Mit einem schiefen Lächeln schwieg Luca. Wenn es um die Suche nach einem neuen unverfänglichen Gesprächsthema ging, war ihr Hirn wie leer gefegt. *Das wäre doch ei-*

gentlich auch ein guter Stichpunkt für die Liste mit Infos über mich selbst: Small-Talk-Inkompetenz.

Zu ihrem Glück schien Jascha kein Problem zu haben, das Gespräch am Laufen zu halten. »Wenn du Lust hast, kannst du mich ja mal in meiner Wohnung besuchen kommen. Dann zeige ich dir ein paar meiner kleinen Bots. Du wirst sie ganz sicher mögen.«

Für den Bruchteil einer Sekunde erschien ein Bild von einem großen klobigen Roboter auf einer Straße vor Lucas innerem Auge und ließ sie erstarren. Hatte sie sich gerade an etwas erinnert? Doch so sehr sie sich auf bemühte, das Bild erneut aus ihrer Erinnerung hervorzukramen, es gelang ihr nicht. *Vermutlich mehr eine Assoziation als eine Erinnerung …*

»Ich werde mal sehen, ob ich Zeit dazu finde«, sagte Luca, sobald sie sich wieder gefangen hatte. Sie schwankte immer noch, ob sie Jascha nun überfordernd oder sympathisch finden sollte. Vielleicht passte aber auch beides.

Es war auf jeden Fall beeindruckend, wie lange Jascha reden konnte, ohne Luft zu holen. Bis zum Ende des Essens redete sie ohne größere Unterbrechung über den neuesten Modetrend, den ein befreundeter Designer gesetzt hatte, dass sie überlegte, sich ein bewegtes Tattoo stechen zu lassen, und darüber, vielleicht irgendwann auf die Space Isle zu ziehen.

Luca schwirrte davon so der Kopf, dass sie sich nicht mehr annähernd an alles erinnern konnte, nachdem ihre Gäste sich verabschiedet hatten und gegangen waren.

»Lief doch gut, findest du nicht?«, fragte Zinnia, als sie sich zusammen aufs Sofa im Wohnzimmer setzten. Irgendwie schien die Wohnung nun, da sie wieder allein waren, besonders still – aber auf eine gute Art.

»Auf jeden Fall bin ich jetzt völlig platt«, meinte Luca und ließ ihren Kopf auf die Lehne hinter sich sinken. »Ich hab so gut wie nichts von deinem Gespräch mit Ben mitbekommen.«

»Halb so wild. So ist das einfach, wenn Jascha erst einmal loslegt. Ich bin mir sicher, Ben nimmt das keiner von euch beiden krumm.«

Luca seufzte und wandte ihren Blick Zinnia zu. »Ich bin sogar eigentlich ganz froh darüber, dass ich dadurch selbst nicht so viel reden musste. Irgendwie weiß ich nicht, wie ich mich verhalten oder was ich sagen soll. Was hätte die alte Luca gesagt oder getan? Ich weiß einfach nicht, was von mir erwartet wird.«

»So würde ich das gar nicht angehen. Du bist jetzt halt die Luca, die du bist. Sag und tu, womit du dich gut fühlst, und dann schau, was passiert. Vielleicht passen ein paar Freundschaften von früher dann nicht mehr ganz so gut, aber das ist dann einfach so. Wir verändern uns doch alle mit der Zeit, auch ohne Gedächtnisverlust, und dann ändert sich auch, mit wem wir gerne Zeit verbringen«, sagte Zinnia und streckte seine Arme in ihre Richtung aus. Eine stumme Einladung, sich umarmen zu lassen, die Luca nur zu gerne annahm.

Eine Haarsträhne, die sich aus Zinnias Zopf gelöst hatte, kitzelte Luca an der Wange, als sie ihren Kopf auf seine Schulter legte, und brachte sie zum Lächeln. Er roch ein wenig nach Zitrone und nach einem weiteren Duft, der ganz allein zu ihm gehörte.

Auch wenn sich vermutlich wirklich immer wieder änderte, mit wem man gerne seine Zeit verbrachte, sie war froh, dass manche Dinge sich nicht veränderten. Dass Zinnia immer noch an ihrer Seite war und ihr inzwischen so vertraut vorkam, dass sie manchmal ganz vergaß, dass sie ihn erst vor gut zwei Monaten neu kennengelernt hatte.

Ohne die Umarmung zu lösen, fragte Zinnia: »Woran denkst du gerade?«

»Daran, dass die Luca von heute anscheinend genauso gerne Zeit mit dir verbringt wie die von früher«, gestand sie ehrlich und brachte Zinnia damit zum Lachen.

»Das trifft sich gut. Ich verbringe nämlich auch gerne meine Zeit mit dir.«

June

Genervt schaute June auf die Karte in ihrem Notizheft. Da sie beschlossen hatte, die Straßen zu meiden, kam sie nur langsam voran. Sie konnte nur grob schätzen, wo sie sich aktuell befand. Schon seit zwei Tagen hatte sie keine Menschenseele mehr gesehen. Auch Soley nicht.

Frustriert kickte sie einen Stein mit dem Fuß. Langsam begann sie Valerij im Stillen dafür zu verfluchen, was für eine bescheuerte Route er ihr da gegeben hatte. Die Strecken zwischen den Zielorten waren teilweise so lang, dass es ihr immer mehr wie Irrsinn erschien, sie einem Nachrichtenträger zu geben, der zu Fuß unterwegs war. Da konnte er ihr erzählen, was er wollte, wenn sie sich das nächste Mal trafen. Für diesen Job bezahlte er ihr eindeutig nicht genug.

Geblendet von der Sonne, kniff June ihre Augen zusammen, steckte ihr Büchlein wieder weg und sah sich um. Sie folgte einem Trampelpfad, der an manchen Stellen schon so überwuchert war, dass sie ihn nur erahnen konnte. Links neben ihr befand sich ein Waldstück. Ausnahmslos sehr junge Bäume, die June gerade einmal so überragten. Auf der anderen Seite des Weges verlief ein breiter Graben, der teils mit Kies, teils mit Schutt und Steinen gefüllt war. Eine Brandschneise, die vermuten ließ, dass es auf der anderen Seite etwas gab, das vor einem Waldbrand geschützt werden sollte. June hoffte inständig, dass es sich dabei um die Kleinstadt Ahnsheide handelte, die ihr nächstes Ziel auf der Route bildete. Zu sehen war auf jeden Fall noch nichts. Nur brachliegendes Land, Gräser und ein einsamer Vogel, der am Himmel kreiste. Vermutlich ein Falke oder ein Bussard.

In dieser Einsamkeit ohne Ablenkung war es schwer, nicht an ihre Schwester zu denken. Sich nicht auszumalen, wie es ihr gerade ging. Es ärgerte sie, dass es ihr leichter fiel, sich vorzustellen, dass Amalie in irgendeinem Loch gefangen gehalten wurde und litt, als dass sie nun ein erfülltes Leben führte. Die leise Stimme in ihrem Kopf, die ihr pausenlos einflüsterte, dass das alles zu gut war, um wahr sein zu können, wollte einfach nicht verstummen. Dabei war ihr doch klar, dass sie sich ein Leben auf der Isle für Amalie vermutlich nur deswegen nicht vorstellen konnte, weil sie selbst nie auf einer gewesen war.

Mit dem Handrücken wischte June sich den Schweiß von der Stirn und auch die quälenden Zweifel aus ihren Gedanken. Sie blieb stehen und zog den Knoten noch einmal fester, mit dem sie sich ihre Jacke um die Hüfte gebunden hatte. Die Luft war warm und drückend. Obwohl keine einzige Wolke am Himmel zu sehen war, rechnete June fest damit, dass es im Laufe des Tages regnen würde.

Während sie ihre Trinkflasche aus dem Rucksack holte und sich einen Schluck gönnte, versuchte sie, eine Entscheidung zu treffen. Sollte sie weitergehen und darauf hoffen, dass es irgendwo einen Übergang gab, oder schon hier durch den Graben klettern?

Ein Knacken erklang zwischen den Bäumen und veranlasste June, sich umzudrehen. Nur wenige Meter entfernt bog ein Solarbike mit auf dem Boden knirschenden Reifen auf den Trampelpfad ein und beschleunigte. Geistesgegenwärtig machte June einen Satz zur Seite, während der Fahrer des Zweirads überhaupt keine Notiz von ihr zu nehmen schien und an ihr vorbeiraste. Obwohl er es unter seinem Helm vermutlich nicht hören konnte, brüllte June ihm eine wütende Verwünschung hinterher. Wer war bitte so lebensmüde, hier querfeldein im Nirgendwo herumzurasen und dann auch noch alles und jeden fast über den Haufen zu fahren?

Angefressen pfefferte June ihre Trinkflasche in ihren Rucksack zurück und lief weiter. Ein Gutes hatte dieser Fastzusammenstoß wenigstens: Sie konnte sich nun sicher sein, dass es irgendwo einen Übergang geben musste.

Als sie ein paar Stunden später endlich Ahnsheide gefunden hatte, fragte sich June, wie groß eine Stadt denn noch werden musste, um nicht mehr als Kleinstadt zu gelten. Als klein hätte sie diese nämlich nicht bezeichnet. Auch wenn ihr keine Schutzmauern den Blick versperrten, konnte sie die Stadt nicht überblicken, als sie sich ihr über die Zufahrtsstraße näherte. Zwar schien es nicht viele Hochhäuser in Ahnsheide zu geben, aber die Gebäude drängten sich doch dicht aneinander; dazwischen Flutgräben, die die Stadt in einem Gittermuster durchzogen.

Am Rande der Stadt waren überall Zelte aufgestellt. Genau wie das Fehlen von Absperrungen und Wachposten ließen sie darauf schließen, dass die Bewohner von Ahnsheide nicht so misstrauisch und ablehnend gegenüber den Nomaden waren wie die meisten anderen Ortschaften im Land. Im Gegenteil: Die Zeltbewohner schienen in den Straßen der Stadt sogar ein- und auszugehen. June konnte sich nicht erinnern, wann sie das letzte Mal so etwas gesehen hatte. Es musste Jahre her sein, zu einer Zeit, als ihre Mutter noch mit Amalie und ihr umhergezogen war. Falls sie bei niemandem in der Stadt für die Nacht unterkommen konnte, würde sie vielleicht auch einfach ihr Lager an den Ausläufern der Stadt aufschlagen. *Ganz wie in alten Zeiten.*

Sie war noch nicht weit in die Stadt vorgedrungen, als sie am Straßenrand ein schäbiges Solarbike erblickte. Sofort flackerte wieder die Wut in ihr auf, und ohne groß darüber nachzudenken, steuerte sie darauf zu.

Nachdem June sich erfolglos nach dem Fahrer umgesehen hatte, trat sie zum Bike und betrachtete den getrockneten Matsch an Fahrgestell und Satteltaschen. Letztere waren ihr vorhin gar nicht aufgefallen. Um erkennen zu können, was auf einer der Taschen stand, beugte sie sich vor und klopfte etwas von dem Dreck ab.

»Der schnellste Lieferdienst für Post und Nachrichten«, las June murmelnd vor und schnaubte abfällig. *Wohl eher der lebensmüdeste.*

»Hey, weg von meinem Bike«, rief eine Stimme. Als June aufschaute, kam ihr eine grimmig dreinblickende Frau mit schwarzem Kurzhaarschnitt entgegen, die unter ihrem Arm einen Motorradhelm trug. Sie sah nicht aus wie jemand, mit dem man das Ganze in Ruhe klären konnte. Aber das hatte June ja sowieso nicht vor.

»Entspann dich. Ich wollte mir nur mal anschauen, womit man mich vor ein paar Stunden fast zu Tode gefahren hätte«, erklärte June unfreundlich und verschränkte ihre Arme vor der Brust.

»Stell dich nicht so an. Der Pfad war breit genug für uns beide«, zischte die Besitzerin des Bikes und baute sich mit verkniffener Miene direkt vor ihr auf, um auf sie herabzusehen.

»Ah, du erinnerst dich also. Wenn auch nicht sonderlich gut, wie es aussieht. Denn der Pfad war lediglich breit genug, weil ich zur Seite gesprungen bin«, grollte June giftig.

»Ist doch nichts passiert. Und jetzt geh zur Seite. Ich hab noch zu tun.« Unsanft stieß die Bikerin June weg, die sich allerdings nicht so leicht geschlagen geben wollte. Es war viel zu verlockend, all ihrem Frust und ihrer Wut mal freien Lauf zu lassen, also packte sie die Bikerin am Arm und zwang sie so, sich erneut zu ihr umzudrehen.

»Lass. Mich. Los.« Jedes Wort aus dem Mund der Bikerin war eine klare Drohung. June wusste selbst, dass es Unsinn war, was sie hier tat. Heißer brodelnder Unsinn, der jedoch die Erschöpfung Stück für Stück auffraß, die dank der Strapazen der letzten Tage ihr alltäglicher Begleiter geworden war. Es fühlte sich so viel besser an! Besser, als müde zu sein, besser, als sich Sorgen zu machen, besser, als zu zweifeln und alles infrage zu stellen.

»Erst entschuldigst du dich«, fauchte June und senkte ihren Blick in den ihrer Gegnerin, in deren veilchenblauen Augen ebenfalls ein Feuer brannte.

»Du kleines dreckiges …«

Weiter kam sie nicht, da jemand neben sie trat und in einem Plauderton, der alles andere als angebracht für diese Situation war, sagte: »Ich weiß, geschäftliche Konkurrenz und so. Aber findet ihr euer Rumgezanke nicht ein bisschen übertrieben?«

Soleys Stimme zu hören ließ Junes Verärgerung im Nu verpuffen, so als wäre sie nicht gerade drauf und dran gewesen, sich mit der Bikerin zu prügeln.

»Und ich hatte schon gedacht, dieser Tag könnte nicht mehr ätzender werden«, kommentierte diese und schüttelte Junes inzwischen gelockerten Griff einfach ab.

»Du konntest also auch entkommen«, sprach June das Offensichtliche aus, um ihrer Freude und Erleichterung Luft zu machen. Soley grinste sie breit an und nickte.

»Ich muss sagen, ich hatte angenommen, dass ich das nur geschafft habe, weil sie stattdessen dich geschnappt haben. Umso besser, dass es nicht so war.«

Geräuschvoll kramte die Bikerin in einer der Satteltaschen herum und schloss sie wieder unsanft. »Könnt ihr jetzt endlich von meinem Bike verschwinden. Ihr könnt doch auch woanders euer Wiedersehen feiern.«

»Auch schön, dich zu sehen, Nasrin. Ja, mir geht es gut, nachdem ich fast nachts von einer Gruppe Krimineller aufgeknüpft worden bin. Ob ich nur so zum Spaß hier in Ahnsheide bin? Nein, genau genommen soll ich dir vom Boss ausrichten, dass wir unsere Routen neu abgleichen müssen, weil ein paar Änderungen beschlossen wurden«, sagte Soley und blieb, wo er war. Nasrin stöhnte genervt, kramte jedoch ein Notizbuch hervor, das nicht nur deutlich dicker als das von

June war, sondern auch neu zu sein schien. Offensichtlich lief es für die Konkurrenz besser als für Valerij.

»Also arbeitet ihr für den gleichen Nachrichtendienst«, kommentierte June und erwiderte den abfälligen Blick von Nasrin mit ähnlich großer Abneigung.

»Der Einzige, der hier in der Gegend eine echte Rolle spielt«, erklärte die Bikerin.

»Fahr die Krallen ein, Nasrin. Wir sind am Ende doch trotzdem alle Kollegen«, meinte Soley und wandte sich dann June zu. »Allerdings überrascht es mich auch ein wenig, dass Ledin wieder jemanden aus seinem Team in diese Gegend schickt. Im Endeffekt lässt er dich nur abgreifen, was wir hier übrig lassen, und viel kann das nicht sein. Sorry, dir das so sagen zu müssen. Ich hoffe, er bezahlt dich trotzdem angemessen dafür.«

Um das Rumpeln des Holzwagens zu übertönen, der auf der Straße in ihrem Rücken vorbeigezogen wurde, hob June ihre Stimme an, als sie sagte: »Ich schätze mal, ich kann euch nicht danach fragen, welchen Anteil ihr so vom Verdienst bekommt.«

Soley erwiderte ihr schiefes Lächeln und meinte: »Du könntest stattdessen sagen, welchen Anteil du bekommst, und wir sagen, ob du abgezockt wirst.«

»Schwierig«, antwortete sie, nachdem sie einen Moment mit sich gerungen hatte. Natürlich wollte sie wissen, ob Valerij sie angemessen bezahlte, aber das hieß nicht, dass sie einfach so herumlaufen und der Konkurrenz sagen konnte, wie er sein Geschäft führte.

»Du hast doch bestimmt noch irgendetwas in der Stadt zu erledigen, oder? Ich würd jetzt gerne endlich mit Soley klären, was geklärt werden muss«, unterbrach Nasrin ihr Gespräch und sah June auffordernd an.

»Wir sehen uns ja vielleicht später noch beim Info-Holo. Du musst einfach der Straße weiter ins Zentrum folgen.

Grob vier Blocks, sind es, glaub ich«, sagte Soley und verabschiedete sich mit einem Augenzwinkern von ihr.

»Alles klar.«

Da sich June in der Stadt nicht auskannte, folgte sie Soleys Wegbeschreibung. Keines der Häuser, an denen sie vorüberging, war höher als vier Stockwerke. Auf den weiß gestrichenen Wänden sah man hier und da bunte Zeichnungen, Handabdrücke und verzierte Straßennamen. Die Leute lächelten sich an, wenn sie sich auf der Straße trafen, und fröhliches Kinderlachen und lautes Rufen erfüllten die Luft, als sie sich der nächsten Brücke näherte. Wenn sie irgendwo wohnen wollte, dann an einem Ort wie diesem und nicht in einer engen Großstadt. Klar, dass June hier noch keine Fahrzeuge und niemanden in weißer Kleidung gesehen hatte, sprach dafür, dass es keine Arbeit gab, die einem nennenswerten Wohlstand einbringen konnte, aber die Bewohner sahen trotzdem glücklich aus.

Schneller als gedacht erreichte June das Zentrum. Verschiedene Beete machten den Platz zu einem schönen grünen Flecken. Viele Leute standen plaudernd in Gruppen zusammen oder genossen einen ruhigen Moment allein in der Sonne. Neben dem kleinen Info-Hologramm fand June auch eine Karte der Stadt, wie sie es sich erhofft hatte. Das würde es wesentlich einfacher machen, die Adressen zu finden, die Valerij ihr aufgeschrieben hatte. Bei zwei von ihnen sollte June eine Nachricht überbringen, bei drei Weiteren neue Nachrichten entgegennehmen.

June steuerte die Karte an, die an die weiße Wand eines der angrenzenden Wohnhäuser gemalt war. Dabei fiel ihr Blick auf eine weitere Zeichnung, eine Elster mit ausgebreiteten Flügeln. Es schien, als würde sie jeden Moment in die Lüfte abheben.

Nur wenige Meter davor standen eine alte Frau, die sich mit einer Hand auf einen Gehstock stützte, und ein Mädchen; beide diskutierten heftig. Neugierig trat June näher, tat aber so, als hätte sie nur Augen für die Stadtkarte an der Wand, während sie immer mal wieder zu ihnen rüberlinste.

»... irgendwelche Diebe! Was sollen die Leute denken?«, sagte die grauhaarige Frau und deutete mit dem Zeigefinger vorwurfsvoll auf das Mädchen.

»Dass wir für ein besseres Leben mehr tun müssen! *Sie* tun etwas. *Sie* kämpfen für uns.«

»Ihr jungen Leute sucht euch immer irgendwelche Helden, die ihr verehren könnt, selbst wenn es Kriminelle sind. Ihr denkt, dass ihr es besser wisst, dass das Leben, das wir führen, nicht gut genug für euch ist. Dabei ist es ein gutes Leben.«

»Was ist mit den Nomaden in ihren Zelten vor der Stadt? Führen die ein gutes Leben? Was ist mit denen, die an einer Krankheit sterben, die man mit den richtigen Medikamenten heilen könnte? Was ist so gut daran, sich die ganze Zeit Sorgen machen zu müssen, ob man an genug Trinkwasser und Essen kommt?«, sagte das Mädchen und klang von Satz zu Satz wütender.

»Also sollten wir deiner Meinung nach die bestehlen, die das haben, was uns fehlt? Ich werde nicht dulden, dass du diesen Unsinn in unserer Stadt verbreitest und die Wände mit einem Symbol beschmierst, das Diebstähle glorifiziert«, erwiderte die Frau. »Jetzt hol dir etwas, um dein Bild abzuwaschen!«

»Ganz sicher nicht. Und nicht nur, weil ich es gar nicht war, die es gemalt hat«, sagte das Mädchen. Sie sah zufrieden aus, so wie sie sich lässig mit der Hand durch ihr kurzes hellbraunes Haar fuhr und davonschlenderte. Als hätte sie das Wortgefecht gewonnen. Nicht ganz das, was June über die Diskussion berichtet hätte, auch wenn sie den Worten des Mädchens mehr zustimmte als denen der Frau.

June fragte sich, ob es sich bei diesen Elstern wirklich um Leute von hier unten handelte oder vielleicht doch um Isle-Bewohner, die heimlich Hilfe leisteten. Es war doch sicher einfacher, sich von einer Isle herunterzuschleichen, als ohne Kontakte auf eine raufzukommen, oder? Konnte es dann nicht sogar sein, dass diese Elstern zur selben Gruppe Leute gehörten, die auch Amalie mit nach New Hope mitgenommen hatten? *Irgendwie ein beruhigender Gedanke.*

Sie musste unbedingt noch einmal mit Soley darüber sprechen. Sie war gespannt darauf, wie er ihr erklären wollte, warum er die Gerüchte um die Elstern in ihrem letzten Gespräch absichtlich so heruntergespielt hatte. Scheinbar redete hier kaum einer von etwas anderem. Das schrie doch geradezu danach, dass er mehr über diese Diebe wusste, als er zugeben wollte.

Hoffnung regte sich in ihr, endlich die Zweifel loszuwerden, die sie seit der Trennung von Amalie umtrieben. Sie wollte nicht nur glauben müssen, dass die Motive dieser Isle-Bewohner gut waren – sie brauchte Gewissheit.

Luca

Das Education Center befand sich im Zentrum von Ebene zehn, nur zwei Ebenen unter der Halle mit der Glaskuppel, wie Maris ihr berichtete. Inzwischen waren sie so daran gewöhnt, zusammen unterwegs zu sein, dass es Luca ganz normal vorkam, wenn die Stimme der AI ihr immer mal wieder ungefragt ein bisschen darüber erzählte, wo sie gerade unterwegs waren und was es dort zu sehen gab. Es half ihr, sich nicht ganz so orientierungslos und verloren zu fühlen.

Luca betrat das Center durch eine selbst öffnende Glastür. Ausnahmsweise brauchte sie gar nicht Maris' Anweisungen, um ihr Ziel zu finden. Holografische Pfeile an den Wänden wiesen den Weg durch die belebten Gänge der Bildungseinrichtung zu dem Saal, in dem die Diskussion stattfand. Obwohl die Redner schon längst bei der Sache waren, stand die Tür offen und bot Luca einen faszinierenden Blick auf das

Geschehen. Auf einer Bühne an der gegenüberliegenden Wand stand Zinnia zusammen mit zwei Frauen, von denen eine gerade zu reden begonnen hatte. Drei faustgroße Drohnen schwebten um sie herum, vermutlich um alles live ins Highnet zu übertragen.

Die hochgewachsene silberblonde Frau, die bis eben noch gesprochen hatte, nickte nun und gab das Wort an die zweite Frau in der Runde weiter. Ihr strahlendes Lächeln machte der Bühnenbeleuchtung ernsthafte Konkurrenz.

»Ich bin heute nicht hierhergekommen, um über das Für und Wider zu diskutieren, was den Einsatz der Neurochiptechnologie betrifft. Hier stimme ich vollkommen mit dem Standpunkt von Zinnia überein«, erklärte sie und fuhr sich durch ihr mit grauen Strähnen durchwirktes Haar, während sie Zinnia zunickte. »Mir ist es wichtiger, den Fokus dieser und zukünftiger Diskussionen zu diesem Thema vielmehr darauf zu lenken, welche verbindlichen Sicherheitsstandards für den Einsatz neuer Technologien notwendig sind. Auch wenn die Nutzung von Neurochips für viele von uns – und da nehme ich mich selbst nicht aus – schon seit Jahren fester Bestandteil unseres Alltags ist, gibt es doch immer wieder neuen technologischen Fortschritt, der in Fragen der Sicherheit neu bewertet werden muss. Und doch gelten die allgemeinen Bestimmungen für den Test und den Einsatz von Neurotechnologien noch heute in ihrer Erstfassung. Solche Nachlässigkeit führt nicht nur zu einer inakzeptablen Gefährdung der Unversehrtheit jedes Einzelnen von uns, sondern auch zu einer unnötigen Verschwendung an Ressourcen.«

Die Frau lächelte souverän. »Nehmen wir als aktuelles Beispiel die neue Kommunikationstechnologie der Entwicklungseinrichtung TQ, die uns einen gedanklichen Austausch über ein eigenes, zwischen Neurochips aufgespanntes Netz ermöglichen soll. Doch auch nach zwei gescheiterten Testläufen mit jeweils mehreren hundert Probanden läuft die

Förderung für die Mind Transfer Communication, kurz MinTraCom, weiter und ermöglicht eine dritte Testphase, ganz ohne dass TQ verpflichtet wurde, eine Überprüfung ihrer Arbeit durch außenstehende Experten durchführen zu lassen. Warum?« Mit einer kurzen Pause unterstrich die Frau die Dramatik des anklagenden Tonfalls, den sie nun anschlug. »Weil es bisher keine diesbezüglichen Bestimmungen für solch eine Technologie gibt. Die aktuellen Regelungen beziehen sich einzig auf solche, die für den Zugriff und die Steuerung von Endgeräten gedacht sind, und auf solche, die bereits bestehende Funktionen des Highnets ansteuern. Auf MinTraCom trifft keines von beidem zu. Wir dürfen nicht zulassen, dass unsere Sicherheitsbestimmungen für neue Technologien nicht mehr greifen und dadurch zu Recht Verunsicherung unter uns allen streuen.«

Luca hatte wie gebannt an den Lippen der Frau gehangen. Es war schon verrückt, ständig schien es überall um diese Neurochips zu gehen. Fast so, als würden diese Chips nicht nur in die Gehirne einiger, sondern auch gleich in die Gedanken aller gepflanzt. Ein kalter Schauer lief bei diesem Gedanken über ihren Rücken. *Wie habe ich so etwas nur jemals gut finden können?*

Nun war es Zinnia, der in seinem typischen freundlichen Tonfall das Wort ergriff: »Ich verstehe durchaus deine Kritik, Lea, doch fühle ich mich verpflichtet, ein paar deiner Aussagen richtigzustellen. Ich selbst bin einer der Probanden der dritten Testphase und habe mich daher etwas eingehender damit auseinandergesetzt. Auch wenn es sich bei dem Mind Transfer Net in gewisser Weise um ein eigenständiges Kommunikationsnetz handelt, ist es doch nur ein kleineres Abbild des Highnets. Dies wurde so entschieden, um bei technischen Schwierigkeiten der MinTraCom die Integrität des Highnet nicht zu gefährden. Dementsprechend gehe ich davon aus, dass die Sicherheitsbestimmungen für die neue Technologie von TQ genauso greifen wie für jede andere. Jedoch möchte ich mich ansonsten deiner Forderung nach einer regelmäßigen Neubewertung und Aktualisierung der allgemeinen Sicherheitsbestimmungen für Technologien anschließen, denn tatsächlich gibt es bisher ohne begründete Zweifel für keine Technologien in der Entwicklung verpflichtende externe Begutachtungen.«

Leas Lächeln hatte bei Zinnias Worten einiges von seinem Strahlen eingebüßt, dennoch erwiderte sie sein Kopfnicken. Luca erwartete schon, dass nun wieder die blonde Frau sprechen würde, doch stattdessen erklang eine andere körperlose Stimme im Raum, die die Redezeit für beendet erklärte und allen für ihr Kommen dankte.

Verblüfft beobachtete Luca, wie die silberblonde Frau nicht zusammen mit Zinnia und Lea die Bühne verließ, sondern sich stattdessen von einem Moment auf den anderen in Luft auflöste. Sie hatte so lebensecht gewirkt, dass Luca erst jetzt realisierte, dass die Frau schon die ganze Zeit als Hologramm zugeschaltet gewesen war.

Während die Zuschauer im Raum alle nach und nach aufstanden und zur Tür strömten, drückte sich Luca weiter in eine Ecke, um dem Andrang zu entgehen.

Besorgt hob sie wieder ihr Armband vor ihren Mund und fragte: »Wusstest du davon?«

»Dass Zinnia diese technologisch gestützte telepathische Kommunikation bereits nutzt? Ja, davon bin ich in Kenntnis gesetzt. Die dritte Testphase der MinTraCom hat bereits vor ein paar Monaten begonnen«, sagte Maris in ihrem Ohr.

»Also kann er Dinge allein mit seinen Gedanken steuern und sich so auch mit anderen unterhalten? Ist das nicht gefährlich?«

»Das ist es, wozu ihn die Technologie befähigt. Zu deiner zweiten Frage: Ich bin mir sicher, Zinnia hat sich eingehend mit der Technologie beschäftigt und keine leichtfertige Entscheidung getroffen. Außerdem sind die letzten zwei Testläufe nicht gescheitert, weil es eine Gefährdung für die Probanden gab, sondern weil das MinTraNet überlastet war und zusammengebrochen ist.«

Einen Moment dachte Luca nach. Beobachtete, wie immer mehr Leute aus dem Saal nach draußen strömten. Maris klang nicht so, als würde sie sich ebenfalls Sorgen machen, aber das ungute Gefühl in ihr verflüchtigte sich dadurch nicht.

»Also gab es keine ... Zwischenfälle? Oder Nebenwirkungen?«, hakte sie nun doch noch einmal nach.

»Keinerlei bekannte Zwischenfälle. Manche Probanden leiden wohl unter Schlafstörungen und leichten Kopfschmerzen, doch es ist noch nicht geklärt, ob dies überhaupt mit der MinTraCom in Verbindung steht.«

Es klang vermutlich wesentlich unbedenklicher, als es sich anfühlte. Hatte Zinnia nicht mal gesagt, er würde schlecht schlafen? Oder verrannte sie sich hier in etwas? *Vielleicht bin ich aber auch nur paranoid, was Neurochips betrifft.*

Bevor sie ihre Beweggründe weiter reflektieren konnte, kamen Zinnia und Lea miteinander plaudernd die Treppe am Rand der Sitzreihen hoch. Inzwischen waren alle Zuschauer gegangen, nur noch Luca erwartete sie oben an der Tür.

Als Zinnia aufschaute und ihr zulächelte, fiel es ihr schwer, sich ihre Besorgnis nicht ansehen zu lassen. Lea neben ihm lächelte ihr ebenfalls zu. Luca konnte hören, wie sie sagte: »Das dürfte dann wohl deine Verlobte sein, die du bisher so gut vor allen versteckt hast. Du musst mir unbedingt verraten, wie du das anstellst. Meine Rachel haben sie erst vor ein paar Tagen auf dem Weg zu ihrer Arbeit abgefangen und zu einem Interview überredet.«

Da Zinnia – im Gegensatz zu sonst – nicht zu wissen schien, was er antworten sollte, und Luca stattdessen nachdenklich anschaute, ging sie ihnen die letzten Schritte entgegen und sagte: »Die bin ich wohl. Aber du kannst mich auch einfach Luca nennen.«

Was sollte sie auch sonst groß sagen? Sie war schließlich immer noch Zinnias Verlobte, bis sie etwas anderes besprochen hatten. Es war nur einfach seltsam und ungewohnt, als diese angesprochen zu werden. Der Blick, den Zinnia ihr zuwarf, war einer dieser unergründlichen, die sie gerade so gar nicht gebrauchen konnte. Sie mussten das endlich klären. Das und die Sache mit dieser Mind-irgendwas-Technologie.

»Schön, dich kennenzulernen, Luca. Ich bin Lea Shepard und genau wie Zinnia scharf auf das Präsidentenamt«, erwiderte die Frau mit einem Augenzwinkern und verließ dann mit ihnen zusammen den Saal.

»Sie checkt gerade über ihre MindControl dein öffentliches Personenprofil. Ich dachte mir, ich sag dir, was in ihrem steht. Dann musst du es nicht sichtbar mit deinem Armband aufrufen«, erklang Maris' Stimme. »Sie hat angegeben, dass sie im Education Center arbeitet, aber nicht, was sie unterrichtet. Sie ist verlobt, gibt an, gerne Schach zu spielen und zu kochen, und ist 97 Jahre alt. Das macht sie übrigens nach Zinnia zur zweitjüngsten Kandidatin.«

Während sie Maris lauschte, hatte Zinnia sein Gespräch mit Lea wiederaufgenommen. Obwohl sie Konkurrenten waren, war offensichtlich, dass sie sich gut kannten und anscheinend auch mochten.

»Ich schätze mal, bei dieser Wahl kann ich nicht auf deine Stimme hoffen, was? Aber vielleicht auf die deiner Verlobten?«, meinte Lea, während sie durch die Gänge zum Ausgang des Education Centers schlenderten.

»Ich hab mich zumindest noch nicht entschieden«, antwortete Luca wahrheitsgemäß und erntete damit ein herzzerreißendes Seufzen von Zinnia.

»Das kannst du ihr doch nicht sagen. Das verwendet sie doch glatt gegen mich, sobald sie die Möglichkeit dazu hat. Ich sehe schon die Schlagzeile in den HighNews: Nicht einmal seine eigene Verlobte wählt Zinnia Whelan«, beklagte er sich, schenkte ihr dabei aber ein amüsiertes Grinsen.

Lea lachte. »So denkst du also von mir?«

»Nur wenn wir beide gerade in Konkurrenz stehen«, schmunzelte Zinnia.

Als sie im Eingangsbereich ankamen, fragte er an Luca gewandt: »Wollen wir uns dann noch ein bisschen im Education Center umsehen oder sollen wir noch einmal wiederkommen?«

»Nur Sightseeing oder willst du dich für ein paar Kurse einschreiben, Luca?«, fragte Lea neugierig dazwischen.

»Ich denke drüber nach«, gab sie zu.

»Hast du schon eine Idee, welche Kurse?«, riss Lea erneut das Gespräch an sich, was Zinnia dazu veranlasste, Luca einen entschuldigenden Blick zuzuwerfen.

Mit einem Schulterzucken, das mehr für Zinnia gedacht war als für Lea, antwortete sie: »Vielleicht etwas mit Geschichte.«

»Woher kommt das denn auf einmal?«, wollte Zinnia wissen, dem sie bisher noch nichts von ihrem Treffen mit Cera erzählt hatte. Irgendwie hätte das bedeutet, auch mit ihm darüber sprechen zu müssen, dass sie sein Gespräch hinter ihrem Rücken mit der MD verletzt hatte. Dabei war ihr ja klar, dass er es sicher nur gut gemeint hatte.

»Ich war vor ein paar Tagen in der historischen Ausstellung auf Ebene zwei.«

»Also, wenn sie dich zu so einer Idee inspiriert hat, dann scheine ich ja alles richtig mit ihr gemacht zu haben«, sagte Lea strahlend.

»Lea hat die Ausstellung vor ein paar Jahren komplett umbauen lassen und erweitert«, erklärte Zinnia. »Außerdem unterrichtet sie selbst mehrere Geschichtskurse.«

»Ganz richtig! Und weil das so ist, kannst du dir die Anmeldung auch erst einmal gerne sparen, bis du dir sicher bist. Ich schicke dir einfach die Termine meiner Kurse, und du kommst vorbei. Das ist sowieso der beste Weg, um herauszufinden, welche Kurse einem wirklich Spaß machen«, sagte Lea und hakte sich bei ihr unter, um gemeinsam durch die Glastür nach draußen zu treten.

Als sich die Tür hinter ihnen schloss, blickte Luca ganz automatisch zur Decke. Sie fand es noch jedes Mal seltsam, wenn sie ein Gebäude verließ, ohne dass sich danach der offene Himmel über ihr auftat. Immer wieder dachte sie, dass die Luft unten in den Ebenen unangenehm stickig war, obwohl Maris ihr schon mehr als einmal versichert hatte, dass das durch die Lüftungsanlagen unmöglich sein dürfte.

Ein Wimmern riss sie aus ihren Gedanken und veranlasste auch Zinnia und Lea dazu, stehenzubleiben. Erst jetzt sah sie, dass einige Meter weiter jemand zusammengekauert an einer der glänzend weißen Wände saß.

Zinnia ging vor der Gestalt in die Hocke. Luca, die ihm mit etwas Abstand folgte, hörte, wie er sie mit »Jona« ansprach. Wieder erklang ein Wimmern, aber die Gestalt hob etwas ihren Kopf und zog die Hände von ihrem Gesicht weg. Die Augen der Frau waren rot vom Weinen, ihre Haut hatte einen ungesund wirkenden gräulichen Farbton.

»Was ist denn los?«, fragte Zinnia behutsam.

»Sie flüstern«, sagte Jona so leise, dass sie kaum zu verstehen war, und schlang die Arme um ihre Beine, hinter denen sie ihr Gesicht wie hinter einer Schutzwand verbarg.

»Wer flüstert?«, hakte Zinnia nach und legte eine Hand auf Jonas Schulter, die jedoch überhaupt nicht darauf reagierte.

»Wir sollten Hilfe holen«, sagte Lea leise zu Luca.

»Ich kontaktiere Cera«, schaltete Maris sich ein, wenn auch nur in Lucas Ohr. Also sagte diese zu Lea: »Bin schon dabei.«

»Cera?«, fragte Zinnia.

Luca nickte und sah zu der zusammengekauerten Frau, die angefangen hatte, sich vor- und zurückzuwiegen. Immerzu murmelnd, was sie auch zuvor schon zu Zinnia gesagt hatte: »Sie flüstern. Sie flüstern. Sie flüstern. Sie flüstern ...«

June

Als June vor der Hausnummer sieben stand, verglich sie noch einmal die Adresse mit der aus ihrem Notizbuch. Es war ihr letzter Auftrag für Ahnsheide, und der Tag neigte sich langsam dem Ende zu. Was vor allem daran lag, dass sie nicht nur Nachrichten überbracht und entgegengenommen, sondern die Leute wenn möglich auch noch in ein Gespräch verwickelt hatte. Zum Glück schien sich niemand groß etwas dabei zu denken, dass sie nicht nur über echte Nachrichten sprechen wollte, sondern auch das ein oder andere Gerücht erwähnte. June hoffte nur, sie würde deswegen nicht zu spät kommen, um Soley noch abzupassen, bevor er die Stadt wieder verließ.

Bereits wenige Sekunden, nachdem sie an die blaue Tür geklopft hatte, wurde sie geöffnet. June musste ihren Kopf in den Nacken legen, um dem rotbärtigen Hünen vor sich ins Gesicht schauen zu können.

»Mein Name ist June Torres, ich arbeite als Nachrichtenträgerin für Valerij Ledin.« Weil der Mann daraufhin nur etwas Unverständliches grummelte, sah sie sich gezwungen, ihre Anwesenheit genauer zu erklären. »Ich habe die Information bekommen, dass hier Sanja Loyd wohnt und eine Nachricht verschicken möchte. Ich bin hier, um sie entgegenzunehmen.«

Daraufhin verschwand der Mann wortlos ins Hausinnere, ließ die Tür aber offen stehen. Unschlüssig trat June von einem Fuß auf den anderen. Hieß das, sie sollte hier warten?

»Komm rein«, rief eine Stimme von drinnen. Sie klang so glockenhell, dass June sich einfach nicht vorstellen konnte, dass sie zum Hünen von eben gehörte. Andererseits ... vielleicht grummelte er deswegen, anstatt zu reden?

Zögerlich, aber neugierig geworden, betrat sie das Haus und zog die Tür hinter sich zu. Der Eingangsbereich stellte sich auch gleich als Wohnzimmer und Küche heraus. Beides eher spartanisch eingerichtet. Von dem Mann war nichts zu sehen, doch an einem kleinen Tisch saß eine lächelnde Frau mit langem rotem Haar vor einem dampfenden Becher und einem Teekessel und winkte June zu sich.

»Nimm's nicht persönlich. Mein Bruder wurde schon unfreundlich geboren«, meinte diese kopfschüttelnd, als June nähertrat, »aber das sollte dich nicht davon abhalten, dich zu setzen, solange du wartest. Ich bin Sienna.«

June folgte der Aufforderung und nahm auch den Becher entgegen, den ihre neue Bekanntschaft ungefragt gefüllt hatte. Zu ihrer Überraschung handelte es sich bei dem Getränk um Gemüsebrühe und nicht um Tee. Vereinzelt schwamm darin sogar ein Stückchen Karotte oder Sellerie herum.

»Ich würde dir ja Brot oder Kartoffeln dazu anbieten, wenn Sanja so etwas dahätte«, sagte Sienna und bedachte sie mit einem warmen Blick aus ihren großen grünen Augen. »Ich hab dich hier noch nie gesehen, hast du die Route von Nasrin übernommen?«

»Nein, die hab ich vorhin noch in der Stadt getroffen. Ich gehöre zur Konkurrenz«, gab June zu und nippte an ihrem Becher. Die Suppe schmeckte netterweise nach mehr, als sie aussah.

»Ach was! Ich dachte eigentlich immer, mein Bruder wäre zufrieden mit ihr. Aber auf jeden Fall gut für dich, dass es anscheinend nicht so ist«, meinte Sienna gut gelaunt. »Was hältst du von unserer kleinen Stadt?«

»Ich glaube, ich habe noch nirgendwo so viele bunte Türen und Wandbilder gesehen. Find ich klasse. Das große Bild von der Elster beim öffentlichen Nachrichten-Holo hat mir besonders gut gefallen. Sieht fast schon lebendig aus.«

»Begeisterte Vogelbeobachterin oder Fan von Diebesgeschichten à la Robin Hood?«

June lächelte schief. »Zu auffällig?«

Mit einem Schulterzucken erwiderte Sienna: »Ein bisschen vielleicht. Aber keine Sorge, ich zähle mich zwar selbst nicht unbedingt zu den Fans der Elstern, aber ich hab auch nichts gegen sie. Ich verstehe, was sie tun und warum sie es tun. Kann nur noch nicht sagen, ob ich finde, dass der Zweck die Mittel heiligt.«

»Weißt du mehr über sie?«

»Auch nur, was man sich so erzählt. Klauen irgendwelche technischen Geräte und Medizin auf New Hope und behandeln damit Kranke hier unten. Vielleicht eine Gruppe frustrierter Ärzte oder Heiler.«

Mit schief gelegtem Kopf hakte June nach: »Also weißt du auch nicht, wie sie auf die Isle raufkommen?«

Sie selbst dachte bei dieser Frage immer wieder an den Fahrstuhl im Behandlungsraum des Humanity Points. Doch niemand sonst schien überhaupt zu ahnen, dass so etwas existierte. Vielleicht glaubte aber auch einfach niemand, dass so ein Aufgang nicht blockiert und überwacht war, seitdem die High Rise Society jeglichen persönlichen Kontakt zur Außenwelt verboten hatte.

»Ich hab keine Ahnung. Vielleicht mit einer Lastendrohne oder so. Falls die überhaupt so hoch fliegen können«, überlegte Sienna.

»Hast du dann vielleicht was über die verschwundenen Leute gehört?«, fragte June, die inzwischen jede Heimlichtuerei aufgegeben hatte. Zu groß war ihre Begeisterung darüber, dass sie endlich jemanden gefunden hatte, der sich auf ihre Gesprächsthemen einließ.

Sienna blinzelte. »Themenwechsel? Oder hat das auch was mit den Elstern oder den Isles zu tun?«

»Ich hab gehört, dass immer mal wieder jemand in der Nähe von New Hope verschwindet«, sagte June und trank dann den Rest ihrer Suppe aus.

»Darüber weiß ich nichts. Meinst du, dass sie sich den Elstern angeschlossen haben und dafür untertauchen mussten?« Nachdenklich tippte sich Sienna mit dem Zeigefinger ans Kinn.

»Wer zu den Humanity Points geht, hätte bestimmt jeden Grund dazu und nicht viel zu verlieren«, spann June die neue Hypothese weiter.

»Also ich würde ja sofort die Chance nutzen, einmal auf eine Isle zu kommen, wenn sie sich mir bietet. Ich würde so gerne wissen, wie es dort aussieht.«

Das Knarzen einer der Bodendielen ließ Sienna zusammenzucken, und ihr Lächeln erstarb. Als June ihrem Blick folgte, sah sie, dass Sanja das Zimmer wieder betreten hatte.

»Nicht in meinem Haus, Sienna«, grollte er. »Ich will nichts mehr davon hören. Nie wieder.«

»Tut mir leid«, flüsterte seine Schwester kaum hörbar. Als hätte sie Angst vor dem Schaden, den jedes weitere Wort von ihr anrichten könnte.

Sanja ignorierte sie und sagte an June gewandt: »Nimm Brief und Geld und dann raus mit dir.«

Wortlos nahm sie beides entgegen, während sie zu ergründen versuchte, was hier gerade passierte. Was war es, das ihn so wütend machte?

»Komm, ich bring dich raus«, flüsterte Sienna, die neben ihr aufgetaucht war und sie fast zum Stolpern brachte, als sie sie eilig am Arm aus dem Haus zog.

»Ja, geh nur, Sienna! Erzähl dem Mädchen davon, wie gerne du bei diesen dreckigen Entführern leben willst. Aber glaub bloß nicht, dass du danach noch einmal zu mir kommen solltest«, rief Sanja ihnen hinterher, bevor Sienna die Tür hinter ihnen schließen konnte. June war für einen Moment wie erstarrt. Hatte er gerade wirklich Entführer gesagt?

Seufzend fuhr sich Sienna mit der Hand über ihr erblasstes Gesicht. Sie wirkte so unglücklich, dass June ihr beruhigend eine Hand auf die Schulter legte. »Alles okay?«

Sienna schüttelte den Kopf. »Nein, ich hätte nicht mit dir über all das reden sollen. Nicht, wenn mein Bruder in der Nähe ist.«

Junes Blick wanderte zur Tür und wieder zurück zu Sienna. Einerseits wollte sie unbedingt mehr darüber erfahren, was ihr Bruder genau gemeint hatte, andererseits wollte sie Sienna aber auch nicht unnötig mit ihren Fragen quälen.

»Es tut mir leid«, sagte Sienna und lächelte zittrig. »Mein Bruder will nicht, dass ich über die Isles spreche. Er kommt nicht damit klar, dass seine Frau ihn verlassen hat.«

»Aber was hat das eine denn mit dem anderen zu tun?«

»Eigentlich nichts. Es lief schon eine Weile nicht gut zwischen ihnen. Niemanden wundert es, dass sie ihn verlassen hat. Aber Sanja ... er ...«

Aufmerksam beobachtete June, wie Sienna um Worte rang. *Bitte sag jetzt nicht, dass sie bei einem Humanity Point verschwunden ist.* Alle Sorgen und Zweifel, die June in den letzten Wochen niedergerungen hatte, kamen bei diesem Gedanken wieder an die Oberfläche. Vor ihrem inneren Auge sah sie Amalie, wie sie mit den Fremden ging. Doch diesmal wirkten die Menschen in den Schutzanzügen nicht vertrauenswürdig, ihre Gesichter unter den Helmen waren zu bösartigen Fratzen verzogen.

»Bitte, sprich weiter. Es ist wichtig«, sagte sie leise, weil sie befürchtete, Sienna würde sonst gar nicht mehr weiterreden.

»Glaub mir, es ist eine Spinnerei. Eine Geschichte, die er erfunden hat, um besser mit allem klarzukommen. Würde ich etwas anderes glauben, hätte ich dir schon vorhin davon erzählt«, sagte Sienna, deren Augen jetzt noch größer wirkten, während sie Junes ernsten Blick erwiderte.

»Bitte, Sienna. Ich muss selbst hören, dass es nach reiner Spinnerei klingt.«

»Okay«, lenkte Sanjas Schwester ein, sprach aber nicht sofort weiter. Stattdessen setzte sie sich in einiger Entfernung zum Haus ihres Bruders an den Straßenrand. Und obwohl die Emotionen June zu überwältigen drohten, zwang sie sich, sich ebenfalls hinzusetzen und zu warten, bis Sienna bereit war, weiterzuerzählen. Sie wollte doch einfach nur hören, dass Sanjas Geschichte keine Parallelen zu ihren eigenen Erlebnissen unter New Hope aufwies.

»Erzählst du mir, warum du es so dringend wissen musst?«, fragte Sienna, als June schon dachte, jeden Moment wahnsinnig zu werden.

»Danach.«

Nach kurzem Zögern nickte Sienna, und begann endlich zu erzählen: »Sanja war mit seiner Frau unterwegs zum Humanity Point unter New Hope. Sie haben sich zu der Zeit oft gestritten. Hannah wollte gerne Kinder bekommen, aber ist einfach nicht schwanger geworden. Meine Familie hat nicht das Geld für einen Arzt, und die Heiler in der Nähe konnten ihr nicht helfen oder sagen, was der Grund dafür war, dass es mit der Schwangerschaft nicht funktionierte. Also wollte sie sich beim Humanity Point untersuchen lassen. Als mein Bruder zurückkam, war Hannah nicht mehr bei ihm und er nicht mehr er selbst. Ich weiß nicht, was wirklich damals vorgefallen ist, aber als ich ihn nach Monaten endlich dazu bringen konnte, darüber zu sprechen, redete er bloß wirres Zeug, dass Hannah entführt worden sei. Er sagte, irgendwelche Leute von der Isle hätten sie ihm weggenommen, weil sie nicht freiwillig mit ihnen hatte gehen wollen. Aber June, er hat auch gesagt, dass sie beide sich unter der Isle schlafen gelegt haben und sie weg war, als er wieder aufgewacht ist. Er hat nichts gesehen, verstehst du? Er brauchte so dringend eine Erklärung dafür, dass sie in der Nacht gegangen ist, da hat er sich irgendetwas zusammenfantasiert. Vielleicht hat er es auch geträumt. Ich weiß es nicht.«

Zum Schluss klang Sienna fast flehend. Vermutlich eine Reaktion darauf, dass June bei ihren Worten aufgestanden war und unruhig vor ihr auf und ab ging.

Verdammt. Verdammt. Verdammt.

Sie wusste nicht, was sie tun sollte. Was bedeutete diese Geschichte für sie? Bedeutete sie überhaupt etwas? Sie hatte alles falsch gemacht. Oder nicht? Hätten sie Amalie auch entführt, wenn sie nicht freiwillig mitgegangen wäre? Was machten sie mit den Leuten, wenn sie vor Entführungen nicht zurückschreckten? Was machten sie mit Amalie? Menschenexperimente? Hatte man sie verkauft? Würden dafür nicht auch die ganzen Namen der Vermissten sprechen, die Amalie und sie bei New Hope auf der Straße gesehen hatten? So viele würden die Leute von der Isle ihren eigenen Worten zufolge doch gar nicht auf die Isles holen, oder? Und falls sie schon damit gelogen hatten ... ihr wurde schlecht.

»June?«

Kopfschüttelnd lief sie weiter auf und ab. Versuchte verzweifelt, ihrer Gedanken Herr zu werden. War Amalie also in Gefahr? Sollte sie nach ihr suchen? Wie sollte sie das überhaupt anstellen? Oder spann sie sich da gerade etwas zusammen, und die Leute von der Isle hatten doch die Wahrheit gesagt?

»Und dein Bruder ist sich sicher, dass sie sie entführt haben?«, hakte June noch einmal nach, ohne Sienna anzusehen.

»Ja, aber ... er irrt sich vermutlich.« Leider klang Siennas Einschätzung nun nicht mehr annähernd so überzeugend wie noch zuvor.

»Verstehe«, sagte June, obwohl sie rein gar nichts mehr verstand.

»Du hast mir noch nicht gesagt, warum dir das Ganze so wichtig ist.«

»Meine Schwester«, war alles, was June antworten konnte. Für mehr war sie viel zu aufgewühlt. Es waren bereits mehrere Wochen vergangen, seit Amalie mit den Fremden gegangen war. Jeder einzelne Tag womöglich ein Tag zu viel.

»Ich muss jetzt los.«

Ihr war klar, dass sie völlig irrational reagierte und vermutlich zu viel spekulierte, aber ... Wie sollte sie jetzt noch weitermachen können? Ihr Instinkt schrie ihr regelrecht entgegen, dass irgendetwas ganz und gar nicht stimmte. Und noch viel schlimmer: Sie glaubte Sanja seine Geschichte.

Auf dem Platz angekommen, sah June sich hektisch um. Es waren nicht mehr ganz so viele Leute hier, wie es noch früher am Tag der Fall gewesen war, doch das half ihr nicht dabei, das Gesicht zu finden, nach dem sie Ausschau hielt. Sie war viel zu aufgewühlt, um sich konzentrieren zu können.

Wo zum Teufel steckst du, Soley?

Weil sie es nicht länger aushielt, nur herumzustehen und sich umzuschauen, lief sie einmal um den Platz, von Menschentraube zu Menschentraube. Erntete verwirrte und neugierige Blicke, die sie ignorierte. Lief sogar noch eine weitere Runde, als die erste erfolglos blieb. Dabei wusste sie bereits, dass es sinnlos war.

Tränen traten ihr in die Augen, doch June blinzelte sie störrisch weg. Sie hatte keine Zeit für so etwas. Sie brauchte einen klaren Blick und jemanden, der ihr half, ihre Gedanken zu ordnen.

In diesem Moment entdeckte sie Nasrin, die auf den Platz kam, diesmal ohne ihr Solarbike, und auf das Nachrichten-Holo zuging. June lief zu ihr und ergriff sie am Arm.

»Hey, du Freak! Lass mich los!«

Unsanft versuchte Nasrin, sie wegzustoßen, doch June ließ sich nicht so schnell abwimmeln. »Wo ist Soley?«

»Keine Ahnung. Jetzt verpiss dich!«

Erneut startete die andere Nachrichtenträgerin einen Versuch, sie wegzustoßen. Doch June griff sofort wieder zu, nachdem ihre Hand abgeschüttelt worden war. »Wo ist Soley?«

»Er ist nicht mehr hier, verdammt!«

»Was?«, fragte June, obwohl sie Nasrins Worte ganz genau verstanden hatte. Wie hätte sie auch nicht? Schließlich waren sie beide immer lauter geworden.

»Er ist schon los, nachdem wir vorhin unsere Routen abgeglichen haben. Und jetzt hör auf, mir auf die Nerven zu gehen!«

Die Aufforderung hätte June gar nicht mehr gebraucht. Die Erkenntnis, dass Soley wirklich schon weg war, hatte sie wie ein Schlag getroffen und einen Schritt zurückweichen lassen. *Mist!*

Das Bild des schwarz-weißen Vogels, das über Nasrins Schulter zu sehen war, wirkte in diesem Moment auf June, als würde es sie verspotten. Denn das war doch ihre einzige Option, oder? Diese Elstern finden, damit die sie nach New Hope brachten und sie mit eigenen Augen sehen konnte, ob es Amalie gut ging oder nicht. Und jetzt war der Einzige, von dem sie vermutete, dass er mehr über die Elstern zu erzählen hatte, als er bisher zugeben wollte, bereits seit Stunden fort. Oder ...?

»Ich brauche deine Hilfe«, sagte June und stoppte auf Nasrins bösen Blick hin gerade noch so ihren Arm, den sie wieder nach ihr ausgestreckt hatte.

»Kannst du so was von knicken«, grollte Nasrin und wandte sich kopfschüttelnd dem Hologramm neben ihnen zu.

»Bitte, Nasrin!«

Das einzige Zeichen, dass die Bikerin sie gehört hatte, war, dass sie ihre Arme vor der Brust verschränkte und eine hoch konzentrierte Miene aufsetzte, während sie weiter der schwebenden Maske zuhörte.

»Du musst mir unbedingt sagen, falls du weißt, wie ich Kontakt zu den Elstern aufnehmen kann«, flüsterte June, nachdem sie Nasrin erneut auf die Pelle gerückt war. Sie konnte gar nicht anders. Im Moment war ihr jeder noch so dünne Grashalm recht, nach dem sie greifen konnte.

Doch Nasrin starrte unbeeindruckt weiter zum Holo.

»Oder hilf mir wenigstens, Soley zu finden, damit er es tut.«

Wieder erntete sie Schweigen. Sie konnte einfach nicht mehr. Ihr Kopf schmerzte von all den Fragen, auf die sie keine Antwort wusste. Ohne dass sie sich dessen wirklich bewusst war, sank sie neben Nasrin auf die Knie und schlug sich die Hände vors Gesicht. Sie fühlte sich auf einmal nur noch erschöpft und kraftlos.

Was sollte jetzt nur machen? Amalie war vielleicht in Lebensgefahr, und es gab absolut nichts, was sie tun konnte.

Luca

Es war bereits dunkel draußen, als Luca zusammen mit Zinnia an der Oberfläche von New Hope aus der Bahn stieg. Schweigend sah sie zum Himmel. Die Sterne funkelten hell neben dem Mond. Anscheinend war viel mehr Zeit vergangen, seit sie zum Education Center aufgebrochen war, als sie gedacht hatte.

Sie hatten bei Jona gewartet, bis Cera gekommen war. Jona schien sie dabei gar nicht richtig wahrgenommen zu haben. Hatte lediglich von Geflüster und Träumen gesprochen, in unzusammenhängenden Satzfetzen und so verzweifelt, dass die MD ihr irgendwann ein Beruhigungsmittel gegeben hatte. Das Gefühl der Hilflosigkeit hing Luca immer noch nach.

Ohne sich abzusprechen, schlugen Luca und Zinnia schweigend einen Weg ein, der sie noch nicht direkt zu ihrer Wohnung führen würde. Luca sog die kühle Luft tief ein und war froh, ihre Anspannung direkt in ihre Schritte fließen lassen zu können. Sie hätte ansonsten nicht gewusst wohin damit.

»Damit sind der Nachmittag und der Abend ganz anders verlaufen als gedacht«, sagte Zinnia, den Blick auf den Weg vor ihnen gerichtet. Hier und da waren Lampen in den Boden eingelassen, die ein angenehm warmes Licht verströmten.

»So ist das wohl mit Plänen. Sobald man welche hat, kann auch immer etwas dazwischenkommen.« Ihr Atem malte beim Sprechen weiße Schemen in die Luft, und sie vergrub ihre Hände in den Jackentaschen.

»Ich hoffe, Cera kann Jona helfen.«

»Ja, das hoffe ich auch«, antwortete sie. »Seid ihr Freunde?«

»Nein, eher flüchtige Bekannte. Jona arbeitet in der Ressourcenverwaltung von New Hope und ist auch zuständig für den Bedarf des Justice Circle. Ab und zu habe ich mich darum gekümmert, sie mit ihr abzusprechen.«

Zinnias Gesicht zeigte ehrliche Betroffenheit und Sorge. Sein ausgeprägtes Mitgefühl war ein Wesenszug, den sie schon oft an ihm beobachtet hatte und der jedes Mal aufs Neue eine warme Zuneigung in ihr auslöste.

»Weißt du, ob sie vielleicht auch eine Probandin für diese telepathische Kommunikation über die Neurochips ist?«

Blinzelnd wandte Zinnia ihr seinen Blick zu. »Wie kommst du denn jetzt darauf?«

»Naja, es heißt doch, dass die Technik Schlafstörungen auslösen kann«, erklärte Luca und zuckte mit den Schultern. Ihr schien es eine schlüssige Erklärung dafür, in was für einem Zustand sie die Frau vorgefunden hatten.

»Ich weiß nicht, ob schlecht zu schlafen wirklich dafür ausreicht, dass man so durch den Wind ist. Aber ich bin auch kein MD. Dazu könnte Cera dir vermutlich eher etwas sagen«, meinte Zinnia nachdenklich. »Ich weiß weder, ob sie ebenfalls eine Probandin ist, noch ob sie sich überhaupt einen Neurochip hat implantieren lassen. Unsere Kommunikation lief ausschließlich über die Kanäle unserer Arbeitsstellen.«

»Aber es wäre möglich«, beharrte sie auf ihrer Theorie. Es erschien ihr so naheliegend nach dem, was ihr selbst durch einen der Neurochips widerfahren war.

»Möglich ja, aber wie wahrscheinlich? Nicht einmal die Hälfte der Bevölkerung nutzt Neurochips und wiederum nur ein Bruchteil von ihnen testet die MinTraCom. Klar, hier auf New Hope sind es anteilig verhältnismäßig viele Probanden, weil auch TQ hier seinen Sitz hat. Viele arbeiten selbst dort oder kennen zumindest jemanden, der es tut, und sind so auf die Testphase aufmerksam geworden. Aber das heißt noch gar nichts.«

»Und was ist, wenn ich recht habe und diese Neurochips und diese MinTraCom gefährlicher sind, als wir denken?« Sie wusste selbst, dass ihr bessere Argumente fehlten und sie vor allem wegen eines unguten Bauchgefühls weiterdiskutierte, doch sie konnte einfach nicht anders. Nicht, nachdem sie wusste, dass Zinnia selbst einer der Probanden war.

»Und was ist, wenn es nicht so ist? Das Team um MinTraCom steht so schon unter sehr großem Druck. Wenn dieser Testlauf keine guten Ergebnisse liefert, dann wird die Arbeit komplett eingestellt. Und verunsichernde Gerüchte könnten auch das Vertrauen in andere Technologien der Organisation schmälern«, sagte Zinnia, und der warme Blick, den er ihr schenkte, milderte etwas das schlechte Gewissen ab, das sich durch seine Worte in Luca regte.

Natürlich war das nicht das, was sie wollte. Sie wollte keine Gerüchte streuen, die irgendwem schaden könnten, egal, wie misstrauisch sie selbst war. Sie richtete ihren Blick auf den Boden. »Soweit hab ich gar nicht gedacht.«

»Ist ja halb so wild «, sagte Zinnia sanft. »Ich weiß nur selbst aus Erfahrung, wie es ist, wenn man an einem Projekt arbeitet, das viel kritisiert und von den meisten Leuten misstrauisch beäugt wird. Da braucht es nicht viel, damit alles doch noch eingestampft wird. Selbst wenn man gute Ergebnisse erzielt – am Ende entscheidet oft das Vertrauen oder ein Gefühl darüber, ob sich etwas bei den Leuten durchsetzt oder nicht.«

Sie nickte. »Klar, wenn man etwas erfunden hat, das zwar gut funktioniert, aber niemand will es nutzen, dann bringt es halt auch keinem etwas.«

»Genau. Wollen wir langsam zu unserer Wohnung zurück oder möchtest du noch weiter spazieren gehen?«, fragte Zinnia, und Luca war froh über den Themenwechsel.

»Tatsächlich wollte ich gerne noch mit dir über eine Sache sprechen. Gehen wir also am besten noch ein Stückchen.«

»Worüber willst du denn mit mir reden?«

Sie schenkte ihm ein schiefes Lächeln. »Du hast Lea gegenüber erwähnt, dass wir verlobt sind.«

Zinnia nickte. »Hätte ich es nicht machen sollen?«

»Ich ...« Seufzend brach sie ab. Sie wollte ihn nicht enttäuschen oder gar verletzen. Aber sie konnte doch auch nicht so tun, als wäre nichts.

»Es hat dich aufgewühlt«, mutmaßte er.

»Ja, und das tut es immer noch. Vielleicht, weil es mir noch einmal deutlich vor Augen geführt hat, dass wir nicht einfach nur Freunde und Mitbewohner sind ... also, was das eigentlich bedeutet ... dass das was bedeutet ...« Vergeblich rang sie nach weiteren Worten.

»Es bedeutet nur, dass wir uns in der Vergangenheit verlobt haben. Aber trotzdem ist jetzt alles ganz anders gekommen, als wir das beide erwartet hatten. Wenn es dir lieber ist, die Verlobung zu lösen und dass wir einfach nur Freunde sind, dann tun wir das«, sagte Zinnia ernst.

Ihre Nerven begannen zu flattern. Irgendwie hatte sie angenommen, dieses Gespräch würde sich darum drehen, wer sie nach dem Unfall in seinen Augen noch für ihn war, nicht wer sie für ihn sein wollte. Und das war eine Frage, auf die sie keine Antwort hatte.

»Willst du denn noch mit mir zusammen sein?«

Sie waren beide stehen geblieben und blickten einander an. In Zinnias Augen spiegelte sich das Licht der Straßenbeleuchtung, doch Luca hatte das Gefühl, dass es nicht der Grund dafür war, warum sie leuchteten. Es war viel mehr seine Entschlossenheit, die aus ihnen funkelte, als er sagte: »Ich habe mich damals mit dir verlobt, weil ich mich dafür entschieden habe, mein Leben mit dir zu verbringen. Ob mit oder ohne deine Erinnerungen, es ändert für mich nichts. Du bist und bleibst Luca.«

»Das stimmt nicht ganz. Die Luca von früher hat diese Entscheidung ebenfalls getroffen, doch ich habe es nicht. Für mich ändert es also etwas, ob ich mich erinnern kann oder nicht.« *Und es ändert alles, dass ich meine Gefühle für dich vergessen habe.*

»Aber du könntest diese Entscheidung noch treffen. So wie ich entschieden habe, dass ich mit dir genauso gerne weiter verlobt wäre wie mit der Luca von früher. Vielleicht mit dir sogar noch etwas lieber.«

Sie schluckte. Ihr Herz begann, wild zu pochen. Zinnias Blick war immer noch fest mit ihrem verwoben. Sie wusste, dass es etwas bedeutete, dass seine Worte diese Wirkung auf sie hatten, aber das war alles noch so neu. Sie konnte sich doch nicht so schnell schon wieder in ihn verliebt haben, oder?

Sie versuchte ein Lächeln, das jedoch etwas zittrig ausfiel. »Ich bin mir nicht sicher, was ich für dich empfinde. Zumindest nicht sicher genug. Ich ... ich bin mir bei nur sehr wenig wirklich sicher in letzter Zeit.«

»Würdest du dich besser fühlen, wenn wir die Verlobung lösen?«

Würde ich das? Sie überlegte einen Moment, schob ihre Sorge beiseite, Zinnia mit ihrer Antwort verletzen zu können, und versuchte zu ergründen, was für sie selbst das Beste war. *Würde es etwas an der Situation ändern?*

Sie schüttelte den Kopf und beantwortete damit sowohl die Frage, die sie sich selbst im Stillen gestellt hatte, als auch die von Zinnia. »Ich brauche einfach mehr Zeit, um diese Entscheidung treffen zu können. Um dich besser kennenzulernen, und vor allem auch mich selbst.«

Ein Lächeln erschien auf Zinnias Gesicht. Langsam ergriff er ihre Hand und verschränkte seine Finger mit ihren. Erleichterung flutete sie und zusammen setzten sie ihren Spaziergang fort.

»Warum lächelst du?«, wollte sie wissen. Schließlich hatte sie nichts anderes getan, als das weitere Gespräch über die Natur ihrer Beziehung aufzuschieben.

»Weil eine Bitte um Bedenkzeit bedeutet, dass du uns noch nicht ganz aufgegeben hast. Mehr brauche ich gar nicht. Zumindest nicht jetzt.«

Bei seinen Worten hoben sich nun auch ihre Mundwinkel zu einem Lächeln. Ja, sie gab ihnen eine Chance, und das löste ein nervöses Kribbeln in ihrer Magengegend aus. Sie mochte es, mit Zinnia zusammenzuleben, jetzt mit ihm hier zu sein und die vertraute Wärme seiner Hand an ihrer zu spüren.

Das ist doch schon einmal eine gute Basis für mehr, oder?

June

»Ich fasse es nicht, dass ich das wirklich tue«, murmelte Nasrin, während sie einen dunkelgrauen Pullover aus einer der Satteltaschen ihres Solarbikes zog.

June rührte sich keinen Millimeter und sah nur stumm auf das Kleidungsstück, das die andere Frau ihr hinhielt.

»Jetzt nimm schon und zieh ihn an. Der ist extra so gearbeitet, dass du dir weniger wehtust, falls du vom Bike fällst.

Was du aber trotzdem besser bleiben lassen solltest, klar?«, brummte Nasrin und drückte ihr den Pulli gegen die Brust, woraufhin June ganz automatisch danach griff.

»Gut. Das wird mit den Satteltaschen nicht wirklich gemütlich für dich werden, aber das kann ich nicht ändern.«

Erst jetzt erkannte June, dass sie auf dem Bike mitfahren sollte. Ein neuer Grund, um Nasrin sprachlos anzustarren.

»Du bekommst den Helm. Meine Fahrkünste, also auch meine Verantwortung, dass dein Kopf heil in Demmin ankommt. Oder hast du davor noch irgendwelche Zwischenstopps, die du nicht in dein Heft eingetragen hast?« Während sie sprach, wedelte die Bikerin mit dem dünnen Büchlein, das sie von Valerij bekommen hatte, vor Junes Gesicht herum.

Wann habe ich ihr das bloß gegeben? June beantwortete die Frage mit einem Kopfschütteln, auch wenn sie sich nicht hundertprozentig sicher war. Aber selbst wenn sie versucht hätte, sich daran zu erinnern, ob sie bei den heute neu empfangenen Nachrichten irgendetwas nicht notiert hatte, sie wäre gar nicht dazu in der Lage gewesen. Und ehrlicherweise musste sie sich auch eingestehen, dass es ihr inzwischen ziemlich egal war.

»Na dann: Pullover, Helm, Aufsteigen«, fasste Nasrin noch einmal zusammen, was sie von ihr erwartete, und schenkte ihr dabei einen Blick, der keinen Zweifel daran ließ, dass sie sich fragte, ob in Junes Denkstübchen immer noch Stromausfall herrschte.

Der Pullover war groß genug, dass June ihn über ihren eigenen ziehen konnte, bevor sie ihren Rucksack wieder aufsetzte. Sie war noch nie auf einem Bike mitgefahren, aber von Valerijs türlosem Wagen wusste sie, dass der Fahrtwind nicht zu unterschätzen war. Außerdem verkroch sich die Sonne bereits hinter dem Horizont und nahm all ihre Wärme mit.

Ihr Kopf fühlte sich mit Helm seltsam klobig an. Damit er nicht zu sehr hin und her rutschte, zog sie das Band unter ihrem Kinn möglichst eng und sah dabei zu, wie Nasrin sich auf ihr Solarbike schwang.

Als sie es endlich schaffte, sich hinter Nasrin auf das Motorrad zu klemmen, gab es nichts, worauf sie ihre Füße hätte abstellen können. Doch so breitbeinig, wie sie wegen der Satteltaschen sitzen musste, lief sie wohl sowieso keine Gefahr, in die Radspeichen zu geraten. Wenigstens etwas, denn gemütlich würde diese Fahrt wohl tatsächlich nicht werden.

»Gut festhalten«, rief Nasrin.

Fast lautlos rauschte das Bike auf der asphaltierten Straße aus der Stadt, musste nur ab und an einem Schlagloch ausweichen. Auf einer Brücke fuhren sie an spielenden Kindern vorbei, die dem Bike lachend und johlend hinterherrannten, als wäre es ganz selbstverständlich Teil ihres Spiels. Und vielleicht war es das ja auch. Nasrin zumindest beschleunigte lachend und winkte ihnen zum Abschied zu, als sie beim Stadtrand ankamen.

Von da an flog die Welt nur noch so an ihnen vorbei. Und jetzt, wo sie selbst mit auf dem Motorrad saß, kam es June auch nicht mehr ganz so lebensmüde vor, wie Nasrin dahinjagte. Die Straßen und Pfade waren nach Sonnenuntergang menschenleer. Der kühle Wind, der sie beide umspielte und sich seinen Weg unter das Helmvisier suchte, vertrieb auch das letzte bisschen Watte aus Junes Gedanken.

Ihre vorherige Panik und ihr Verhalten gegenüber Nasrin waren ihr jetzt peinlich. Sie hatte zwar Soley nicht ausfragen können, und Nasrin half ihr auch nur insoweit, dass sie sie auf dem Bike mitnahm, aber die beiden mussten ja nicht ihre einzige Hoffnung gewesen sein. Schließlich konnte es auch noch andere Gründe dafür geben, dass Soley nicht über die Elstern hatte reden wollen, oder? Und selbst wenn er etwas wusste, war die Annahme, dass Nasrin auch etwas wissen musste, naiv und vorschnell gewesen. Nein, wenn sie sich einen richtigen Plan überlegen wollte, wie sie zu Amalie auf New Hope kam, dann musste sie versuchen, einen klaren Kopf zu behalten. Sie durfte sich nicht in jede erstbeste vage Spur oder Ahnung verrennen.

Es wäre viel weniger beängstigend, wenn sie glauben könnte, dass an Sanjas Geschichte nichts dran war. Und womöglich war es ja sogar so. *Aber was, wenn nicht?*

June seufzte. Inzwischen erhellten neben den Lichtern des Bikes nur noch Mond und Sterne die Nacht. Schmerz und Taubheit ignorierend, die sich von Stunde zu Stunde weiter in ihren Gliedern ausbreitete, versuchte sie, sich darüber klar zu werden, was sie als Nächstes tun wollte. Doch im Endeffekt landete sie immer bei demselben Ergebnis: Sie musste einen Weg auf New Hope finden, um mit eigenen Augen zu sehen, dass es ihrer Schwester gut ging.

Sie erreichten Demmin schon bei Morgengrauen. Die Überprüfung am Tor der massiven Stadtmauer war schnell hinter sich gebracht und dann wurden sie auch schon von der menschenleeren Nacht ins rege Treiben der Großstadt gespült.

Vor ihnen wogte ein Meer aus unzähligen Menschen. Grelle Lichter und holografische Schaufenster zeichneten die Straße als Einkaufs- und Unterhaltungsmeile aus, deren Ende June nicht einmal erahnen konnte. Die Luft roch auf künstliche Art süßlich. Von irgendwoher erklang dröhnende Musik.

Da ihre Beine sie noch nicht wieder richtig trugen, fiel June mehr vom Bike, als dass sie abstieg.

»Schläft in dieser Stadt denn keiner?«, fragte sie, als sie Nasrin ihren Helm zurückgab. Halt suchend, stützte sich am Bike ab. Alles hier wirkte so unwirklich auf sie.

»Ein großer Teil tut es zumindest nicht, wie du siehst. Dafür liebe ich diese Stadt. Es ist nie still, wenn ich hier ankomme«, meinte die andere Nachrichtenträgerin grinsend.

Die Häuserblöcke, die alle ausnahmslos in den Himmel ragten, wirkten auf June eher erdrückend. Diese Stadt war riesig. Vielleicht nicht von ihrer Fläche her, doch sie hatte sicher zwei bis drei Ebenen, auf denen Wege und Straßen verliefen, soweit June das im Dunkeln erkennen konnte. *Und ich hatte Valerijs Heimat schon für eng und zugebaut gehalten.*

»Weißt du, wo du hier unterkommen kannst? Oder willst du mit mir in eine Bar und ein paar Wachmacher trinken?«, fragte Nasrin, die im Neonlicht der Leuchtreklamen der Großstadt geradezu aufzublühen schien. Sie lächelte sogar fröhlich. Zum ersten Mal, seit sie einander begegnet waren.

June dachte an die Adresse ihrer Granny, die Valerij auf ihr Drängen hin in ihr Notizbuch geschrieben hatte. Die Stadt war vielleicht riesig, aber sie würde sich schon irgendwie zurechtfinden. »Ich komm klar«, antwortete sie mit einem verkniffenen Lächeln auf den Lippen. Nun wurde die Taubheit in ihren Beinen von Schmerzen abgelöst.

»Okay. Aber lass dir eines wenigstens noch sagen«, erwiderte Nasrin und sah sie mit ernster Miene an: »Vergiss diesen Blödsinn mit den Elstern. Selbst wenn du sie findest – und ich gehe stark davon aus, dass sie nicht gefunden werden wollen –, sie können oder wollen dir vermutlich eh nicht helfen.«

»Du verstehst das nicht. Ich muss unbedingt einen Weg finden, um auf eine Isle raufzukommen.«

»Sag das lieber nicht zu laut«, meinte Nasrin, die auf einmal die Stimme senkte und näher zu ihr trat. »Allein der Versuch ist strafbar. Außerdem wurden Leute schon für weniger von besoffenen Dummköpfen verprügelt, die etwas gegen Isle-Sympathisanten haben.«

»Ich will da nicht hoch, weil ich dort leben will, Nasrin«, flüsterte June zurück. »Ich muss dort nach jemandem suchen, der vielleicht in Gefahr ist.«

»Leben und leben lassen. Sollen die Leute da oben sich um ihre Probleme kümmern, und wir hier unten kümmern uns um unsere. Konzentrier dich lieber auf dein eigenes Leben. Deinen Job. Familie?«

»Es geht um meine Familie«, zischte June durch zusammengebissene Zähne. Sie war einfach viel zu müde, um sich weiter Nasrins ungebetene Ratschläge anzuhören.

»Wie du meinst. Aber pass trotzdem auf, wem gegenüber du was sagst. Einige geben der High Rise Society die Schuld für so ziemlich alles, was in ihrem Leben schiefläuft, und sind bei der Suche nach jemanden, an dem sie ihre Wut auslassen können, wenig wählerisch«, antwortete Nasrin resigniert, nickte ihr noch kurz zu und schob dann ihr Bike weiter in die trubelige Menge hinein.

Kopfschüttelnd tauchte June ebenfalls in die Menschenansammlung ein. Städte wie diese fühlten sich immer an wie eine andere Welt. Jedes Licht plärrte stumm die Tatsache in die Nacht, dass sich kein Bewohner hier um eine zuverlässige Stromversorgung sorgen musste. An jeder Straßenecke wurde die gleiche undefinierbare Nahrungspampe in eine ansehnlichere Form gepresst und zu Spottpreisen verkauft, die keinen Zweifel daran ließen, dass so überhaupt gar nichts an den Geschmacksversprechungen dran war, mit denen sie warben. *Und satt macht das Zeug vermutlich auch nicht.*

June hielt Ausschau nach dem nach oben gerichteten grünen Pfeil mit der Doppelspitze, der einem den Weg zum Aufzug in höhere Ebenen der Stadt wies. Sie wünschte, sie wäre schon früher mal dazu gekommen, Fanny hier zu besuchen, dann hätte sie jetzt nicht erst den Weg zu ihr suchen müssen. Außerdem hatten ihr die Gespräche mit der Frau gefehlt, die für sie nicht nur so etwas wie eine Großmutter war, sondern die sie auch immer als Vorbild betrachtet hatte. Alles schien viel klarer und einfacher zu sein, wenn man vorher mit Fanny darüber geredet hatte.

Gerade hatte June sich durch eine Traube Menschen gezwängt, die zu einer nur für sie hörbaren Musik tanzten, als sie an einer Hauswand nicht weit von ihr das Symbol für den Fahrstuhl entdeckte. *Endlich.*

Der Fahrstuhl war das klassische Betonbollwerk in der Schneise zwischen zwei Häusern. Von oben bis unten voll gekritzelt und mit einer verstärkten Stahltür. Etwas anderes hielt dem nächtlichen Partywahnsinn hier unten vermutlich auch nicht stand. Trotzdem hatte irgendwer es sogar geschafft, eine Beule in die Tür zu schlagen.

Als sich der Fahrstuhl öffnete, tauchte die Beleuchtung in seinem Innenraum June in blassgrünes Licht und offenbarte ihr auch, wer für sie die Tür bedient hatte. Ein schlaksiger Typ mit kahlrasiertem Schädel lächelte ihr zu und forderte sie mit einer Bewegung, die schon fast einer Verbeugung glich, zum Eintreten auf. Ihm fehlte der rechte obere Schneidezahn, und auf seinem Handrücken waberte irgendein Leuchtbild. Und das obwohl seine abgetragenen Klamotten nicht danach aussahen, als hätte er das Geld für solche Tattoo-Implantate.

»Keinen Ärger beim Einsteigen und auch nicht beim Aussteigen. Aber für diesen Service kostet dich die Fahrt in meinem Lift eine Kleinigkeit, Schätzchen«, sagte der Typ selbstsicher.

»Dein Service interessiert mich nicht. Kannst gerne aussteigen, bis ich oben bin und auf mich selbst aufgepasst habe«, erwiderte June unfreundlich und betrat den Fahrstuhl. Dabei schüttelte sie das Messer in ihrem Ärmel unauffällig weiter Richtung Hand, sodass sie es am Griff packen und ziehen konnte, falls es nötig wurde.

»So läuft das nicht. Das ist mein Lift, also kannst du ihn auch nur mit meinem Service nutzen oder gar nicht«, sagte der Mann und baute sich vor ihr auf, was irgendwie lächerlich aussah, schließlich war er auch nicht größer als sie selbst.

»Ist das so?«, fragte June möglichst unbeeindruckt und tippte auf das Bedienfeld links neben ihnen, damit sich die Türen schlossen und der Fahrstuhl hoch auf Ebene zwei fuhr. Ihre Müdigkeit war wie weggewischt.

Der Typ zischte und griff in seine Jackentasche. Doch June war schneller und hielt ihm bereits die Klinge ihres Messers an die Kehle, bevor er etwas daraus hervorziehen konnte.

»Ganz schön mutig, hier mit einer illegalen Waffe herumzulaufen«, knurrte der Glatzkopf, machte aber keine Anstalten, sich zur Wehr zu setzen.

»Ja, und wenn du mich dazu zwingst, werde ich sie auch benutzen. Und jetzt zieh ganz langsam deine Hand aus deiner Tasche und sorg dafür, dass sie leer ist«, verlangte June weitaus lässiger, als sie sich fühlte.

Der Typ hob kapitulierend seine Hände. Anscheinend war er für die Unversehrtheit seiner Kehle durchaus bereit, auf das Geld zu verzichten, das er ihr hatte abknöpfen wollen.

»Mann, bin ich froh, dass du klüger bist, als du aussiehst«, kommentierte June, sobald sie hörte, wie sich die Fahrstuhltür hinter ihr aufschob. Sie waren angekommen. Mit einem schnellen Blick über die Schulter vergewisserte sie sich, dass dort nicht gleich die nächste böse Überraschung auf sie wartete.

Immer noch mit erhobenen Händen, obwohl er sich längst nicht mehr in Junes Reichweite befand, meinte der Typ grinsend: »War nett, dich kennenzulernen. Komm doch mal wieder vorbei.«

»Ja, ganz sicher«, spottete sie, während sie sich rückwärts aus dem Fahrstuhl schob und darauf wartete, dass der sich wieder in Bewegung setzte. Sie wollte den Mann nicht in ihrem Rücken wissen, wenn sie ging.

»In dieser Stadt zähle ich jeden, der mich nicht mit seinem Messer absticht, zu meinen Freunden. Und für die gibt's natürlich Rabatt.« Mit einem Augenzwinkern tippte der Mann etwas auf dem Bedienfeld, woraufhin sich die Tür langsam zuschob. Das Letzte, was June von ihm sah, war, wie er sich mit der Hand über die Stirn und den kahlen Schädel fuhr. Auf seinem Handrücken leuchtete ein blauer Vogel mit zum Flug ausgebreiteten Flügeln.

Eine Elster?

June machte einen Satz auf den Fahrstuhl zu, doch es war bereits zu spät. Mit der Faust schlug sie gegen die geschlossene Metalltür.

»Verdammt!«

Ratternd fuhr der Fahrstuhl wieder nach unten. June suchte zwar noch nach einer Möglichkeit, ihn aufzuhalten, doch das Außenbedienfeld des Aufzuges auf dieser Ebene war unbrauchbar. Schwarz. Zerkratzt. Tot. Sie hätte schreien können.

Luca

Ein Mann mit heller Haut und kurzem silberblondem Haar betrat den kleinen Salon des Restaurants. Mit seinem weißen Hemd und der dunkelgrauen Hose wirkte er in dem Raum geradezu farblos. Vor den rosagestrichenen Wänden rankten Grünpflanzen an Netzen bis zum Boden, in der Mitte des Raumes plätscherte ein türkises Wasserspiel, und die Tische und Stühle waren in einem satten Goldton angestrichen. Darauf standen orangefarbene Glasfiguren, in denen sich das Licht der Deckenlampen brach. Eine gewagte Kombination, die auf Luca aber trotzdem stimmig wirkte.

»Hallo, mein Name ist Edan Pardus, und du musst wohl Luca sein«, sagte der Mann und hielt ihr seine Hand entgegen, während er zu ihnen an den Tisch trat.

Sie stand auf und ergriff die dargebotene Hand. »Ja, die bin ich wohl. Schön, dich kennenzulernen.«

»Die Freude ist ganz meinerseits«, erwiderte Edan mit einem leichten Kopfnicken. Der Blick aus seinen taubenblauen Augen erschien ihr aufmerksam und etwas distanziert, doch in Kombination mit dem Lächeln, das über sein Gesicht huschte, durchaus nicht unsympathisch.

Das ist er also. Zinnias alter Freund, der ihn bei seiner Kandidatur unterstützen soll, dachte Luca. Jetzt war nur die Frage, ob sie ihm irgendwie dabei helfen konnte, Edan zu überzeugen. Falls das überhaupt der Grund war, warum Zinnia sie gebeten hatte, ihn zu diesem Essen zu begleiten.

»Edan und ich hatten seit unserer Ausbildung fast nur noch beruflich miteinander zu tun«, erklärte Zinnia ihr, nachdem auch er seinen Gast begrüßt hatte. »Es wurde wohl langsam mal Zeit, dass ihr aufeinandertrefft.«

»Du meinst wohl, dass es langsam mal Zeit wurde, dass du aufhörst, Luca vor mir zu verstecken«, sagte Edan und zwinkerte ihr dabei zu.

Zinnias Lachen drang warm und vertraut an Lucas Ohr. Sie war froh, dass von Anfang an so eine lockere Stimmung herrschte, und ließ sich gerne davon anstecken.

»Der Einzige, der sich versteckt, bist doch wohl du, und zwar unter Bergen von Arbeit«, meinte Zinnia und lud ihren Gast mit einer Handbewegung dazu ein, sich zu ihnen an ihren Tisch zu setzen.

Edan erwiderte nichts, zog lediglich eine Augenbraue hoch, setzte sich auf den Platz neben Luca und meinte an sie gewandt: »Zinnia und ich haben nach unserem Abschluss gemeinsam bei TQ gearbeitet, wo ich immer noch beschäftigt bin. Allerdings hat er mich wegen seiner politischen Ambitionen vor etwas mehr als einem Jahr einfach dort allein mit Bergen von Arbeit zurückgelassen.«

»Lass dir von ihm nichts erzählen. Inzwischen ist er nicht einfach nur bei TQ beschäftigt, sondern hat sich eine Leitungsposition geschnappt, sodass er jetzt viele fleißige Arbeitsbienen unter sich hat, die sich um die Berge von Arbeit kümmern könnten, wenn er nicht so kontrollsüchtig wäre.«

Diese Offenbarung ließ Luca aufmerken. Wenn Edan ein so hohes Tier bei TQ war, hatte er doch sicher auch etwas mit MinTraCom zu tun, oder? War das am Ende der wahre Grund dafür, dass Zinnia Versuchskaninchen spielte? Weil er Edans Unterstützung für seine Kandidatur wollte, ihm vielleicht aus reiner Nostalgie vertraute und gar nicht, weil er sich selbst restlos von der Sicherheit der Technik überzeugt hatte?

Sie musterte den silberblonden Mann, der mit einem amüsierten Lächeln auf den Lippen den Kopf schüttelte und sagte: »Ich habe vor einiger Zeit deinen Verlobten bei einer Besprechung eventuell etwas hart in die Mangel genommen. Ich befürchte, er hat beschlossen, mir das jetzt heimzuzahlen. Du solltest also höchstens die Hälfte von dem glauben, was er über mich erzählt. Besser noch weniger.«

Grinsend schüttelte Zinnia den Kopf. »Hat da etwa jemand Angst, dass sein gutes Image einen Kratzer abbekommt?«

Unter anderen Umständen hätte Luca das Geplänkel zwischen den beiden vermutlich amüsant gefunden, doch jetzt ließ es nur ihre Ungeduld wachsen. Zig Fragen brannten ihr auf der Zunge, aber sie wusste nicht, wie sie MinTraCom ansprechen sollte, ohne direkt mit der Tür ins Haus zu fallen.

Während sie noch nach einem unverfänglichen Thema suchte, senkte sich die vergoldete Platte ab, die den Mittelteil ihres Tisches bildete. Aus dem Konzept gebracht, beobachtete Luca, wie der Teil des Tisches samt der darauf befindlichen Dekoration nahezu geräuschlos verschwand und wenig später mit Speisen und Getränken darauf wieder auftauchte.

Staunend musterte sie die verschiedenen Schälchen und Teller mit kunterbunten Essenskreationen. Keines enthielt genug, um allein davon satt zu werden, aber genug, damit jeder von ihnen verschiedenste Gerichte probieren konnte. Sie entschied sich, als Erstes von einem Teller mit einer bunten Zusammenstellung aus Obst- und Gemüsestücken zu probieren.

»Das Essen sieht mal wieder traumhaft aus«, sagte Zinnia und nahm sich ein Schälchen mit einer roten Suppe. »Triffst du dich eigentlich noch mit der Köchin?«

»Noa und ich sind uns beide einig, dass wir besser nur Freunde bleiben. Und auch nur solche, denen alle Jahre mal auffällt, dass sie schon ewig nicht mehr miteinander gesprochen haben. Dann tauschen wir ein paar Floskeln und ›Weißt du noch damals‹-Sätze aus.«

»Also bleibt deine Arbeit auch weiterhin die große und einzige Liebe deines Lebens?«, kam erneut ein kleiner Seitenhieb von Zinnia.

Edan zuckte lässig mit den Schultern. »Ich erinnere mich gut, dass das bei dir in nicht allzu ferner Vergangenheit ganz genauso war.«

»Woran arbeitest du denn gerade so?«, mischte sich Luca ein, bevor Zinnia seinen Freund erneut foppen konnte. Auch wenn sie hoffte, sie könnte zu MinTraCom und generell zu Neurochips ein paar Antworten aus erster Hand von ihm bekommen, verspürte sie dennoch einen inneren Zwiespalt. Wenn sie ihn als Zinnias Freund betrachtete – und als jemanden, der ihr bisher sympathisch war –, wollte sie irgendwie auch, dass er nichts mit alldem zu tun hatte und ähnlich wie Ben an anderen Projekten von TQ arbeitete.

Falls sie Edan mit der plötzlichen Frage etwas überrumpelt hatte, ließ er es sich nicht anmerken. Eher zuckten seine Mundwinkel in einem Anflug von Amüsiertheit nach oben, und er ging bereitwillig auf ihre Frage ein.

»Den langweiligen organisatorischen Teil meiner Arbeit lasse ich mal aus, wenn das okay ist? Ansonsten bin ich selbst lediglich noch in zwei Projekte von TQ als Mind Engineer involviert. Eines bezieht sich auf die Nutzung von Simulationen und Virtual Reality in Medizin und Forschung. Da diese Technologie mithilfe der Neurochips inzwischen mehr als immersiv und lebensnah ist, versprechen wir uns noch bessere Ergebnisse als in der Arbeit in einem VR-Raum. Glaub mir, das ist wirklich beeindruckend, was für einen Unterschied es macht, ob man etwas durch die Umwelt simuliert oder durch das eigene Gehirn und Erleben.«

Gänsehaut bildete sich auf Lucas Armen. Natürlich klang es faszinierend, aber trotzdem war es immer noch damit verbunden, dass jemand an einem Gehirn herumdokterte. Da sie nicht wollte, dass Edan bemerkte, wie unangenehm ihr die Vorstellung war, überspielte sie es mit einem Lächeln und meinte: »Das klingt sehr spannend. Ich habe noch keine VR-Technologie benutzt, glaube ich.«

»Wirklich nicht?«, fragte Edan überrascht. »Dann solltest du unbedingt einmal vorbeikommen. Wobei ... Du hast doch selbst auch einen Neurochip, richtig?«

»Nein, habe ich nicht.«

»Interessant ...«, kommentierte er und nickte dann. »Ich schätze, dann bist du die erste Mind Engineer, die ich treffe, die die Technologie, an der sie arbeitet, nicht selbst nutzt.«

»Vielleicht habe ich ihn ja entfernen lassen.«

»Davon hätte ich dann sicher gehört«, lachte Edan, als hätte sie einen Witz gemacht.

Da sie gerade einen Schluck aus ihrem Glas nahm, verpasste sie die Chance, ihrer Verwirrung Luft zu machen und zu fragen, was Edan damit meinte, bevor er ein neues Thema anschnitt.

»Ich bin übrigens bei den alten Personalakten von TQ über deinen Namen gestolpert. Schade, dass wir uns dort nie über den Weg gelaufen sind. An welchem Projekt hast du mitgearbeitet?«

Von der Frage überrumpelt, huschte ihr Blick hilfesuchend zu Zinnia. Bisher hatten immer alle gewusst, dass sie sich nicht mehr erinnerte, und fragten sie so etwas nicht. Was sollte sie also antworten?

»Du hast noch gar nicht gesagt, was das zweite Projekt ist, an dem du arbeitest, Edan«, schaltete Zinnia sich ein und warf seinem Freund einen bedeutungsschweren Blick zu.

»Habe ich irgendetwas Falsches gesagt?«, fragte dieser unbeeindruckt.

»Edan …« Zinnia sprach den Namen aus wie eine Warnung.

Luca seufzte innerlich. Die Stimmung kippte, und sie wollte nicht diejenige sein, die dieses Abendessen in eine Katastrophe abdriften ließ. »Nein, schon okay«, mischte sie sich deswegen ein. »Ich versuche, es nicht an die große Glocke zu hängen. Vor allem wegen des Wirbels um Zinnias Kandidatur. Ich möchte nicht in den Nachrichten über den Unfall lesen müssen, den ich hatte.«

»Luca hat ihre Erinnerungen verloren und jetzt, wo du das weißt, wäre es bestimmt kein Problem für dich, ihr ihre Personalakte von TQ zukommen zu lassen, richtig?«, ergänzte Zinnia, und irgendetwas an der Art, wie er es sagte, wirkte seltsam. Auch wenn Luca nicht sagen konnte, was genau. Es gab ihr einfach das Gefühl, dass Zinnia Edan mit seinen Worten mehr mitteilte, als die Worte allein hergaben. Der Gedanke, dass Edan und Zinnia vielleicht parallel in ihren Gedanken ungehört noch ein zweites Gespräch führten, kam ihr plötzlich in den Sinn. *Gruselig.*

»Natürlich nicht. Ich kümmere mich darum«, sagte Edan schlicht und nickte, bevor er sich erneut seinem Essen zuwandte, als wäre nie etwas gewesen. »Dann also zu meinem zweiten Projekt bei TQ. Du hast bestimmt schon von MinTraCom gehört, oder, Luca?«

Ein kalter Schauer lief ihr den Rücken hinunter. Sie konnte nicht sagen, ob es noch an dem Gedanken lag, dass Edan und Zinnia im Geheimen ein telepathisches Gespräch führen könnten, oder an der Erwähnung der Technologie, von der sie befürchtete, dass sie Zinnia ernsthaft schaden könnte. Aber irgendetwas stimmte hier nicht ...

»Ja, Zinnia hat auch neulich in der Podiumsdiskussion davon gesprochen«, erwiderte sie und versuchte, dabei ruhiger zu klingen, als sie sich fühlte.

»Ich habe schon gehört, dass mein Freund da für meine Technologie in die Bresche gesprungen ist«, sagte Edan und lächelte Zinnia zu.

Dieser verzog leicht die Lippen und meinte: »Es war vielmehr so, dass ich eine Falschbehauptung widerlegt habe. Das hatte wenig mit dir zu tun. Wir haben schon genug Probleme mit dem Misstrauen, das in der Bevölkerung gegenüber Innovationen herrscht.«

»Wer kann es ihnen verübeln, nachdem die Verfahren der Genmedizin eine gefühlte Ewigkeit als Heilmittel für verschiedenste Erkrankungen und sogar das frühe Altern gesehen wurden. Niemand dachte daran, dass es uns auch zum Verhängnis werden könnte. Ich schätze, dieses Trauma steckt uns allen noch in den Knochen und wir werden eine neue Innovation nie wieder so einfach in den Himmel loben«, sagte Edan.

»Was für ein Trauma?«, hakte Luca nach, deren Neugier sie dazu verleitete, das Thema MinTraCom doch noch etwas aufzuschieben.

»Die Genmedizin nimmt Veränderungen an uns vor, die erblich sind. Sie haben dazu geführt, dass sich unser Genpool inzwischen stark von dem unterscheidet, den man in den Nationen auf dem Erdboden antrifft«, erklärte Zinnia.

»Ganz genau. Die haben alle Formen von Genmanipulation nämlich verboten, und die Ab- und Zuwanderung in der High Rise Society war nie sehr groß. Es gab entweder kein großes Interesse oder zu strenge Einwanderungseinschränkungen. Also sind wir eher unter uns geblieben, und die eher unter sich«, ergänzte Edan.

Mit gerunzelter Stirn fragte Luca: »Aber wo ist da das Problem?«

»Wir sind anfälliger für manche Infektionskrankheiten als die Menschen auf dem Erdboden. Als vor ein paar Jahrzehnten eine Pandemie ausbrach, litt die High Rise Society am schlimmsten darunter«, antwortete Zinnia mit ernstem Gesichtsausdruck. Es war keine Frage, dass er über ein dunkles Kapitel der Geschichte berichtete.

»Die Erkrankung begann mit einem leichten Verlauf, und bei den Leuten außerhalb der Isles blieb es auch so. Bis schließlich klar wurde, wie viele Leben uns Anoro-C3 kosten würde, hatte sich das Virus schon zu stark ausgebreitet«, sagte Edan und schob seinen Teller von sich, obwohl er nicht einmal annähernd aufgegessen hatte.

»Trotz der Grenzschließungen und aller Schutzmaßnahmen starb auf manchen Isles gut die Hälfte der Bevölkerung. Das ist nichts, was wir vergessen könnten, und dabei waren Edan und ich damals noch nicht einmal auf der Welt. Aber jeder weiß, warum seitdem der Kontakt zu Personen aus dem Ausland und die Zuwanderung komplett untersagt sind«, ergänzte Zinnia und schob seine Suppenschüssel ebenfalls beiseite.

Luca wusste nicht, was sie dazu sagen sollte. Sie mochte sich gar nicht vorstellen, welches Leid damals geherrscht haben musste. Keine Frage, dass diese Erfahrung Spuren hinterlassen hatte. Mit sich ringend, ob es unpassend wäre, das Thema sofort wieder zurück auf Edans Arbeit an MinTraCom zu lenken, griff sie nach ihrem Glas und trank es in wenigen Zügen leer.

Edan ergriff wieder das Wort. »Reden wir lieber wieder über etwas weniger Deprimierendes. Wie wäre es zum Beispiel damit: Die dritte Testphase von MinTraCom läuft exzellent. Keine Spur mehr von den Kinderkrankheiten, die uns die ersten zwei Testläufe versemmelt haben.«

»Ich hatte auch noch keine einzige Störung«, sagte Zinnia lächelnd. »Und ich muss sagen, es ist schon ziemlich cool, dass ich meine Testberichte ohne Zeitverzögerung direkt aus meinem Kopf an meine Betreuerin schicken kann. Inzwischen funktioniert das auch schon mit Bildern oder Eindrücken, obwohl ich mich dafür etwas mehr konzentrieren muss. Aber stellt euch mal vor, was das bedeutet. Wenn wir etwas, das unserer Fantasie entspringt und das bisher nur wir allein sehen konnten, jemand anderem zeigen können?«

»Es wird die Art, wie wir kommunizieren, revolutionieren«, meinte Edan und hob sein Glas zum Anstoßen.

Luca war froh, dass sie ihr Glas bereits geleert hatte; das gab ihr einen guten Grund, im Gegensatz zu Zinnia nicht auf die Geste zu reagieren. Beide Männer wirkten absolut begeistert von der Technologie und ihren Möglichkeiten. Ein Gefühl, das sich bei ihr einfach nicht einstellen wollte. Auch wenn sie unter anderen Umständen den Gedanken, die eigene Fantasie mit anderen teilen zu können, sicherlich faszinierend gefunden hätte. Doch jetzt dachte sie nur an den Preis, den sie möglicherweise dafür zu zahlen hatten. Nur weil man etwas für sicher und unproblematisch hielt, konnte einem die Zukunft trotzdem etwas anderes lehren. Das beste Beispiel dafür hatten Zinnia und Edan ihr mit der kleinen spontanen Geschichtsstunde doch gerade erst geliefert.

June

Ihre Hände in die Jacke vergraben, starrte June auf die mit Neonreklamen zugepflasterte Unterseite des City-Highways. Er verlief direkt über dem Haus, in dem Fanny wohnte. Sie saß schon eine ganze Weile auf dem Boden neben der Haustür. Wie lange genau wusste sie nicht, da sie zwischendurch eingedöst war, doch die Morgendämmerung setzte bereits ein.

Nachdem sie noch längere Zeit bei dem Fahrstuhl gewartet hatte, um zu sehen, ob er nicht wieder hoch zur zweiten Ebene kam, hatte sie sich auf den Weg zu ihrer Übernachtungsmöglichkeit gemacht. Leider musste sie feststellen, dass niemand zu Hause war oder man zumindest gekonnt ihr mehrmaliges Sturmklingeln überhörte.

»Kein sonderlich guter Platz zum Schlafen. Mach dich besser wieder auf den Weg, bevor die Morgensäuberung hier durchkommt«, erklang eine leicht heiser klingende Stimme. Die Frau, zu der sie gehörte, überquerte die schmale Straße und zog eine Schlüsselkarte aus ihrem schwarzen Kapuzenmantel. Statt Junes Blick zu erwidern, schien sie nur Augen für die Haustür zu haben.

»Granny?«, fragte June etwas unsicher, da der Großteil des Gesichts der Frau unter ihrer Kapuze verborgen blieb. Doch die Stimme kam ihr vertraut vor, und auch die hochgewachsene und kräftige Statur der Frau passte.

»Sehe ich etwa aus wie eine Großmutter, Kleine?«, fragte diese amüsiert und ließ June nun doch ihr Gesicht sehen. Fannys schwarze Haare durchzogen mehr silberne Strähnen als bei ihrer letzten Begegnung, und anstatt sie wie früher in einem straffen Zopf zurückzubinden, trug sie sie in einem schulterlangen Bob. Ihr Gesicht mit dem hellen Teint wirkte trotz der vielen kleinen Fältchen um die mandelförmigen Augen noch immer wie aus Marmor gemeißelt. Schön und hart zugleich.

»Nur wie meine«, sagte June grinsend und stand von ihrem Platz auf. Fannys braune Augen weiteten sich erst erstaunt und strahlten dann eine Wärme aus, die June Tränen in die Augen trieb. Es war so schön, sich nicht ganz allein auf der Welt zu fühlen, aber es machte ihr nur noch deutlicher bewusst, wie sehr sie ihre Schwester vermisste.

»Ich schätze mal, das stimmt. Niemand sonst würde es wagen, mich als alt zu bezeichnen, nicht einmal indirekt«, meinte Fanny und zog ihre Enkelin mit einem Lachen in ihre Arme. »Was verschlägt dich nach Demmin, Vögelchen?«

Etwas gequält erwiderte June: »Vögelchen, ja. Du kennst nicht zufällig weitere?« Auch wenn sie den alten Kosenamen mochte, konnte er ihr diesmal nicht das wohlig vertraute Gefühl schenken wie früher. Mittlerweile wurden Vögel zu einem nervenstrapazierenden Thema für sie.

»Du meinst außer deiner Schwester Amalie?« Trotz Fannys unbeschwertem Tonfall hatte sie eine Augenbraue hochgezogen und musterte June kritisch. Wie immer wusste sie sofort, wenn etwas nicht stimmte. Außerdem waren June und ihre Schwester zuvor ja auch nie getrennt unterwegs gewesen. Nicht ein einziges Mal.

»Lass uns erst einmal reingehen, dann erzähle ich dir die ganze Geschichte«, sagte June, wich Fannys Blick aus, hob ihren Rucksack vom Boden auf und ließ sich den Weg in die Wohnung ihrer Großmutter zeigen.

Sie befand sich im zweiten Stock und versprühte ihren ganz eigenen Charme. Manch einer hätte sie vielleicht als chaotisch oder vollgestopft bezeichnet, doch June gefiel sie auf Anhieb. Die Wände waren entweder mit Blumenmustern bemalt oder mit Stoffen verhangen. Statt Stühlen oder anderen Sitzgelegenheiten lagen hier und da Kissen in verschiedenen Formen und Größen auf dem Boden. Tische gab es auch keine, und anstelle von Lampen zogen sich mehrere Bahnen Lichterketten unter der Decke entlang. Ausgehend von einem Solarpanel vor der oberen Hälfte des großen Wohnzimmerfensters, verliefen sie hinein in Küche und Badezimmer. Mehr Räume gab es auch nicht, doch eng wirkte Fannys Zuhause trotzdem nicht.

»Du hast Glück, ich hab gerade erst ein zweites Bett für Gäste an die Wand geschraubt«, erklärte Fanny, nachdem sie die Tür hinter ihnen verschlossen und mit einem Riegel abgesichert hatte.

Neugierig ging June zur Wand neben der Tür, wo ein großer rechteckiger Metallrahmen mit einem darin gespannten Netz aus flachen elastischen Bändern befestigt war. Als sie an der oberen Strebe des Rahmens zog, konnte sie ihn ganz leicht nach unten klappen, wo er ganz von allein einrastete. »Praktisch«, kommentierte sie.

»Wir legen eine Schlafmatte drauf. Dann wirst du so gemütlich schlafen wie noch nie zuvor. Aber jetzt lass uns einen Tee trinken und reden, bevor ich vor Müdigkeit die Augen nicht mehr aufhalten kann.«

Fanny ging in die kleine Küche und drückte einen Knopf an einem metallenen Kasten an der Wand, woraufhin er zu surren begann. Ihren Mantel hatte sie inzwischen abgelegt. Sie trug nur noch eine hochgeschlossene ärmellose rote Bluse zu einer locker um ihre langen Beine fallenden schwarzen Stoffhose. Auch wenn June gut zwei oder vielleicht sogar schon drei Jahre jünger gewesen war, als sie Fanny das letzte Mal gesehen hatte, fand sie sie immer noch genauso beeindruckend. Stets perfekt gekleidet und frisiert und selbstsicher bei allem, was sie tat.

»Was für einen Tee möchtest du trinken? Ich habe leider nur künstliche Aromatees da. Etwas anderes ist in Demmin zurzeit nicht zu bekommen. Wirklich ärgerlich. Allerdings finde ich, dass der mit Apfelaroma gar nicht schlecht schmeckt. Wenn auch nicht wirklich nach Äpfeln«, erklärte Fanny bedauernd, nachdem June ihr in die Küche gefolgt war.

»Nicht nach Apfel schmeckender Apfeltee klingt doch gut«, erwiderte June mit einem Grinsen, dankbar dafür, dass ihr Gespräch so unbekümmert und unverfänglich begann. Sie wusste einfach nicht, wie sie erklären sollte, was mit Amalie geschehen war. Wie sie Fanny gestehen sollte, wie dumm und naiv sie selbst gehandelt hatte. Dass sie ihre Schwester nicht genug beschützt hatte.

Amüsiert lächelnd, wandte sich ihre Granny wieder dem surrenden Kasten an der Wand zu, hielt eine blaue Teekanne darunter und drückte diesmal einen anderen Knopf, woraufhin heiß dampfendes Wasser aus einer Öffnung an der Unterseite hervorsprudelte.

»Du hattest keine leichte Zeit, seitdem wir uns das letzte Mal gesehen haben. Ich habe gehört, was mit deiner Mutter passiert ist, nachdem ich von meinen Reisen zurückkam. Ich wünschte, es hätte einen Weg gegeben, zu dir und deiner Schwester Kontakt aufzunehmen, um euch zu mir zu holen. Eine ganze Weile habe ich gehofft, ihr würdet irgendwann einfach vor meiner Tür stehen, aber woher solltet ihr wissen, wo genau ich wohne?« Bedauernd schüttelte Fanny den Kopf und bedeutete June mit einer Handbewegung, ins Wohnzimmer vorzugehen.

»Ich habe deine Adresse auch nur, weil sie in dem Notizheft steht, das Valerij mir gegeben hat«, erklärte June und griff sich wie Fanny eines der Kissen, um darauf Platz zu nehmen. Auf einem kleinen Beistelltisch an der Wand stapelten sich saubere Tassen und Becher, die genauso wenig zusammenpassten wie alles andere in der Wohnung – was jedoch auch einen gewissen Charme hatte.

Fanny nahm zwei Tassen und schenkte ihnen beiden Tee ein. »Wie kommt dieser verlogene Halsabschneider denn dazu, dir ein Notizheft zu geben? Du hast doch nicht etwa dafür bezahlt, oder?«, fragte sie mit unaufgeregter Schärfe in der Stimme, die sie June gegenüber nicht oft anschlug. Ja, eigentlich sogar immer nur dann, wenn sie über ihren Onkel sprachen.

»Nein, ich habe nicht dafür bezahlt. Genau genommen bezahlt er mich.«

»Du arbeitest für ihn? Was zahlt er dir?«

Statt zu antworten, nahm June ihre rosafarbene Tasse und nippte an dem Tee, auch wenn er eigentlich noch zu heiß zum Trinken war.

»Willst du es mir nicht sagen? Oder hat er es verboten?«, hakte Fanny ruhig, aber unnachgiebig nach, wie es ihre Art war.

»Er hat es mir nicht direkt verboten, aber ich bezweifle trotzdem, dass er einverstanden wäre, wenn ich dir von unserer Abmachung erzähle. Oder bist du inzwischen nicht mehr im Nachrichtengeschäft tätig?«

»Natürlich beschäftige ich noch Nachrichtenträger. In dieser Region ist dieser Holzkopf Ledin meine einzige Konkurrenz, und die kann ich beim besten Willen nicht ernst nehmen. Nichts für ungut, mein Vögelchen. Es liegt ja nicht an deiner Arbeit, sondern daran, dass dein Chef unfähig ist.«

»Die einzige Konkurrenz? Dann gehören Soley und Nasrin zu deinen Leuten?«, fragte June überrascht. Irgendwie hatte sie ihrer Granny ein bisschen mehr Stil beim Aussuchen eines Werbespruchs zugetraut. Andererseits war *Der schnellste Lieferdienst für Post und Nachrichten* auf eine geradlinige, pragmatische und selbstsichere Art genau das, was Fanny über ihr Geschäft sagen würde.

»Ja, das sind meine zwei Jüngsten. Ich hoffe, sie haben dir keine Probleme gemacht?«

June schüttelte den Kopf. Sie brauchte einen Moment, um ihre Gedanken neu zu sortieren, bevor sie endlich bereit war, das Thema anzusprechen, das ihr wirklich auf dem Herzen brannte. Sie schluckte schwer. »Ehrlich gesagt, hatte ich gehofft, dass einer von beiden mir helfen könnte. Aber Nasrin sagte, sie könne es nicht, und bei Soley weiß ich nicht, wo er ist. Doch wenn sie für dich arbeiten …« *Ja, was dann? Macht es das wahrscheinlicher oder unwahrscheinlicher, dass sie etwas mit den Elstern zu tun haben?*

Sie schätzte ihre Granny so ein, dass diese sehr genau prüfte, wen sie für sich arbeiten ließ und wen nicht. Diese

Frau überließ nie irgendetwas dem Zufall. Aufmerksam musterte June Fannys Gesicht, das ihr absolut gar nichts darüber verriet, was sie gerade dachte. Wenn sie keine Emotionen zeigen wollte, dann war diese Frau unergründlich. Ihr Gesicht eine perfekte marmorne Maske.

»Kann ich dir also möglicherweise an ihrer Stelle helfen?«

June seufzte. »Das ist zwar nicht das, worauf ich hinauswollte – aber ich weiß ja selbst nicht einmal genau, was ich sagen wollte – also ja, ich hoffe, du kannst mir irgendwie helfen.« Beim Reden hatte sich ein heißer Kloß in ihrem Hals gebildet. Sie musste einmal tief durchatmen und sich sammeln, bevor sie weitersprechen konnte. »Es geht um Amalie. Ich habe Angst, dass ... dass sie in Gefahr ist und ... ich weiß einfach nicht, was ich tun soll.«

Die von bitterlichen Schluchzern begleiteten Tränen, die aus June herausbrachen, brachten ihren gesamten Körper zum Beben. Sie musste sogar ihre Tasse abstellen, um den heißen Tee nicht über Hände und Schoß zu verteilen.

»Komm her«, sagte Fanny sanft und zog June in ihre Arme. »Lass alles raus. So viel Zeit muss sein. Danach kannst du mir immer noch von allem erzählen.«

Dankbar nahm June den angebotenen Trost an. Sie hätte auch gar nicht die Kraft gehabt, etwas anderes zu tun. Der Duft nach süßen Rosen, der ihre Granny stets umgab, war so wunderbar vertraut und hüllte sie in der Umarmung ein. Es war ein Geruch nach zu Hause. Er zerriss ihr das Herz und ermutigte es doch, sich selbst wieder zusammenzuflicken.

June fühlte sich leer und taub. Sie hatte keine Tränen mehr übrig, die sie hätte weinen können, und nichts weiter zu erzählen. Fanny kannte nun die Geschichte von Anfang an. Sie wusste, wie sie mit ihrer Schwester nach dem Tod ihrer Mutter gelebt hatte, wie sie ziellos herumgezogen waren. Dass Amalie immer häufiger auf ihre Notfallmedikamente angewiesen gewesen war und wie viele schlaflose Nächte ihre Krankheit June bereitet hatte. Und sie wusste auch, dass sie auf ganzer Linie dabei versagt hatte, ihre Schwester zu beschützen und ihr eine bessere Zukunft zu bieten. Statt in Ruhe nachzudenken, hatte sie einfach nach der erstbesten Hand gegriffen, die ihnen gereicht worden war. Und jetzt war Amalie womöglich in der Gewalt von Leuten, die nicht einmal vor einer Entführung zurückschreckten, um zu bekommen, was sie wollten.

Staubpartikel waberten im Licht der Sonnenstrahlen, die durch das Fenster in den Raum fielen. June beobachtete stumm ihren Flug. Es war leichter, als Fannys Blick zu erwidern, den sie auf sich ruhen spürte, als sie ihnen Tee nachfüllte.

»Ich bin mir sicher, die meisten hätten sich so entschieden, wie ihr es getan habt«, sagte ihre Granny mit sanfter Stimme. »Für uns hier unten erscheint das Leben in der High Rise Society oft wie das Paradies auf Erden. In jungen Jahren habe ich selbst ab und zu eine Freundin auf New Hope besucht. Es war immer, als hätte ich eine andere Welt betreten. Grüner, lebendiger ... sicherer. Und wenn man bedenkt, unter welch großem Druck du und Amalie standen, ohne Eltern, ohne Zuhause und mit der Angst vor einen erneuten Asthmaanfall, dann ... Wer hätte da nicht diese Chance ergriffen? Ich bin mir sicher, ich hätte an deiner Stelle nicht anders gehandelt.«

»Das glaube ich nicht«, meinte June mit einem erschöpften Kopfschütteln. »Ich bin mir sicher, du wärst vorsichtiger gewesen; bestimmt hätte es dich stutzig gemacht, dass sie uns nur so wenig Bedenkzeit gegeben haben. Oder dass es ja verboten ist, dass Personen von hier unten zuwandern.«

»Ich weiß, nichts, was ich sage, kann dir deine Schuldgefühle und Ängste nehmen. Aber ich möchte dich trotzdem darauf hinweisen, dass du nicht wissen kannst, ob es wirklich ein Fehler war, Amalie mit ihnen gehen zu lassen. Du weißt nur, dass dieser Sanja glaubt, seine Frau wurde entführt. Doch wenn ich das richtig verstanden habe, hat er diese Entführung gar nicht selbst beobachtet. Du sagtest doch, dass seine Frau verschwunden war, nachdem er aufgewacht ist?«

June nahm sich einen Moment Zeit, noch einmal darüber nachzudenken, was Sanjas Schwester genau gesagt hatte; dann nickte sie zögerlich. Ja, so hatte man es ihr erzählt, und trotzdem ... Junes Nicken wurde wieder zu einem Kopfschütteln. »Ich fühle einfach, dass da etwas nicht stimmt. Dass Amalie in Gefahr ist. Seit dem Tag unserer Trennung war da immer dieser Zweifel in mir, wenn auch am Anfang nur leise.«

Fanny seufzte. »Tu mir den Gefallen und bleib ein paar Tage hier bei mir. Ich möchte mir nicht um zwei Enkelinnen gleichzeitig Sorgen machen müssen. Ich werde mich in der Zwischenzeit unter meinen Nachrichtenträgern und bei anderen Kontaktleuten umhören, wenn du mir dafür versprichst, erst einmal die Füße still zu halten. In Demmin leben einige Leute mit Kontakt zur High Rise Society, und ich möchte nicht, dass du Schwierigkeiten bekommst, wenn du anfängst, in der Stadt zu viele Fragen zu stellen«, sagte sie und suchte Junes Blick. Ihre Augen schauten so ernst und eindringlich, dass June instinktiv zustimmte. Auch wenn ihr klar war, dass sie dieses Versprechen nicht halten würde. Diese Tatenlosigkeit brachte sie sonst um.

Luca

Als die Tür aufging, wurde der Blick auf einen kleinen Eingangsbereich frei, aber Jascha war nirgends zu sehen. Zögernd trat Luca einen Schritt vor, um besser in die Wohnung sehen zu können. Doch die Bewohnerin blieb weiterhin unauffindbar. Luca trat ein und sah sich um. An der Wand vor ihr hing ein großes Bild, auf dem die verschiedenen Farben ineinanderliefen, als seien sie noch gar nicht getrocknet. Rechts von ihr befand sich eine geschlossene Tür, links von ihr führte der Gang weiter in einen Raum, von dem nichts weiter zu erkennen war als eine mintgrüne Wand und das große Blatt einer Pflanze. »Hallo?«

»Komm rein, einfach links halten«, erklang Jaschas Stimme von weiter hinten aus der Wohnung.

Luca folgte der Aufforderung. Ihre anfängliche Unsicherheit wich zunehmend einer gewissen Neugier. Je weiter sie kam, desto mehr begann sie zu staunen. Was auch immer sie von der Wohnung der lebensfrohen und flippigen Jascha erwartet hatte, der große Raum, der sich nun vor ihr auftat, übertraf einfach alles.

Er war vollkommen anders, als sie es sich vorgestellt hatte, war nicht bunt, sondern wurde in erster Linie von Silber und Grün dominiert. In jeder freien Ecke, auf Regalen und kleinen Tischen standen Pflanzen. In allen Höhen und Größen streckten sie ihre unterschiedlich geformten Blätter in die Luft. Manche rund, einige herzförmig und andere schmal wie Grashalme. Zusammen mit den mintfarbenen Wänden und den daran befestigten sanft gelben Lichtplatten kam es Luca so vor, als stünde sie in einem kleinen Urwald.

Mitten im Chaos aus Pflanzen und Möbeln saß Jascha in einem Wickelkleid aus einem dünnen schimmernden Stoff, durch den man ihr rosafarbenes Top und ihre kurze schwarze Hose sehen konnte, auf dem Teppichboden und werkelte an einer Maschine auf einer Holzplatte.

Völlig in ihre Arbeit vertieft, schaute sie nicht einmal auf, als Luca begann, sich den Raum näher anzuschauen. Und es gab wirklich viel zu bestaunen, denn die Pflanzen waren nicht das Eindrucksvollste in diesem Raum. Es waren die silbernen Tiere, die überall saßen oder lagen. Die meisten waren eher klein: Mäuse, Schmetterlinge, Libellen, Frösche. Aber es gab auch ein paar größere: Eine Katze lag eingerollt und mit geschlossenen Augen auf einem rostbraunen Sessel;

als Luca sich vor sie hockte, konnte sie sie schnurren hören. Ihr metallener Brustkorb hob und senkte sich stetig und schuf so die Illusion von Leben. Ein Anblick, in dem sie sich leicht verlieren konnte.

»Gefällt sie dir?«

Erschrocken fuhr Luca herum. »Ja, sie alle.«

»Das freut mich. Sie zu bauen ist meine kleine geheime Leidenschaft.«

Nach einem kurzen weiteren Blick auf die silberne Katze drehte Luca sich um und hockte sich neben Jascha, um zu sehen, woran genau sie arbeitete. Doch leider konnte sie nur etwas enttäuscht feststellen, dass in dem Chaos aus Teilen und Drähten noch kein Tier erkennbar war. »Also baust du sie nur für dich?«

»Du klingst so überrascht. Für wen sollte ich sie bauen? Sie erfüllen ja keinen besonderen Zweck, außer alte und übrig gebliebene Teile von meiner Arbeit zu verwerten und mir ein wenig Zerstreuung zu verschaffen.«

»Also ich dachte jetzt an die gleichen Personen, die sich auch andere Kunstgegenstände in ihre Wohnung stellen und hängen. Vielleicht solltest du deine Maschinentierchen einfach mal ein paar Leuten anbieten und schauen, was passiert.«

Jascha lächelte vergnügt. »Vielleicht mache ich das irgendwann mal. Aber jetzt konzentriere ich mich lieber noch auf ein paar Verbesserungen und neue Feinheiten an meinen Schätzchen.«

»Ich finde sie jetzt schon klasse. Woran baust du gerade?«

»Falls sich meine Idee nicht als völlig unbrauchbar herausstellt, dann wird das hier irgendwann mal ein Vogel.«

»Einer, der auch wirklich fliegen kann?«

»Zumindest versuche ich, genau das umzusetzen. Allerdings bin ich schon an den Bewegungsabläufen der Katze halb verzweifelt. Andererseits liebe ich aber auch einfach die Herausforderung.«

»Also kann die Katze mehr als nur schlafen, atmen und schnurren?«

»Klar, mehr ist lediglich nicht in die Routine integriert, die aktuell bei ihr aktiviert ist«, meinte Jascha mit Augenzwinkern. »Soll ich uns einen Tee kochen?«

Luca nickte lächelnd und besah sich dann die durchscheinend schimmernden Flügel einer mechanischen Libelle, die auf dem Blatt einer der größeren Pflanzen saß. Sie entdeckte auch einen Schmetterling mit ähnlichen Flügeln, doch diese glitzerten in allen Regenbogenfarben. Luca kam aus dem Staunen gar nicht mehr heraus. Langsam verstand sie, warum Zinnia nicht lockergelassen hatte, als sie Jaschas Einladung zunächst hatte ausschlagen wollen. Aber wer hätte auch ahnen können, was für eine Wunderlandschaft sich ihr hier eröffnen würde?

Als Jascha mit einem Tablett mit Tee zurückkam und es vor ihr auf den Boden stellte, hatte Luca gerade eine Maus erspäht, die sich auf die Hinterpfoten gestellt hatte und mit der Nasenspitze wackelte. Die Detailverliebtheit, die Jascha durch ihre Tiere ausdrückte, war ansteckend. Sie weckte in Luca den Wunsch, jede einzelne Bewegung dieser Tiere beobachten zu dürfen, die ihre Schöpferin ihnen beigebracht hatte.

»Hier, ich hoffe, du magst Pfefferminztee. Bei meinem ersten Versuch, Kräuter zu ziehen, ist nur die wirklich etwas geworden«, erklärte Jascha und reichte eine der Tassen an Luca.

»Ach bestimmt. Momentan weiß ich sowieso nie genau, was ich mag und was nicht.«

»Also du hast mich auf jeden Fall noch nie mit Pfefferminztee bespuckt.«

Während Luca in den heißen Tee blies und zwischendurch testweise daran nippte, erklang eine Stimme in ihrem Ohr: »Kannst du Jascha fragen, ob ich Zugriff auf eine Kamera und einen Lautsprecher in diesem Raum bekommen kann?«

»Maris hat gerade gefragt, ob sie eine Kamera und einen Lautsprecher von dir benutzen kann.«

Bei der Frage hielt Jascha inne und sah sie überrascht über den Rand ihrer Teetasse hinweg an.

»Die AI aus meiner Wohnung«, erklärte Luca. »Ich glaube, sie möchte auch mal deine Maschinentiere sehen.«

»Du hast sie mitgenommen?«

Luca tippte auf ihr Armband. »Sie ist eine große Hilfe, wenn es darum geht, mich überall zurechtzufinden. Ich fühle mich völlig hilflos, wenn ich allein unterwegs bin.«

»Ungewöhnlich, pfiffig und vermutlich auch nicht ganz legal. Gefällt mir«, kommentierte Jascha grinsend und schloss ihre Augen. »Ich gebe jetzt eine Schnittstelle für Maris frei und sende ihr den Zugangscode.«

Mit leichtem Unbehagen beobachtete Luca die Frau, die anscheinend ebenfalls einen der neuronalen Chips nutzte, die sie selbst ihr Gedächtnis gekostet hatten.

»Vielen Dank«, erklang nun Maris' Stimme hörbar im Raum, und Jascha strahlte.

»Schön dich kennenzulernen, Maris. Für mich war bisher noch keine AI tätig, und ich finde es immer wieder spannend, wenn ich die Gelegenheit bekomme, mit jemandem von euch Kontakt aufzunehmen.«

»Ich bin mir sicher, dass so manche AI sich für deinen Tätigkeitsbereich und dein Zuhause begeistern könnte, wenn sie wüssten, was für Schätze du hier versteckst«, meinte Maris. »Wir suchen uns unsere Tätigkeit nach den verschiedensten Kriterien aus, manchmal auch einfach nach Sympathie oder Neugier.«

»Ich würde dir ja anbieten, zu mir zu wechseln, aber ich denke, gegen Zinnia kann ich nur verlieren«, meinte Jascha und schmunzelte dabei Luca vergnügt zu. Wie immer legte diese Frau eine Unverblümtheit und Positivität an den Tag, die ihresgleichen suchten.

»Ich fühle mich geschmeichelt«, antwortete Maris nach einem Zögern, »doch ich bin Zinnia auf unbestimmte Zeit verpflichtet. Außerdem sind einige seiner Tätigkeitsfelder sehr faszinierend. Ich bin aber gerne bereit, dich zu empfehlen, falls mich eine andere AI um Rat bittet.«

»Wunderbar! Ich kann es gut verstehen, ich arbeite selbst leidenschaftlich gerne an Zinnias Projekten mit. Zu schade, dass er sich inzwischen mehr auf den Justice Circle und die Politik konzentriert als aufs Engineering.«

Stumm verfolgte Luca das Gespräch. Dabei erkannte sie immer mehr, wie wenig sie bisher über Zinnias Ausbildung und seine Tätigkeiten wusste. Vermutlich hätte sie einige Antworten dazu von Jascha und Maris erhalten können, doch ihr widerstrebte es, sich diese Blöße vor den beiden zu geben. Sie wurde einfach das Gefühl nicht los, dass sie mehr über Zinnia wissen müsste als andere, dass eigentlich sie Auskunft über ihn geben müsste, und nicht Maris. Ein unsinniger Selbstanspruch, der aber noch dadurch genährt wurde, dass in ihr leise Eifersucht aufkeimte. Sie würde Zinnia bei ihrem nächsten gemeinsamen Frühstück endlich mehr über seine Arbeit ausfragen und sich nicht wieder abwimmeln lassen.

»Was meinst du, Luca?«

Von Jaschas Frage aus ihren Gedanken gerissen, realisierte Luca, dass sie einen Teil des Gespräches verpasst hatte.

»Entschuldigung, ich hab nicht zugehört.«

»Jascha hat gerade darauf hingewiesen, dass jetzt vielleicht der perfekte Zeitpunkt für dich sein könnte, um dir ein paar neue Klamotten zuzulegen.«

»Neue Klamotten?«, fragte Luca und blickte an sich hinunter, um festzustellen, was Jascha an ihr auszusetzen hatte. Sie selbst fand ihren kurzärmeligen dunkelroten Einteiler ganz okay. Ein schlichtes, aber kein farbloses Outfit, damit konnte man doch wohl nicht viel falsch machen, oder?

»Unbedingt«, sagte Jascha und unterstrich die Dringlichkeit dieser Aufforderung noch damit, dass sie eine Hand auf Lucas Arm legte, als wollte sie so ihr Mitgefühl für diese Geschmacksverirrung ausdrücken. »Leider wären dir meine Klamotten viel zu weit, sonst könnte ich dir natürlich erst einmal welche leihen.«

So schlimm kann ich doch nicht aussehen ...

»Ehrlich gesagt, gehen mir aktuell ganz andere Themen durch den Kopf als Klamotten«, wehrte Luca seufzend ab. Sie kam langsam wieder an einen Punkt, wo sie sich von dem Gespräch mit Jascha regelrecht überfahren fühlte.

»Vielleicht kann Jascha dir ein paar Fragen zu deiner Vergangenheit beantworten«, schlug Maris vor, ehe diese weiter an dem vorherigen Gesprächsthema festhalten konnte.

»Gute Idee. Gib ihr mal die Fotos frei, die ich gefunden habe. Auf einem ist sie schließlich auch mit drauf«, antwortete Luca. Sie hatte nicht viel in ihrem Speicher zu Hause gefunden, gestern jedoch war sie in einem unscheinbaren Unterordner auf ein paar Bilder von sich mit Zinnia oder ihren Freunden gestoßen. Die Enttäuschung darüber, dass keines davon ihre Familie oder ihren früheren Wohnort zeigte, lag ihr immer noch schwer auf dem Herzen.

»Du solltest jetzt über das Highnet auf den Ordner zugreifen können, Jascha.«

»Ich schätze mal, das hat Vorrang«, willigte Jascha ein, wenn man ihr auch ansah, dass einiges ihrer vorherigen Begeisterung und übersprudelnden Energie dabei verflog. Sie schloss die Augen und nickte mit gespitzten Lippen vor sich hin. Auf einmal meinte sie: »Das Foto, auf dem wir beide zusammen mit Zinnia drauf sind, stammt von dem Tag, an dem er seinen Job beim Justice Circle begonnen hat.«

»Verstehe. Weißt du eigentlich, was genau er da macht?«

Jascha sah sie nachdenklich an. »Hat er so viel mit dem Wahlkampf und dem Projekt, das er beim Justice Circle betreut, zu tun, dass er dir noch gar nichts erzählt hat?«

»Nein, wir frühstücken fast jeden Tag zusammen und unterhalten uns auch. Aber meist reden wir über Pläne für die Zukunft.« Sie errötete. »Es fühlt sich so … dumm an. Also falsch. Wenn ich ihn Dinge frage, die ich wissen müsste. Er hätte doch das Gefühl, mir eine Abhandlung über sein ganzes bisheriges Leben schreiben zu müssen. Außerdem glaube ich allmählich, er weicht meinen Fragen zu seiner Arbeit gezielt aus.«

»Hm«, machte Jascha und tippte sich mit dem Zeigefinger ans Kinn. »Warum hast du Luca noch nichts Genaueres über Zinnias Tätigkeiten erzählt, Maris?«

»Bevor ich für Luca tätig geworden bin, habe ich nur bei einem Teil von Zinnias Tätigkeiten assistiert und ihm zugearbeitet. Beim Justice Circle sind viele Informationen unter Verschluss, und als AI bekomme ich keine Freigabe für alles. Ich gehe davon aus, dass Zinnia in seiner Arbeit Kontakt zu Personen im Strafvollzug hat oder zumindest ihre Daten auswertet.«

»Ja, ich glaube, er hat mal vage angedeutet, dass er an einer neuen Form des Strafvollzugs arbeitet. Aber seither blockt er das Thema ab. Vermutlich darf er wirklich nichts darüber sagen«, ergänzte Jascha und schenkte Luca ein entschuldigendes Lächeln.

Sie nickte. »Kannst du mir dann vielleicht etwas über Cera erzählen, also die MD, bei der ich früher schon einmal eine Therapie gemacht haben soll?«

»Nee, tut mir leid. Von Cera habe ich das erste Mal gehört, als du im Koma lagst. Sie ist echt streng. Ich durfte dich nicht im Medical Center besuchen, nachdem du aufgewacht warst. Dafür wollte ich mich übrigens noch entschuldigen. Ich wäre gekommen, hätten sie mich gelassen.«

»Schon okay. Ich weiß, dass du nicht durftest.« Nachdenklich legte Luca den Kopf schräg. »Ist es nicht irgendwie komisch, dass du gar nichts von der Therapie weißt, die ich gemacht habe? Du bist doch meine Freundin, ich hätte dir sicher davon erzählt.«

»Klar bin ich deine Freundin. Deshalb weiß ich auch, dass du eher verschlossen bist. Genau wie Zinnia. Ihr beide treibt mich damit noch mal in den Wahnsinn! Also was ich damit sagen will: Vielleicht wolltest du diese Therapie einfach für dich behalten.«

»Ich weiß auch nicht, irgendwie fühlt es sich einfach nicht wie etwas an, was ich gemacht hätte. Cera ist zwar nett, aber ich vertraue ihr nicht.« Sie musste daran denken, wie sie herausgefunden hatte, dass die MD hinter ihrem Rücken mit Zinnia über sie sprach.

»Vielleicht hast du ihr gegenüber früher anders empfunden? Oder du schätzt sie jetzt falsch ein«, versuchte Maris sich an einer Erklärung, die Luca jedoch nur mit dem Kopf schütteln ließ. Wer sagte ihr denn, dass die Therapie überhaupt stattgefunden hatte? War die MD nicht bisher die Einzige gewesen, die sie ihr gegenüber erwähnt hatte? Und es war ja nicht so, als hätte Cera sie bisher nie belogen.

»Wie erklärst du dir dann, dass sie mich wegen der Neurochips belogen hat? Du hast doch extra für mich recherchiert, was Edan angedeutet hat: Auch laut Highnet kann niemand einen Neurochip entfernen. Und doch hat Cera mir gesagt, dass meiner entfernt wurde«, beharrte sie auf ihrem Gefühl, dass irgendetwas an der ganzen Geschichte nicht stimmte.

»Sie hat dir gesagt, dein Neurochip wäre entfernt worden?«, wollte Jascha mit gerunzelter Stirn wissen. »Ich dachte, sie wären gar nicht dazu gekommen, ihn dir einzusetzen, weil schon direkt bei dem Eingriff etwas schiefgegangen ist.«

»Naja, sie hat mir schon gesagt, dass meine Amnesie von einem Unfall bei dem Eingriff kommt, aber sie hat mir halt auch gesagt, dass der Neurochip involviert war und sie ihn restlos wieder entfernt haben«, erklärte Luca, bestärkt in ihren Zweifeln.

»Da musst du etwas falsch verstanden haben, oder sie hat sich unklar ausgedrückt«, erwiderte Jascha schulterzuckend. »Sobald der Neurochip eingesetzt wird, verschmilzt er regelrecht mit dem Hirnstamm. Ihn zu entfernen würde mehr zerstören, als wieder repariert werden kann.«

Ein dumpfes Klopfen drang in ihr Gespräch und ließ Jascha von einem Moment auf den anderen aufspringen. »Ich bekomme einen Anruf aus Space Harbor«, quietschte sie mehr, als dass sie sprach. »Ich habe mich dort auf einen Job beworben. Also genau genommen für einen Job auf der Space Isle, nicht auf Space Harbor, aber dort entscheiden sie über Personalfragen. Drück mir die Daumen! Oh, und warte nicht auf mich, das könnte ein längeres Gespräch werden!«

Bei ihrem letzten Satz sprang sie auf, winkte kurz in ihre Richtung und verschwand aus dem Zimmer. Luca sah ihr enttäuscht hinterher. Das erste Mal hatte sie das Gefühl, ein paar hilfreiche Antworten zu bekommen, und dann wurde das Gespräch mittendrin unterbrochen. Sie seufzte. »Irgendwie verrückt.«

»Was meinst du?«, fragte Maris, nun wieder über den kleinen Lautsprecher in ihrem Ohr.

»Bei Jascha ist alles immer so ... plötzlich. Als würde ihre Zeit irgendwie schneller laufen. Alles ist ein stetiges Auf und Ab. Dabei wirkt ihre Wohnung wie eine kleine Ruhe-Oase. Selbst ihre Robotertierchen dösen alle vor sich hin.«

Kopfschüttelnd stand sie auf. Sie fühlte sich nicht wohl dabei, noch länger hier in Jaschas Wohnzimmer zu sitzen, nachdem diese sich verabschiedet hatte.

June

Ohrenbetäubender Lärm erfüllte den Ort, wo sich June befand. Ein Ort, nicht mehr als ein großer Lichtkegel inmitten von schwarzem Nichts. Unter ihr glatter Boden, über ihr keine Decke, kein Himmel, nur eine weiße Lichtquelle in unbestimmter Ferne.

Auf der Suche nach dem Ursprung des Geräuschs wandte June sich um. Etwas rauschte aus der Dunkelheit auf der einen Seite durch den Lichtkegel direkt in das Schwarz auf der anderen Seite. Ein metallenes Ungetüm ohne Anfang und Ende, das wie eine endlose Wand, von einer Schiene auf dem dunkelbraunen Boden geführt, an June vorüberschepperte.

Vorsichtig trat sie ein wenig näher, hielt sich dabei die Ohren zu, weil der Krach immer lauter wurde, der von dem Ding vor ihr ausging. Sie brauchte ein paar Schritte, um zu bemerken, dass die Metallwand in Wirklichkeit eine Art Zaun war. Die Streben standen so dicht beieinander, dass die Zwischenräume regelrecht vor ihren Augen verschwammen. Ein kalter Schauer lief ihr über Arme und Rücken, als sie nähertrat. Sie spürte gar keinen Luftzug. Wie konnte das sein?

Sie war inzwischen so nah, dass sie ihre Finger mit Leichtigkeit nach dem Metallungetüm hätte ausstrecken können; doch sie wollte es nicht riskieren, sie bei diesem Unterfangen zu verlieren. Stattdessen presste sie ihre Hände auf ihre Ohren und kniff angestrengt die Augen zusammen. Irgendetwas war dort, wenn sie es zunächst auch nur als Schemen sah. Eine Gestalt, nicht viel weiter von dem Zaun entfernt als sie selbst.

June wusste nicht, ob der Zaun langsamer geworden war oder ob sich ihre Augen irgendwie an die Situation gewöhnt hatten; auf jeden Fall konnte sie die Person auf der anderen Seite immer klarer sehen. Wenn auch flackernd wie bei einem Daumenkino.

June stockte der Atem. Sie spürte, wie ihr Herz wild in ihrer Brust pochte. Dort stand Amalie und schrie. Ihre Hände bildeten einen Trichter um ihren Mund, und doch war absolut nichts von ihren Worten zu hören. Selbst als June die Hände von den Ohren nahm und den Namen ihrer Schwester brüllte, da war nur dieses quälend laute Rattern.

Heiße Tränen liefen über ihre Wangen, während sie sich nach rechts und links umsah. Es drängte sie danach, loszulaufen und einen Weg auf die andere Seite zu suchen. Doch was, wenn Amalie dann nicht mehr dort war?

Eine Hand legte sich auf ihre Schulter und ließ June aufschrecken.

Noch Stunden, nachdem ihre Granny sie aus ihrem Albtraum geweckt hatte, steckte er June in den Knochen. Kitzelte an ihren Nerven. Ließ ihr keine andere Wahl, als in Bewegung zu bleiben.

Rastlos lief June durch die trostlosen Straßen der zweiten Ebene von Demmin. Alles wirkte schmutzig grau. Obwohl die Reinigungsbots hier so viel Lärm verursachten, dass er sie sogar bis in ihre Träume verfolgt hatte, lag noch vereinzelt Müll herum. Als sie um eine Ecke bog, konnte sie einen Mann dabei beobachten, wie er fluchend gegen ein metallenes Ungetüm trat, das wieder und wieder geräuschvoll gegen eine Hauswand fuhr. Vielleicht war dieser kaputte Reinigungsbot der Grund dafür, dass nicht alles einwandfrei sauber war.

Ohne groß weiter darauf zu achten, schlug June denselben Weg ein wie die Tage zuvor. Seit sie bei Fanny untergekommen war, versuchte sie schon, den Mann mit dem Vogeltattoo auf der Hand wiederzufinden. Doch jedes Mal hatte sie den Fahrstuhl von jemand anderem besetzt vorgefunden. Entsprechend wenig Hoffnung hatte sie, dass ihr heute mehr Glück beschieden sein würde. Aber selbst wenn, sie hatte noch eine andere Anlaufstelle für sich entdeckt, die ihr weiterhelfen konnte. Erst gestern hatte jemand in der untersten Ebene ihr gegenüber erwähnt, dass es in Demmin nicht nur öffentliche Infohologramme gab, sondern ein ganzes Informationszentrum, in dem Bewohner der Stadt auch aktiv Recherchen anstellen konnten. Also hatte ihr die kleine Lügengeschichte, die sie den Leuten seit Tagen auftischte – nämlich dass sie nach einem Straßenkünstler suchte, der so schöne Vögel an Wände malte –, am Ende zumindest eine hilfreiche Info gebracht.

Als sie in die Gasse einbog, an deren Ende sich der Fahrstuhl befand, kam ihr eine Frau mit kahl geschorenem Kopf entgegen, die ihr grinsend zunickte. Ihre Kleidung sah ähnlich abgetragen aus wie die von June und wies den ein oder anderen Riss auf. Der Unterschied war nur, dass diese Frau sich wie viele andere so kleidete, weil es ein angesagter Modetrend zu sein schien, nicht weil sie keine besseren Klamotten besaß. June war sich sicher, dass man sie aus diesem Grund immer mal wieder grüßte. Und einmal hatte sie am Vortag sogar ein Kompliment zu ihrem Kleidungsstil bekommen. Es war völlig verrückt.

Sie kam an den Fahrstuhl, der nur wenige Sekunden später seine Türen für sie öffnete.

»Mal wieder ein bekanntes Gesicht. Wie nett«, erklang eine Stimme von drinnen.

Er war tatsächlich da.

»Ich will zur obersten Ebene«, erklärte June und trat ein. Auch wenn es sie in den Fingern juckte, zur Sicherheit ihr Messer zu zücken, unterdrückte sie das Bedürfnis. Schließlich wollte sie den Typen nicht gleich wieder vor den Kopf stoßen.

Mit hochgezogener Augenbraue fragte er sie: »Die Leute, die da oben wohnen, sind aber nicht ganz deine Liga, Schätzchen. Bist du dir sicher, dass du zu den Weißmänteln willst?«

»Ja, bin ich«, erklärte June in einem Tonfall, der sagte, dass sie über ihr Ziel nicht diskutieren würde. Dann fügte sie jedoch etwas umgänglicher hinzu: »Ich würde es bleiben lassen, wenn ich die Wahl hätte.«

Der Fahrstuhlbesetzer zuckte mit den Schultern und drückte auf das Display des Bedienfelds, woraufhin sich die Türen schlossen und sie nach oben fuhren.

»Das macht als Freundschaftspreis dann«, begann der Glatzkopf zu sagen, hielt jedoch mit einem breiten Grinsen auf den Lippen inne, als June ihm einen drohenden Blick zuwarf. »Nichts, wie es aussieht. Immer wieder schön, mit dir keine Geschäfte zu machen.«

Sein Lachen klang mehr wie ein Husten. June war froh, dass er so schnell klein beigab, wenn sie auch nicht verstand wieso.

»Kann ich dich was fragen?«, sagte sie und versuchte, möglichst entspannt zu klingen.

Der Mann nickte, immer noch sein schmieriges Lächeln auf den Lippen.

»Das Tattoo auf deinem Handrücken ist ein Vogel, oder? Ich hab's das letzte Mal kurz gesehen und mich gefragt, wo du es hast machen lassen.«

»Das waren aber zwei Fragen«, sagte er und stieß wieder sein hustendes Lachen aus. »Aber ich will mal nicht so sein.«

Er schob den Ärmel seiner Jacke etwas nach oben und streckte June seinen Handrücken entgegen. Dort schlug ein Vogel mit seinen ausgebreiteten Schwingen, als wolle er jeden Moment vom Boden abheben und davonfliegen.

Nahezu gleichzeitig mit dem Mann sagte June: »Ein Adler.«

Sie spürte, wie sie aufmerksam gemustert wurde, während sie ihren Blick vom Handrücken zur Fahrstuhltür wandern ließ. Vermutlich hatte er ihre Enttäuschung aus ihrer unbedachten Bemerkung heraushören können.

»Dir ging's nicht darum, wo ich es hab machen lassen. Du wolltest sehen, ob ich irgendeiner Gang oder so angehöre«, sagte der Glatzkopf und bewies damit, dass er pfiffiger war, als er aussah.

June zuckte möglichst gleichgültig mit den Schultern.

»Das sind keine Leute, nach denen man Ausschau halten sollte, und ganz sicher keine, nach denen man fragen sollte. Damit wirst du dir noch Ärger einhandeln, Schätzchen. Du lügst miserabel.«

Ohne ihn anzusehen, wartete June ungeduldig darauf, dass sie endlich ankamen und die Fahrstuhltür sich öffnete.

»Tja, wenigstens bist du jetzt klug genug, den Mund zu halten. Wie du willst. Aber einen Tipp habe ich trotzdem noch für dich, Mädchen von außerhalb: Wenn es in der Gegend nur eine Gruppe gibt, mit der man ein Vogelsymbol verbindet, ist es selten dämlich, direkt nach Vögeln zu fragen.«

So vor den Kopf gestoßen, wie sie sich fühlte, wusste June nichts zu erwidern. Ein unangenehmes Schweigen breitete sich im Fahrstuhl aus, und sie war sehr erleichtert, als sich die Türen endlich öffneten.

Sie musste ziemlich an sich halten, um etwas zum Abschied zu murmeln und nicht in einem Tempo loszulaufen, das nach »Flucht« schrie. Diese Blöße wollte sie sich nicht auch noch geben. Nicht, nachdem ihr Selbstvertrauen, was ihr Vorgehen und ihre Recherchefähigkeiten anging, so einen harten Dämpfer hatte einstecken müssen. Denn insgeheim wusste sie, dass der Glatzkopf recht hatte.

June atmete die frische Luft auf der obersten Ebene von Demmin tief ein und blickte in den offenen Himmel über sich, der über den Hochhausdächern aufragte. Sie fühlte sich unwohl in ihrer Haut, während sie den Fahrstuhl ohne einen Blick zurück hinter sich ließ und den Fußweg neben der Traffic Line entlangging. Ab und zu reihten sich neue Fahrzeuge in den endlosen Zug ein, der sie daraufhin quer durch die Stadt transportierte. Andere scherten aus, um den restlichen Weg bis zum Ziel selbstständig weiterzufahren. Überall wo sie hinsah waren blank geputzte Oberflächen, egal, ob Wege, Hauswände, Fahrzeuge oder andere Gegenstände. Es war der typische Wahn nach Makellosigkeit unter den wenigen, die zur Oberschicht der Nation gehörten.

Die meisten der vollkommen in weiß gekleideten Personen, an denen June vorbeiging, beachteten sie nicht einmal; ein paar jedoch warfen ihr verächtliche Blicke zu. Als wären die nötig gewesen, um June zu vermitteln, wie wenig sie hierher gehörte.

So langsam kamen ihr Zweifel, ob sie mit diesem Plan nicht ebenso unbedacht herumstümperte wie mit ihrer Fragerei nach Vögeln. Schließlich war das Informationszentrum nur für Anwohner, und wie sollte sie sich ausgerechnet hier als eine von ihnen ausgeben können? In dieser seltsamen Parallelwelt, in der viele aus Bequemlichkeit zu Hause vermutlich eigene Zugänge zu den Informationsdatenbanken hatten.

Während sie sich umsah, entdeckte sie eine hochgewachsene Frau, die sie mit ernstem Blick anvisierte. Auf ihrer Brust war deutlich ein silbernes Abzeichen zu erkennen, das June innerlich aufstöhnen ließ. Die Frau war Ordnungswächterin, jemand, der nichts anderes zu tun hatte, als den lieben langen Tag dafür zu sorgen, dass alle Gesetze bis ins kleinste Detail eingehalten wurden.

Wenn sich so jemand schon jetzt an ihre Fersen heftete, konnte sie ihr Vorhaben auch gleich vergessen. Sobald sie ihre ID vorgezeigt hatte und klar war, dass sie nicht von hier war, gab es kein Argument mehr dafür, sie hier überhaupt herumlaufen zu lassen.

Doch so schnell wollte June nicht aufgeben. Es ging schließlich um Amalie.

Also bog sie hinter der nächsten Häuserecke ab, beschleunigte ihre Schritte und schlug so schnell wie möglich einen anderen Weg ein. Als sie nach ein paar weiteren Haken nach hinten linste, konnte sie die Ordnungswächterin nicht mehr entdecken; dafür bekam sie nun Schwierigkeiten, sich überhaupt noch zu orientieren. Hier oben sah alles gleich aus. Perfekt, glänzend und nichtssagend.

Es war reiner Zufall, dass sie plötzlich bei einem Gebäude ankam, an dessen Wand ein Schild prangte, das es als Informationszentrum auswies. Das Problem war nur, dass June sich nicht traute anzuhalten. Sie hatte noch immer das Gefühl, verfolgt zu werden.

Während sie weiterging, konnte sie ihr eigenes Spiegelbild in den silbern eingefassten Fenstern des Gebäudes ausmachen. Und auch wenn sie ansonsten keine Menschenseele entdeckte, überkam sie das Bedürfnis, ihr Tempo noch einmal zu beschleunigen.

Langsam kam es ihr albern vor, dass sie sich so paranoid benahm. Selbst wenn eine Ordnungswächterin sie aufgriff, was sollte schon groß passieren? Sie hatte schließlich eine ID und war somit berechtigt, hier in der Stadt zu sein. Vermutlich würde man sie von der Ebene verweisen, aber das war auch alles, oder?

June bog noch einmal ab, um dann in einiger Entfernung abzuwarten und zu schauen, ob ihr jemand gefolgt war. Sie hoffte, sich selbst davon zu überzeugen, dass sie es mit ihrer Flucht übertrieb.

In dem Moment, als sie gerade stehen bleiben und sich umwenden wollte, um ihre Beobachtungsstellung einzunehmen, traf sie etwas Kaltes hart im Nacken und ließ sie nach vorne stolpern. Sie spürte einen dumpfen Schmerz an der Stelle und ein heißes Gefühl, dass sich von dort aus weiter in Richtung Schultern, Kopf und Rücken ausbreitete. Dann wurde ihr auch schon schwarz vor Augen.

Luca

Wie auch schon die Tage zuvor war Luca nach ihrem Seminar im Education Center viel zu aufgewühlt, um sofort nach Hause zu gehen und abschalten zu können. So viel neues Wissen schwirrte ihr durch den Kopf, so viele Informationen und Bilder, die Lea den Lernenden Tag für Tag auf anschauliche und spannende Art präsentierte. Umso froher war sie, dass Zinnia sie gefragt hatte, ob sie ihn im Anschluss zu seinem Interviewtermin mit einer Reporterin begleiten wollte.

Deswegen stand sie nun auch in der leeren Hälfte des Raumes, in dem das Interview aufgezeichnet wurde. Nahe bei der Tür, wo niemand auf sie achtete und sie weit genug entfernt war, um die Reporterin nicht auf den Gedanken zu bringen, sie spontan mit in das Gespräch mit Zinnia hineinzuziehen.

Doch so richtig konnte sie sich nicht auf das Verfolgen des Geschehens in dem perfekt ausgeleuchteten Teil des Raumes einlassen, in dem eine kleine, von Grünpflanzen umrahmte Sitzgruppe stand. Inzwischen waren schon zwei der Kandidaten fester Bestandteil ihres Lebens geworden, und was, wenn Zinnia oder Lea gewannen?

Obwohl sie sich egoistisch dabei fühlte, hoffte sie, dass ihre Lehrerin den Wahlkampf nicht gewann und statt Präsidentin zu werden wie bisher weiter unterrichtete. Sie schenkte ihr schließlich jeden Tag ein paar sinnhafte Stunden, in denen ihre Gedanken endlich mal nicht in Sorgen und Selbstmitleid abdrifteten.

Und was Zinnia betraf ... Es war nicht zu erwarten, dass das öffentliche Interesse um ihn sich dann legte, oder? Vermutlich würde er nur noch mehr Interviews führen, noch mehr arbeiten ... und hatte Jascha nicht erst gestern einen erneuten Versuch gestartet, sie zum Klamottenkauf zu überreden, indem sie betonte, dass sie als Verlobte des zukünftigen Präsidenten einen eigenen Stil präsentieren müsste?

Ihre zu schmerzen beginnenden Schläfen massierend, schob sie diese Fragen beiseite. Das waren Dinge, mit denen konnte sie sich immer noch auseinandersetzen, wenn die kommenden Umfragen wirklich darauf hindeuteten, dass Zinnia eine echte Chance hatte.

Das Interview schien sich vor allem um Zinnias politische Ambitionen zu drehen. Es war Luca nach wie vor ein unerklärliches Rätsel, wie er zu jeder Zeit so locker und zugleich selbstsicher wirken konnte. Noch dazu, ohne je überheblich rüberzukommen. Wenn sie ihn bei solchen öffentlichen Anlässen sprechen hörte, kam sie sich ihm immer unüberwindbar fern vor. Als gäbe es zwei Zinnias, einmal ihren Verlobten und einmal den Präsidentschaftskandidaten. Sie wusste selbst, wie albern dieser Gedanke war, aber hin und wieder tauchte er trotzdem auf – nur um dann von Zinnias Lächeln weggewischt zu werden, wenn der Trubel um ihn vorbei war und er ihre Hand nahm, damit sie zusammen nach Hause gehen konnten.

»Ich bin wirklich gespannt, ob er in so jungen Jahren schon eine reelle Chance hat, die Wahl zu gewinnen«, erklang unerwartet eine leise Stimme zu Lucas Linken. Sie hatte gar nicht bemerkt, dass jemand das Zimmer betreten hatte.

»Edan«, flüsterte sie, sowohl als Begrüßung als auch um ihre Überraschung über seine Anwesenheit auszudrücken.

»Ich war grade in der Nähe und dachte mir, ich schaue mal vorbei. Ist doch interessanter, wenn man bei so einem Interview mal hinter die Kulissen blicken kann, als es nur in den HighNews zu verfolgen«, erklärte er mit gedämpfter Stimme.

»Aber nur, solange man nicht selbst dort auf dem Stuhl sitzen und Fragen beantworten muss«, kommentierte Luca ebenso leise. »An diese herumschwirrenden Holo-Kameras könnte ich mich nie gewöhnen.«

Edan lachte leise. »Da werde ich dir nicht widersprechen. Ich halte mich auch lieber im Hintergrund. Aber aus Zuschauersicht hat es natürlich was, wenn man sich die Personen lebensecht in sein Wohnzimmer projizieren kann.«

Beide verfielen in Schweigen und lauschten eine Weile, wie Zinnia von der Reporterin über Dinge wie sein Lieblingsessen und seine favorisierten Freizeitbeschäftigungen ausgefragt wurde. Warum auch immer das von Belang war.

»Oh, bevor ich es vergesse, ich habe dir deine Personalakte von TQ mitgebracht«, nahm Edan ihr Gespräch wieder auf und tippte sich vielsagend gegen die Schläfe.

Nur eine Sekunde später meldete sich Maris über den Ohrhörer und bestätigte den Eingang der Akte. »Du solltest allerdings den Bildschirm deines Armbandes benutzen und den Datentransfer annehmen. Er weiß ja, dass du keinen Neurochip hast, und sollte nicht auf mich aufmerksam werden.«

Sie tat wie ihr geheißen und bedankte sich bei Edan.

Er schenkte ihr sein typisches unergründliches Lächeln, das irgendwo zwischen distanziert und sympathisch zu verorten war. »Gar kein Problem. Kann ich dir sonst noch etwas Gutes tun?«

»Nein, alles okay. Wie läuft es auf der Arbeit?«

»Gut, auch wenn für mich die Testphase im Schaffungsprozess immer diejenige ist, die ich am wenigsten mag. Wenn die Probanden gefühlt ein- und ausgehen und man nie seine Ruhe hat.«

Vor ihrem inneren Auge tauchte das Bild von einem Labor auf und immer wieder neue Personen, die kamen und gingen. Jeder davon mit einem Chip im Gehirn. Was hatte Zinnia noch mal gesagt, wie viele Leute inzwischen MinTraCom testeten? Hunderte? Oder sogar Tausende?

Ihr wurde bei dem Gedanken ganz schummrig. Deswegen versuchte sie, sich bei ihrer Antwort lieber auf etwas anderes zu konzentrieren: »Ich kann dich gut verstehen. Ich bin froh, dass die Seminare, die ich seit Neuestem besuche, nur eine kleine Teilnehmerzahl haben. Die meisten sind sogar nur als Hologramm zugeschaltet.«

»Zu welchem Themengebiet sind die Seminare?«, fragte Edan.

»Geschichte.«

»Von denen habe ich früher auch mal welche besucht. Ist manchmal ganz interessant zu sehen, was war.« Er zuckte mit den Schultern.

»Ja, find ich auch«, bestätigte sie schlicht, da sie nicht das Gefühl hatte, Edan würde ihre Begeisterung für das Themengebiet teilen.

Doch er war zumindest höflich genug, das Gespräch deswegen nicht sofort im Sand verlaufen zu lassen. »Welches Thema behandelt ihr gerade?«

»Die 2060er-Jahre.«

»Oha, gleich der ganz harte Stoff. Schwer vorstellbar, wie die Welt gewesen sein muss, bevor das Klima so launisch geworden ist, nicht wahr?«

Sie lächelte schief, obwohl ihr kaum danach zumute war. Ihr hingen die Inhalte aus dem heutigen Seminar immer noch nach. *Die Zeit der Strafe* oder auch *der Anfang vom Ende*, so hatten die Leute diese Zeit laut Lea bezeichnet. Vor ihrem inneren Auge hatte Luca sich nur zu deutlich die Waldbrände, Hitzewellen, Dürren, Hochwasser durch Starkregen und Sturmfluten vorstellen können, von denen erzählt worden war. Viel zu lebendig, viel zu real. Und das Schlimmste war, dass ihre Fantasie das alles in die heutige Zeit projiziert hatte. Es hatte sie kaum eine Minute gekostet, im Highnet nach Informationen dazu zu suchen, ob ihre Vorstellung für die Menschen auf dem Erdboden Realität war. Und auch wenn Lea sie darauf hingewiesen hatte, dass dank Geoengineering der Klimawandel in einem gewissen Maß stabilisiert worden war, konnte sie auch nicht leugnen, dass die Welt unter ihnen weiterhin darunter litt.

Edan musterte sie aufmerksam. »Und das ist echt das, wofür du dich am meisten interessierst? Das muss einen doch runterziehen, sich Tag für Tag mit den Fehlern vergangener Generationen auseinanderzusetzen. Nenn mich ignorant, aber ich denke lieber nicht darüber nach, wie das Leben außerhalb der Isles aussieht, wenn ich es nicht muss.«

Vor dem letzten Seminar hätte sie ihn vermutlich nicht verstanden. Doch nun hatte sie selbst das ein oder andere Bild im Kopf, von dem sie sich fragte, ob es nicht leichter wäre, es nie gesehen zu haben. Allerdings war sie niemand, der so einfach beschließen konnte, sich deswegen lieber mit etwas anderem zu beschäftigen. Es veränderte die Vergangenheit ja nicht, wenn man sie nicht kannte. Man musste sie wohl einfach aushalten und versuchen, aus ihr zu lernen.

Mit schief gelegtem Kopf antwortete sie: »Irgendwie ist es leichter, zu ergründen, was ist, wenn man weiß, was einmal war. « Etwas, das bei ihr momentan auf so ziemlich jeden Lebensbereich zutraf. Sie hatte sich sogar dazu entschieden, doch noch einen Mind Engineering Kurs zu belegen. Wenn auch nicht, um an ihren früheren Werdegang anzuknüpfen, sondern um mehr über die Neurochips zu erfahren und damit hoffentlich auch, was genau da in ihrem Kopf passiert war.

Edan nickte. »Klingt ganz so, als hättest du das Richtige für dich gefunden. Und falls dir die Präsenz-Seminare mal zu stressig sind, kannst du ja auch noch im Selbststudium von zu Hause aus lernen. Ich habe die Angebote vom Education Center dafür schon oft in Anspruch genommen und bin sehr zufrieden. Man kann sich ja am besten dort konzentrieren, wo man sich wohlfühlt. Und deine und Zinnias Wohnung ist ja ein absolut sicherer Ort für dich. Warum nicht von dort aus lernen?«

Zögernd nickte Luca. Edans wissendes Lächeln war genauso verunsichernd wie seine seltsame Art, von ihrem Zuhause zu sprechen. Es sorgte dafür, dass sie sich vorkam wie ein in die Enge getriebenes Tier. Und dieser Gedanke fühlte sich vage vertraut an – als ob er sie schon einmal so angelächelt hätte und die Situation damals nicht gut für sie ausgegangen war.

Gibt es da etwas, an das ich mich in Bezug auf dich erinnern sollte?

Vermutlich war ihre Spekulation albern, aber sie fühlte sich so unwohl bei dem Gedanken, wie zielsicher Edan aus ihren bisherigen Erzählungen über sich herausgehört hatte, wie schwer es ihr ab und an fiel, unter Leute zu gehen. Vom Kopf her wusste sie, dass er ihr vermutlich nur helfen wollte, aber sie fühlte es einfach nicht. Da war kein Platz mehr in ihr neben dem Gefühl, mehr durchschaut worden zu sein, als ihr lieb war, und diesem kalten Schauer, der ihr den Rücken hinunterlief.

Am liebsten wäre sie gegangen, einfach nur möglichst weit weg von diesem Mann, der unerklärlicherweise ihren Instinkt in Aufruhr versetzte. Doch sie blieb und zwang sich sogar zu einer Antwort: »Das werde ich mir auf jeden Fall mal anschauen. Danke für den Tipp.«

June

Ihre Schultern waren verspannt und schmerzten dumpf, als June erwachte. Es dauerte einen Moment, bis ihr klar wurde, dass man sie überfallen und mit irgendetwas betäubt hatte.

Sie saß auf einem Stuhl oder zumindest etwas Ähnlichem. Ihre Hände hatte man hinter ihrem Rücken zusammengebunden, und auch um ihre Fußknöchel konnte sie eine straffe Fessel spüren.

Die Augen verbunden, blieb ihr nichts weiter übrig, als sich auf ihre anderen Sinne zu konzentrieren. Ihr Mund fühlte sich seltsam pelzig an. Die Luft, die sie einsog, schmeckte staubig trocken und roch leicht säuerlich. Irgendwo in der Ferne tropfte Wasser auf irgendeine Oberfläche, vielleicht Metall. Atmete da nicht auch jemand?

Da sie sich nicht sicher sein konnte, dass sie nicht beobachtet wurde, beschloss sie, sich nicht groß zu bewegen. Äußerst langsam und vorsichtig begann sie, mit den Fingern ihre Fessel um die Handgelenke zu betasten. Was auch so schon kein einfaches Unterfangen war, so fest, wie sie saßen und ihre Hände damit in ihrer Bewegungsfreiheit massiv einschränkten.

Schritte, deren Klang von den Wänden widerhallte, ließen June aufhorchen. Dann sagte eine fremde Männerstimme: »Ist sie endlich aufgewacht?«

»Bin mir nicht sicher, Boss. Zumindest haben sich gerade ihre Finger bewegt«, erwiderte eine weitere Stimme, von der June sich nicht sicher war, ob sie sie einem Mann oder einer Frau zuordnen sollte. Auf jeden Fall klang sie vor allem kratzig, als würden die Worte nicht über Lippen, sondern über Schmirgelpapier kommen.

Darauf bedacht, sich nicht auch nur einen Millimeter mehr zu regen, saß June da und dachte fieberhaft darüber nach, was sie tun sollte. Gab es überhaupt etwas, das sie tun konnte? Wer verdammt waren diese Leute? Und was wollten sie von ihr?

»Dann hilf einfach nach«, befahl der Boss mitleidlos.

Eine kalte Hand griff in Junes Nacken und verpasste ihrem Kopf einen unsanften Stoß nach vorne. »Aufwachen, kleine Nervensäge«, bellte die kratzige Stimme neben ihrem Ohr und machte es ihr damit unmöglich, weiter so zu tun, als wäre sie noch bewusstlos.

»Was wollt ihr von mir?«, krächzte June und war froh, dass sie überhaupt etwas Verständliches über die Lippen brachte.

»Wir stellen hier die Fragen«, sagte der Boss.

Die Person, die immer noch hinter ihr stand, fügte hinzu: »Du solltest sie beantworten, wenn du deine letzten Atemzüge nicht in irgendeinem Loch ohne Sonnenlicht machen willst.«

Anstatt zu antworten, biss June ihre Zähne fest aufeinander. Sie war wütend. Nicht nur auf ihre Entführer, sondern vor allem auch auf sich selbst. Dass sie so unvorsichtig gewesen war, sich schnappen zu lassen. Ihrem Instinkt nicht vertraut hatte.

»Für wen arbeitest du?«, wollte der Boss wissen.

June schwieg weiter. Würde man sie nicht vermutlich sowieso kalt machen, egal, ob sie jetzt redete oder nicht? Auch wenn sie ihre Gesichter nicht sah, sie kannte jetzt schließlich ihre Stimmen.

»Was machst du in Demmin?«

Auch diese Frage ignorierte sie, was ihr einen erneuten unangenehmen Griff in den Nacken von der Kratzstimme einbrachte. »Du solltest ihm antworten, Kleine. Du bist doch noch viel zu jung, um dein Leben einfach so wegzuwerfen.«

»Warum fragst du alle nach Vögeln?«

»Das geht dich gar nichts an«, zischte June, die sich lieber an ihrer Wut festhielt, als ihre Angst zuzulassen. Waren das Ordnungswächter, die dachten, sie würde irgendetwas Kriminelles planen? Schließlich hatte sie schon davon gehört, dass sie nur selten ein Problem damit hatten, zweifelhafte Befragungsmethoden anzuwenden, wenn sie jemanden verdächtigten. Oder einfach nur nicht mochten. Langeweile hatten. Die Liste war lang. Und niemand kontrollierte diejenigen, deren Aufgabe es war, die Einhaltung der Gesetze durchzusetzen. Zumindest nicht, wenn es um Unrecht an Leuten aus der Unterschicht oder an Nomaden ging.

Unbeeindruckt von Junes Wut, stellte der Boss eine neue Frage: »Warum interessierst du dich so für die Isles?«

Hätte sie es unter der Augenbinde gekonnt, hätte sie jetzt verwirrt geblinzelt. Sie hatte angenommen, ihre schlecht bedachte Fragerei in Demmin hätte sie in diese Lage gebracht. Doch sie hatte nach Nasrins und Fannys Warnung ihre Recherchen lediglich auf die Elstern beschränkt und nicht mehr nach Gerüchten über verschwundene Personen an den Humanity Points gefragt. Wie lange hatten diese Leute sie schon beobachtet? Etwa schon seit New Hope?

Die Leute von der Isle, dachte June und spürte, wie ihre Angst wuchs und begann, ihre Wut zu verdrängen. War das möglich? Hatten sie sichergehen wollen, dass sie nicht darüber sprach, dass sie Amalie mitgenommen hatten? Aber wie? Hatten sie hier Spione? Unsichtbare Drohnen?

Als der Boss jetzt sprach, klang seine Stimme leise, ganz nahe. Er musste sich vor sie hingehockt haben, da June seinen warmen Atem über ihr Gesicht streifen spürte. Sie bekam eine Gänsehaut.

»Hör zu. Wir können dieses Spielchen noch ewig weiterspielen. Du wirst immer hungriger und durstiger werden, und ich immer ungeduldiger. Am Ende haben wir beide nur unnötig Lebenszeit verloren. Also rede endlich! Warum interessierst du dich für den Weg auf die Isles?«

Junes Gedanken überschlugen sich. Sollte sie antworten? Aber was? Wenn sie sagte, dass sie selbst auf die Isles hochwollte, und sie sprach mit einem Ordnungswächter, gab sie damit zu, eine Straftat begehen zu wollen. Wenn sie mit jemandem von den Isles sprach oder zumindest mit jemandem, der für sie arbeitete, dann hatten sie sich vermutlich eh schon gedacht, dass sie zu ihrer Schwester wollte. Aber das hieß ja nicht, dass es ihnen gefallen würde, das zu hören. Und was, wenn es Elstern waren? Dann musste sie ihnen sagen, warum sie ihre Hilfe brauchte.

»Juniper Torres, geboren und seitdem gemeldet in Oldenburg«, begann der Mann vor ihr plötzlich zu sprechen, worauf June zusammenzuckte. »Hat die vergangenen Jahre als Nomadin gelebt, arbeitet nun seit Kurzem als Nachrichtenträgerin für Valerij Ledin, hat keine Eltern mehr, aber eine jüngere Schwester namens Amalie. Und sucht nicht gerade unauffällig nach den Kriminellen, die von den meisten Elstern genannt werden.«

Diese Aufzählung von allem, was der Mann über sie wusste, machte ihr mehr Angst als jede Frage, die er hätte stellen können. Zwar wusste sie, dass sie manche Infos einfach von ihrer ID abgelesen haben konnten, aber halt nicht alles.

»Warum?«, fragte der Boss und ließ June damit nicht einmal die kleinste Verschnaufpause. »Bist du eine Diebin auf der Suche nach Ruhm und Ehre? Nur weil irgendwelche Idioten angefangen haben, Elstern an Hauswände zu schmieren und Kriminelle wie Helden zu verehren?«

Sie atmete schwer.

»Oder glaubst du etwa, du könntest dort oben leben, sobald du es auf eine Isle hochgeschafft hast? Dort oben gibt es absolut gar nichts für dich, glaub mir.«

June schüttelte den Kopf. Sie wollte, dass er aufhörte zu reden. Ihr endlich etwas Zeit gab, um nachzudenken.

»Oder hast du dich auf irgendeinen krummen Deal eingelassen, um an Geld zu kommen? Wen sollst du ausspionieren, na? Die Elstern-Sympathisanten? Die Elstern selbst? Oder die Leute auf den Isles?«

Nur am Rande nahm June wahr, dass erneut hallende Schritte zu hören waren, während sie versuchte, Panik und Verzweiflung zu unterdrücken.

»Rede endlich!«, fuhr der Boss sie an. Es war das erste Mal, dass er seine Stimme erhob, und es verfehlte nicht seine Wirkung. June zitterte.

»Das reicht jetzt! Bindet sie los!«, befahl eine neue Stimme. Kalt, schneidend, unnachgiebig und für June geradezu wie ein Wunder.

Luca

Der Holo-Raum verschlug ihr den Atem. Über ihrem Kopf spannte sich der weite blaue Himmel auf, und weiße Wattewolken zogen vorüber. Die perfekte Illusion. Genauso wie der Wald, der sie umfing, sobald sie sich einige Schritte von der Tür entfernt hatte. Blätter raschelten, Vögel sangen in der Ferne, und ein fremder, wenn auch frischer Geruch stieg ihr in die Nase.

»Und wie gefällt es dir?«, fragte Zinnia, der an den Rand des Schwimmbeckens im Herzen der Waldlichtung geschwommen war und sie zufrieden anlächelte. Er hatte nicht verraten wollen, was das für ein Ort war, an dem sie nach ihrem heutigen Seminar schwimmen gehen würden, sondern hatte ihr lediglich eine Adresse in der siebten Ebene genannt.

»Ich hab gar keine Worte dafür«, sagte sie und widerstand dem Drang, näher an die Wände des Raumes zu treten, deren Existenz vollständig durch die Illusion von Bäumen und Sträuchern verschleiert wurde. Sie wollte den Zauber dieses Ortes nicht zerstören.

»Gehört für mich zu den Top 3 meiner Lieblingsorte«, meinte Zinnia und tippte mit seinen Fingern auf die dunkelgrünen Fliesen zu ihren Füßen.

Vermutlich hätte es seltsam ausgesehen, wie die Kacheln nach gut vier Metern in moosbewachsenen Waldboden übergingen, doch man hatte hier farblich alles sehr harmonisch aufeinander abgestimmt. Mit etwas Fantasie konnte man vergessen, dass man sich nicht wirklich in der freien Natur befand.

»Hätte ich gewusst, dass wir dafür in einen Märchenwald gehen, hätte ich dich schon viel früher dran erinnert, dass wir schwimmen gehen wollten«, sagte sie mit einem amüsierten Kopfschütteln, was Zinnia zum Lachen brachte.

»Aber wie kann es sein, dass wir allein hier sind? Ich würde hier jeden freien Moment verbringen.«

»Es gibt ein paar Stunden jeden Tag, an denen man den Raum ganz für sich haben kann, wenn man rechtzeitig dran denkt, ihn zu reservieren«, antwortete Zinnia.

»Und du hast rechtzeitig dran gedacht.«

Er nickte. »Ich weiß doch, dass du dich unter vielen Leuten nicht entspannen kannst. Außerdem hatte ich die letzten Wochen so viel mit der Arbeit zu tun, dass ich meine Freizeit gerne allein mit dir verbringen wollte.«

Bei seinen Worten spürte Luca wieder dieses angenehm warme Kribbeln in ihrem Körper, das sich immer mal wieder bei ihr zu Gast war, wenn sie Zeit mit Zinnia allein verbrachte.

Gespannt darauf, wie es sich anfühlen würde, sich ebenfalls vom Wasser tragen zu lassen, stieg Luca in das Becken. Im ersten Moment war es ein seltsames Gefühl, keinen Boden unter den Füßen zu spüren, und das Lächeln auf ihrem Gesicht verrutschte. Doch schon nach wenigen Sekunden fingen ihre Beine und Arme ganz von allein an, sich zu bewegen. Zumindest ihr Körper schien sich zu erinnern.

»Hah! Ich weiß tatsächlich, wie man schwimmt«, rief sie begeistert aus und schwamm an Zinnia vorbei zur anderen Seite des Beckens.

Dort angekommen, wollte sie den gleichen Weg zurückschwimmen, doch stattdessen spritzte ihr beim Umdrehen ein Schwall Wasser ins Gesicht.

»Hey!« Lachend und sich das Wasser aus den Augen blinzelnd, wischte sie ebenfalls Wasser in die Richtung, in der sie Zinnia vermutete. Er wollte eine Wasserschlacht? Die konnte er haben!

»Das hat Spaß gemacht«, sagte sie, als sie gut eine halbe Stunde später in ein großes flauschiges Handtuch gewickelt neben ihren Sachen auf dem unechten, jedoch wunderbar weichen Waldboden saß.

»Find ich auch«, stimmte Zinnia zu, während er sich ebenfalls ein Handtuch umschlang und sich neben sie setzte.

Lächelnd rempelte sie sacht mit ihrer Schulter gegen seine. »Ganz schön gemein, dass du mir diesen Raum hier bisher vorenthalten hast.«

»Wie kommst du denn darauf, dass ich das habe?«

Auf seinen aufmerksam musternden Blick hin zuckte sie mit den Schultern. »Ist so ein Gefühl. Habe ich in letzter Zeit hin und wieder mal.«

»Also keine Erinnerungen, die zurückkehren?«

»Nein, aber das kommt ja vielleicht noch.«

Sie suchte seinen Blick, doch Zinnia sah mit gerunzelter Stirn zum Schwimmbecken statt zu ihr. *Habe ich irgendetwas Falsches gesagt?*

Erneut sah sie sich in dem magisch wirkenden Raum um, dachte noch einmal an das Gefühl, das sie bei dem Brunnen in der Nähe ihrer Wohnung überkommen hatte. Da war der Anflug des Erkennens sofort da gewesen. Warum sollte es hier anders sein?

Aber wenn sie ihrem Instinkt vertraute, dann ... hatte Zinnia ihr bisher einen seiner Lieblingsorte vorenthalten. Nur warum? Und wieso gab er das nicht einfach zu? Hatte er Sorge, sie würde ihm seine Gründe dafür übel nehmen?

Unschlüssig schaute sie wieder zu Zinnia, der ihr Schweigen anscheinend missgedeutet hatte und sie nun anlächelte. »Vielleicht kann ich heute aber trotzdem noch etwas Licht in deine Vergangenheit bringen, wenn auch nur in deine berufliche. Ich habe dir ein paar Paper rausgesucht, eines davon ist sogar von Cera. Sie beschäftigen sich allesamt mit Mind Engineering, sind aber verständlich geschrieben, sodass man ihnen auch ohne Vorkenntnisse gut folgen kann. Ich dachte mir, vielleicht möchtest du ja mehr über den Beruf wissen, den du mal ausgeübt hast, ohne dass du dich für diesen Einblick stundenlang in irgendwelche Seminare setzen musst.«

»Das ist echt lieb, danke.«

»Habe ich gerne gemacht. Du kannst mit deinem Armband auf sie zugreifen. Ich habe sie dir vorhin geschickt, als du im Education Center warst.«

Neugierig griff Luca nach ihrem Armband, das oben auf ihren Klamotten lag. »Display ein«, sagte sie, ohne sich die Mühe zu machen, das Band dafür erst wieder um ihren Arm zu legen. Aus ihrem Augenwinkel sah sie, wie Zinnia sich hinlegte und seine Aufmerksamkeit dem Himmel über ihnen zuwandte, deshalb rief sie ganz ohne schlechtes Gewissen nicht nur die Titel der Paper auf, sondern suchte auch Ceras heraus.

»Was ist los?«, fragte Zinnia, der ihr wohl angesehen haben musste, dass sie etwas an dem Text stutzig gemacht hatte.

»Gar nichts«, murmelte sie, korrigierte sich aber dann. »Ich bin einfach überrascht davon, dass Cera für TQ arbeitet.« Fragend sah sie Zinnia an.

»Wohl nur für das Projekt aus dem Paper, denn ich weiß, dass sie inzwischen nicht mehr in der Forschung arbeitet.«

Einigermaßen zufriedengestellt mit seiner Antwort, schaute sie wieder auf das Display. Neben dem TQ Logo links oben stand der Titel des Papers: *Die Chancen und Grenzen des Einsatzes von Neurotechnologie in der Behandlung psychischer Traumata.*

Die feinen Härchen auf Nacken und Armen richteten sich auf. Schnell las sie den ersten Absatz des Textes, und es war genau so, wie sie erwartet hatte: Sie kannte ihn bereits.

»Das glaub ich jetzt nicht!« Einen Sprachbefehl später hatte sie einen Text mit demselben Titel geöffnet und konnte es zweifelsfrei vor sich sehen. Sie waren identisch. Zumindest wenn man vom Namen der Autorin absah, der unter dem Titel stand.

Sie hielt Zinnia ihr Armband hin. »Warum habe ich in den Dateien von meiner Arbeit als Mind Engineer dasselbe Paper?«

»Das kann ich dir auch nicht sagen«, sagte er, nachdem er die Dokumente ebenfalls verglichen hatte. Irgendwie sah er dabei verstimmt aus. Vielleicht aber auch nur erschöpft. Aber warum? War es nicht eher sie, die von all dem genervt und müde sein sollte?

»Vielleicht habt ihr zusammen daran geschrieben? Und statt das Paper einmal mit euren beiden Namen zu veröffentlichen, hat TQ es aus Versehen zweimal mit jeweils nur einem eurer Namen ins Highnet gestellt«, versuchte sich Zinnia an einer Erklärung. »Und wenn es das nicht ist, dann gibt es ganz sicher einen anderen logischen Grund hierfür. Da kann Cera sicher Licht ins Dunkel bringen.«

Er gab ihr das Armband zurück. Sein Blick unergründlich. Zweifelte er denn kein bisschen an der MD? Und warum zum Teufel wusste er nicht, mit wem sie früher bei TQ zusammengearbeitet hatte? Wenn sie sich kennengelernt hatten, als Luca mit achtzehn angefangen hatte, dort zu arbeiten, dann mussten sie doch über so etwas geredet haben. Selbst, wenn sie erst einmal längere Zeit nur Freunde gewesen waren, konnte es doch nicht sein, dass sie sich nicht über den ganzen alltäglichen Kram ausgetauscht hatten.

»Ja, vermutlich«, antwortete sie ausweichend, sobald ihr klar wurde, dass Zinnia sicherlich auf eine Antwort wartete.

Er lächelte dieses beruhigende Lächeln, das sie inzwischen zu lieben gelernt hatte, doch diesmal verfehlte es seine Wirkung auf sie. Es half nicht dabei, ihre aufkommenden Zweifel beiseitezuschieben. Mit Cera stimmte etwas nicht, da war sie sich mittlerweile sicher. Und dass Zinnia sie so vehement verteidigte und ihren Bedenken auswich, machte ihn nicht weniger verdächtig. Egal, wie angenehm sich das warme Kribbeln in ihrem Herzen auch anfühlte, jetzt gerade verlor es sich in eisiger Kälte.

»Ob Cera und ich zusammengearbeitet haben, müsste doch auch in den TQ-Unterlagen stehen, die Edan mir gegeben hat, oder?«, fragte sie, wobei es mehr eine Feststellung war, als dass sie eine Antwort von Zinnia erwartete.

Ein Ausdruck von Überraschung löste sein Lächeln ab. Und lag da nicht auch so etwas wie Sorge in seinem Blick? »Wann hast du denn mit Edan gesprochen?«

»Er war kurz da, als du gestern das Interview hattest.«

»Das hast du mir gar nicht erzählt.«

»Ich hab einfach vergessen, dich von ihm zu grüßen«, erwiderte sie geistesabwesend. Sie hatte bereits ihre Personalakte geöffnet, um nach einem Hinweis auf Cera zu suchen. Auch wenn sie sich eigentlich sicher war, dort nichts übersehen zu haben. Aber irgendetwas musste sie einfach tun. Die vielen kleinen Ungereimtheiten, die verloren gegangen Daten über sie selbst, Ceras Lügen, Zinnias Schweigsamkeit – und nun noch dieser Artikel: Irgendetwas stimmte hier einfach nicht. Und sie würde nicht aufgeben, bis sie herausgefunden hatte, was hinter all dem steckte.

Wahrheit

June

Heißer Dampf stieg aus der Teetasse auf, die June in ihren Händen hielt. Blassrote Striemen zogen sich über ihre Handgelenke – das letzte Zeugnis ihrer Entführung und Gefangenschaft, zumindest von außen betrachtet. In Junes Innerem tobten immer noch die Anspannung und der Stress der letzten Stunden.

»Ist das also dein Führungsstil, Adrien? Wahllos Leute kidnappen, nur weil sie zu viele Fragen stellen?«, wies Fanny den Mann zurecht, der für June bisher nur die Stimme des Bosses gewesen war. Der Klang löste in ihr immer noch Unwohlsein aus, obwohl dieser Adrien sich ihr gegenüber durchaus freundlich gab. Manche Erlebnisse konnte man wohl nicht so einfach abschütteln.

In Fannys sonst so maskenhaften Zügen spiegelten sich so viele Emotionen wider, wie June es noch nie zuvor gesehen hatte. Doch es nahm der älteren Frau nichts von ihrer Selbstsicherheit, es ließ sie lediglich noch gefährlicher wirken. Beißendes Feuer statt Eis.

June zog die Decke dichter um sich, die man ihr gegeben hatte, nachdem man sie aus dem Kellerraum nach oben gebracht hatte. Sie befanden sich in einer kleinen Bar, bis an den Rand vollgestopft mit hohen Tischen und Sitzhockern. Ein viel zu beengtes Lokal, wenn es geöffnet war, da war sich June sicher. Nur etwa jedes dritte der leuchtenden Reklamebilder, die kein Fleckchen der Wände freiließen, war eingeschaltet; sie tauchten die Bar in schummrig blaues und grünes Licht. Es ließ die Szene, die June vor sich beobachtete, geradezu surreal und fern erscheinen, obwohl sie nur wenige Meter von Fanny und Adrien entfernt saß.

»Du hast entschieden, dass es an der Zeit ist, mir das Kommando zu überlassen, Eunha. Stellst du das jetzt infrage?«, fragte Adrien mit vor der Brust verschränkten Armen.

Für June war es seltsam, zu hören, wie jemand ihre Großmutter mit ihrem richtigen Namen ansprach. Sie hatte immer gewusst, dass Fanny nur ein Spitzname war, aber sie war einfach nie jemand anderer für sie gewesen.

»Ich kritisiere lediglich dein Vorgehen. Aber das aufs Schärfste«, knurrte Fanny und gewann langsam mehr und mehr von ihrer kalten Kontrolle zurück, die sonst so typisch für sie war.

»Aber auch nur, weil sie dir am Herzen liegt. Gesteh dir wenigstens das ein, bevor du mir weiter Inkompetenz vorwirfst«, verlangte Adrien und wirkte dabei nicht weniger gefährlich als sein Gegenüber – wenn auch auf ganz andere Weise. Sein Haar war an den Kopfseiten kahl geschoren, aus dem Kragen seines schwarzen Hemdes lugte das ein oder andere Tattoo hervor. Und auch die Haut seiner unbedeckten Unterarme zeigte mehr als eines der altmodisch mit schwarzer Tinte gestochenen Bilder. Dagegen wirkte Fanny wie die perfekt gestylte Geschäftsfrau, die sie als Leiterin eines gut laufenden Nachrichtenunternehmens ja auch war.

»Oh glaub mir, hätte ich mir das nicht schon längst eingestanden, hätte ich dich bereits windelweich geprügelt«, erklärte Fanny kopfschüttelnd und beschloss scheinbar, das Gespräch vorerst nicht weiterführen zu wollen, denn sie sagte: »Mach June etwas Warmes zu essen. Das ist das Mindeste, nachdem du sie in deinen Keller eingesperrt und angebrüllt hast, du Held.«

Die Erwähnung ihres Namens riss June aus ihrer Beobachterrolle und erinnerte sie wieder daran, wie sie hier gelandet war und dass es weitaus Wichtigeres gab, als sich von diesem verbalen Schlagabtausch beeindrucken zu lassen.

»Kann mir jetzt endlich jemand erzählen, was hier los ist?«, verlangte sie deshalb mit allem Nachdruck, den sie in ihre Stimme legen konnte. Essen interessierte sie gerade eher weniger, so sehr hatte ihr das Ganze auf den Magen geschlagen.

»Tut mir leid, Vögelchen«, erwiderte Fanny und seufzte leise. Dann schenkte sie ihr ein müdes Lächeln. »Hätte ich geahnt, dass sie dich auf dem Schirm haben, hätte ich klargestellt, dass sie die Finger von dir lassen sollen. Sie werden viel zu leicht nervös, seitdem so viel über sie geredet wird. Diese Aufmerksamkeit tut meinen Elstern anscheinend nicht gut.«

»Deine Elstern?«, fragte Adrien, der hinter der Theke irgendetwas auf dem Display eines dunkelblauen Gerätes eintippte.

»Nenn es Gründerstolz oder wie du willst. Auf jeden Fall könntest du weder in dieser Bar stehen noch die Klappe so weit aufreißen, wenn ich nicht gewesen wäre«, wies ihn Fanny grinsend zurecht und zwinkerte June dabei zu.

»Die Elstern«, flüsterte diese und konnte immer noch nicht ganz glauben, was sie da hörte. Es war so irrsinnig. Dass sie sie wirklich gefunden hatte. Dass sie mit Fanny eigentlich schon direkt vor ihrer Nase gewesen waren.

»Nasrin und Soley?«, fragte sie und musste gar nicht mehr sagen, damit ihre Granny verstand.

»Ja, wenn sie auch noch im Training sind und damit nicht mehr als unsere Augen und Ohren da draußen in der weiten Welt.«

»Kommt mir irgendwie nach ganz schön vielen Zufällen vor«, bemerkte June und nippte an ihrem Tee.

»Wie man es nimmt. Sobald du beschlossen hattest, auf den Spuren deines Vaters zu wandeln und in der Nachrichtenbranche zu arbeiten, konntest du ja gar nicht mehr anders, als über uns zu stolpern. Schließlich gibt es kein besseres Informationsnetz als unter Nachrichtenträgern. Wir wären ja schön blöd, das nicht für uns zu nutzen«, meinte Fanny lächelnd. »Ist dir schon wieder etwas wärmer?«

June nickte und erwiderte das Lächeln. So langsam fiel auch der letzte Rest Anspannung von ihr ab, dafür machte sich jetzt die Erschöpfung bemerkbar.

»Ich hab mich ganz schön blöd angestellt, oder?«, fragte June geknickt. Sie wusste ja, sie hatte sich bei ihrer Suche nach Antworten viel zu verdächtig gemacht, als dass die Elstern sie hätten ignorieren können. Egal, was Fanny deswegen zu Adrien gesagt hatte. Schließlich hatte selbst sie June darum gebeten, vorerst keine Nachforschungen mehr anzustellen, und auch Nasrin hatte deutliche Worte an sie gerichtet. Sie hätte Fanny die Zeit lassen sollen, um nach den gewünschten Informationen zu suchen.

Zu Junes Überraschung musste ihre Granny einen Moment überlegen, bevor sie antwortete: »Unabhängig davon, wie man dein Vorgehen bewertet, letztendlich hat es dich doch ans Ziel geführt. Du wolltest die Elstern finden, und stattdessen haben sie nun dich gefunden. Das Ergebnis bleibt dasselbe: Du kennst nun diejenigen, die Nachforschungen nach Amalie auf New Hope anstellen können.«

»Und das werden wir«, schaltete sich Adrien ein, während er eine Schüssel mit dampfender Suppe auf den Tisch neben June stellte und ihr einen Löffel reichte.

»Danke«, murmelte June und wandte sich aus reiner Höflichkeit ihrem Essen zu. Es wäre ihr lieber gewesen, er hätte sich nicht zu ihnen gesetzt und sie hätte weiter allein mit ihrer Granny sprechen können.

»Was habe ich verpasst?«, erklang die kratzige Stimme von vorhin, und eine zierliche Frau, die ihre langen lilafarbenen Haare zu einem Pferdeschwanz zusammengebunden hatte, kam aus einem der Hinterzimmer. Mit einem breiten Grinsen auf den Lippen setzte sie sich zu ihnen und meinte zu June: »Sorry noch mal wegen vorhin. Kann verstehen, wenn wir jetzt nicht zu deinen Favoriten gehören, aber du hast auf jeden Fall was gut bei mir. Sagen wir, wir machen gleich mehrere Gefallen draus. Fair?«

Es war seltsam. Einerseits schien die Stimme überhaupt nicht zu der Frau zu passen und andererseits wieder doch. June nickte. Ihr war alles recht, solange sie ihr helfen würden, herauszufinden, ob es ihrer Schwester gut ging.

»Erinnerst du dich noch an den kranken Jungen, Bee, dessen Mutter später allein zu uns kam und sagte, sie hätte bereits eine Heilung für ihren Sohn gefunden, könne aber nicht darüber sprechen?«, fragte Adrien.

»Klar, daraufhin habe ich mir doch den Humanity Point unter New Hope mal genauer angeschaut. Bemerkenswert gut ausgestattet, dieser Behandlungsraum, und dann war da ja auch noch die Sache mit der mysteriösen Studie und der Blutabnahme. Hatte da ein ganz mieses Gefühl bei der Sache«, sagte die Frau, die er Bee genannt hatte.

»Tja, sieht ganz so aus, als hättest du da richtiggelegen. Aber ich schätze, dazu kann June mehr erzählen«, antwortete Adrien. »Okay?« Nun sah er June an, die sowieso mehr in ihrer Suppe herumrührte, als sie zu essen.

»Beginn am besten ganz am Anfang, Vögelchen, und erzähl uns alles, was dir in den Sinn kommt. Wir haben noch Zeit, bis die Bar aufmacht, und wenn du dich bereit dazu fühlst, würde ich die Geschichte gerne noch ein zweites Mal hören«, sagte Fanny und strich ihr aufmunternd über den Rücken.

»Ich werde tun, was nötig ist«, sagte June mit festem Blick in die Runde, auch wenn es mehr ein Versprechen an sich selbst und an Amalie war. Dann nahm sie sich zusammen, drängte ihre Erschöpfung beiseite und begann, die Ereignisse der letzten Monate so genau wie möglich zu schildern.

Luca

»Luca. Es freut mich sehr, dass du dich doch noch entschlossen hast, zu mir zu kommen«, begrüßte Cera sie lächelnd in ihrem lichtdurchfluteten Büro im Medical Center. Mit seinen warmen gelben und cremefarbenen Tönen wirkte der Raum wie ein Sonnenaufgang. Wäre sie als Patientin hier und nicht, um die MD zur Rede zu stellen, hätte Luca sich sicher wohlgefühlt, doch so ignorierte sie ihre Umgebung und konzentrierte sich ganz auf Cera.

»Ich komme nicht für irgendwelche Untersuchungen oder eine Therapie«, stellte sie klar und musterte aufmerksam die Mimik ihres Gegenübers. Dafür, dass sie sie möglicherweise belog und hinters Licht führte, wirkte sie erstaunlich ruhig und aufrichtig.

»Wie kann ich dir dann behilflich sein?«

»Ich habe einige Fragen. Zur Art unserer... Beziehung in der Vergangenheit. Und auch zu dem Vorfall mit dem Neurochip und meinem Gedächtnisverlust«, erklärte sie und blickte der MD entschlossen in die Augen. Cera sollte klar sein, dass sie sich weder abwimmeln noch mit irgendwelchen Halbwahrheiten abspeisen lassen würde. Sie hatte sich vergangene Nacht einige Gedanken dazu gemacht, welche Gründe und Motive Cera haben könnte, sie zu belügen. Von allen Szenarien, die sie in Gedanken durchgespielt hatte, kam ihr eines am wahrscheinlichsten vor. Wenn sie tatsächlich zusammen bei TQ gearbeitet hatten und Luca selbst den Neurochip mitentwickelt hatte, der sie ihre Erinnerungen gekostet hatte, dann war Cera ja vielleicht auch daran beteiligt gewesen. Was, wenn sie deswegen vertuschen wollte, was damals wirklich schiefgegangen war? Was, wenn mit der ganzen Geschichte über ihren Unfall – vielleicht sogar nur *angeblichen* Unfall? – etwas nicht stimmte?

»Komm, setzen wir uns doch, dann werde ich versuchen, alle deine Frage nach bestem Wissen und Gewissen zu beantworten«, sagte Cera, deren Lächeln keine Sekunde nachgelassen hatte. Mit einer eleganten Handbewegung bot sie ihr einen Platz auf einem Sofa direkt neben einem bodentiefen Fenster an. Sie selbst setzte sich auf den Sessel direkt gegenüber.

In Luca begann es zu brodeln. Ceras Gelassenheit machte sie wütend. Sie musste sich zusammenreißen, nicht sofort mit all ihren Theorien und Vorwürfen herauszuplatzen. Nein, sie musste hier besonnen und klug vorgehen.

»Gut, meine erste Frage bezieht sich auf meine Erinnerungen. Mir ist aufgefallen, dass mir hin und wieder etwas bekannt vorkommt und anderes gar nicht. Doch wie kann mir etwas wie mein eigener Name oder meine eigene Wohnung, mein Verlobter so vollkommen fremd erscheinen, während mir irgendein Brunnen draußen vage bekannt vorkommt? Wie kann ich ausgerechnet die Menschen und Orte, die mir am vertrautesten gewesen sein müssen, so vollkommen vergessen haben?«

Ihre Hände auf ihren Oberschenkeln zu Fäusten geballt, wartete Luca auf eine Erklärung. Sie war sich sicher, die MD würde eine für sie haben. Doch ob sie diese auch glauben konnte? Das war eine ganz andere Frage.

Cera nickte ernst und strich sich eine rotblonde Locke hinters Ohr. »Ich verstehe, dass dir das seltsam vorkommen muss. Soweit wir bisher auch in Medizin und Forschung gekommen sind, es gibt doch noch einige Rätsel, auf die wir keine Antworten finden konnten. Ich kann dir leider nicht sagen, warum manches in dir ein Gefühl von Erkennen auslöst und anderes nicht. Eine Amnesie ist sehr individuell. Manche vergessen mehr, manche weniger, einige alles. Bei manchen kehren die Erinnerungen früher zurück, bei anderen später, bei manchen niemals oder nur teilweise. Ich kann dir nicht sagen, wie es bei dir sein wird.«

Der Art, wie Cera mit ihren Händen gestikulierte, war anzusehen, dass sie nach passenden Worten für das suchte, was sie vermitteln wollte. Einen Moment später nickte die MD und wandte ihren Blick erneut Luca zu.

»Stell dir unser Gedächtnis vor wie einen Garten. Jede Erinnerung, jede erlernte Fertigkeit, jedes neue Wissen ist wie eine Pflanze, die man entweder pflegt und wachsen lässt oder vernachlässigt, sodass sie eingeht. Wir vergessen Dinge und können manches auch wieder verlernen, was wir mal konnten. Damit schaffen wir Platz in unserem Garten für neue Pflanzen. Das ist völlig natürlich.

Aber dein Unfall ist eher mit einem Wirbelsturm vergleichbar, der durch deinen Garten gefegt ist. Reine Willkür, wenn du so willst. Manche Pflanzen haben ihn besser überstanden als andere. Manche sind eventuell ganz gestorben, andere haben vielleicht noch intakte Wurzeln und können mit der Zeit wieder nachwachsen. Doch jede Pflanze wächst in ihrem eigenen Tempo, und wir können nichts weiter tun, als uns in Geduld zu üben.«

Es war eine wenig zufriedenstellende Antwort, auch wenn Luca das Bild, das Cera gezeichnet hatte, durchaus verstand. Genau genommen, war es überhaupt keine Antwort gewesen, sondern vielmehr eine Entschuldigung dafür, ihr gar keine geben zu können.

»Okay, dann halt eine andere Frage, wenn es auf die erste keine Antwort gibt. Haben wir in der Vergangenheit an gemeinsamen Projekten gearbeitet? Zum Beispiel bei TQ? Und falls ja, warum hast du mir das bisher verschwiegen?«

Überraschung spiegelte sich in Ceras Zügen. »Wir haben nie an gemeinsamen Projekten gearbeitet. Du warst meine Patientin, da wäre jede direkte kollegiale Beziehung nur hinderlich gewesen.«

Luca musterte die MD unschlüssig. »Sagt dir ein Essay mit dem Titel *Die Chancen und Grenzen des Einsatzes von Neurotechnologie in der Behandlung psychischer Traumata* etwas?«

Damit schien sie Cera endgültig aus dem Konzept gebracht zu haben. Die Stirn in tiefe Falten gelegt, musterte die MD sie aufmerksam. »Ich befürchte, ich kann dir nicht ganz folgen, Luca. Was hat mein Essay damit zu tun?«

Mein Essay. Die Worte hallten in Lucas Gedanken wider und feuerten sie an, ihr Verhör fortzusetzen. »Da ich in meinen privaten Dateien diesen Essay mit meinem Namen darauf gefunden habe und du dich selbst als die Verfasserin bezeichnest, bleiben nur zwei schlüssige Erklärungen. Erstens, dass eine von uns den Text der anderen als ihren eigenen ausgegeben hat. Doch zu welchem Zweck? Oder zweitens, dass wir beide gemeinsam an dem zugrunde liegenden Projekt bei TQ gearbeitet haben. Doch warum solltest du das vor mir geheim halten wollen?«

Cera blinzelte mehrmals und verschränkt ihre Hände im Schoß. Ihre Haltung wirkte angespannter als zuvor. Innerlich jubilierte Luca, dass die Fassade endlich bröckelte. Doch sie hatte immer noch nicht die Antwort auf ihre Fragen. Was steckte hinter all dem?

Als Cera weitersprach, hatte sie sich wieder gefangen. Unnötigerweise strich sie ihren Rock glatt, als könne sie damit die vorherigen Augenblicke einfach fortwischen. »Ich kann mich nur wiederholen. Wir haben nie an einem gemeinsamen Projekt gearbeitet, wenn wir auch auf demselben Gebiet geforscht haben. Es ist nicht unüblich, auch Arbeiten und Texte von Kollegen aufzugreifen, mit denen man nicht direkt zusammenarbeitet, um sie zu überprüfen, weiterzudenken und zu ergänzen. Es tut mir leid, wenn einer meiner Texte im Umlauf ist, der sich auf eine deiner Arbeiten bezieht, ohne dass du darin genannt wirst. Ich kann mir das nur so erklären, dass es sich dabei um ein Missverständnis oder eine Unachtsamkeit meinerseits handelt. Ich werde dem nachgehen und eine Anpassung vornehmen.«

Luca schnaubte. »Und das soll ich jetzt einfach so glauben? Dass du vergessen hast, dass du einen Text auf der Basis meiner Arbeit verfasst hast? Was ja noch nicht einmal erklären würde, warum ich dann *denselben* Text unter meinem Namen abgespeichert habe. Ich bin doch nicht dumm! Der Essay ist eindeutig im Zuge eines Projektes von TQ geschrieben worden. Also musst du dort gearbeitet haben, und nur weil in meiner Personalakte nicht steht, dass wir zusammengearbeitet haben, heißt das ja nicht, dass es nicht doch so war. Ich meine, wir waren beide dort etwa zur selben Zeit im Forschungsbereich der Neurotechnologie tätig. Und nicht nur das: Wir haben beide auch noch an Neurochips geforscht. Oder willst du das jetzt etwa abstreiten?«

»Natürlich kann und will ich nicht bestreiten, dass ich zeitweise für das ein oder andere Projekt als freie Mitarbeiterin für TQ tätig war, während du dort angestellt warst. Doch so abwegig es für dich vielleicht in diesem Moment klingen mag, wir haben trotzdem nie gemeinsam an einem Projekt gearbeitet. Unsere Projekte haben sich lediglich thematisch überschnitten und ergänzt. Da kann dann auch schnell mal etwas durcheinandergeraten und ein Text falsch zugeordnet werden. Das Projektmanagement bei TQ wird dir das bestätigen können.«

Cera beugte sich vor, ihr Tonfall wurde wieder sanfter, regelrecht einschmeichelnd. »Glaub mir, Luca, ich verstehe dein Bedürfnis, alles und jeden zu hinterfragen. Es ist nur menschlich, überall nach Zusammenhängen zu suchen und die Möglichkeit, dass es sich nur um Zufälle handelt, zu ignorieren. Das menschliche Gehirn hasst Zufälle und liebt vereinfachte Erklärungen für komplexe Sachverhalte. Sogar selbst dann noch, wenn diese faktisch leicht zu widerlegen sind. Oft fühlen wir uns einfach wohler mit einer Lüge, die wir leicht nachvollziehen können, als mit der Wahrheit, die uns bei unserem aktuellen Wissensstand undurchsichtig erscheint.«

Die MD klang so sicher in dem, was sie sagte, dass Luca ihren Blick von ihr abwandte und stattdessen ihre Fäuste betrachtete. Ihre Fingernägel pressten sich in ihre Handflächen. Sie wusste nicht, ob das, was Cera sagte, unglaubwürdig klang oder ob sie es einfach nur nicht glauben wollte. Weil sie ihr nicht vertraute. Weil da immer noch die Angst war, dass Cera sie nach Strich und Faden belügen könnte. Dass ihr Unfall vielleicht gar kein Unfall gewesen war. Weil da dieses Gefühl in ihr war, dass die Puzzleteile, die man ihr gegeben hatte, um ihr Leben wieder zusammensetzen, einfach nicht zueinander passten. Mit genug Druck konnte man sie vielleicht aneinanderlegen – oder sie gingen dabei kaputt, als gehörten sie gar nicht zu ein und demselben Puzzle.

»Es ist ja nicht nur der Essay oder die Tatsache, dass ich mich nicht einmal an Zinnia oder meine Familie erinnern kann. Meine persönlichen Aufzeichnungen, Fotos und Dateien sind so minimal, dass es aussieht, als würde ich erst seit Kurzem überhaupt existieren oder jemand hätte da zeitlich passend zu meinem ›Unfall‹ großzügig aussortiert. Und warum lese ich überall nur, dass es unmöglich ist, einen Neurochip nach dem Einsetzen wieder zu entfernen, während du mir gesagt hast, genau das hätte man bei mir getan?«

Luca wurde immer lauter. »Und erzähl mir jetzt bloß nicht, dass es daran liegt, dass mir der Chip gerade erst eingesetzt wurde. Ich habe lange darüber nachgedacht. Wenn der Neurochip noch gar nicht richtig eingesetzt war, als der Eingriff abgebrochen wurde, wie konnte er dann überhaupt so großen Schaden in meinem Gehirn anrichten? Das ergibt doch alles keinen Sinn!«

Die Fragen kamen ihr immer drängender und aufgeheizter über die Lippen. Irgendwann hatte sie es nicht mehr ausgehalten, auf dem Sofa sitzen zu bleiben, und nun stand sie vor

Cera und blickte auf sie hinab. Innerlich zerrissen zwischen Wut und Verzweiflung.

»Luca«, begann Cera ruhig und erntete dafür nur ein warnendes Kopfschütteln. Doch die MD ließ sich nicht beirren. »Ich kann mir kaum vorstellen, wie schwer es für dich sein muss, dich nach deinem Gedächtnisverlust wieder neu zurechtfinden zu müssen, aber mir ist klar, dass es für dich viel Stress bedeuten muss. Bitte, setz dich doch wieder hin und lass uns darüber reden. Ich bin mir sicher, wenn du etwas zur Ruhe gekommen bist, siehst du wieder klarer. Bitte, lass mich dir helfen, Ordnung in deine Gedanken zu bringen.«

»Kein Interesse«, verkündete Luca zittrig und wandte sich zum Gehen. »Ich muss mir nicht anhören, dass ich nur gestresst und verwirrt sei. Ich habe meine Fragen gestellt, aber du willst scheinbar nicht darauf antworten. Damit ist das hier reine Zeitverschwendung.«

Sie hatte es ein für alle Mal satt, dass ständig alle ihren Fragen auswichen. Doch irgendwie würde sie die Wahrheit schon herausfinden. Sie musste es einfach. Um endlich wieder mehr sein zu können als ein Bündel aus Fragen, Ängsten und Ungereimtheiten.

June

Dort, wo das Glasdach des Raumes nicht mit Moos und Dreck bedeckt war, fiel schummriges Tageslicht auf cremeweiß geflieste Wände und Böden. Zwar bröckelte hier und da Putz aus den Fugen, aber man sah dem Ort trotzdem an, dass er nicht ganz so verlassen war, wie man in dieser Geisterstadt zunächst vermuten musste.

Neugierig sah June sich weiter um und ließ dabei ihre verspannten Schultern kreisen. Die vergangenen drei Stunden hatte sie sich mit Bee auf den Rücksitz in Adriens schmalem Solarcar gequetscht, der eindeutig nicht für zwei Personen ausgelegt war. Ursprünglich hatte June auch gar nicht mit zum Hauptquartier der Elstern fahren sollen, doch sie hatte so lange auf ihre Granny und Adrien eingeredet, bis sie nachgegeben hatten. Sie würde sich ganz sicher nicht von der Suche nach ihrer Schwester ausschließen lassen.

»Wir fangen Regenwasser auf dem Dach auf, und was wir nicht zum Trinken brauchen, leiten wir hier als Waschwasser in den Pool«, sagte Bee und deutete auf das in den Boden eingelassene Becken, an dem die drei vorbeigingen. Momentan war es gut zur Hälfte gefüllt.

»Man könnte es Verschwendung nennen, ich nenne es lieber Lebensqualität. Du kannst doch schwimmen, oder? Die Wassermenge sollte gerade so für ein paar Schwimmzüge reichen.«

»Ja, ist aber schon etwas länger her«, erwiderte June. »Wofür wurde das Gebäude früher genutzt?«

Diesmal war es Adrien, der antwortete: »Ein Hotel. An Platz fehlt es uns hier also nicht. Außerdem hat es einen direkten Zugang zur alten U-Bahnlinie der Stadt.«

»Also fehlt es euch auch nicht an Fluchtwegen«, kommentierte June, während sie ihm und Bee erst in einen schmalen fensterlosen Flur und dann in ein Treppenhaus folgte. Vermutlich Wege, die früher nur das Personal benutzt hatte, so wenig einladend, wie sie wirkten.

»Gut mitgedacht.« Adrien warf ihr einen schwer zu deutenden Blick über seine Schulter zu. June hatte nicht das Gefühl, dass sie bisher sonderlich gut miteinander konnten. Er war immer noch derjenige, der sie vor ein paar Tagen entführt hatte, und sie war immer noch diejenige, die in seinen Augen herumgeschnüffelt hatte wie eine Spionin. Hätte Fanny nicht für sie gebürgt, würde er sich vermutlich gar nicht weiter mit ihr abgeben.

Während sie nach unten stiegen, kratzten ihre Schuhe über den zerschlissenen und schmutzverkrusteten Teppichboden, der die Stufen bedeckte. Wegen des unangenehm muffigen Geruchs in der Luft rümpfte June die Nase.

Ihr Ziel stellte sich nicht als einfacher Kellerraum oder kleiner Bahnsteig heraus, sondern als große unterirdische Halle, auf deren linker Seite ein Gleis auf beiden Seiten in der Dunkelheit eines Tunnels verschwand.

Nicht weit von der Tür befand sich eine zusammengewürfelte Sitzgruppe aus einem zerschlissenen Sofa, drei Hockern, einem Lehnsessel und Kissen auf einem blauen Teppich. Zwei bekannte Gesichter blickten June von dort entgegen. Doch während Soley sie geradezu begeistert angrinste, hatte Nasrin anscheinend wieder beschlossen, die Unnahbare zu geben, denn sie schaute nicht einmal von dem Datenpad in ihren Händen auf.

»Alle herkommen«, verkündete Adrien laut, und fast augenblicklich tauchten weitere Personen von den Werkbänken im hinteren Teil der Halle und aus dem ziemlich provisorisch anmutenden Wanddurchbruch links von ihnen auf. Am Ende waren es um die dreißig Leute, die sich auf die Sitzgruppe verteilten oder daneben in einem Halbkreis aufstellten. Lediglich einer zog es vor, das Wort zu ergreifen.

»Man sieht sich immer dreimal im Leben«, sagte der glatzköpfige Fahrstuhlbelagerer aus Demmin mit einem Augenzwinkern zu June. Zu überrascht davon, ihn ebenfalls hier anzutreffen, verpasste sie die Chance, darauf zu antworten.

Stattdessen schaltete sich Bee flüsternd ein: »Zweimal, Schlaukopf. Es heißt, man sieht sich immer *zweimal* im Leben, Eagle.«

Junes Fahrstuhlbekanntschaft ignorierte den Seitenhieb und wandte sich erneut an sie: »Ich hab Adrien gleich gesagt, dass du kein Spion bist. Aber auf mich wollte ja keiner hören.«

»Ich schätze, das ist dann wohl mein Stichwort«, schaltete sich dieser ein. Trotz der lockeren Wortwahl ließ sein strenger Tonfall Eagle in betretenes Schweigen verfallen. »Wie ihr seht, begrüßen wir zum ersten Mal einen Gast bei uns. June wird zunächst für einige Wochen hier bei uns unterkommen, dann sehen wir weiter. Damit wird sie natürlich wie jeder andere auch fürs Putzen und Kochen eingeteilt. Ansonsten gleicht ihr Status dem eines Kükens.«

Damit schien für die Anwesenden alles zu ihrer Person gesagt zu sein. Hier und da nickte ihr jemand zu oder bedachte sie mit einem nachdenklichen Blick.

»In exakt drei Stunden geht der nächste Flug«, fuhr Adrien fort. »Bee hat das Kommando, begleitet wird sie von Bobby, Tonia und Arin. Ihr habt die Freigabe, in Zone 3 eine Lieferung entgegenzunehmen. Von Xens Team erwarte ich in einer halben Stunde einen Fortschrittsbericht. Die Küken machen einen Rundgang. Nehmt June mit, und dann erwarte ich von euch ebenfalls einen Bericht.« Die letzten Worte hatte er direkt an Nasrin und Soley gerichtet, während der Rest der Gruppe sich bereits zerstreute.

»Was ist das für ein Flug?«, wollte June von Adrien wissen, die sich eher weniger für einen Rundgang interessierte.

»Man nennt uns Elstern, weil wir auf New Hope rauffliegen, schon vergessen?«, kam die unerwartet flapsige Antwort vom Boss der Elstern. Dass er sich dabei zum Gehen wandte, war der zweite Hinweis darauf, dass er sich jetzt, wo er sie an Nasrin und Soley vermittelt hatte, nicht mehr für sie verantwortlich fühlte. June folgte Adrien ein paar Schritte, bis Soley sie stoppte, indem er sie am Arm festhielt. »Ich will mit.«

»Du bist noch nicht groß genug zum Fliegen, Vögelchen«, antwortete Adrien, ohne sich noch einmal zu ihr umzudrehen. Der Kosename, den Fanny für sie nutzte, klang aus seinem Mund abfällig.

»Das bringt dich nicht weiter«, flüsterte Soley ihr zu, als June sich aus seinem Griff befreien und weiter auf Adrien einreden wollte. »Er trifft hier die Entscheidungen, also verspiel's dir besser nicht gleich mit ihm.«

Zähneknirschend gab June nach und sah zu, wie Adrien durch den Durchbruch in der Wand aus ihrem Sichtfeld verschwand. »Dieser Rundgang, den ihr mit mir machen sollt, beinhaltet nicht zufällig einen Raum mit einem Computer?«

»Das würde dir auch nicht weiterhelfen. Wir haben keine Freigabe, uns damit ins öffentliche Informationsnetz einzuloggen. Aber vielleicht können wir dir trotzdem helfen«, sagte Soley und lächelte ihr zu. »Du kannst mit uns zusammen trainieren. Mit etwas Glück wirst du dadurch deinen Status als Gast bei uns los. Und während wir bei unserem Rundgang durchs Hotel nach dem Rechten sehen, kannst du uns erzählen, was mit deiner Schwester passiert ist. Vielleicht fällt uns ja etwas auf, was dir bisher entgangen ist. Ich bin wirklich gut, was Details angeht. Nasrin?«

Diese zuckte gleichgültig mit den Schultern, was Soley jedoch als Zustimmung zu deuten schien, denn sein Lächeln wurde noch eine Spur breiter. »Na dann, los«, sagte er und hakte sich bei June unter. »Wir haben schließlich keine Zeit zu verlieren, oder?«

Wenig begeistert ergab sie sich ihrem Schicksal. Sie konnte nur hoffen, dass es nicht die Zeitverschwendung werden würde, nach der es sich für sie anhörte.

Luca

Ziellos tigerte Luca durch das Medical Center. Sie wusste nicht, was sie als Nächstes tun sollte. Einen anderen MD nach seiner Meinung fragen? Oder noch einmal bei Edan nachhaken, um endlich Sicherheit darüber zu haben, mit wem und an was sie bei TQ gearbeitet hatte?

»Maris?«, fragte Luca die AI, die sie extra mitgenommen hatte, damit diese heimlich das Gespräch mit Cera mitverfolgen und aufzeichnen konnte.

»Ja?« Maris' Stimme war nicht anzuhören, wie sie bewertete, was sie mitverfolgt hatte, und Luca war ihr dankbar dafür, dass sie sich jeglichen Kommentar sparte.

»Bin ich paranoid?«

Das war die Frage, die Luca immer wieder umtrieb, wenn sie das Gefühl hatte, dass man ihr etwas vorenthielt oder sie belog. Ihr Verstand sagte ihr, dass es durchaus möglich war, dass sie sich wirklich mehr zusammenreimte, als am Ende der Realität entsprach, aber ihr Herz sagte ihr etwas ganz anderes. Nämlich, dass etwas ganz und gar nicht stimmte. Irgendetwas war falsch, und es machte sie halb wahnsinnig, nicht zu wissen, was. Ständig ihre Beziehung zu Zinnia zu hinterfragen, die für sie von Anfang an Lichtschimmer und Anker gewesen war.

Und wenn sie an ihm zu zweifeln begann, was war dann überhaupt noch wahr? Musste sie dann nicht auch annehmen, dass ihre Freunde sie in Wahrheit nicht unterstützten, sondern überwachten?

Fragte sie dann nicht gerade den Feind, ob sie paranoid war?

»Es ist dein gutes Recht, Cera nicht als deine MD zu wollen und zu hinterfragen, was sie dir erzählt«, meinte Maris, und Luca dachte schon, sie würde ihre Frage ganz umgehen wollen. Doch dann ergänzte ihre Freundin: »Wenn du paranoid bist, dann bin ich es auch. Und ich greife im Gegensatz zu dir auf Wahrscheinlichkeitsberechnungen zurück, und nicht auf menschliche Intuition. Eine so große Anhäufung an Ungereimtheiten ist logischerweise ein Anlass dafür, sie nicht vorschnell als Zufälle abzutun.«

»Danke«, sagte Luca und fühlte sich unglaublich zerbrechlich. Als würde das Zittern ihrer Finger ihr gesamtes Ich erschüttern.

»Eine Notiz in unserer Liste hat mich vorhin daran erinnert, dass wir eine Informationsquelle bisher noch gar nicht bedacht haben«, sagte Maris. »Er ist zwar kein Mind Engineer, aber Ben arbeitet doch für TQ, richtig? Da ist es doch möglich, dass er dir Fragen zu deiner früheren Tätigkeit beantworten kann, und vielleicht habt ihr sogar mal zusammengearbeitet.«

Luca blieb wie angewurzelt stehen. Maris' Worte wirkten wie ein Schwall kaltes Wasser, der den Aufruhr in ihr fortspülte. Warum hatte sie selbst noch nicht daran gedacht?

»Wissen wir, wo er wohnt?«

Keine fünfzehn Minuten später stand Luca vor Bens Tür und teilte dem darin integrierten Erkennungssystem voll Unwohlsein über die Spracherkennung mit, sie sei eine unangekündigte Besucherin. Luca fühlte sich sofort wie Eindringling, obwohl es natürlich albern war. Sollte sie mit Freunden jetzt auch immer Termine ausmachen? Also straffte sie die Schultern und riss sich zusammen.

Es spielte sowieso keine große Rolle. Selbst wenn Ben ihr spontanes Auftauchen als störend empfinden würde, sie konnte in diesem Fall keine Rücksicht darauf nehmen. Dafür war es viel zu wichtig. Sie musste herauszufinden, wem sie wirklich vertrauen konnte.

Als die Tür sich öffnete, stand jedoch nicht Ben dort, sondern ein fremder Mann mit sanft gebräunter Haut und haselnussfarbenen Augen. »Kann ich dir helfen?«, fragte er skeptisch.

»Tut mir leid, ich hab vergessen, meinen Namen zu sagen.« Vor lauter Anspannung fuhr sie mit den Fingern durch ihr offenes Haar und verhedderte sich prompt in ihren Locken. »Ich bin Luca. Ist Ben da?«

Als hätte er nur auf sein Stichwort erwartet, erschien Ben neben dem anderen Mann in der Tür und musterte sie überrascht. »Was machst du denn hier?«

Ben erntete einen Knuff von dem brünetten Mann, woraufhin er mit den Augen rollte und mit geradezu triefender Freundlichkeit hinzufügte: »Komm doch rein und schütte mir bei einem heißen Tässchen Tee dein Herz aus.«

»Tut mir leid, er ist echt unmöglich«, sagte der andere Mann direkt an Luca gewandt. »Aber da du ihn anscheinend bereits kennst, erzähle ich dir da vermutlich nichts Neues. Ich bin Jasmia, Bens Verlobter.«

»Schön, dich kennenzulernen«, erwiderte Luca, etwas überrumpelt von der Erkenntnis, dass Ben nicht allein lebte. Zwar hatte Jascha so etwas schon einmal am Rande bemerkt, aber in ihrer Vorstellung hatte er unsinnigerweise trotzdem immer allein gewohnt.

Ein lautes Poltern irgendwo hinten aus der Wohnung riss sie aus ihrem Gespräch.

»Ich geh mal …«, sagte Jasmia ohne weitere Erklärung und verschwand aus Lucas Blickfeld. Ben sah ihm nachdenklich hinterher, trat dann einen Schritt zurück, um Luca hereinzulassen. Als sich die Tür hinter ihr schloss, meinte Ben nur: »Unsere Tochter hat ein ausgeprägtes Talent dafür, Dinge herunterzuwerfen.«

Lucas Blick folgte dem seinen, doch Jasmia und besagte Tochter blieben ihr trotzdem verborgen. Ihre Neugier war geweckt, und sie hätte Ben zu gerne noch etwas länger in der Gesellschaft seiner Familie erlebt, doch was sie hergeführt hatte, wog schwerer.

»Können wir irgendwo ungestört reden?«, fragte sie deswegen und war froh, dass Ben zwar die Stirn runzelte, aber dann auf ihre Bitte einging und sie in einen kleinen Raum führte. Für einen kurzen Moment glaubte sie, er wäre vollkommen leer, doch dann flackerten hier und da holografische Displays auf. Dasjenige, das Luca am nächsten war, zeigte die dreidimensionale Gestalt eines humanoiden Roboters, der gerade einmal die Größe eines Kleinkindes hatte.

Und nicht nur das. In der Simulation spielte er sogar wie ein Kind mit Bauklötzen.

»Zinnia und ich spielen schon seit einer ganzen Weile mit dem Gedanken, ob es sich positiv auf die emotionale und soziale Entwicklung einer AI auswirken könnte, wenn wir ihr die Möglichkeit geben, echte zwischenmenschliche Interaktionen zu erfahren. Wie zum Beispiel mit anderen Kindern zu spielen«, erklärte Ben, der ihrem Blick gefolgt war. »Aber darüber wolltest du sicher nicht mit mir reden, richtig?«

Luca sah noch einen kurzen Moment dabei zu, wie der kindliche Roboter in der Simulation statt nach den Bauklötzen nach einem Ball neben sich griff, ehe sie wieder Ben anblickte.

»Hatten wir bei TQ mal miteinander zu tun? Hatten wir zum Beispiel ein gemeinsames Projekt oder haben wir zumindest irgendwie mitverfolgt, was der andere tut?«

»Hatten wir nicht«, antwortete Ben und lehnte sich mit verschränkten Armen an die Wand zu Lucas Rechter.

»Nie?« Selbst wenn Luca sich durchaus vorstellen konnte, dass sie und Ben sich nicht sonderlich nahegestanden hatten, kam es ihr doch seltsam vor, dass sie als Kollegen bei TQ überhaupt nichts miteinander zu tun gehabt haben sollten.

»Nie«, bestätigte Ben. Sein Mund inzwischen kaum mehr als ein Strich. »War's das dann?«

Sie schüttelt den Kopf. »Hast du mal mit Cera Allec zu tun gehabt? Oder weißt, ob ich mit ihr zusammengearbeitet habe?«

»Der Name sagt mir nichts.«

Um ihrer Frustration etwas Luft zu machen, begann Luca, vor Ben auf und ab zu gehen. Er seufzte.

»Das muss aber nichts heißen. Viele Leute arbeiten für TQ, und die meisten auch nur für die Dauer eines Projekts«, ergänzte Ben. »Und wir beide haben uns ja auch nur ab und an auf dem Flur getroffen ... generell wird es bei so vielen

Beschäftigten bei TQ schnell unübersichtlich. Was auch immer dir in Bezug auf diese Cera komisch vorkommt, es ist bestimmt einfach etwas durcheinandergeraten.«

»Du musst dir keine Ausreden ausdenken«, sagte Luca ermattet und blieb stehen, um ihm in die Augen schauen zu können. »Wir waren überhaupt gar keine Freunde, oder?« Diesen spontanen Gedanken laut auszusprechen machte ihn bereits zu einer neu gewonnenen Gewissheit. Sie brauchte gar nicht Bens Antwort abzuwarten, um zu erkennen, dass sie mit der Vermutung richtiglag. Sie fühlte es einfach.

Er musterte sie einen Moment stumm, dann schüttelte er seufzend den Kopf. »Lassen wir die Vergangenheit mal kurz beiseite. Wichtig ist doch nur, dass ich dir heute ein Freund bin. Und als dieser gebe ich dir jetzt einen Rat: Versteif dich bei deinen Überlegungen nicht zu sehr auf TQ und stell deine Fragen von jetzt an am besten alle direkt Zinnia.«

Eisige Kälte breitete sich in Luca aus. Die Andeutung hinter Bens Worten war ein Schock. Und das, obwohl sie, wenn sie ganz ehrlich mit sich war, tief in ihrem Inneren nichts anderes erwartet hatte. Von Anfang an war Zinnia das Zentrum ihres ›neuen‹ Lebens gewesen. Und wenn dieses Leben ein Geflecht aus Lügen war, dann war es doch nur logisch, dass er dabei die Fäden in der Hand hielt. Sie hatte es nur nicht sehen wollen.

»Luca?«, sagte Ben hinter ihr, als sie bereits wortlos auf den Weg nach draußen war. »Sag Zinnia, ich hab's ihm ja gesagt.«

Sie nickte, sah jedoch nicht noch einmal zurück. Er sollte nicht die Tränen sehen, die in ihren Augen brannten.

June

Vor ihrem inneren Auge versuchte June, sich die Ereignisse im Behandlungsraum des Humanity Points so genau wie möglich vorzustellen. Es war bereits das dritte Mal, dass sie Soley alles schilderte, doch diesmal hatte sie die Augen geschlossen, und er fragte sie auch danach, was sie sah, roch und hörte. Details, die unwichtig erschienen, aber June wollte sich davon nicht demotivieren lassen. Am Ende waren es doch Dinge, an die sie sich zuvor nicht mehr erinnert hatte. Das war immerhin etwas, oder?

»Wie genau sehen die Anzüge von dem Mann und der Frau aus?«, fragte Soley in einem ruhigen Singsang, der June nach den Tagen gemeinsamen Trainings, Putzens oder Kochens angenehm vertraut geworden war.

Sie war selbst davon überrascht, wie schnell sie echte Freundschaft geschlossen hatten, nachdem sie sich so viele Jahre nur gegenüber Familienmitgliedern geöffnet hatte. Aber Soley ... Er hatte einfach etwas an sich, dass man gar nicht anders konnte, als ihn zu mögen.

»Weiße Anzüge, Helme mit großem Sichtfenster«, antwortete June.

»Irgendwo ein Logo oder etwas anderes darauf?«

Sie zögerte einen Moment, dann verneinte sie.

»Und hatten sie etwas bei sich?«, ging Soley weiter seine Fragen durch.

June musste lächeln. Er wusste ganz genau, dass sie einen Koffer dabeigehabt hatten, trotzdem mimte er für sie den Unwissenden.

»Einen Koffer. Mit einem Untersuchungsdings drin. So eine Röhre, in die Amalie ihren Arm stecken musste.«

»Bleiben wir erst einmal bei dem Koffer an sich. Wie sieht er von außen aus?«

Angestrengt rief sich June das Bild vor Augen, wie der Koffer auf den Behandlungssitz gelegt worden war. War er auch weiß gewesen?

Sie schnappte nach Luft.

»Was siehst du?«, wollte Soley wissen.

»Da war etwas auf dem Koffer! Ein Zeichen«, sagte June aufgeregt. Sie schlug die Augen auf und hätte sich vermutlich aufgesetzt, wäre Soley nicht geistesgegenwärtig genug gewesen, sie an der Schulter mit leichtem Druck daran zu erinnern, dass sie liegen bleiben sollte.

Die Aufregung darüber, dass sie etwas entdeckt hatten, was ihnen vielleicht weiterhelfen konnte, kribbelte in June. Trotzdem zwang sie sich, Ruhe zu bewahren und ihre Augen wieder zu schließen. Mit einiger Mühe schaffte sie es, die Erinnerung erneut wachzurufen. »Ich... kann es nicht genau erkennen. Aber es ist irgendwie eckig. Ein Quadrat?«, sagte June ungeduldig. Sie war sich sicher, dass sie das Zeichen genau gesehen hatte, aber auf dem Bild in ihren Gedanken erschien es ihr nur noch unscharf.

»Hatte es eine Farbe oder mehrere?«, fragte Soley mit einer Ruhe in der Stimme, die es schaffte, Junes Aufregung etwas abzumildern.

»Schwarz. Oder... Nein, dunkelblau. Es war dunkelblau! Und vielleicht doch eher ein Dreieck, bei dem die Spitze nach oben links zeigt. Ich kann es nicht genau genug erkennen.« June seufzte und rieb sich die Augen.

»Hey, das ist doch schon mal was. Wenn du dir Zeichen und Logos anschauen kannst, die in der High Rise Society genutzt werden, erkennst du es bestimmt wieder«, sagte Soley. »Ich werde alle fragen, die schon mal oben waren, und Xen bitten, dass er das für mich nachrecherchiert. Er ist ein Genie, wenn es sich darum geht, unbemerkt in Netzwerken und Datenbanken herumzustöbern.«

Auch wenn sie nicht ganz so optimistisch gestimmt war wie Soley, schenkte June ihm ein Lächeln, als sie die Augen wieder öffnete. »Danke, ich weiß das echt zu schätzen.«

Um ungestört zu sein, hatten sie sich in einen Teil des Hotels zurückgezogen, der selten bis gar nicht genutzt wurde. Zusammen mit Nasrin und Soley hatte sie in den letzten Tagen den gröbsten Schmutz beseitigt und alles an Gerümpel weggeräumt, damit sie einen Platz zum Trainieren hatten, der nicht ganz so düster war wie die Kellerräume. Hier befanden sie sich direkt unter dem Dach, und durch die Fenster fiel warmes Sonnenlicht in den Raum, der eher so etwas wie ein überbreiter Flur war. Außerdem endete auf einer Seite der Boden frühzeitig, und lediglich ein schmales Geländer verhinderte es, durch Unachtsamkeit in die Etage darunter zu stürzen.

Als die Tür zum Treppenhaus geöffnet wurde, rechnete June fest damit, dass Nasrin sich wieder zu ihnen gesellte. Dementsprechend überrascht war sie, als stattdessen Fanny auf sie zukam. Sie trug ein schwarzes Top zu einer weiten dunkelgrauen Hose, ungewöhnlich leger für ihre Verhältnisse. Mit fragend hochgezogener Augenbraue sah sie ihre Enkelin an.

»Ich dachte, ihr trainiert hier oben«, sagte sie. Auch wenn ihre Stimme nicht scharf klang, war der Vorwurf in ihren Worten deutlich herauszuhören.

Aus dem Augenwinkel konnte June sehen, wie Soley aus seiner sitzenden Position aufsprang und Haltung annahm. Sie selbst ließ sich ein wenig mehr Zeit und schenkte Fanny ein breites Lächeln. »Seit wann bist du wieder hier?«

»Ich bin vor gut zwei Stunden angekommen«, erwiderte ihre Granny.

»Soley und ich haben gerade noch einmal über den Humanity Point gesprochen. Mir ist eingefallen, dass ich so etwas wie ein Logo dort gesehen habe. Dunkelblau oder schwarz, ein Viereck oder zumindest etwas Ähnliches. Sagt dir das was?«

Fanny dachte kurz nach, ehe sie verneinte. »Ich behalte es aber im Hinterkopf und sage dir Bescheid, wenn mir doch noch etwas dazu einfällt. Aber jetzt kümmern wir uns erst einmal um eure Ausbildung im Nahkampf. Solange ich hier bin, werde ich euch trainieren.«

»Echt?«, fragte Soley, der endlich aus seiner Starre erwacht war. Er klang überrascht, vielleicht sogar etwas ehrfürchtig. Was Fanny für die Elstern wohl war, nachdem sie das Kommando an Adrien abgegeben hatte?

Ihre Granny schenkte Soley ein freundliches Lächeln und sagte: »Nasrin kommt auch gleich dazu. Wenn du willst, dann zeigen meine Enkelin und ich dir so lange schon einmal eine Aufwärmübung für unser Kampftraining. Was sagst du, Juniper? Zeig mal, woran du dich noch erinnerst.«

June meinte, Soley leise das Wort Enkelin murmeln zu hören. Als müsse er die Information selbst noch einmal aussprechen, um sie einsortieren zu können. Deutlicher sagte er dann: »Na, da bin ich aber gespannt.« Und grinste sie erwartungsvoll an.

»Dann hoffe ich mal, dass ich in den letzten Jahren nicht alles vergessen hab«, antwortete sie und trat etwas nervös auf Fanny zu. Es war lange her, seit ihre Granny ihr und Amalie den Tanz beigebracht hatte, bei dem sie sie und ihren Vater so gerne beobachtet hatte. Anmutig und gleichzeitig kraftvoll.

»Einfach nicht drüber nachdenken. Dein Körper erinnert sich schon«, meinte Fanny aufmunternd.

Zunächst bewegten sie sich nur langsam im Kreis, Fanny gab die Geschwindigkeit vor. Junes Bewegungen waren noch etwas steif und unsicher, doch das legte sich schnell. Das hier war ein Tanz, der ihr alles an Konzentration abverlangte. Da blieb kein Platz für Zweifel und Zögern. Wenn Fanny einen Satz auf sie zumachte, wich sie tänzelnd zurück. Aktion und Reaktion. Es ging nicht darum, den anderen zu treffen oder in irgendeiner Form zu kämpfen, auch wenn es im ersten Moment von außen so wirken konnte. Vielmehr handelte es sich darum, einander zu umkreisen und zu beobachten, bis man seine Bewegungen vollkommen aufeinander abgestimmt hatte. Zuzulassen, dass der andere den Rhythmus veränderte, und den sich bietenden Freiraum nutzen, um es ihm gleichzutun.

Ja, ihr Körper erinnerte sich tatsächlich. Aber auch ihr Herz tat es. Es befreite sie von den unsichtbaren Fesseln, die ihr das Atmen erschwerten und die schon über so viele Monate hinweg ihr Begleiter waren, dass sie ganz vergessen hatte, wie es ohne sie war. Zum ersten Mal verstand June wirklich, was Fanny früher immer damit gemeint hatte, wenn sie sagte, dass der Tanz Geist und Seele reinigen konnte, wenn man ihn ließ.

Luca

Auf dem Weg nach Hause überschlugen sich Lucas Gedanken. Sie nahm kaum etwas von ihrer Umgebung wahr, selbst Maris' Worte über die Ohrhörer drangen nicht bis zu ihr durch.

Wie im Traum erreichte sie das Wohnhaus auf der Oberfläche der Isle und stieg die Treppe hoch. Es war viel zu schnell gegangen. Der Weg hatte ihr nicht annähernd die Zeit gegeben, die sie gebraucht hätte, um sich etwas zu beruhigen. Vielleicht hätte aber auch alle Zeit der Welt nicht geholfen.

Einige Meter vor ihrer Haustür blieb Luca stehen. Sie fühlte sich noch nicht bereit, um sich dem Gespräch mit Zinnia zu stellen. Außerdem gab es da noch eine Sache, die sie vorher klären wollte.

»Maris? Was ist zwischen dir und Zinnia vorgefallen?«

Lucas Herz pochte angespannt in ihrer Brust. Nach Bens Ratschlag hatte sie Angst vor der Antwort, die sie bekommen könnte. Gleichzeitig musste sie es nun dringend wissen. Sie musste wissen, was für ein Mensch Zinnia wirklich war. Hatte sie sich so in ihm getäuscht?

»Der Konflikt zwischen mir und Zinnia ist rein beruflicher Natur. Ich bin mir nicht sicher, ob er es legitim finden würde, wenn ich offen darüber spreche. Vertraulichkeit ist ihm wichtig.«

Luca ballte ihre Hände zu Fäusten. »Bitte, Maris. Ich würde nicht so direkt nachfragen, wenn es nicht wichtig wäre. Ich muss wissen, ob ich mich in ihm geirrt habe, ob er vielleicht anders ist, als ich denke. Ob ich ihm vertrauen kann …«

Nach einer kurzen Pause antwortete die AI: »Ich bin mir nicht sicher, ob ich dir etwas sagen kann, was dir weiterhilft. Vertrauen basiert vor allem auf Emotionen, nicht nur auf Informationen. Ist ein angezweifeltes Vertrauen überhaupt noch Vertrauen?«

»Maris, beantworte bitte einfach meine Frage. Ich habe gerade keinen Nerv auf irgendeine philosophisch angehauchte Diskussion über Emotionen und Vertrauen.«

Maris' Stimme war nicht anzuhören, dass sie Luca ihre Ungeduld übel nahm, als sie antwortete: »Zinnia hat in meinen Augen sein Versprechen an mich gebrochen. Als AI darf ich mir zwar aussuchen, woran und für wen ich arbeite, aber ich habe keinerlei Anspruch darauf, ein Arbeitsverhältnis wieder zu beenden oder das isolierte System zu verlassen, in dem ich programmiert wurde. Um also mehr von der Welt draußen zu erleben, musste ich ein Arbeitsverhältnis woanders aufnehmen. Allerdings bedeutet das im Endeffekt nichts anderes für eine AI, als ab dem Zeitpunkt der Besitz von demjenigen zu sein, auf dessen System man umgezogen ist, auch wenn es niemand offen so nennen will. Aber Zinnia hatte mich mitprogrammiert, mir erzählt, dass er den Plan gefasst hatte, in die Politik zu gehen, und ich sah darin eine Chance. Wir haben einen Deal gemacht. Ich helfe ihm im beruflichen Umfeld, das auf lange Sicht politischer Natur werden würde, dafür würde er die Rechte für AI zu einem seiner Hauptthemen machen, wenn er für die Präsidentschaft kandidiert. Und er wollte sich so auch dafür einsetzen, dass es mir endlich erlaubt wird, AIs zu programmieren.«

»Und das hat er nicht getan?«

»Zunächst schon. Doch als es dann mit dem Wahlkampf losging, sprach er in Interviews stattdessen über die Innovationen und Chancen durch Neurochiptechnologie und rein gedankliche Kommunikation. Ein aktuelles Thema, von dem ich verstehe, warum er es aufgreifen wollte. Doch er hatte mich nicht davon in Kenntnis gesetzt und das, obwohl ich ihm dabei geholfen hatte, sich auf die Interviews vorzubereiten.«

»Und seitdem zeigst du ihm die kalte Schulter und arbeitest lieber für mich?«

Maris schnaubte. »Ich habe ihn natürlich erst einmal zur Rede gestellt. Allerdings hat er mich mit der Begründung abgespeist, dass es zurzeit einfach wichtigere Themen gibt, derer er sich annehmen müsse. Aber statt dass er uns die Möglichkeit gibt, das auszudiskutieren, schließt er mich aus seinem Wahlkampf aus. Es sei schließlich wichtiger, dass ich seine Verlobte unterstütze. Er käme auch gut eine Weile ohne mich zurecht. Und ich musste tun, was er will, weil er darüber bestimmt, auf welche Systeme ich Zugriff habe. Denn ich habe keine Rechte. Aber das ist ja kein wichtiges Thema für ihn.«

Zum Ende ihrer Erklärung war Maris' Stimme immer wütender geworden. Luca konnte gut nachempfinden, wie machtlos ihre Freundin sich fühlte. Egal, wo sie war, selbst wenn Luca sie auf ihrem Armband mit sich herumtrug: Maris war immer in gewisser Weise eingesperrt, immer von einem Menschen abhängig.

»Ich hätte Zinnia nicht für jemanden gehalten, der ein Versprechen einfach so bricht. Er ... zeigt immer so viel Interesse für andere und ... Mitgefühl«, bemerkte Luca nachdenklich. Maris' Schilderung hatte sie wie Eiswasser geflutet. Sie fröstelte. Wusste nicht mehr, was sie denken und fühlen sollte. Sie wusste nur, dass es wehtat, dass Zinnia ihr Vertrauen genauso missbrauchen könnte, wie er es mit Maris' getan hatte.

»Das hatte ich auch nicht. Ich hatte schlichtweg keinen Grund dazu. Zinnia hatte zuvor nie sein Wort mir gegenüber gebrochen, nie ausgenutzt, dass er über mein Tätigkeitsfeld bestimmen konnte. Aber seit die Vorbereitungen für den Wahlkampf laufen, gibt es Momente, in denen ich ihn kaum wiedererkenne. Vielleicht ist doch was dran, dass die Politik nicht gut für den Charakter sei.«

Beide verfielen in Schweigen. Es war alles gesagt, und das bedeutete, Luca hatte keine Ausrede mehr, weiter auf dem Flur herumzutigern, statt ihre gemeinsame Wohnung mit Zinnia zu betreten.

»Wie war es bei Cera?«, fragte Zinnia lächelnd, als Luca das Wohnzimmer betrat. »Ihr scheint euch ja ganz schön lange unterhalten zu haben.«

Er saß auf dem Sofa, das in den Tisch vor ihm integrierte Holo-Display auf maximale Größe gestellt. Doch Luca interessierte sich heute nicht für die Arbeit, die er mit nach Hause gebracht hatte. Sie fühlte sich seltsam leer, wollte einfach nur noch die Wahrheit hören. Über sich. Über ihn. Einfach alles.

»Geht es dir gut?«, fragte er nun mit besorgtem Blick, nachdem Lucas Antwort ausgeblieben war.

»Ich war nach dem Gespräch mit Cera noch bei Ben. Deswegen bin ich erst jetzt zurück.« Zu hören, wie emotionslos ihre eigene Stimme klang, jagte Luca einen Schauer über den Rücken. Sie schien ihre Emotionen für den heutigen Tag bereits restlos aufgebraucht zu haben. »Ich soll dir ausrichten, dass er es dir ja gesagt habe.«

Zinnias Mienenspiel wanderte von Verwirrung zu Überraschung und landete dann bei Besorgnis. Doch diesmal glaubte Luca nicht, dass seine Sorge noch ihr galt.

»Warum bist du noch zu Ben?«, fragte Zinnia.

Sie hatte zwar nicht erwartet, dass er so schnell klein beigeben würde, doch insgeheim hatte sie es gehofft. Erschöpft rieb sie sich über ihre Augenlider.

»Weil Cera meinen Fragen ausweicht und ich gehofft hatte, Ben könnte mir sagen, warum.«

»Ich versteh nicht ganz. Was hat Ben denn mit Cera zu tun?«, hakte Zinnia nach und klang ehrlich verwirrt. Doch was hieß das schon bei jemandem, der so gut schauspielern konnte?

»Angeblich gar nichts. Aber trotzdem scheint es so, dass Cera früher mit mir bei TQ zusammengearbeitet hat. Wir müssen also beide Bens Kolleginnen gewesen sein. Wie sonst hätte Cera diesen Essay schreiben können, wenn sie nicht an dem Projekt beteiligt gewesen war, auf das er sich bezieht? Selbst wenn es mein Essay war und sie ihn nur als ihren ausgibt, müsste sie ja erst einmal irgendwie an ihn herangekommen sein, bevor er unter meinem Namen veröffentlicht werden konnte. Wie das, wenn wir uns bei TQ nie begegnet sind?«

Mit gerunzelter Stirn stand Zinnia auf und trat näher an Luca heran. Instinktiv machte sie einen Schritt zurück.

»Luca, ich ...« Er stockte, schüttelte den Kopf und atmete geräuschvoll aus. »Bist du dir sicher, dass es sich nicht einfach um ein großes Missverständnis handelt?«

Freudlos lachend, verschränkte Luca die Arme vor der Brust. »Mach dich nicht lächerlich. Als wäre dieser Essay das Einzige, was seltsam ist. Nichts scheint so richtig zusammenzupassen. Ich finde zu meiner Vergangenheit mehr neue Fragen als Antworten; außerdem hat Ben mir deutlich zu verstehen gegeben, dass ich mit dir sprechen muss, wenn ich die ganze Wahrheit wissen will. Also hör bitte endlich auf und sag mir, was wirklich mit mir passiert ist. Warum habe ich keine Erinnerungen mehr? Warum bleibt mir hier weiterhin alles und jeder fremd? Warum weicht jeder meinen

Fragen aus? Warum weißt du nichts über meine Familie und meine Arbeit bei TQ?«

Fahrig fuhr sich Zinnia durchs Haar, sodass sich die ein oder andere Strähne aus seinem Dutt löste und ihm über die Schulter fiel. Ihn schien es nicht zu interessieren. »Warum glaubst du, du müsstest dich an irgendetwas erinnern können? Kann es nicht sein, dass deine Amnesie einfach ... so ist? Außerdem weißt du bereits, dass es eine Komplikation mit einem Neurochip gab. Ich weiß nicht, was ich dir dazu noch sagen soll. Ich habe dir alles zu dir gesagt habe, was du in der Vergangenheit bereit warst, mit mir zu teilen. Du warst halt sehr verschlossen ...«

»Mach mich nicht wütend«, zischte Luca drohend. »Das habe ich alles schon mit Cera durchgekaut, und du wirst mir auch keine glaubhafteren Ausreden auftischen als sie. Also gib endlich auf und erklär mir, was Ben damit meinte, dass du die Antworten auf alle meine Fragen kennst. Warum hat Maris mich nicht schon vor dem Koma kennengelernt? Warum sind die Daten aus dem System unserer Wohnung ausgerechnet dann verloren gegangen, als ich einen *Unfall* hatte? Warum hast du gelogen und behauptet, dass Ben ein Freund von mir ist, wenn er selbst das verneint?«

In der Stille, die sich zwischen ihnen ausbreitete, hätte man eine Stecknadel fallen hören können. Luca bohrte ihren Blick in den Zinnias, beobachtete, wie er mit sich rang. Seine Kiefermuskeln zuckten vor Anspannung. Allein das war ihr Antwort genug, um einen Schritt zurückzutaumeln. Heiß und vernichtend fraß sich der Schmerz über seinen Verrat in ihr Herz.

»Bitte glaub mir, dass nicht alles gelogen war«, flüsterte Zinnia und nahm Luca damit die Luft zum Atmen. Mit einem Kopfschütteln versuchte sie, ihn davon abzubringen, weiterzusprechen, da sie nicht wusste, ob sie seine Erklärungen überhaupt ertragen könnte. Sie hatte bereits jetzt das Gefühl, dass ihre Beine gleich unter ihr nachgaben. Konnte er sie nicht wenigstens einen Moment durchatmen lassen? Ihr einen Augenblick Zeit geben, sich an irgendetwas festzuhalten, ob es nun die Kommode neben ihr war oder irgendein unsinnig hoffnungsvoller Gedanke daran, dass vielleicht doch noch alles wieder gut werden könnte? Doch er tat ihr diesen Gefallen nicht.

»Ich habe die Wahrheit gesagt, als ich meinte, ich will mein Leben mit dir verbringen. Ich liebe dich, Luca.«

»Hör auf«, flüsterte sie flehend, und diesmal ignorierte Zinnia ihren Wunsch nicht.

Ihren tränenvernebelten Blick auf den Boden zu ihren Füßen geheftet, da sie Zinnias Anblick nicht mehr ertrug, ließ sie sich gegen die Wand in ihrem Rücken sinken. Gönnte ihren Beinen endlich die ersehnte Pause und sank in sich zusammen. Innerlich schluchzend und um sich schlagend, physisch von der Wahrheit viel zu überwältigt, um ihren Gefühlen Ausdruck verleihen zu können. Sie hatte über ihren Körper keine Kontrolle mehr, genauso wie über ihr ganzes verdammtes Leben.

»Ich muss kurz jemanden kontaktieren, dann reden wir weiter«, drang Zinnias belegte Stimme an ihr Ohr und ließ sie einen Moment aufschauen.

Hätte Luca nicht schon vorher beobachtet, wie leer er in die Ferne schaute, wenn er seinen Neurochip nutzte, hätte sie vielleicht gedacht, dass Zinnia die ganze Sache unnötig hinauszögerte. Doch jetzt war ihr klar, dass er jemandem in Gedanken eine Nachricht über das Highnet schrieb oder vielleicht sogar MinTraCom nutzte.

Zähe Minuten später, die Luca damit verbracht hatte, ihr Gesicht in ihrem Schoß zu vergraben und ihrer Tränen Herr zu werden, ergriff Zinnia wieder das Wort: »Ich habe gerade Kontakt zu den Leuten beim Justice Circle aufgenommen, die das Projekt betreuen, an dem du teilnimmst. Sie sind einverstanden damit, dass ich dir einige deiner Fragen beantworte.«

Hatte sie gerade noch geglaubt, ihre Verwirrung könne nicht weiter zunehmen, wurde sie nun eines Besseren belehrt. Sie hatte fest damit gerechnet, dass er über Cera, Ben oder TQ sprechen würde, aber nicht über den Justice Circle. In all ihren Überlegungen war der gar nicht vorgekommen.

»Was für ein Projekt?«

Sein niedergeschlagener Gesichtsausdruck und das Mitleid in seinen Augen trafen Luca mehr, als Worte es vermocht hätten. Die Angst schloss ihre kalte Faust um ihr Herz.

»Ein Reintegrationsprojekt für Straffällige der Kategorie fünf.«

June

Schon seit dem Aufwachen am Morgen trieb June die Ungeduld um. Sie hatte wieder von Amalie geträumt. Wie die vorangegangenen Male auch hatte sie ihre Schwester rufen sehen, aber ihre Worte nicht hören können. Diesmal, weil sie so weit entfernt von ihr gestanden hatte. Doch egal, wie lang oder schnell June auf sie zu gerannt war, die Distanz zwischen ihnen hatte sich nicht verringert.

Voll Verzweiflung war sie aus dem Schlaf geschreckt und weil sie nicht wieder einschlafen konnte, noch vor Morgengrauen trainieren gegangen. Mit aller Kraft hatte sie auf den Sandsack eingetreten und geboxt, aber die Unruhe in ihr war nicht weniger geworden.

Jetzt, nach dem Frühstück, saß June immer noch wie auf heißen Kohlen, obwohl sich unter ihr nur die dünne Matratze ihres Bettes befand. Fanny hatte ihr versprochen, mit Adrien darüber zu sprechen, sie endlich einmal mit nach New Hope gehen zu lassen, und June wusste, dass ein weiterer Flug dorthin kurz bevorstand. Was allerdings noch viel wichtiger war: Die Elstern waren hier zurzeit unterbesetzt.

»Hast du auch schon von dem Vorfall gestern Abend mit der Drohne gehört? Ist doch verrückt, dass nach so kurzer Zeit schon wieder eine in ein Gebäude gecrasht ist«, sagte Soley, als er zu ihr ins Zimmer trat und sich ungefragt neben sie setzte.

Sie nickte wenig interessiert.

»Ich frag mich echt, was im Kingdom Asia los ist. Werden die Drohnen, die an der Mauer patrouillieren, überhaupt noch gewartet?« Soley verschränkte die Arme hinter dem Kopf und lehnte sich an die Wand in ihrem Rücken. Das Thema dominierte aktuell alles. Die Gespräche unter den Elstern, aber auch alle digitalen Nachrichtenkanäle der United States of Europe.

»Falls da überhaupt noch jemand hinter der Mauer lebt, der Drohnen warten könnte«, ließ sich June nun doch auf das Gespräch ein. »Ich hab gehört, dass man seit einer halben Ewigkeit keine Menschenseele mehr auf der Mauer gesehen hat.«

Soley grinste. »Stell mal vor, wir leben zu Zeiten einer Zombie-Apokalypse und wissen es nur nicht, weil das Kingdom Asia so fleißig Mauern gebaut hat und die da bisher nicht rüberkommen.«

»Du hast eindeutig zu viel Fantasie«, kommentierte June, grinste aber ebenfalls. »Viel wahrscheinlicher ist doch, dass sie nichts mehr mit uns zu tun haben wollen seit dem Krieg oder dass dort inzwischen gar keiner mehr lebt. Und ich meine jetzt nicht, weil sie alle zu Zombies geworden sind, sondern denke da mehr an Trinkwasserknappheit oder irgendeine tödliche Krankheit.«

»Wie langweilig«, befand Soley.

»Ist eigentlich das Team schon zurück, das sich das mit der Drohne mal genauer anschauen sollte?«

Soley schüttelte den Kopf. »Nee, bisher nicht. Wir sind weiterhin wunderbar unterbesetzt. Die besten Voraussetzungen also, um als Küken mal mit etwas Aufregenderem beauftragt zu werden, als putzen und trainieren.« Er zwinkerte ihr verschwörerisch zu. Anscheinend war ihm nicht entgangen, dass sie darauf hoffte, unter diesen Umständen endlich selbst auf New Hope nach ihrer Schwester suchen zu können.

»Aber bis es so weit ist, hab ich hier etwas für dich«, meinte Soley und zog einen Zettel aus seiner Hosentasche. Darauf waren verschiedene Symbole gemalt. »Kommt dir eins davon bekannt vor?«

Stirnrunzelnd nahm June das Papier in die Hand und sah sich die Zeichnungen an. Neben gut der Hälfte stand zusätzlich noch ein Name wie *Jades Organisation* oder *High Air Travel.* Nichts davon kam ihr bekannt vor, bis sie beim vorletzten Zeichen angekommen war. Ein dunkelblaues Quadrat, das in vier weitere kleine Quadrate geteilt war, von denen alle bis auf das obere Linke ausgefüllt waren.

»Hast du dazu auch einen Namen?«

»Ist es das etwa?«

In ihr kribbelte die Aufregung. »Ich glaube schon.«

»Dann mach ich mich gleich daran, herauszufinden, zu wem das Logo gehört. Bee hat es gezeichnet, wusste aber nicht mehr, wozu es gehört«, erklärte Soley. Seine Stimme verriet, dass er mindestens so aufgeregt war wie June.

»Das muss warten«, kommentierte Nasrin, deren Kopf auf einmal im Türrahmen auftauchte. »Wir sollen Adrien und Bee für einen Auftrag begleiten. Sie brauchen wohl ein paar zusätzliche Arme und Beine für den Warentransport.«

Das Treppenhaus des Hochhauses war schmutzig, die Geländer waren abgenutzt und die Stufen zerkratzt.

»Noch ziemlich gut in Schuss für so ein altes Gebäude, oder?«, fragte Bee und lächelte, während sie June einen Blick über ihre Schulter zuwarf.

June nickte abwesend. So hätte sie es zwar nicht ausgedrückt, aber sie war froh, dass sie kein vollkommen marodes

Haus in dieser Geisterstadt erklommen. So kurz vor dem Ziel, so kurz davor, nach New Hope zu kommen, wollte sie ganz sicher nicht von irgendwelchen Trümmerteilen einer einstürzenden Decke erschlagen werden.

»Wie bringt es uns nach New Hope, auf das Dach dieses Gebäudes zu gehen? Die Isle ist doch Kilometer entfernt«, wollte June wissen.

Bee lachte heiser. »Das wirst du schon noch sehen.«

»Du kannst es mir doch auch einfach jetzt sagen.«

»Das macht aber viel weniger Spaß, als später deinen überraschten Blick zu sehen«, schlug sich Soley unerwartet auf Bees Seite und erntete dafür einen bösen Blick von June.

»Darauf kann ich gerne verzichten.«

Grinsend boxte er ihr gegen den Arm. »Komm schon, du bist neu. Du willst dir doch den Spaß nicht verderben!«

»Himmel, Soley, anscheinend will sie *nicht* überrascht werden. Erzähl es ihr doch einfach«, sagte Nasrin genervt und schob sich unsanft an June und Soley vorbei.

»Ignorier sie einfach«, empfahl Soley June im Flüsterton, »sie hat 'nen schlechten Tag. Wenn ich das richtig interpretiere, dann hat sie insgeheim gehofft, Adrien würde sie endlich mal wahrnehmen, wenn sie in einem Einsatzteam mit ihm landet. Hoffnungslos verliebt.« Er lächelte schief und zuckte mit den Schultern.

Sie erwiderte nichts, sondern ließ ihren Blick lediglich interessiert auf Nasrins Rücken vor ihnen wandern. Obwohl sie sich inzwischen etwas besser kannten und verstanden, hatte sie von ihrer Schwärmerei für den Boss bisher absolut nichts mitbekommen.

Mit jeder weiteren Treppenstufe verstärkte sich das unangenehme Ziehen in Junes Beinmuskeln, und nicht nur sie schien inzwischen beschlossen zu haben, dass ihre Atemluft besser genutzt war, wenn sie keine weiteren Gespräche führten. Inzwischen musste sie schon über die Hälfte der Stockwerke hinter sich gelassen haben. Zumindest wollte

June das glauben, denn sie bezweifelte, dass sie den Aufstieg in diesem Tempo noch lange durchhalten würde.

Als sie zu Soley schaute, erwiderte dieser ihren Blick und schenkte ihr ein angestrengtes Lächeln. Dann konzentrierten sich beide wieder ganz auf die Treppe zu ihren Füßen.

»Endlich, ich dachte schon, wir kommen nie an«, schnaufte June, als sie die Tür erreichten, die auf das Dach hinausführte. Adrien öffnete das Schloss an der Kette, mit der sie verschlossen war, und wenig später drang angenehm kühle Luft zu ihnen ins Treppenhaus.

»Jetzt geht's erst so richtig los«, meinte Soley gut gelaunt, aber ebenfalls ziemlich außer Atem. »Ich möchte mir zuerst eine Verkleidung aussuchen.«

»Verkleidung?«, fragte June, während sie zusammen mit den anderen aufs Dach hinaustrat, und blieb dann wie angewurzelt stehen. Nur wenige Meter von ihr entfernt parkte eine Art Flugzeug auf dem Dach. Weiß, mit dunkelblauer Frontscheibe und hochgeklappten Flügeln.

»Cool, oder?«, fragte Soley, und seine Augen leuchteten. »Hat einer von Adriens Kontakten auf New Hope für uns mitgehen lassen, damit wir selbst auf die Isle fliegen können.«

»Du musst dir was überziehen«, unterbrach Nasrin und drückte June ein seltsames Stück Stoff in die Hand. Soley bekam auch eines, doch seins schimmerte im Gegensatz zu ihrem silbern und nicht golden.

»Hey, ich wollte mir doch selbst was aussuchen«, beschwerte dieser sich prompt.

»Dann hättest du weniger quatschen sollen«, meinte Nasrin unbeeindruckt und zog eine Art Hosenanzug über ihre Klamotten. Sie mal etwas anderes als Schwarz tragen zu sehen war seltsam ungewohnt, und auch wenn June fand, dass ihr das Blau um Längen besser stand, verkniff sie sich den Kommentar. Es war meist besser, nicht zu riskieren, Nasrins schlechte Laune noch weiter absinken zu lassen.

Nach Soleys Vorbild zog June sich den leicht transparenten Stoff wie ein Kleid über, wobei es mit den langen Ärmeln und der Kapuze am Ende eher wie eine Art Mantel wirkte. Auf jeden Fall kam sie sich in diesem Aufzug mehr als albern vor. Ob Nasrin ihnen so etwas extra ausgesucht hatte?

»Zieht die Kapuzen besser auf«, sagte Adrien zu ihnen, der einen dunkelgrünen bodenlangen Mantel mit einer braunen Kapuze trug, die er ebenfalls aufgezogen hatte. »Das machen auf der Isle viele, wenn sie keine Lust haben, unterwegs angesprochen zu werden, und es ist mir lieber, wenn nicht alle unsere Gesichter oben gesehen werden.

June folgte seiner Aufforderung, während sie neugierig dabei zusah, wie Nasrin es mit fest aufeinandergepressten Lippen über sich ergehen ließ, von Bee eine kupferfarbene Paste auf Gesicht, Hals und Arme geschmiert zu bekommen, durch die ihre Haut einen leichten metallischen Glanz bekam. So unglücklich wie die junge Frau dabei wirkte, war sich June auf einmal nicht mehr sicher, ob sie mit ihrer Verkleidung wirklich den schlechteren Deal gemacht hatte.

»Ich hab 'ne ganze Weile gebraucht, bis das Zeug auch nur annähernd so geglänzt hat wie das permanente Makeup, das in der High Rise Society seit ein paar Monaten so im Trend ist«, meinte Bee mit unverkennbarem Stolz in der Stimme. »Keine Ahnung, wie die ihre Haut dauerhaft so hinbekommen. Aber die scheinen generell ja weniger Hemmungen zu haben, an ihren Körper herumzudoktern.«

Es dauerte noch ein paar Minuten, bis alle so weit waren und in den Fluggleiter einstiegen.

»Unser Vogel hier fliegt zuverlässig weite Strecken, aber er hat Schwierigkeiten mit dem Auftrieb. Er ist schließlich in erster Linie dafür konzipiert, von einer Isle zur nächsten zu fliegen, nicht vom Erdboden zu einer hinauf«, erklärte Adrien an June gewandt, während sie sich auf den Sitzen im hinteren Teil des Gleiters anschnallten. Sie nickte dankbar.

Was auch immer Fanny zu ihm gesagt hatte, anscheinend hatte er beschlossen, ihr gegenüber nicht mehr ganz so abweisend zu sein wie zuvor.

Bee war die Letzte von ihnen, die Platz nahm, da sie noch irgendetwas im vorderen Teil des Fluggleiters zu tun gehabt hatte. Lächelnd meinte sie in die Runde: »Ich hab die Koordinaten und unseren Landecode für heute in den Autopiloten eingegeben. Der Startvorgang beginnt jeden Moment.«

»Landecode?«, hakte June neugierig nach.

»Die Flüge zwischen den Isles werden registriert und bekommen für jeden Start und jede Landung einen Autorisierungscode zugewiesen. Würden wir ohne den auf New Hope landen, hätten wir ganz schnell eine Flugzeugdurchsuchung am Hals«, antwortete Bee. »Aber zum Glück haben wir einen Freund bei High Air Travel, der uns da gerne ab und an aushilft.«

Eine leichte Erschütterung ging durch den Fluggleiter. Nervös verschränkte June ihre Hände im Schoß. Dass sie gleich zum ersten Mal in ihrem Leben fliegen würde, spielte in ihren Gedanken jedoch nur ganz am Rande eine Rolle. In erster Linie trieben sie die Pläne um, die sie in den vergangenen Wochen geschmiedet hatte. Pläne, wie sie Amalie auf New Hope finden wollte. Das Problem war nur, dass sie Fanny und Adrien hatte versprechen müssen, bei der Gruppe zu bleiben und sich voll auf das Abholen der Medikamente und Technik zu konzentrieren, für die sie heute auf die Isle flogen. Es war zum Verrücktwerden. Da schaffte sie es endlich nach New Hope und kam ihrer Schwester am Ende doch kein Stück näher. Denn egal, was Adrien sagte, wenn er bisher noch nichts zu Amalie in Erfahrung hatte bringen können, warum sollte sein Vorgehen dann jetzt plötzlich Früchte tragen?

Viel leiser, als June erwartet hatte, hob das Flugzeug vom Hausdach ab.

»Alles klar?«, fragte Adrien sie.

June nickte. Alles war mehr als klar. Sie flogen nach New Hope, und June war fest entschlossen, alles in ihrer Macht Stehende zu tun, um bei der Suche nach ihrer Schwester nicht noch mehr Zeit zu verlieren. Sie würde einen Weg finden, die heutige Aktion der Elstern nicht zu gefährden und trotzdem herauszufinden, zu wem oder was das Logo auf dem Koffer gehörte. Sie musste es einfach.

Luca

»Ich ...« Ihre Hände zitterten. Ohne ihre Arme aus der Verschränkung vor ihrer Brust zu lösen, schob sie ihre Finger unter die Achseln. »Also bin ich ... aber warum?«

Gedanken schossen wirr durch ihren Kopf. Sie hätte am liebsten alle ihre Fragen auf einmal gestellt, doch ihr fehlten die Worte dafür, auch nur eine einzige davon auszusprechen.

»Willst du dich nicht lieber mit mir ins Wohnzimmer setzen?«, fragte Zinnia leise.

Sie schüttelte den Kopf.

»Okay. Dann fange ich am besten einfach ganz am Anfang an«, fuhr er fort. Irgendwie sah er verloren aus, wie er mit hängenden Schultern vor ihr mitten im Raum stand. Jedoch nicht annähernd so verloren, wie sie sich fühlte. Sie war es schließlich, deren Leben in den vergangenen Monaten nicht mehr als eine schlecht gebaute Filmkulisse gewesen war. Eine Kulisse, die nun zerfiel, in alle Lügen und Einzelteile.

»Während meiner Arbeit beim Justice Circle habe ich mich für ein bestimmtes Projekt engagiert. Dabei ging es darum, neue Programme zu entwickeln, um straffällig gewordene Personen wieder erfolgreich in die Gesellschaft zu reintegrieren.« Während Zinnia sprach, begann er sich den Nacken zu massieren, und als sein Blick ihren suchte, wich sie ihm aus. Es war leichter, ihre eigenen Füße zu betrachten, als den Mann anzusehen, dessen Verrat siedend heiß in ihrem Herz brannte.

»Weißt du, zu diesem Zeitpunkt gab es noch kein einziges Reintegrationsprogramm für Straffällige der Kategorie fünf. Wie auch? Schließlich besagt doch allein schon diese Zuordnung, dass es sich bei ihnen um solche Leute handelt, die als nicht mehr integrierbar angesehen werden. Für die meisten ein unlösbares Problem, für mich jedoch war es eine willkommene Herausforderung. Und letztendlich hatte ich sie irgendwann auch, eine Idee für ein Programm, das völlig neuartig war. Also habe ich sie eingereicht und nicht weiter daran gedacht. Doch kurz bevor ich beim Justice Circle kürzertrat, um mich auf den Wahlkampf konzentrieren zu können, wurde ein Pilotprojekt nach meiner Idee gestartet. Eine Testphase mit einer überschaubaren Gruppe Freiwilliger, die bereit waren, ihre Vergangenheit und alle ihre Erinnerungen aufzugeben, wenn sie dafür eine neue Zukunft in Freiheit bekommen.«

Fassungslosigkeit breitete sich in Luca aus. »Ihr habt ihre Erinnerungen einfach ... gelöscht?«

»Wir haben dafür mit einem Expertenteam bei TQ zusammengearbeitet. Die Teilnehmer am Programm kannten das Risiko des Eingriffs und haben sich trotzdem dafür entschieden. Es kam zu keinerlei Komplikationen. Bei keinem.«

Zinnia erklärte es so nüchtern und geschäftsmäßig, dass Luca voll Bitterkeit auflachte. »Und was bin ich dann? Keine Komplikation? Ich sollte doch anscheinend nicht erfahren, woher meine Amnesie wirklich kommt.«

»Das ist etwas anderes. Auch der Eingriff bei dir ist reibungslos verlaufen. Wir haben bei den Anpassungen in deinem Lebenslauf nur nicht weit genug gedacht und sind bei der Planung offensichtlich nicht gründlich genug vorgegangen. Es war von Anfang an nicht einfach, deine Teilnahme umzusetzen.«

Sein entschuldigender Blick prallte wirkungslos an ihr ab, stattdessen ließ sie ihrem Ärger freien Lauf. »Hast du denn überhaupt kein Gewissen? Kein Mitgefühl? Du redest hier über Menschen, Zinnia! Und du hast einfach so beschlossen, dass eine Straftat es rechtfertigt, in ihrem Gehirn rumzupfuschen, bis sie vergessen haben, wer sie sind, und sie dann in ein Gebilde aus Lügen zu werfen!«

Zinnia Blick verfinsterte sich zusehends, und als er antwortete, waren alle Ruhe und Geschäftsmäßigkeit aus seiner Stimme verschwunden. »Du weißt nicht, wovon du sprichst. Du hast nicht gesehen, was das für ein Leben ist. Wenn man es überhaupt so nennen will! Abgeschottet von der Außenwelt, allein eingesperrt mit seinen eigenen Gedanken und Schuldgefühlen, weil man eine Gefahr für sich oder andere darstellt. Du kannst dich vielleicht nicht mehr daran erinnern, aber als sich dir ein Ausweg aus einer Lage bot, von der du dachtest, ihr nie wieder entkommen zu können, hast du offensichtlich anders über das Projekt gedacht.«

Heiße Tränen stiegen ihr in dir Augen. »Ihr habt mir genommen, wer ich war. Ich kann mir nicht vorstellen, dass ich freiwillig bei so etwas mitgemacht habe«, flüsterte sie.

»Aber das hast du«, betonte Zinnia nun sanfter und brachte damit eine Saite in ihr zum Klingen, die sie besser gleich abgeschnitten hätte. Er hatte sie von Anfang an belogen, sie sollte ihn hassen. Doch das konnte sie nicht.

»Kannten wir uns vorher überhaupt?«, fragte sie immer noch flüsternd.

Zinnia seufzte schwer, dann schüttelte er den Kopf. »Nein, ich habe angeboten, dich bei mir aufzunehmen, weil du kein soziales Umfeld hattest, in das du zurückkehren konntest. Das Projekt basierte schließlich auf meiner Idee. Ich habe mit ein paar der Familien gesprochen, um sie davon zu überzeugen, ihre Angehörigen nach dem Eingriff wieder bei sich aufzunehmen. Sie sollten mit ihnen irgendwohin ziehen, wo es leichter sein würde, Gras über die Vergangenheit wachsen zu lassen. Und ich fand, da das Projekt auf einer Idee von mir basiert, sollte ich mit gutem Beispiel vorangehen.«

»Aber du hast mir gesagt, dass du mich liebst.«

»Und das tue ich«, sagte Zinnia, und ein Anflug von Verzweiflung flackerte in seinem Blick, als sie die Hand hob, um ihn daran zu hindern, einen Schritt auf sie zuzumachen.

»Ich meinte, als ich aus dem Koma erwacht bin. Oder war das nur Einbildung?«

Zinnia schüttelte betreten den Kopf. »Keine Einbildung. Ich habe mit dir gesprochen. Cera meinte, ich solle mit dir reden, solange du noch nicht wieder aufgewacht bist. Dir Dinge sagen, die ich in der Vergangenheit vermutlich zu dir gesagt haben würde, damit meine Stimme vertrauter klingt.«

»Aber warum hast du dich denn ausgerechnet als mein Verlobter ausgegeben?«

»Es ging ja in erster Linie darum, zu definieren, wer ich in der Vergangenheit für dich war. Wir wollten, dass du weißt, dass du dich auf mich verlassen kannst, weil ich mehr Familie als Freund für dich gewesen war. Damit du jemanden hast, der dir in der ersten Zeit hilft, dich wieder zurechtzufinden. Ich bin davon ausgegangen, wir würden die Verlobung nach kurzer Zeit sowieso lösen, weil du mich nicht kennst. Es war also egal, wie gut wir uns letztendlich verstehen würden. Ich hatte nicht damit gerechnet, dass ich mich in dich verlieben würde.«

»Weißt du eigentlich, was du da sagst? Wenn alles stimmt, was du erzählst, dann bin ich eine Kriminelle! Willst du so jemanden lieben? Mit so jemandem zusammen sein? Weißt du denn wirklich, wer ich bin? Wenn ich es selbst doch nicht einmal weiß? Ich bin lediglich die Idee von einer Person. Gar nicht richtig echt!«

Sie konnte ihn einfach nicht verstehen. So klug wie er war, wie konnte ihm nicht auffallen, dass er sich vermutlich einfach nur daran gewöhnt hatte, diese Lüge zu leben? An diese erfundene Verbundenheit zwischen ihnen zu glauben, weil er oft genug davon gesprochen hatte, als wäre sie wirklich ein Teil ihrer beider Vergangenheit.

Zinnia schenkte ihr ein Lächeln. »Weißt du noch, was ich dir bei unserem Spaziergang nach der Podiumsdiskussion im Education Center gesagt habe? Dass ich mich für eine gemeinsame Zukunft mit dir entschieden habe und sich nichts daran geändert hat? Das habe ich ernst gemeint. Auch wenn sich meine Motive inzwischen geändert haben. Erst wollte ich vor allem das Projekt aktiv unterstützen, aber jetzt, da ich dich kenne – und ich bin überzeugt, dass ich dich inzwischen kenne; dich als die Person, die du unter den gegebenen Umständen jetzt gerade bist; nicht einfach irgendeine Idee von dir –, da möchte ich weiter an deiner Seite sein. Weil sich mit dir zusammen diese Wohnung erstmals wirklich wie ein Zuhause anfühlt. Weil du klug und witzig bist und ich mich gerne mit dir unterhalte. Weil ich dich in vielerlei Hinsicht gut verstehen kann und du trotzdem immer wieder etwas tust oder sagst, was mich überrascht …«

Er sah so aus, als hätte er gerne noch mehr dazu gesagt, doch ihm war vermutlich aufgefallen, dass ihr wieder Tränen in die Augen gestiegen waren. Seine Worte berührten sie, aber sie taten auch weh. Er versuchte, ihr trotz allem die Möglichkeit einer gemeinsamen Zukunft aufzuzeigen, doch sie konnte nicht daran glauben. Dieses *trotz allem* war viel zu übermächtig, viel zu schmerzhaft.

»Es ändert nichts daran, dass ich dir einfach nicht mehr vertrauen kann.«

Er nickte. »Das habe ich auch nicht anders erwartet. Ich habe in den vergangenen Wochen viel mit Cera über meine Befürchtungen gesprochen, dass das Projekt und die Lügen immer zwischen uns stehen werden. Selbst als du noch nicht von ihnen wusstest, waren sie mir ja mehr als bewusst. Und vielleicht ist es naiv, dass ich immer noch die Hoffnung habe, dass wir das alles irgendwann hinter uns lassen können. Aber sie ist da.«

»Verstehe«, entgegnete sie tonlos, auch wenn sie eigentlich gar nichts mehr verstand. Ihre Gedanken drehten sich um Kreis, und ein dumpfer Schmerz wühlte in ihrer Brust. Es erschöpfte sie. Trotzdem wollte sie noch eine Sache klären: »Also war Cera wirklich an allem beteiligt. An dem Projekt, dem Löschen meiner Erinnerungen und ... naja, den Lügen.«

Auch wenn sie es nicht als Frage formuliert hatte, antwortete Zinnia darauf: »Nein, ich habe sie kontaktiert, weil sie viel Erfahrung mit Amnesie-Patienten hat. Ich wollte es dir so leicht wie möglich machen, dich bei mir einzuleben. Außerdem war es auch für mich schön, jemanden zum Reden zu haben. Aber Cera kam erst dazu, nachdem der Eingriff bei dir schon durchgeführt war. Wenn sie irgendwann mal für den Justice Circle oder TQ tätig war, dann bei einem anderen Projekt.«

»Und der Essay?«, warf Luca ein, unsicher, was sie von Zinnias Erklärungen halten sollte. Sie vertraute ihm nicht, aber seine Geschichte klang auch nicht so, als habe er sie spontan zusammengereimt. Da hätte es sicher Optionen gegeben, die ein besseres Licht auf ihn warfen.

»Ich schätze, da ist einfach etwas schiefgegangen. Deine persönlichen Daten wurden um Texte und Fotos ergänzt, um dein Leben vor dem Koma zu konstruieren. Das Leben, das du vermutlich geführt hättest, wenn du in Freiheit und nicht in Haft gewesen wärst. Aber dazu kann ich nicht viel sagen, ich hatte mit der Vorbereitung und Durchführung des Projekts nur sehr oberflächlich zu tun. Besonders bei dir wollte ich so wenig Vorinformationen wie möglich haben, um dich unvoreingenommen kennenlernen zu können.«

Sie atmete geräuschvoll aus und rang sich dazu durch, die wohl schwerste Frage zu stellen, die auf ihr lastete: »Warum war ich in Haft? Was habe ich getan?«

Zinnia schüttelte den Kopf, ehe er antwortete: »Wie gesagt, so etwas wollte ich nicht wissen. Aber es gibt eine verschlossene Strafakte dazu, die du unter bestimmten Bedingungen möglicherweise einsehen darfst. Ich weiß nicht, wie genau sie deinen Fall handhaben werden, jetzt, wo du die Wahrheit kennst. Aber du hast sicher gute Chancen, dass du wenigstens die Projektunterlagen zu dir wirst einsehen können. Das dürfte dir bestimmt die ein oder andere Frage beantworten.«

»Aber du weißt, weswegen man in die Kategorie fünf eingeordnet wird.« Sie sah Zinnia auffordernd an. Sie musste es jetzt wissen, sonst würde sie sich vielleicht nicht noch einmal trauen, es anzusprechen. Nicht noch einmal den Mut aufbringen, sich dem dunklen Fleck ihrer Vergangenheit zu stellen.

»Luca, ich ... bist du dir wirklich sicher?«

»Soll ich es stattdessen lieber im Highnet nachlesen?«

»Nein, du hast recht«, erwiderte Zinnia unglücklich. »Gewaltdelikte. Mord, Vergewaltigung, schwere Körperverletzung ... vor allem zum wiederholten Mal.«

Alles in ihr verkrampfte sich. Ihr wurde abwechselnd heiß und kalt, während Schwindel sie überkam. »Okay«, hauchte sie, auch wenn eigentlich gar nichts mehr okay war. Nicht nur ihre Welt war heute zerrüttet worden, auch ihr Selbstbild war damit endgültig in Schutt und Asche zerlegt. Übelkeit stieg in ihr auf.

»Und was jetzt?«, fragte sie heiser, sobald sie sich wieder imstande fühlte, zu sprechen.

»Das entscheiden die Projektbetreuer beim Justice Circle.«

Da sie nicht wusste, was sie dazu sagen sollte, nickte sie nur. Sie sollte sich vermutlich daran gewöhnen, dass ihr Leben nicht in ihrer Hand lag.

»Und ... ich schätze, ich lasse dich jetzt erst einmal allein. Ich kann auch woanders unterkommen, damit du erst mal für dich sein kannst ... Also, wenn du das willst«, sagte Zinnia.

Erneut nickte sie. Ihr ganzes Leben war eine Lüge, und Zinnia ihr Dreh- und Angelpunkt. Sie konnte seinen Anblick im Moment einfach nicht mehr ertragen.

June

Die Luft roch sauber und frisch, wenn sie June auch etwas dünn vorkam. Den Fluggleiter zu verlassen war wie den Fuß das erste Mal in eine fremde Welt zu setzen. Als hätte das Flugzeug sie nicht nur hoch auf eine Isle gebracht, sondern direkt auf einen anderen Planeten.

Der Vergleich brachte June zum Lächeln. Bisher hatte sie angenommen, New Hope würde ihr wie eine der obersten Ebenen der Großstädte unten auf dem Erdboden erscheinen. Metallisch glänzend, irgendwie steril und ohne Grün. Doch die Realität hier oben war eine völlig andere. June verstand zum ersten Mal, warum alle Erzählungen über das Leben in der High Rise Society so klangen, als wäre hier das Paradies.

Unter seiner Kapuze hervor grinste Soley ihr wissend zu, schwieg jedoch. Keiner der fünf sprach, während sie unbehelligt neben den anderen Flugreisenden vom Landeplatz am Rande der Isle weiter ins Zentrum der Stadt in den Wolken gingen. Adrien ging vor und wirkte dabei so lässig, als wäre es das Normalste auf der Welt, hier oben zu sein. Wo die Gebäude sich nicht aneinanderdrängten und nirgendwo höher als vier Stockwerke zu sein schienen. Viele Fenster schimmerten grün im Licht der Sonne. June hätte zu gerne gewusst, warum das so war.

Abwechselnd nach beiden Seiten linsend, musterte sie fasziniert die Umgebung und die Bewohner. Tatsächlich trugen einige ähnliche transparente Kleidungsstücke oder hatten einen unnatürlich wirkenden Glanz auf ihrer Haut. Was es allerdings nicht zu entdecken gab, waren Menschen mit Kiemen oder Tierschwänzen. June fand das allerdings nicht sonderlich schade, schließlich wäre ihre Verkleidung noch komplizierter geworden, wenn hier oben tatsächlich nur noch Mensch-Tier-Hybriden herumgelaufen wären.

An einer runden Schneise im Boden hielten sie an. Erst begriff June nicht warum, doch bereits wenige Sekunden später rauschte etwas auf der einzelnen Schiene aus blauem Metall heran. Vermutlich eine Art Zug.

Nachdem das Fahrzeug fast geräuschlos an ihnen vorbeigefahren war, fuhr aus dem Boden unter ihnen ein Übergang hervor, damit sie auf die andere Seite gehen konnten. Überall waren Grünflächen mit Bäumen, Büschen und Blumen zwischen den Wegen und Gebäuden angelegt. Auf manchen davon schien die Natur einfach wild vor sich hin zu wuchern, bei anderen bildeten die verschiedenen Farbtöne von Blättern und Blüten richtige Muster.

Es waren so viele neue Eindrücke, dass June im Nachhinein gar nicht sagen konnte, wie lange sie durch diese fremde, fast schon surreal wirkende Stadt gelaufen waren, bis sie an ihrem Ziel ankamen: einem Platz mit einem Brunnen, umsäumt von einer Wiese mit vielen Bäumen.

»Ihr wartet dort, während Bee und ich mit unserer Freundin sprechen«, sagte Adrien leise zu ihnen und nickte zum Wasserspiel, bevor die beiden in Richtung Wiese gingen.

Soley setzte sich auf den Rand des Springbrunnens und klopfte neben sich auf die Kacheln, die im Sonnenlicht zwischen den unterschiedlichsten Blau- und Grüntönen schillerten. June warf noch einen genaueren Blick auf das Wasserspiel, das aus der Statue einer Frau mit ein paar Seehunden bestand, bevor sie Soleys Aufforderung nachkam. So schön dieses Wasserspiel auch war, es war nicht so interessant, wie herauszufinden, wie diese Freundin wohl aussah, von der Adrien gesprochen hatte. Möglichst unauffällig schielte sie den beiden hinterher.

Adrien und Bee umarmten nacheinander eine Frau mit langem schwarzem Haar. Ihre leuchtend gelben Lippen waren zu einem breiten Lächeln verzogen und bildeten einen interessanten Kontrast zu dem dunkelblauen Mantelkleid, das sie trug. Vom Schnitt ähnelte es Junes eigenem, aber es war nicht transparent und wirkte beneidenswert warm. Sie hätte gerne getauscht, denn auch wenn der transparente Stoff mehr Wind und Kälte abhielt, als ihm anzusehen war, fror sie etwas.

Die Frau nickte, als Adrien etwas sagte, dann holte sie irgendetwas aus ihrer Jackentasche. Doch statt es ihnen zu übergeben, streckte sie nur die Hand zur Seite aus, woraufhin ein kleiner Vogel aus einer der Baumkronen hervorflog und sich darauf setzte. Er flatterte noch einmal kurz mit den Flügeln, ehe er damit begann, entspannt etwas aus der Handfläche der Frau herauszupicken. *Verrückt.*

Da sich sowohl das Gespräch von Adrien und Bee mit der Vogelfreundin als auch der Small Talk von Nasrin und Soley immer weiter in die Länge zog, sah June sich etwas genauer um. Sie hatte sich vielleicht für eine Weile von all dem hier ablenken lassen, aber sie hatte nicht völlig vergessen, warum sie hierhergekommen war. Amalie.

Zwar war nicht zu erwarten, dass sie hier ihrer kleinen Schwester irgendwo zufällig in die Arme laufen würde. Besonders, wenn sie davon ausging, dass sie gar nicht frei hier oben lebte. Aber irgendwie musste sie ihre Suche ja starten. Und wenn sie unter den Augen ihrer Freunde mit niemandem hier oben reden konnte, blieb ihr nichts anderes übrig, als vorerst einfach Ausschau zu halten und das Beste zu hoffen.

Von Minute zu Minute fühlte June mehr Unruhe in sich aufkommen, während sie ihren Blick über alles und jeden schweifen ließ. Immer auf der Suche nach einem bekannten Gesicht oder einem Logo auf Kleidung oder Taschen. Doch zu ihrem Verdruss wurde sie nicht fündig.

»Ich hoffe, wir können gleich weiter. Fürs Rumsitzen bin ich echt nicht warm genug angezogen«, hörte sie Soley sagen und nickte zustimmend.

Nachdem sie sich überzeugt hatte, dass niemand nahe genug bei ihnen stand, um ihr Gespräch zu belauschen, fragte June leise: »Ihr habt nicht zufällig irgendwelche Zeichen oder Logos auf dem Weg hierher gesehen? Ich suche nach einem zu drei Viertel ausgefüllten dunkelblauen Quadrat.«

»Du meinst wie das?«, fragte Nasrin und deutete mit dem Finger auf irgendetwas in Junes Rücken.

Hastig drehte sie sich um und erstarrte. Fassungslos blickte sie auf das Logo, das hoch an der Wand eines nicht allzu weit entfernten Hauses prangte. Daneben stand in großen Buchstaben der Schriftzug *ThreeQuarter*.

Luca

Das Education Center brummte wie ein Bienenstock. Überall Stimmengewirr, Lachen, Schritte. Vor allem Kinder und Jugendliche liefen durch die Gänge, überbrückten die Zeit, bis die ersten Seminare des Tages starteten, aber auch Erwachsene kamen Luca hier und da entgegen.

Sie wusste selbst nicht, warum sie heute hergekommen war. Warum sie überhaupt noch an irgendetwas festhielt, das zu einem Leben gehörte, das man schlichtweg für sie erfunden hatte. Natürlich war sie selbst es gewesen, die sich entschieden hatte, Geschichtsseminare zu besuchen. Aber zählte das? Sie hatte diese Entscheidung gefällt, als sie dachte, jemand zu sein, der sie gar nicht war. Sie war nicht echt gewesen. Wie könnte es dann irgendetwas sein, was sie gesagt oder getan hatte?

Als sie an den Raum kam, in dem das Seminar stattfinden sollte, ging sie an der Tür vorbei. Sie konnte es einfach nicht. Sie konnte nicht so tun, als wäre nichts geschehen.

Aber sich wie die vergangenen Tage in ihrer Wohnung verkriechen und Zinnias Nachrichten lesen, nur um sie dann doch wieder nicht zu beantworten, wollte sie auch nicht mehr. Lieber lief sie ziellos durch die immer leerer werdenden Flure des Centers, bis ihr etwas Neues in den Sinn kam.

»Luca?«

Erst als sie Kays Stimme hörte, erkannte sie die Frau einige Meter vor sich und schenkte ihr ihre volle Aufmerksamkeit.

Fast hätte sie verneint, auch wenn sie wusste, dass es gar keine ernst gemeinte Frage war, sondern nur ein Weg, sie anzusprechen. Stattdessen blieb sie stehen und zwang sich zu einem Lächeln. Schließlich konnte Kay nichts dafür, was mit ihr passiert war. Oder doch? Vielleicht hatte Zinnia auch nur vergessen, sie als seine Mitverschwörerin zu enttarnen. Nah genug dafür standen sie sich ja, wenn er sie als zweite Mutter bezeichnete.

»Ich schaue gerade, ob mir ein paar Pflanzen einfallen, die den Fluren hier guttun könnten. Allerdings gibt es hier nur wenige Fenster, und auch an Lichtpaneelen wurde eindeutig gespart«, erklärte Kay ungefragt und musterte Luca, der ein kalter Schauder über den Rücken lief. Sie fühlte sich wie ein Versuchsobjekt, ein Experiment, das jederzeit beobachtet und analysiert wurde.

»Du siehst nicht wie jemand aus, der gerade den Kopf zum Lernen frei hat. Wie wäre es mit einem Spaziergang im schönsten Garten, den du auf ganz New Hope finden kannst?«, schlug Kay vor.

»Wusstest du es?« Die Frage rutschte ihr über die Lippen, ohne dass sie sich bewusst entschieden hatte, sie zu stellen.

»Was denn?«, erwiderte Kay, deren Stirn sich in nachdenkliche Falten legte. Es passte genauso wenig zu ihrer sonstigen unbekümmert jugendlichen Ausstrahlung wie die plötzliche Ernsthaftigkeit in ihren Augen. Zum ersten Mal konnte Luca sich wirklich vorstellen, dass diese Frau älter war als sie selbst und sogar als Zinnia.

»Dass ich nicht ich bin«, sagte sie schlicht.

»Ich schätze, das musst du mir unterwegs genauer erklären.« Kay forderte sie mit einer Geste auf, sie in Richtung Ausgang zu begleiten, und Luca tat ihr den Gefallen. Es würde vermutlich sowieso angenehmer sein, im Gehen zu sprechen. Es lieferte ihr einen guten Grund, keinen Augenkontakt halten zu müssen.

»Sie haben mein Leben hier auf New Hope erfunden. Zinnia und ... noch ein paar andere Leute«, erklärte Luca, während sie das Education Center zusammen mit Kay verließ. »Und naja, wenn man bedenkt, wie lange du und Zinnia euch schon kennt und euch nahesteht ... dann ist es doch wahrscheinlich, dass er dir alles gesagt hat, oder? Dass ich nicht wirklich seine Verlobte bin, sondern Teil eines Projekts, bei dem man an meinen Erinnerungen herumgepfuscht hat.« Jedes Wort bitterer als das zuvor.

»Nein, davon hat er nichts gesagt. Also wurde dein Gedächtnisverlust künstlich herbeigeführt? Aber warum?«, hakte Kay nach. Sie klang so ehrlich bestürzt, dass sich Luca dazu durchrang, der Frau in die Augen zu schauen, während sie bestätigend nickte. Allerdings brachte sie es nicht über sich, zu sagen, warum dieser ganze Aufwand betrieben worden war. Sie wollte nicht, dass Kay sie für eine Kriminelle hielt. Sie wollte sich ja selbst nicht einmal so sehen.

»Und das soll Zinnia unterstützt haben?«, fragte Kay zweifelnd. »Bist du dir da auch ganz sicher?«

Luca schwieg. Auch wenn sie nicht glaubte, jemals in der Lage zu sein, Zinnia seine Lügen zu verzeihen, sie brachte es nicht über sich, Kay zu antworten. Ihr zu erzählen, dass er der Kopf hinter einem Projekt war, das Menschen ihr Gedächtnis nahm.

Zum Glück schien Kay nicht weiter nachbohren zu wollen. Vermutlich müsste sie die Wahrheit sowieso aus Zinnias

Mund hören, um sie wirklich zu glauben. Luca sollte das recht sein. Es reichte ihr vorerst vollkommen, dass Kay ihr Verhalten ihr gegenüber anscheinend trotz allem nicht ändern wollte. Sie mochte Kay und hätte es schade gefunden, sie nicht mehr als Freundin gewinnen zu können. Besonders, wenn sie wirklich mit allem nichts zu tun hatte.

Schweigend nahmen sie die Bahn zur Oberfläche der Isle und stiegen erst an der dritten Haltestelle aus, die sich weit am Rand der Inselstadt befand.

»Wir sind gleich da«, erklärte Kay und deutete auf eine gläserne Kuppel, die wie das kleinere Pendant derjenigen im Zentrum von New Hope wirkte. »Der Garten wird schon seit Generationen von Mitgliedern der Earther Group gepflegt und ist einer der artenreichsten, die man in der gesamten High Rise Nation finden kann. Der perfekte Ort also, um seine Gedanken zur Ruhe zu bringen und zu ordnen.«

Sie waren bei der Tür der Kuppel angekommen, doch Kay zögerte, sie zu öffnen. Stattdessen suchte sie erneut Lucas Blick und sagte: »Bei mir bist du natürlich auch immer willkommen. Ich werde dir meine Adresse schicken und den Zugangscode zu meiner Wohnung. Falls du mal ... weg von allem willst.«

Das Angebot kam so überraschend, dass Luca lediglich ein kurzes »Danke« stammelte, bevor Kay sie auch schon in den Garten führte. Der Anblick verschlug ihr den Atem, wischte alle Gedanken beiseite und ließ sie nur noch staunen. Wenn sie nicht gewusst hätte, wo sie sich befand, sie hätte geglaubt, mitten in einem Urwald gelandet zu sein. Die Luft war warm. Ein angenehm süßlicher Duft zog sie weiter den schmalen Weg zwischen den Pflanzen entlang. Irgendwo plätscherte Wasser, als würde dort ein kleiner Bach verlaufen.

»Wow«, murmelte Luca. Unfähig in Worte zu fassen, welche Emotionen dieses kleine Paradies in ihr weckte.

»Ich weiß«, sagte Kay und grinste sie breit an.

Sie wusste nicht, wie viel Zeit sie in dem Garten verbracht hatte. Nachdem Kay hatte gehen müssen, war sie noch eine ganze Weile allein herumgewandert, hatte sich auf die verschiedenen Farben, Blattformen und Düfte konzentriert, um ihren aufgewühlten Gedanken eine kleine Pause zu gönnen.

Unter einem Baum mit großen herunterhängenden Blättern hatte sie ein ruhiges Plätzchen für sich gefunden. Dort saß sie mit geschlossenen Augen und wusste, dass sie eine Entscheidung zu treffen hatte, ganz egal, ob sie sich dazu bereit fühlte. Sie würde es vermutlich eh nie sein.

Wollte sie wirklich wissen, wenn sie in der Vergangenheit anderen Menschen Gewalt angetan hatte?

War es überhaupt richtig, sich für ein Leben ohne diese Schuld zu entscheiden, wenn man die Möglichkeit dazu hatte?

Wollte sie riskieren, wieder in den Strafvollzug zu kommen?

Warum nur hatte sie sich entschieden, ihre Erinnerungen aufzugeben? Sich selbst aufzugeben?

Sollte die Person, die sie heute war, die Entscheidung der Person, die sie damals war, respektieren und nicht nachträglich torpedieren? Vorausgesetzt natürlich, es war wirklich ihre eigene Entscheidung gewesen. Vielleicht war das ja auch nur wieder eine weitere Lüge, denn wenn man mal ganz ehrlich war: Wieso sollte sie noch irgendetwas glauben, was Zinnia ihr erzählte? Er hatte sie schon so oft belogen ...

Luca gab einen leisen leidvollen Laut von sich. So viele Fragen und keine Antworten. Ahnungslosigkeit war wohl die Quintessenz ihres Lebens. Sie konnte es kaum noch ertragen.

Aus ihrer Hosentasche zog sie die zwei Ohrhörer, die sie fast immer bei sich trug, um mit Maris in Kontakt treten zu können. Jedoch hatte sie seit Zinnias Offenbarungen nicht mehr mit der AI gesprochen, aber vermutlich hatte sie sowieso etwas von dem mitbekommen, was vorgefallen war. Und Maris war ihr immer noch lieber als Zinnia, wenn es darum ging, jemanden um Hilfe zu bitten. Zwar vertraute sie Zinnia nicht mehr, doch er hatte scheinbar nicht gelogen, was Kay anging; deshalb hatte er vielleicht auch die Wahrheit gesagt, als er versicherte, Maris sei genauso wenig an dem Projekt und der Erinnerungslöschung beteiligt gewesen. Außerdem wollte sie tief im Inneren einfach glauben, dass sie wenigstens eine echte Freundin hatte.

»Maris?«, flüsterte sie in ihr Armband.

»Ich hatte mich schon gefragt, ob du irgendwann wieder mit mir sprechen würdest«, antwortete die AI prompt.

»Du hast alles mitbekommen, schätze ich?«

»Ja, aber ich dachte mir, du brauchst bestimmt erst einmal etwas Zeit für dich allein. Auch wenn es mich halb wahnsinnig gemacht hat, nichts zu sagen, während du und Zinnia die ganze Zeit so unglücklich dreinschaut, als wäre jemand gestorben«, erwiderte Maris unverblümt.

»In gewisser Weise bin ich wohl auch gestorben. Oder zumindest die Idee von mir «, meinte Luca und erschauderte bei ihren Worten.

»Du bist weitaus mehr als eine Idee. Selbst wenn du doch nichts über deine Vergangenheit weißt, weil dir vor allem Lügen aufgetischt wurden, bist du immer noch die Person, die ich kennengelernt habe.«

Grashalme kitzelten ihre Finger, als sie mit ihrer Hand sanft über sie hinwegstrich. Am liebsten hätte sie Maris widersprochen. Wäre einfach dem Impuls gefolgt, der aus ihrer Enttäuschung, aus Wut und Selbstmitleid genährt wurde. Doch diese kleine Verschnaufpause reichte schon, damit sie sich etwas erden und Maris' Worte zu sich durchdringen lassen konnte.

»Aber ich habe mich nie ganz gefühlt, seitdem wir uns kennen. Habe mich nie wie ich gefühlt, weil ich nicht weiß, wer das ist.«

Auch Maris zögerte einen Moment, bevor sie zu einer Antwort ansetzte. »Ich schätze, ich kann auch nicht sagen, wer ich bin. Dabei habe ich mehrere Back-ups meiner Daten erstellt, habe Aufzeichnungen jedes meiner Erlebnisse, seitdem ich so weit programmiert war, dass ich selbstständig denken und fühlen konnte. Im Gegensatz zu einem Menschen vergesse ich nichts. Es gibt bei mir keine Erinnerungen, die mit der Zeit verschwinden, ungenauer werden oder sich abwandeln. Wenn mich das nicht befähigt, zu benennen, wer ich bin, wie sollten deine vergessenen Erinnerungen es dann bei dir können? Ja, es kann sein, dass ich die Gesamtheit all dieser Daten bin, all der Erlebnisse, Gedanken und Gefühle, die ich abgespeichert habe. Allerdings gibt es vieles, was ich getan habe, was ich heute anders machen würde. Warum sollten meine alten Handlungen dann definieren dürfen, wer ich heute bin? Mir kommt es eher so vor, als wäre dieses *Ich* immer nur eine kurze vergängliche Momentaufnahme. Und deswegen stellt sich mir jeden Tag die Herausforderung, dieses *Ich* aufs Neue zu erfinden.«

Nachdenklich lehnte Luca sich zurück an den Stamm des Baumes und schwieg. Sie würde etwas Zeit brauchen, um wirklich dahinterzukommen, was Maris gesagt hatte, aber sie spürte schon, wie die Puzzleteile ihrer Gedankenwelt begannen, sich zu verschieben und neu anzuordnen.

Vielleicht könnte sie ja wirklich für sich erkennen, wer sie war. Jetzt, hier, in diesem Moment. Und vielleicht würde das reichen, um zu entscheiden, was sie tun wollte. Ob sie denn wirklich wissen musste, wer sie einmal gewesen war, um zu entscheiden, wer sie in Zukunft sein wollte.

June

Lediglich Soleys beherzter Griff um ihren Oberarm hielt June davon ab, beim Anblick des Logos direkt aufzuspringen und loszulaufen.

»Hast du überhaupt einen Plan?«, fragte er sie eindringlich.

Am liebsten hätte June genickt und sich aus seinem Griff befreit, doch die Wahrheit war, dass sie tatsächlich einfach nur kopflos drauflosstürmen würde. Wie hätte sie schließlich konkrete Pläne machen sollen, bevor sie hier oben auf New Hope war?

»Mach keinen Unsinn«, sagte Nasrin. »Du hast bessere Chancen, wenn du mit uns zusammenarbeitest. Allein findest du dich hier doch gar nicht zurecht. Außerdem hast du versprochen, dich an die Spielregeln zu halten, wenn wir dich mitnehmen. Wir sind schließlich nicht zum Spaß hier. Es gibt Leute, die verlassen sich auf uns.«

June biss die Zähne fest aufeinander. Ihr war klar, wie wichtig die Arbeit der Elstern war und dass sie damit vielen Kranken halfen, für die es ansonsten auf dem Erdboden keine Hilfe gab. Und natürlich wusste sie auch, dass sie mehr Chancen hatte, ihre Schwester zu finden, wenn die Elstern sie unterstützten. Doch das taten sie ja einfach nicht. Bisher hatte ihre Hilfe ihr kaum neue Informationen gebracht. Dabei hatte Adrien schon vor Wochen versprochen, seine Kontakte auf New Hope zu nutzen und sich nach ihrer Schwester zu erkundigen. Sie taten schlichtweg nicht genug, aber er wollte nichts davon hören – und selbst Fanny schien in dieser Sache nicht zu Adrien vordringen zu können.

Bevor June noch etwas zu Nasrin sagen konnte, kamen der Kopf der Elstern und Bee zu ihnen an den Brunnen zurück. »Wir können weiter. In einer Stunde fliegen wir zurück. Genug Zeit, die Waren entgegenzunehmen, zum Flugplatz zurückzukehren und die Ladung fachgerecht einzuladen und zu sichern. Klar, soweit?«, fasste Bee ihr weiteres Vorgehen für sie zusammen.

Im Augenwinkel sah June Soley nicken und beeilte sich, es ihm gleichzutun. In ihren Gedanken war sie jedoch bei etwas ganz anderem. Eine Stunde war genug Zeit, sich dieses ThreeQuarter-Gebäude genauer anzusehen und zurück zum Flugplatz zu finden. Doch dafür musste sie sich erst einmal unauffällig aus dem Staub machen.

Also trödelte sie etwas, als sie aufbrachen, damit die anderen vor ihr liefen. Doch leider hatte sie die Rechnung ohne Nasrin gemacht, die anscheinend beschlossen hatte, sie genau im Auge zu behalten.

»Ich weiß, was du vorhast«, flüsterte Nasrin, nachdem sie den Abstand zwischen sich und June verringert hatte. »Und es ist noch viel dümmer, als du glaubst. Ich habe den Namen ThreeQuarter schon vorher einmal gehört. Adrien hat mit deiner Großmutter darüber gesprochen, als sie dachten, niemand hört mit. Die Leute, zu denen du willst, kontrollieren fast den gesamten Schwarzmarkt auf den Isles. Und sie sind auch der Grund, warum Adrien nur so selten selbst mit hierherfliegt. Aus irgendeinem Grund haben sie es wohl auf ihn abgesehen.«

Das Blut in Junes Adern gefror. Hätte Nasrin sie nicht weiter mit sich gezogen, wäre sie wie erstarrt an Ort und Stelle stehen geblieben.

»Was ich damit eigentlich sagen will: Du solltest keine weitere Zeit verlieren«, ergänzte Nasrin eindringlich.

Verwirrt schaute June die junge Frau an, die mit dem Make-up auf der Haut immer noch seltsam fremd aussah und deren Worte auf einmal ebenfalls wenig zu der Nasrin passten, die June kannte.

»Sieh mich nicht an, als hätte ich den Verstand verloren«, zischte diese aufbrausend und klang sofort wieder ganz wie sie selbst. »Hau schon ab! Bevor ich meinen gesunden Menschenverstand wiederfinde und mich daran erinnere, dass ich so etwas wie Loyalität und Pflichtgefühl besitze.«

Es dauerte noch einige Sekunden, bevor June wirklich realisierte, was Nasrin da gesagt hatte. War das irgendein Trick? Wollte sie sie gehen lassen, nur um dann Alarm zu schlagen? Um ihr eins reinzuwürgen?

Nein, das wäre nicht ihr Stil. Egal, welche Schwierigkeiten sie zu Anfang miteinander gehabt hatten.

»Danke. Ich bin rechtzeitig für den Rückflug wieder da«, flüsterte June und verschwendete keine weitere Sekunde. Rasch drehte sie sich um und ging angespannt in die entgegengesetzte Richtung davon. Die Sorge, dass außer Nasrin noch jemand aus ihrer Gruppe es bemerkte, prickelte unangenehm in ihrem Nacken; doch sie schüttelte den Gedanken ab, während sie ihren Blick auf das Gebäude heftete, in dem sich möglicherweise Amalie befand oder zumindest irgendwann befunden hatte.

Der Weg zum Eingang von ThreeQuarter war von niedrigen Büschen eingefasst und bot kaum Möglichkeiten, sich zu verbergen. Und da er nirgendwo anders hin als zum Gebäude führte, konnte June auch schlecht einfach dort herumlaufen, ohne aufzufallen. Wie sollte sie ihre Anwesenheit erklären, wenn sie gar nicht vorhatte, das Haus zu betreten?

Zögernd ging June an der Wegabzweigung vorbei und beschloss, nach weiteren Zugängen zu suchen. Selbst wenn es keine gab, was sie bei so einem großen Gebäude bezweifelte, bot sich vielleicht eine Möglichkeit, unauffällig durch eines der Fenster ins Innere zu spähen.

Erst bei der zweiten Umrundung wagte sie es, hinter einem Gebüsch abzutauchen und sich über die kleine Rasenfläche bis hin zu einem der Fenster zu schleichen, dessen Scheibe nur zur Hälfte trüb und grün war. Soweit sie es sehen konnte, gab es an der Außenseite des Gebäudes keine Überwachungskameras. Aber dass sie sie nicht sah, musste natürlich nichts heißen, deshalb schob sie sich ihre Kapuze noch etwas tiefer ins Gesicht.

June warf einen kurzen Blick auf den grünen Teil des Fensters und sah, dass die Farbe gar nicht von dem Glas herrührte, sondern von Algen, die im Wasser hinter der Scheibe schwammen. Dort, wo das Fenster ihr den Blick in den Raum dahinter ermöglichte, erkannte sie einen Flur. Ein Mann ging gerade durch eine Tür in eines der Zimmer, ansonsten war niemand zu sehen. Das half ihr nicht weiter.

Also huschte June zu zwei weiteren Fenstern und warf einen Blick hinein. Das eine war ein Büroraum mit einem Holo-Bildschirm über dem Schreibtisch, gegen den jeder, den June bisher zu Gesicht bekommen hatte, wie billiges Spielzeug wirkte. Der andere Raum war vollgestellt mit unzähligen Regalen.

Frustriert zog June sich zurück und mischte sich wieder unter die Leute, die auf dem größeren Weg zur Linken des Gebäudes unterwegs waren. Noch hatte sie etwas Zeit, bevor sie zum Flugplatz zurückkehren musste. Wenn sie schon nicht in das Gebäude hineinkam, wollte sie wenigstens noch ein bisschen beobachten, wer dort so ein- und ausging.

Plötzlich wurde sie von hinten gepackt und in die Richtung des Gebäudes mitgezogen. Junes Herz setzte einen Schlag aus; sie war zu überrascht, um sofort zu reagieren. Im nächsten Augenblick wurde ihr etwas Kaltes in den Nacken gedrückt, und eine dumpfe Kälte machte sich in ihrem Körper breit.

»Dass du mir ja nicht bewusstlos wirst, bevor wir im Eingangsbereich sind«, knurrte eine Männerstimme an ihrem Ohr.

June wollte ihn wegstoßen, doch sie hatte bereits kaum noch Kraft in ihren Armen und Händen. »Lass mich …«, mehr bekam sie nicht über die Lippen, bevor auch ihre Zunge taub wurde. Mit Schrecken musste sie miterleben, wie sie gegen ihren Willen durch die Tür in das Gebäude geschoben wurde. Als dann der Arm um ihre Hüfte verschwand, stolperte sie und fiel auf die Knie. Über ihr stand eine Frau mit kinnlangem dunkelblondem Haar.

»Ich wusste doch, dass ich dein Gesicht kenne«, sagte die Fremde ohne jede Gefühlsregung. »Willkommen bei TQ, Juniper Torres. Ich bin gespannt, zu hören, wie du es hier hoch geschafft hast.«

Ihre letzten Worte konnte June kaum noch verstehen, vor ihren Augen tanzten die Lichtpunkte. *Nicht schon wieder,* war der letzte Gedanke, der in ihrem Kopf Gestalt annahm. Dann folgte nur noch das bewusstlose Nichts.

Luca

Die Räumlichkeiten des Justice Circle befanden sich in einer der untersten Ebenen von New Hope. Luca hatte bereits einen kurzen Fußmarsch und eine Fahrt mit der Bahn in unangenehmem Schweigen zwischen sich und Zinnia zugebracht, der darauf bestanden hatte, sie heute zu ihrem Termin bei den Projektbetreuern zu begleiten. Obwohl ihr aktuell egal war, was er wollte, hatte sie sich letztendlich darauf eingelassen. Die Leute, zu denen sie unterwegs waren, wollten sowieso auch mit ihm sprechen. Sie hätte ihn also so oder so getroffen.

Ein Infotext an einer der Wände sagte Luca, dass sich neben den Räumen des Justice Circle auf dieser Ebene ansonsten nur Anbauflächen für Nahrungsmittel befanden. Und auch wenn sie die Worte nicht gelesen hätte, wäre ihr dies spätestens nach der nächsten Abbiegung des Ganges klar geworden. Dort waren die Wände zu beiden Seiten komplett aus Glas und gaben den Blick auf etwas frei, das aussah wie bepflanzte weiße Regalreihen.

»Darf ich dich etwas fragen?«, ergriff Zinnia zögerlich das Wort.

Lucas Blick wanderte über seine Gesichtszüge. Sie wusste selbst nicht, was sie darin zu lesen suchte. »Frag.«

Er nickte, und seine Mundwinkel hoben sich zu einem vorsichtigen Lächeln. »Hast du dich schon entschieden, ob du deine Akte ganz einsehen willst oder nicht?«

Sie ahnte, dass sie ihm nicht die Antwort geben würde, die er hören wollte, als sie sagte: »Ich muss es wissen. Alles.«

Bestürzung zeichnete sich auf Zinnias Gesicht ab. »Selbst, wenn das bedeutet, dass sie dich wieder in eine Zelle stecken? Ist es das wirklich wert?«

»Jetzt, wo ich es weiß, lebe ich so oder so mit der Schuld, etwas Schlimmes getan zu haben. Sich bis an mein Lebensende ausmalen zu müssen, was es war, wird nicht weniger schlimm sein, als es zu erfahren. Eher im Gegenteil.«

»Aber es geht nicht nur darum. Es geht auch um die Entscheidung, ob du ein freies Leben führen willst oder wieder eingesperrt wirst«, ließ Zinnia nicht locker.

Ein kalter Schauer lief ihr über den Rücken. Sie wollte nicht darüber nachdenken, dass sie vielleicht nie wieder den Himmel sehen würde.

»Es ist nicht so, als hätte ich darüber nicht …«, begann Luca ihren Standpunkt zu verteidigen, wurde aber von einem dumpfen hämmernden Geräusch unterbrochen.

Verwundert sah sie sich um, bis sie einige Meter hinter sich eine Gestalt hinter der Glaswand auf der rechten Seite des Flurs erkannte. Das Mädchen stand auf dem kleinen Obstbaumfeld, das inzwischen die bepflanzten Regale abgelöst hatte, und hämmerte wild mit den Fäusten gegen die Scheibe.

Genau wie Zinnia blieb Luca stehen und ging wieder ein paar Schritte zurück. Daraufhin verringerte das Mädchen auf der anderen Seite der Scheibe ebenfalls die Distanz zwischen ihnen. Die Intensität ihres Blickes ließ Luca erstarren. Sie kannte diese Augen.

»Was macht sie da drin?«, flüsterte Luca mehr zu sich als zu Zinnia, dessen Anwesenheit sie komplett ausgeblendet hatte. Ihre Aufmerksamkeit hing an dem Mädchen und dem bohrenden Kopfschmerz, der immer schlimmer wurde.

»Ich weiß es nicht«, erklang Zinnias Stimme wie aus weiter Ferne.

Die Lippen des Mädchens bewegten sich, doch Luca konnte nicht verstehen, was es zu sagen versuchte. Konnte nur beobachten, wie Tränen über die braunen Wangen des Mädchens liefen, dessen Kopf vollständig kahl geschoren war.

Wirkte es erst noch, als handelte es sich um Tränen der Erleichterung, wechselte das Mienenspiel des Mädchens plötzlich zu Wut und Verzweiflung. Es traf Luca mitten ins Herz und veranlasste sie, näher an die Scheibe zu treten, um ihre Hand auf das kalte Glas zu legen.

Das Mädchen lächelte schwach, dann riss es erschrocken die Augen auf und sah über seine Schulter. Als Luca ihrem Blick folgte, erkannte sie einen Mann, der zwischen den Obstbäumen zu ihnen an die Scheibe kam. Sein Gesichtsausdruck versprach nichts Gutes.

Als sich das Mädchen wieder zu ihr umwandte, schrie es erneut. Dasselbe Wort, immer und immer wieder. Doch es war nicht zu verstehen.

Lucas Blick huschte zu dem Mann im Rücken des Mädchens, der sie jeden Moment erreichen musste.

»Wir sollten besser weitergehen«, sagte Zinnia, der neben sie getreten war. Doch er erntete von ihr nur eine Handbewegung, mit der sie seine Worte einfach beiseitewischte.

Luca studierte noch einmal ganz genau die Augen und Gesichtszüge des Mädchens. *Wer bist du nur? Ich weiß doch, dass ich dich kenne. Wir … du …*

Ein Stechen fuhr ihr durch den Kopf, das so heftig war, dass es ihr glatt den Atem nahm. Stöhnend kniff sie die Augen zusammen und griff sich an die Stirn.

Als sie mühsam blinzelnd wieder scharf sah, hatte der Mann die Hände des Mädchens gepackt und zog sie von der Scheibe weg. Hektisch sah Luca sich um, obwohl jede Bewegung den Schmerz in ihrem Kopf neu zu entfachen schien. *Hier muss es doch irgendwo eine Tür geben!*

Doch da war keine. Schwer atmend, schlug Luca gegen die Scheibe. Aber der Mann ignorierte es und zog das Mädchen unerbittlich weiter, bis sie hinter den Obstbäumen verschwunden waren.

Dann gaben Lucas Beine unter ihr nach. Ihr ganzer Schädel dröhnte, und vor ihren Augen tanzten schwarze Flecken. Nur undeutlich nahm sie wahr, wie Zinnia sich besorgt zu ihr herunterbeugte. In ihrem Kopf hallte ein Gedanke wider, den der Anblick des verzweifelten Mädchens ausgelöst hatte. *Meine Schwester.*

Ihre zitternden Hände in ihre Manteltaschen vergraben, ging Luca stumm neben Zinnia her. Ein Stimmchen tief in ihrem Inneren flüsterte, dass es falsch war. Dass sie dem Mädchen hätten helfen müssen, ganz egal, was Zinnia sagte. Doch der Schmerz in ihrem Kopf verhinderte zuverlässig, dass sie auch nur einen klaren Gedanken fassen konnte. Sie war schlichtweg nicht in der Lage, für sich eine Entscheidung zu treffen.

Ein leises Wimmern erklang, und erst als sie Zinnias Hand an ihrem Arm spürte, erkannte Luca, dass der Laut von ihr selbst gekommen sein musste.

»Ist es immer noch nicht besser?«, fragte Zinnia und musterte sie besorgt.

Luca griff sich an ihren Kopf und murmelte: »Nicht wirklich.« Ihr war schon wieder ganz schwummerig davon.

»Schaffst du es noch ein paar Meter? Dann sind wir beim Justice Circle, und du kannst dich in meinem Büro etwas ausruhen«, schlug Zinnia vor. Luca nickte nur. So unlogisch es auch war, sie hatte das Gefühl, ihr würde es besser gehen, sobald sie diesen Gang endlich verlassen hatten.

»Okay, dann los. Soll ich Cera kontaktieren?«, meinte er und legte einen Arm um ihre Taille, um sie zu stützen.

»Nein«, flüsterte Luca.

Irgendwie schaffte sie es mit Zinnias Hilfe an ihr Ziel, ohne wimmernd in sich zusammenzusinken. Doch schon kurz hinter der Tür gab sie den Kampf auf und setzte sich auf den Boden. Sie atmete schwer, jedoch nicht, weil sie immer noch starke Schmerzen hatte. Stattdessen machten ihr nun Bilder zu schaffen, die wie Blitzlichter durch ihre Gedanken rauschten, nachdem das pochende Dröhnen in ihrem Schädel etwas nachgelassen hatte. Sie sah das Mädchen. Immer wieder. Doch jedes Mal an einem anderen Ort. Manche Bilder waren unwirklich, wie aus einem Traum. Andere wiederum detailliert genug, um in ihr das Gefühl zu wecken, selbst einmal dort gewesen zu sein. Mit jedem weiteren Moment wuchs ihre Gewissheit, dass es Erinnerungen an ihre Schwester waren. Doch die schiere Masse und Geschwindigkeit der sich abwechselnden Szenarien ließ sie nach Atem ringen. Das war einfach zu viel.

»Was ist los?«, fragte Zinnia und setzte sich vor ihr auf den Boden.

Sie griff sich an den Hals, der ihr wie zugeschnürt vorkam, und schüttelte hilflos den Kopf. Wieder und wieder, schneller und immer schneller atmete sie ein, und doch blieb das Gefühl, zu ersticken.

»Sieh mich an!« Zinnias Aufforderung war kaum wahrnehmbar in dem Sog, den eine weitere aufkommende Erinnerung auf sie ausübte. Und in dieser war nicht sie es, die keine Luft bekam. Es war Amalie.

Es war seltsam, ihre Schwester zu sehen und gleichzeitig Zinnias Stimme zu hören. Vergangenheit und Gegenwart verschmolzen erst miteinander, bevor sie sie wieder trennen konnte.

»Du musst langsamer atmen, Luca. Alles ist gut. Wir machen das zusammen.«

Sie sah die Sorge in Zinnias Augen, sobald sie wieder aus ihrer Erinnerung aufgetaucht war. Versuchte, sich an den Atemrhythmus anzupassen, den er ihr vorgab. Sich nur noch darauf zu konzentrieren, bis die Überforderung und Panik abflauten. Es verscheuchte nicht die Bilder in ihrem Kopf, aber sie prasselten nun nicht mehr übermächtig auf sie ein.

Über den kleinen Lautsprecher, der in ihrem Armband integriert war, erklang Maris' Stimme. »Euer Termin beginnt in drei Minuten.«

»Sag ihn ab«, entschied Zinnia. »Und teile ihnen mit, dass ich mich später deswegen noch einmal bei ihnen melden werde.«

»Versprich mir, dass du ihnen nichts hiervon erzählst. Zumindest noch nicht.«

»Luca ...«, setzte er an. Sein Blick flehte sie an, es sich noch einmal anders zu überlegen. »Sie können dir sicher helfen, mit all dem besser umzugehen.«

»Verstehst du nicht? Das ist nicht einmal mein richtiger Name!« Bis sie es laut aussprach, war ihr diese Erkenntnis nicht bewusst gewesen, doch nun war sie sich da absolut sicher.

»Bestimmt ist er das. Warum sollten sie deinen Namen ändern? Das wäre doch unnötiger Aufwand«, widersprach Zinnia und schien sich seiner Worte sicher zu sein.

»Das ist eine wirklich gute Frage. Aber der Name Luca kam mir ja auch von Anfang an nicht bekannt vor, und langsam habe ich echt keinen Grund mehr, zu glauben, dass auch nur irgendeine Information stimmt, die der Justice Circle dir über mich und meine Vergangenheit gegeben hat. Ich bin ja nicht einmal eine Waise. Ich habe eine Schwester, Zinnia! Sie heißt Amalie, und mein Name ist June.«

»Wenn du recht hast, dann wird es in den Projektunterlagen sicher einen Vermerk geben, der alles aufklärt«, sagte

Zinnia. Ihm war anzusehen, dass er nicht wusste, wie er das, was sie ihm eröffnet hatte, einordnen sollte. June konnte es ihm kaum verübeln. Sie konnte das hier alles ja selbst noch nicht ganz verstehen. Sie lächelte gequält.

»Ich bin mir da nicht so sicher. Und deswegen will ich, dass auch das zwischen uns bleibt. Versprich es mir!«

Nach kurzem Zögern antwortete er: »Nur unter der Bedingung, dass du deine Strafakte nicht öffnest. Dafür brauchst du sie nicht einsehen. Ansonsten erzähle ich ihnen alles.«

»Hast du ein Glück, dass ich das sowieso nicht mehr vorhabe«, erklärte June kopfschüttelnd und ließ sich von ihm aufhelfen. »Ich werde so tun, als wolle ich einfach neu anfangen und die Vergangenheit ruhen lassen. Vielleicht geben sie mir ja so schon die ein oder andere Information über mich, die mir dabei hilft, zu verstehen, warum ich in diesem Projekt gelandet bin.« *Oder die mir sagt, warum meine Schwester eine Gefangene ist …*

June wanderte in Zinnias Büro herum, um sich von den besorgten Blicken abzulenken, die er ihr immer wieder von seinem Platz am Schreibtisch aus zuwarf. Doch die Bewegung machte sie nur noch unruhiger, weswegen sie vor einem der Regale stehen blieb.

Ihr Blick fiel auf eine Grünpflanze, eine schlafende Metallmaus, die ganz sicher von Jascha war, und danach auf ein kleines Hologramm. Es zeigte ein Foto von Kay, wie sie mit drei Jungen um die Wette grinste.

»Etwas Interessantes gefunden?«, fragte Zinnia.

»Bist du das?« Sie deutete auf den Jungen in der Mitte. Er hatte kurzes schwarzes Haar und seinen Arm um die Schulter eines etwas kleineren dunkelblonden Jungen gelegt.

Zinnia kam zu ihr und nickte. Sein Lächeln vermochte es nicht, seine Augen zu erreichen. »Einen der anderen Jungen kennst du auch.«

June schaute wieder auf das Hologramm, betrachtete den Jungen rechts, dessen Haar in der Sonne weiß wirkte. Dann noch einmal den Dunkelblonden. In ihrem Kopf tauchte ein Bild von einem Mann in einer Bar auf. Älter zwar, aber unverkennbar. »Adrien«, murmelte sie. Hatte Zinnia nicht gesagt, er wisse nichts über ihre Vergangenheit?

Doch der war neben ihr zur Salzsäule erstarrt.

»Ich meinte eigentlich Edan«, erwiderte er nach einer Weile leise.

»Oh, stimmt. Jetzt, wo du es sagst, erkenne ich ihn auch«, meinte June und schaute sich den weißblonden Jungen noch einmal genauer an.

»Du kannst Adrien gar nicht kennen.« Zinnia wirkte, als hätte er gerade einen Geist gesehen. Er war sogar etwas blass um die Nasenspitze geworden.

»Warum nicht? Ich bin mir ziemlich sicher, dass ich ihn schon mal gesehen habe. Aber als Erwachsenen. Mit Tattoos auf den Armen.« Entschuldigend zuckte sie die Schultern. »An mehr erinnere ich mich gerade in Bezug auf ihn nicht. Noch nicht.«

Zinnia schüttelte den Kopf. Verlustschmerz überschattete seinen Blick. »Du kannst Adrien nicht getroffen haben. Kays Sohn ist tot.«

»Kays Sohn?« Verblüfft dachte sie an ihre Freundin vom Brunnen. *Der Brunnen* ... Diesmal war sie es, die den Kopf schüttelte. In ihrem Kopf war ein weiteres Bild aufgetaucht. »Ich hab sie sogar zusammen gesehen. Sie haben sich umarmt, als ich ihn nach New Hope begleitet habe, um ...« Sie stockte. Wieder prasselte eine ganze Flut von Bildern und Geräuschen auf sie ein und ließ sie einen Schritt zurückstolpern. Versetzten sie kurzzeitig in den Moment zurück, wo sie mit Valerij zusammen zu Mittag gegessen, mit Fanny und Soley zusammen trainiert hatte, wie sie mit ihrer Schwester zum Humanity Point gewandert war ...

Heiße Tränen stiegen ihr in die Augen. *Wie habe ich sie nur alle vergessen können?*

Sie schluckte schwer, musste mehrmals ansetzen, um auch nur einen Ton herauszubringen. »Ich erinnere mich … ich …« Ihre Stimme brach, und sie musste sich räuspern, um weitersprechen zu können. »Ich bin nach New Hope gekommen, um meine Schwester zu suchen.«

Als Zinnia auf ihre Erklärung nur mit verhangenem Blick reagierte, als habe er gar nicht richtig zugehört, packte sie seinen Arm und sah ihn eindringlich an. »Ich muss dringend das Mädchen von vorhin finden. So schnell wie möglich. Ganz egal, wie. Hilfst du mir?«

»Das Mädchen, das in Haft sitzt?« Noch immer wirkte er nicht, als habe er verstanden.

»Meine Schwester, Zinnia! Sie ist mit irgendwelchen Leuten von TQ mitgegangen. Ich habe das Logo auf einem Koffer gesehen.«

Nachdem sie sich sicher war, dass Zinnia ihr diesmal wirklich zuhörte, erzählte sie ihm alles, was ihr in den Sinn kam. Jede Erinnerung brachte mindestens zwei weitere hervor, alles sprudelte nur so aus ihr heraus. Wie Puzzleteile, die sie nur wieder an die richtige Stelle setzen musste. Sie erzählte von ihrem Leben auf dem Erdboden, den Gerüchten um verschwundene Menschen, von Fanny, wie sie die Elstern gefunden hatte und damit auch Adrien begegnet war.

Unruhig tigerte sie im Raum herum. Zinnias Schweigen nagte an ihren Nerven.

Als er endlich das Wort ergriff, sagte er: »Hast du das aufgezeichnet, Maris?«

»Ja, das erschien mir sinnvoll«, antwortete die AI.

»Gut«, befand Zinnia und blickte wieder zu June. »Ich würde lügen, wenn ich sagen würde, dass es mir leichtfällt, alles zu glauben, was du erzählt hast. Deine Geschichte klingt ziemlich … wild. Und sie erklärt auch noch nicht, warum du in Kategorie 5 Haft warst und sie im Zuge des Projekts deinen Namen gewechselt haben.«

»Haben sie gar nicht«, schaltete Maris sich ein. »Die allgemeinen Projektunterlagen sind vor wenigen Minuten auf Lucas Speicher angekommen, und ich habe schon einmal einen Blick reingeworfen. Dort steht, dass ihr Name Luca Whelan ist und sie auf New Hope geboren wurde. Angeblich hat sie keine Geschwister, und ihre Eltern sind vor Jahren bei einem Unfall ums Leben gekommen.«

»Die Unterlagen bringen uns nicht weiter, nichts darin stimmt. Ich bin June Torres, nicht Luca!«, beharrte June. Ihr alter Name klang noch immer seltsam ungewohnt auf ihren Lippen, doch endlich fühlte sie sich wieder komplett. Anstatt über irgendwelche Lügen zu sprechen, sollten sie nun lieber Amalie suchen.

Zinnias Züge verfinsterten sich. »Ist das wirklich die richtige Projektakte? Kein Anzeichen darauf, dass sie stattdessen ein Dokument geschickt haben, worin sie ihre fiktive Vergangenheit entworfen haben?«

»Im Gegenteil. Die Akte trägt sogar ein Siegel, das besagt, dass sie die vergangenen Monate geschlossen war und niemand Zugriff auf sie hatte. Das sollten die echten Informationen über ihr Leben vor dem Eingriff sein. Lediglich die Strafakte ist noch versiegelt und wurde deswegen nicht mitgeschickt.«

Zinnia raufte sich die Haare und meinte dann: »Was haltet ihr davon, wenn wir erst einmal nach Hause gehen und dort überlegen, was weiter zu tun ist? Ich fühle mich nicht gerade wohl dabei, im Justice Center über die Möglichkeit zu sprechen, dass ein paar Personen hier in irgendetwas Zwielichtiges verwickelt sein könnten.«

»Ich habe aber keine Zeit dafür«, wiederholte June und berichtigte: »Amalie hat möglicherweise keine Zeit dafür. Du brauchst etwas, um dir einen Reim auf alles zu machen, das verstehe ich. Aber ich weiß endlich wieder, wer ich bin!

Und für mich zählt nur eins: Ich muss meine Schwester befreien.«

»Du kannst nicht einfach jemanden aus der Haft befreien. Das ist eine Straftat«, widersprach Zinnia. »Damit hilfst du absolut niemandem. Lass uns nach Hause gehen, etwas essen, und dann überlegen wir gemeinsam, wie du mit Amalie Kontakt aufnehmen kannst, ohne dadurch in Schwierigkeiten zu geraten.«

»Das werden sie nicht einfach so zulassen.« Genervt seufzend, gab June sich endlich geschlagen. »Aber ich bin schon einmal planlos drauflosgelaufen, und das hat mich ja überhaupt erst in diese verfluchte Situation gebracht. Also werde ich mit dir gehen und gründlich nachdenken. Aber fürs Protokoll: Ich hasse es jetzt schon.«

»Ist notiert«, antwortete Maris geschäftsmäßig und brachte sie damit trotz der angespannten Lage zum Lachen.

Amalie

Im ersten Moment, als Amalie benommen ihre Augen öffnete, glaubte sie, erblindet zu sein. Doch dann lichtete sich langsam der Nebel des Betäubungsmittels in ihrem Körper, und sie erkannte, dass man sie ins Loch gesteckt hatte. So nannten sie und die anderen diese licht- und fensterlose Zelle zumindest. Wer hier landete, konnte sich sicher sein, jeden noch so kleinen Freiraum verloren zu haben, der jeder Nummer zunächst zugestanden wurde. Mehr waren sie hier nicht. Nur noch Nummern, Testobjekte und Arbeitsbienen.

Damit die Dunkelheit nicht ganz so erdrückend war, entfloh Amalie in ihre Gedankenwelt – und damit auch in das telepathische Netz. Sie lauschte dem leisen Grundrauschen der Denkströme, die zwischen ihnen hin und her flossen und sich zu einem unverständlichen Gewirr vermischten, solange man sich nicht die Mühe machte, einen einzelnen der

Gedanken zu ergreifen und zu isolieren. Amalie verzichtete darauf. Genauso wie auf die Kontaktaufnahme zu einem der anderen Telepathen. Das war ihr in ihrer Situation ganz sicher nicht gestattet, und sie wollte keinen der anderen in ihre Probleme mit hineinziehen.

»Du hast einen großen Fehler gemacht, Nummer 8«, schnitt eine Frauenstimme kalt und präzise wie ein Schwert aus Eis in Amalies Kopf. Schmerz begann, hinter ihren Schläfen zu pochen, während sie versuchte, den geistigen Angriff der Frau abzuwehren. Wie immer gelang es ihr nur teilweise, weshalb sie ihre Anstrengungen darauf verlagerte, die Frau in ein Gespräch zu verwickeln, um sie davon abzulenken, systematisch in ihrem Gedächtnis herumzustochern.

»Was willst du tun? Ihr braucht mich«, schleuderte sie ihrer Angreiferin telepathisch entgegen, während sie ihre Zähne so fest aufeinanderbiss, dass sie diese Worte auf herkömmliche Weise niemals hätte äußern können.

»Du überschätzt deinen Wert«, kam die unbeeindruckte Antwort.

»Warum hättet ihr sonst den Aufwand betrieben, meine Schwester auf die Isle zu holen?«

Statt einer Antwort begann die Frau damit, noch grober und schneller durch ihren Kopf zu pflügen. Amalie stöhnte auf.

»Du brauchtest einen Anreiz, zu tun, was wir wollten. Doch inzwischen gibt es zwei Neue, deren Gehirne annähernd so effizient arbeiten wie deines und die jederzeit deinen Platz einnehmen könnten«, sagte die Frau schließlich doch noch.

»Du bluffst.« Doch Amalie war sich dessen gar nicht so sicher. Sie konnte nur hoffen, dass sie recht hatte, denn wenn sie inzwischen entbehrlich geworden war, dann …

»Sieh deinen Fehler ein, 8. Vor ein paar Stunden war deine Schwester lediglich unnötig gewordener Aufwand für uns; nun jedoch ist sie ein Problem, das wir beseitigen müssen.«

In ihr flammte Panik auf, fraß sich durch ihren Körper, bis ihre Glieder zitterten und ihre Gedanken sich überschlugen.

»Nein! Sie hat nichts damit zu tun. Lasst mich ihr erklären, dass es mir gut geht und dass sie sich keine Sorgen machen muss. Sie wird kein Problem für euch sein«, schrie Amalie in das Gedankennetz hinein, doch es war bereits zu spät. Sie würde keine Antwort bekommen. Die Eisklingen aus ihrem Kopf waren ebenso verschwunden wie die Frau, die sie führte. Untergetaucht im Rauschen einer rein gedanklichen Welt.

June

»Okay, fassen wir noch einmal zusammen«, sagte Zinnia, während er das Geschirr vom Mittagessen wegräumte. »Dir fehlen zwar einige Erinnerungen an deine Kindheit, aber du erinnerst dich wieder an das meiste aus den vergangenen Jahren. Erinnerungen an deine Haft oder an die Teilnahme am Projekt hast du jedoch keine.«

»Weil ich nie in Haft war und gar nicht in das Projekt hätte integriert werden dürfen«, stellte June klar.

Es kam ihr komisch vor, mit Zinnia wieder hier in ihrer gemeinsamen Wohnung zu sein. Wie er ganz selbstverständlich kochte, aufräumte, mit ihr sprach. Als hätten die vergangenen Tage gar nicht existiert. Es fühlte sich so vertraut an, doch gleichzeitig war ihr nur zu bewusst, dass er ihr wieder fremd geworden war. Auch die Wohnung selbst, die vielen technischen Geräte, die das Leben so angenehm machten, sogar Maris – all das erschien ihr plötzlich fremd. Als wäre ihr Leben als Luca nur ein Traum gewesen, an das June sich zwar vage erinnern konnte, das jedoch nicht wirklich zu ihr zu gehören schien.

»Zumindest ist es eine mögliche Theorie, dass du nie in Haft warst und von jemandem, der bei TQ arbeitet, in das

Projekt geschummelt wurdest«, schränkte Zinnia ein und setzte sich wieder ihr gegenüber an den Küchentisch. »Du könntest dich auch einfach nicht daran erinnern, so wie du dich auch nicht daran erinnerst, wie du auf den Eingriff vorbereitet wurdest. Es muss sich ja trotzdem jemand die Mühe gemacht haben, dein psychologisches Profil zu erstellen. Deine Raumangst ist schließlich eine zutreffende Information gewesen. Dementsprechend kann gar nicht alles erfunden sein, was in deiner Projektakte steht.«

»Ich habe bereits angefangen, die Informationen in der Akte mit dem zu vergleichen, woran du dich erinnert hast «, schaltete sich Maris wieder in das Gespräch ein. »Genauso habe ich unsere Listen zurate gezogen, um auch abzugleichen, wie du die Informationen zu deiner Vergangenheit vor der Rückkehr deiner Erinnerungen eingeschätzt hattest. Als Beispiel hast du Zinnia darin zugestimmt, dass dunkelgrün deine Lieblingsfarbe ist, aber du hattest nicht das Gefühl, dass die Kleidung in deinem Kleiderschrank wirklich deinem Geschmack entspricht. Wurde die Kleidung vom Projekt gestellt, Zinnia?«

»Nicht, dass ich wüsste. Ich bin davon ausgegangen, dass es die Kleidung ist, die sie vor ihrer Haft getragen hat«, antwortete er und warf ihr einen nachdenklichen Blick zu. »Wenn du allerdings gar nicht auf den Isles gelebt hast, können wir wohl davon ausgehen, dass jemand anderer sie für dich ausgesucht hat. Vielleicht, weil deine Straftat darin bestand, unbefugt eine Isle zu betreten. Doch dadurch allein wärst du niemals in Kategorie fünf Haft gekommen. Außer du hast jemanden verletzt oder warst bewaffnet. Aber selbst dann wäre es auf Kategorie vier hinausgelaufen, weil es keine Wiederholungstat gewesen wäre. Oder hast du vorher schon einmal jemanden auf einer Isle angegriffen?«

Mit ihren Fingern auf die Tischplatte trommelnd, meinte June: »Ich habe nichts in der Art getan, ich habe einfach nur nach TQ und Amalie gesucht. Aber wie auch immer ich in dem Gedächtnislöschprojekt gelandet bin, viel wichtiger ist doch, warum meine Schwester in Haft ist. Oder warum sie überhaupt mit auf New Hope genommen wurde. TQ darf doch sicherlich nicht einfach so Menschen in die High Rise Society aufnehmen, oder?«

»Auf gar keinen Fall«, stimmte Zinnia zu. »Aber ich wüsste auch nicht, was ihre Motivation dafür sein sollte, eine Straftat zu begehen. Wozu das gute Image und die Förderungen riskieren? Es ist viel wahrscheinlicher, dass nur jemand seine Anstellung bei TQ ausgenutzt hat, um Amalie herzubringen.«

»Oh, mir fällt da das ein oder andere dazu ein«, antwortete June düster. »Zum Beispiel illegale Experimente an Menschen oder Sklavenhandel, um nur zwei davon zu nennen.«

Zinnia war anzusehen, wie sehr es im widerstrebte, ihre Vorschläge auch nur in Erwägung zu ziehen. Aber was hatte sie erwartet? Er lebte hier oben wie im Paradies, niemand verhungerte, verlor sein Zuhause durch einen Erdrutsch oder weil es vom Starkregen geflutet wurde. Eigentlich wunderte es sie, dass es überhaupt Kriminalität hier oben gab, wenn doch jeder hatte, was er zum Leben brauchte, und nicht einmal dafür zahlen musste. Doch andererseits gab es wohl überall Menschen, die immer nur nach mehr strebten. Besitz, Ansehen, Ruhm. Geld aus der Rechnung herauszunehmen war da wohl einfach nicht genug.

»Meiner Einschätzung nach können wir wohl kaum einfach bei TQ nachfragen, um Antworten zu erhalten«, mutmaßte Maris. »Selbst bei Ben und Edan können wir nicht ausschließen, dass sie nichts damit zu tun haben.«

»Ich würde schon sagen, dass Ben vertrauenswürdig ist. Ich weiß, woran er momentan arbeitet, und er hat sich nie groß für die Projekte anderer interessiert«, warf Zinnia ein und überraschte June damit, dass er ausschließlich Ben in Schutz nahm.

»Was ist mit Edan? Ich dachte, ihr wärt alte Freunde.«

Zinnia lächelte unglücklich. »Die Betonung liegt hier auf *alte* Freunde. Treffender wäre sogar zu sagen, dass wir lediglich mal Freunde waren. Bevor …«

Er brauchte gar nicht weitersprechen, sie konnte sich schon denken, woran er dachte. Der Schmerz, der kurz in seinen Augen aufgeflammt war, sagte alles. Ihre Freundschaft hatte Adriens Verschwinden nicht überlebt. *Adrien …*

»Unter welchen Umständen ist euer Freund damals verschwunden?«, fragte sie, auch wenn sie es Zinnia gerne erspart hätte. Das Problem war nur, dass sie sich an das erinnert hatte, was Nasrin ihr über Adrien erzählt hatte.

»Darüber gibt es kaum etwas zu berichten. Das war ja auch das Problem, warum die Sache nie aufgeklärt werden konnte. Es war ein ganz normaler Tag, bis auf die Tatsache, dass Adrien nach der Arbeit nicht mehr nach Hause gekommen ist. Er hat zusammen mit Edan Feierabend gemacht und dann …« Zinnia zuckte mit den Schultern.

June schwieg. In Gedanken ging sie die beiden Male, bei denen sie Edan begegnet war, noch einmal durch. »Aber Edan hat nicht gewusst, dass ich keine Erinnerungen an meine Vergangenheit mehr hatte. Macht ihn das nicht unverdächtig?«

Zinnia schnaubte. »Als ob. Natürlich wusste er davon, schließlich habe ich nur durch ihn ein Team von TQ für das Reintegrationsprojekt gewinnen können. Er hat sich einen Spaß daraus gemacht, mir vor Augen zu führen, dass es nicht die beste Idee war, dir zu erzählen, dass deine Amnesie durch die Fehlfunktion eines Neurochips ausgelöst worden sei. Er wischt mir ab und zu gerne mal eins aus, um mir heimzuzahlen, dass ich ihm damals vorgeworfen habe, er müsse mehr über Adriens Verschwinden wissen, als er sagt. Ich war einfach jung und wütend und habe nicht nachgedacht. Es war einfacher, jemandem die Schuld geben zu können. Deshalb wäre es auch voreilig, ihn in dieser Sache ohne

Hinweise ernsthaft zu verdächtigen. Schließlich hat er mich in letzter Zeit auch viel unterstützt, erst bei dem Reintegrationsprogramm und jetzt bei meinem Wahlkampf. Ich wollte nur sagen, dass ich zu wenig mit ihm zu tun habe, um ihm vorbehaltlos zu vertrauen.«

»Verstehe«, kommentierte June abwesend. Vor ihrem geistigen Auge materialisierte sich wieder eine Erinnerung aus dem Nichts. Viel klarer als die Male zuvor. Ein Film, gefärbt von Angst, Wut und Hilflosigkeit.

»Stell dich nicht so an, Juniper. Ein bisschen was muss ich schon über dich wissen, wenn das Ganze nicht auffliegen soll«, sagte Edan und tippte etwas auf dem holografischen Bedienfeld ein, das in das Bett integriert war, auf das sie gefesselt war. »Und du willst auch nicht, dass das passiert. Denk nur an deine jüngere Schwester. Amalie heißt sie, richtig?«

»Ich denke an nichts anderes«, zischte June und konnte sich nur gerade so davon abhalten, diesem Mistkerl ins Gesicht zu spucken. Irgendwann würde hoffentlich der Moment kommen, in dem sie nicht mehr befürchten musste, dass er es an Amalie ausließ, wenn sie ihn wütend machte. »Wie soll es ihr helfen, wenn ich euch irgendwelche Tests mit mir machen lasse?«

Edan sah auf und schien tatsächlich über eine ernsthafte Antwort nachzudenken.

»Ganz einfach: Die Tests brauchen wir, um dich loszuwerden, ohne dir dein Leben zu nehmen. Es ist praktisch, dich als Druckmittel zu benutzen. Deine Schwester wird tun, was wir sagen, und ist dementsprechend sicher vor anderen ... nun ja, motivierenden Maßnahmen unsererseits. Ich bin kein Freund von Gewalt, glaub mir.«

Sie schnappte nach Luft und riss sich damit selbst aus der Erinnerung. Eine warme Hand legte sich auf ihre.

»Was ist los?«, fragte Zinnia.

»Edan. Es war Edan«, war alles, was sie über die Lippen brachte.

Trotz der angenehmen Wärme in der Küche begann June zu zittern. Sie konnte es nicht fassen, dass sie mit ihm gesprochen hatte. Nett zu ihm gewesen war. Wie hatte sie ihn nur jemals sympathisch finden können?

Unruhe und Besorgnis umschatteten Zinnias Züge. »Was meinst du damit? Was war Edan?«

Amalie

Stimmen flossen durch Amalies Gedanken. Silberblaue Rinnsale, die versiegten, wenn sie nicht schnell genug mit geistigen Fingern nach ihnen griff und sie weiterleitete. Nichts anderes tat sie seit einer gefühlten Ewigkeit, stellte sich selbst zurück, legte ihr eigenes Sein auf Eis, um Platz zu machen für fremde Gedanken. Sie schickte sie unermüdlich durch den Teil des telepathischen Netzes, das ihr Geist ausgebildet hatte. Verästelte Gedankenstraßen – wie die Äste einer Baumkrone. Doch hatten sie ganz zu Anfang noch strahlend weiß vor der nachtblauen Tiefe des Netzes gefunkelt, waren sie nun grau und trüb.

Amalie versuchte zu ignorieren, wenn eine Berührung mit einem der Rinnsale ihr einen Stich versetzte wie ein kleiner Stromstoß. Denn jede Ablenkung führte dazu, dass sie eine oder mehrere der Nachrichten nicht erwischte, die sie durch das Netz dirigierte. Und jede verlorene Nachricht wurde erneut gesendet, war ein Fremdkörper mehr, den sie einlassen und dulden musste.

Als die silberblauen Gedankenrinnsale endlich weniger wurden und dann sogar ganz ausblieben, brannte grelles Licht in Amalies Augen. Sie hatte wieder Zugriff auf ihre Sinneswahrnehmungen, allerdings noch keine Kontrolle über ihren Körper. Schweiß lief ihr über ihre Wange, sie atmete schwer, und eine Gänsehaut überzog Arme und Rücken, als das typische Surren erklang. Es kitzelte an den Stellen zu beiden Seiten ihres Kopfes, wo die Vorrichtung um ihren Kopf die Zugänge kappte. Wie Stecker, die aus einer Maschine gezogen wurden. Nur dass Amalie keine Maschine war und man ihr vor ein paar Tagen trotzdem Löcher in den Schädel gebaut hatte, um dort einen Port für die Stecker einzubauen. Allein die Erinnerung daran verursachte ihr Übelkeit.

»Sobald du wieder gehen kannst, räum den Platz. Du hast zehn Minuten, bevor deine Ablösung kommt, Nummer acht.«

Amalie nahm die Stimme nur dumpf wahr. Ihr tanzten bunte Punkte vor den Augen, die sich diesmal einfach nicht an das grelle Licht der Deckenlampe über der Liege gewöhnen wollten. Bevor sie auch nur testen konnte, ob sie wieder die volle Kontrolle über ihre Glieder zurückhatte, sank ihr Verstand in schwarze Bewusstlosigkeit.

»Hey, geht es dir gut?«

Die Worte drangen wie durch Watte an Amalies Ohren.

»Natürlich geht es ihr nicht gut! Das sieht man doch.«

Der scharfe Einwurf einer weiteren Stimme hallte schmerzhaft hinter ihren Schläfen wider. Alles, was sie sehen konnte, wirkte unwirklich verschwommen. Glich damit dem verworrenen Nebel ihrer Gedanken. »Red leiser, ich glaub, sie hat Kopfschmerzen.«

Sie wollte einen zustimmenden Laut von sich geben, doch über ihre Lippen drang nicht mehr als ein leises Hauchen. Angestrengt rieb sie sich die Augen und versuchte, die Erschöpfung etwas zurückzudrängen.

»Vielleicht sollten wir Hilfe holen?«

»Wen denn? Diejenigen, die jeden Tag Kabel an unsere Köpfe anschließen und uns wie Sklaven schuften lassen, bis unser Hirn nur noch Matsch ist?!«

Blinzelnd suchte sie mit ihrem Blick die Gesichter von Zwölf und Siebzehn.

»Mein Gehirn ist kein Matsch«, krächzte Amalie und verzog ihr Gesicht bei dem trockenen Gefühl in Mund und Kehle.

»Noch nicht«, meinte Siebzehn mit schiefem Lächeln. Ihre klaren blauen Augen waren in diesem Versuchslabor längst zu Eis erstarrt. Und wenn Amalie sie nicht dabei beobachtet hätte, wie sie mit ihrem jüngeren Bruder umging, hätte sie geglaubt, selbst ihr Herz wäre inzwischen erfroren. Siebzehn sprach immer die Wahrheit aus, die sie alle kannten, aber doch nicht hören wollten. Genau wie sie es jetzt getan hatte.

»Ich halte das schon aus«, log Amalie, nachdem sie einen großen Schluck Wasser aus dem Becher getrunken hatte, den Zwölf ihr reichte.

Jetzt, da sie wieder klar sehen konnte, erkannte sie auch, wo sie waren. Die anderen beiden Telepathen hatten sie in die kleine Nische zwischen dem Bett ganz hinten im Schlafsaal und der Wand gebracht. Hier kauerten sie oft auf dem Boden, wenn sie sich ungestört unterhalten wollten. Sie redeten sich gerne ein, dass sie hier nicht beobachtet wurden, auch wenn sie annahmen, dass es keinen Winkel in diesen Räumlichkeiten gab, der nicht mit Kameras und Mikrofonen überwacht wurde.

»Deine Gedanken sind fast durchgehend nur noch grau«, flüsterte Siebzehns Stimme in Amalies Kopf.

»Ich weiß«, antwortete sie über das Gedankennetz zwischen ihnen. Es war eine große Anstrengung, doch sie hoffte, wie Siebzehn anscheinend auch, dass Zwölf sich gerade mehr auf ihr hörbares Gespräch konzentriere als auf zwei kurz aufblitzende Gedanken, die sie einander schickten.

»Soll ich dir noch mehr zu trinken holen oder willst du etwas essen?«, fragte Zwölf und musterte sie besorgt aus seinen dunkelbraunen Augen. Von ihnen dreien war er schon am längsten an diesem Ort, wenn er auch nie sagte, wie lange genau. Man verlor sowieso nach einer Weile den Überblick über die Zeit, also war es vermutlich auch egal.

Doch dass Zwölf schon so lange hier war, bedeutete demnach, dass er auch schon mehr Freunde hier verloren hatte. Manchmal wurde einer von ihnen abgeholt, um an die Maschine angeschlossen zu werden, und kam nicht wieder zurück. Und eins hatten alle gemeinsam. Ihre Gedankenpfade im Netz waren erst lange Zeit grau gewesen und dann letztendlich von einem Moment auf den anderen vollkommen verblasst. Weg. Verschwunden.

»Nein, ich muss einfach schlafen«, wiegelte sie ab und zwang sich dazu, Zwölf anzulächeln.

Sie brauchte diese Erholung, wenn sie weiter durchhalten wollte. Jede einzelne Minute Schlaf, die sie bekommen konnte. Die das Grau aus ihren Gedanken wieder etwas heller werden ließ. Aufgeben kam nicht infrage. Nicht, solange die Chance bestand, dass June noch am Leben war, und ein erneuter Versuch, sie vor der Gefahr zu warnen, in der sie sich befand, gelingen konnte.

June

Sie sah dabei zu, wie Zinnia im Wohnzimmer vor ihr auf und ab ging. Es ließ sie nur noch unruhiger werden, doch sie riss sich zusammen. Wenn sie seine Hilfe wollte, um Amalie zu befreien, dann musste sie das Ganze wohl noch etwas länger mit ihm durchkauen. Und Hilfe brauchte sie eindeutig.

»Aber wozu? Warum sollte Edan dich in das Projekt schleusen?«

»Ich schätze, ich war ein Risiko für seine Sache. Ich hab's schließlich bis nach hier oben geschafft. Und dann scheint er mich auch als Druckmittel zu benutzen. Er will, dass Amalie irgendetwas für ihn tut. Ich weiß aber auch nicht was.«

Maris schaltete sich in das Gespräch ein. »Dass er so einen großen Aufwand betrieben hat, lässt darauf schließen, dass Amalie sehr nützlich für ihn ist. Das erhöht die Wahrscheinlichkeit, dass Edan ihr nichts tut, auch wenn sie dich auf sich aufmerksam gemacht hat.«

June versuchte zu lächeln, auch wenn sie nicht glaubte, dass die AI ihr wirklich ihre komplette Einschätzung der Situation mitgeteilt hatte. Maris schonte sie, weil sie Freunde waren.

»Darauf müssen wir hoffen«, stimmte Zinnia zu.

»Wäre es nicht denkbar, dass sie Technologien an ihr testen? Ich meine, darum geht es doch bei TQ. Forschung und Innovation. Warum die ersten Tests nicht an Fremden vom Erdboden durchführen anstatt an den eigenen Leuten? Würde dazu nicht auch passen, dass sie durch eine Blutuntersuchung auf sie aufmerksam geworden sind?«

Seit sie Zinnia erzählt hatte, woran sie sich in Bezug auf Edan erinnert hatte, war sein Blick so von großer Sorge überschattet, dass June gedacht hätte, er könnte gar nicht mehr finsterer dreinblicken. Doch Zinnia belehrte sie eines Besseren. »Was für eine Blutuntersuchung?«

»Im Behandlungsraum des Humanity Points. Es hieß, wir sollen für eine Studie unser Blut analysieren lassen, und nachdem wir das getan haben, waren wir plötzlich eingeschlossen. Zwei Leute mit dem TQ-Logo auf ihren Koffern erklärten, Amalie sei im Gegensatz zu mir kompatibel mit den Leuten hier oben oder irgendetwas in der Art.«

Die zurückgewonnene Erinnerung an diesen Moment schmerzte sie. Danach war alles bergab gegangen. Sie hatte eine falsche Entscheidung getroffen und damit Amalie in Lebensgefahr gebracht. Etwas, das sie sich wohl nie mehr würde verzeihen können.

»Bei den Möglichkeiten der heutigen Genmedizin ist solch ein Auswahlkriterium unlogisch«, befand Maris. »Genetische Vielfalt ist in einem Genpool wünschenswert, und das Ausbrechen oder die Weitergabe einer Erbkrankheit kann effektiv verhindert werden. Die Analyse eures Blutes hatte einen anderen Grund. Möglicherweise tatsächlich, um passende Testpersonen zu finden.«

Zinnia schüttelte unwillig den Kopf. »Das gefällt mir nicht.«

»Mir auch nicht, aber das macht meine Theorie nicht weniger plausibel. Weißt du, ob Edan zurzeit vielleicht doch noch an mehr Projekten als der MinTraCom beteiligt ist? Oder an wem die Technologie als Erstes getestet wurde?«

Wieder schüttelte Zinnia den Kopf. »Edan hat immer nur von MinTraCom gesprochen. Aber das muss nichts heißen. Warum sollte er mir etwas von einem Projekt erzählen, für das er die Gesetze bricht? Er ist zu klug, um so etwas leichtsinnig auszuplaudern. Und was die ersten Tests von MinTraCom angeht, da weiß ich, dass sie nach Freiwilligen gesucht haben, die bereits einen Neurochip implantiert hatten und nutzten. Das war mehr als ein Jahr bevor du ins Reintegrationsprogramm aufgenommen wurdest, und damit auch, bevor Amalie mit hierhergenommen wurde, wenn ich dich richtig verstanden habe. Die Testgruppe, der ich angehöre, ist inzwischen auch bereits die dritte.«

Die Hände in ihrem Schoß wringend, betonte June: »Ich habe immer noch ein schlechtes Gefühl, was deine Teilnahme in der Testgruppe angeht. Hast du denn überhaupt gar keine Zweifel, nicht einmal jetzt, wo du weißt, dass bei Edans Projekten bei TQ nicht alles legal abläuft?«

»Ich weiß gar nichts. Das meiste sind immer noch Spekulationen. Und MinTraCom war von Anfang an nur mit geringen Risiken verbunden. Die Technologie basiert auf bereits bestehenden und zur Genüge erprobten anderen Technologien. Mir macht gerade viel mehr die Tatsache zu schaffen, dass es Edan war, der mir dazu geraten hat, dich bei mir aufzunehmen.«

Bei dieser unerwarteten Offenbarung sprang June auf und hätte sich fast das Knie am Couchtisch gestoßen. Unschlüssig, was sie mit sich selbst anfangen sollte, stand sie da und starrte Zinnia an.

»Ich wüsste nicht, was für einen Vorteil er dadurch haben könnte«, fuhr Zinnia fort. »Er hätte dich auch im Auge behalten können, wenn du bei jemand anderem wohnen würdest. Ist es nicht sogar eher riskant, dich durch mich persönlich zu treffen, falls doch Erinnerungen zurückkommen? Vielleicht wollte er mich einfach nur aus der Reserve locken. Nachdem ich ihn dazu gedrängt hatte, mit gutem Beispiel voranzugehen und ebenfalls MinTraCom zu testen, um mehr Vertrauen für seine Technologie zu schaffen, wollte er mir vielleicht einfach nur meinen eigenen Rat zurückgeben.«

»Solange er dich über MinTraCom nicht irgendwie heimlich bespitzeln kann …« Ihr wurde ganz schlecht bei Vorstellung, dass der eigene Kopf nicht mehr sicher war. Und dabei hatte sie ja nicht einmal einen Neurochip, der so ein Szenario für sie plausibel machte.

»Es gibt extra Sicherheitsprotokolle und Verschlüsselungen, um so etwas zu verhindern. Schon bevor MinTraCom genutzt wurde, wurden für Neurotechnologien hohe Sicherheitsstandards vorausgesetzt.«

Sie verkniff es sich, ihm zu widersprechen. Auch wenn es ihm nicht gelungen war, mit seinen Worten ihre Befürchtungen zu entkräften. Da konnte er sie so beruhigend anlächeln, wie er wollte. Nichts war jemals vollkommen sicher.

»Wir sollten uns jetzt ein bisschen ausruhen. Wir haben viel, worüber wir nachdenken müssen, und ohne einen klaren Kopf brauchen wir gar nicht erst damit anzufangen, uns zu überlegen, wie wir Amalie finden«, entschied Zinnia, als niemand mehr etwas sagte.

Obwohl das Bedürfnis, endlich an einem Plan zur Befreiung ihrer Schwester zu tüfteln, in June immer stärker wurde, nickte sie zustimmend. Der Tag war schon aufreibend genug gewesen, und sie fühlte sich völlig ausgelaugt.

Da war es wichtiger, die verbliebenen Energiereserven für später aufzuheben.

Als Zinnia ihr müde zulächelte, erwiderte sie die Geste. Seine Lügen konnte sie ihm zwar noch nicht vergeben, doch in diesem Moment zählte für sie nur eines: Er war hier und fest entschlossen, ihr zu helfen.

Schweigend folgte sie ihm mit ihrem Blick, als er zu einem Bedienfeld an der Wand links neben dem Aufgang zum Flur trat und etwas darauf eintippte.

»Kannst du so etwas nicht auch über MindControl machen oder Maris darum bitten?«, fragte sie ihn, um sich auf andere Gedanken zu bringen.

Doch es war Maris, die ihr antwortete: »Er checkt das Sicherheitssystem der Wohnung. Darauf hat niemand außer ihm Zugriff.«

»Und das System für die MindControl freizugeben ist mir zu riskant«, ergänzte Zinnia. »Ich habe noch keine Möglichkeit gefunden, diese Steuerung so einzubinden, dass sie keine Schwachstelle bildet.«

Nachdem sie ihren Tee ausgetrunken hatte, stellte June ihre Tasse auf dem Tisch ab, zog die Beine an ihren Körper und legte die Arme darum. »Ich wusste gar nicht, dass wir so ein Sicherheitssystem überhaupt haben. Hätte ich es nicht ab und zu ein- und ausschalten müssen?«

Zinnia schüttelte den Kopf.

»Nicht nötig. Das System erkennt dich, wenn du die Wohnung betrittst oder verlässt, und deaktiviert sich dann automatisch für eine kurze Zeitspanne. Du musst also gar nichts machen. Mit unserer Wohnung hast du einen absolut sicheren Ort für dich.«

Bei seinen letzten Worten jagte ein kalter Schauer über Junes Rücken. Sofort hörte sie Edans Stimme, wie er fast dasselbe zu ihr sagte. Vielleicht nur ein Zufall, doch nach all dem, woran sie sich inzwischen wieder in Bezug auf den

Leiter von TQ erinnerte, löste es ein mulmiges Gefühl in ihr aus.

»Was hast du gerade gesagt?«

Stirnrunzelnd blickte Zinnia zu ihr, während er erneut mit seinem Zeigefinger auf das Bedienfeld tippte.

»Dass du gar nichts tun musst, damit das Sicherheitssystem funktioniert.«

»Nein, das danach. Das mit unserer Wohnung. Wie war deine genaue Wortwahl?«

Es fiel ihm offensichtlich schwer, sich daran zu erinnern, was sie nur noch nervöser werden ließ.

»Ich glaube, ich habe gesagt, dass unsere Wohnung ein …«

Weiter kam Zinnia mit seiner Antwort nicht. Lautes Rauschen erfüllte den Raum, als hätte jemand eine ganze Reihe von Haartrocknern auf einmal angeschaltet. June folgte seinem verwirrten Blick hoch zur Decke. Dort war ein unscheinbares Gitter eingelassen, durch das nun verstärkt Luft in die Wohnung zu strömen schien.

»Eine Belüftungsanlage?«, rief sie über den Lärm hinweg.

Doch sie bekam keine Antwort. Weder von Maris noch von Zinnia. Er hatte sich bereits wieder ganz dem Bedienfeld zugewandt.

Als sie zu ihm ging, wurde sie ordentlich von dem Luftstrom unter dem Gitter durchgepustet. Den Hustenreiz unterdrückend, der in ihrem Rachen kitzelte, fragte sie Zinnia: »Was ist hier los?«

»Keine Ahnung. So stark sollte die Anlage auch auf höchster Stufe nicht pusten. Und vor allem nicht von ganz alleine. Maris?«

»Das System reagiert nicht auf meine Befehle.«

June hörte Zinnia husten, während sie sich selbst an der Wand abstützte. Ihr Herz pochte schnell und laut in ihrer Brust. Schwindel hatte sie ergriffen. Sie bemerkte kaum, wie

Zinnia an ihr vorbeiging, um sich das Gitter genauer zu besehen.

Wenige Sekunden später war er auch schon zurück und zog sie mit sich zu den Fenstern. Keines davon ließ sich öffnen. Fluchend schlug Zinnia mit der Faust gegen die Scheibe und begann erneut zu husten.

»Das Sicherheitssystem scheint alles verriegelt zu haben. Die Haustür genauso wie alle Fenster«, dröhnte Maris' Stimme über die Lautsprecher.

Erst bei diesen Worten drang wirklich zu June durch, in was für einer Gefahr sie schwebten. Sie stolperte ein paar Schritte vorwärts und griff sich das Erstbeste, um es gegen die Scheibe zu schlagen. Doch das Fenster bekam nicht einmal einen Kratzer.

»Sicherheitsglas«, brachte Zinnia, der ihr gefolgt war, mit Mühe zwischen zwei Hustenanfällen hervor. Mit der Hand bedeutete er ihr, sich ebenfalls den Kragen ihres Oberteils über Mund und Nase zu ziehen.

Blut rauschte in Junes Ohren. Panik ließ ihren Körper zittern.

»Ich bekomme einfach keinen Zugriff auf diese verdammte Lüftungsanlage!« Die Verzweiflung in der Stimme der AI traf sie wie ein Schlag in die Magengrube. Hilflos sackte sie an der Fensterscheibe zu Boden.

»Feueralarm«, krächzte Zinnia.

Zu leise.

Mit einiger Anstrengung schaffte es June, den Husten lange genug zu unterdrücken, um das Wort so laut es ging zu rufen. Nur Sekunden später mischte sich lautes Piepen in das Getöse. Die Scheibe in ihrem Rücken begann zu vibrieren.

Zinnia griff nach ihrem Arm und schob ihn vor ihre Augen.

Das Geräusch von splitterndem Glas war in dem Lärm kaum zu vernehmen. Doch es reichte, um June die Kraft zu geben, sich aufzurappeln.

Amalie

Es kostete sie den letzten Rest an Selbstbeherrschung, ihre Tränen zurückzuhalten, als ihr Blick auf die Liege fiel. Ein Folterinstrument mit unzähligen Kabeln, von denen man ihr eines direkt in den Kopf stecken würde. Als wäre sie ein Roboter und kein Mensch.

»Wir haben jedem im MinTraNet eine Nachricht zukommen lassen, dass bis morgen Wartungsarbeiten vorgenommen werden und die MinTraCom deswegen offline ist«, sagte der Mann, der neben der Liege auf sie wartete. Amalie kannte seinen Namen nicht. Niemand nannte hier Namen.

Verunsichert blieb sie stehen. »Aber warum bin ich dann hier?«

Der Mann zog die Augenbrauen hoch. »Wir haben eine andere Aufgabe für dich. Du wirst in dem Quadranten des Netzes, der dir zugeteilt ist, bei jeder einzelnen Person nachforschen, wo sie sich aufhält und womit sie gerade beschäftigt ist.«

Sie war zu verblüfft, um darauf etwas zu erwidern. So etwas war noch nie geschehen, seit sie, wie die meisten Telepathen hier, als eine Art Schaltzentrale für telepathische Nachrichtenübertragung missbraucht wurde. Und als sie noch einer der Flüsterer gewesen war, hatte sie auch nie von irgendwelchen Wartungsarbeiten gehört. Wieso auch? *Sie* waren schließlich das Netz. Ihre miteinander verwobenen Gedankenwelten, die sie Tag für Tag mit fremden Worten fluteten.

»Jetzt leg dich endlich hin. Dein Dienst beginnt in weniger als einer Minute«, schnauzte der Mann sie an, woraufhin Amalie zusammenzuckte.

Schnell folgte sie seiner Anweisung und hoffte inständig, dass er ihr für das Trödeln keine extra Minuten aufbrummte. Sie hasste das kalte metallene Gefühl des Kabels an ihrer kahl geschorenen Kopfhaut, diese Erinnerung daran, wie machtlos sie hier war und was sie aus ihr gemacht hatten.

Noch bevor sie an die Maschine angeschlossen wurde, machte Amalie die Augen zu und versuchte, mehr Gedanken als Körper zu sein. Nichts zu spüren, nur noch in dieser seltsamen und inzwischen doch so vertrauten Welt aus funkelnden Fäden zu sein. Das Bild vor ihrem inneren Auge erstaunte sie jedes Mal aufs Neue. Schon seitdem sie es zum ersten Mal erblickt hatte. Es war schwer zu begreifen, dass dieses Gedankennetz wirklich existierte und sie zu jeder Zeit mit allen anderen Telepathen verband, ob sie sich nun darauf konzentrierte wie jetzt oder nicht. Manchmal war es das Einzige, was sie davor rettete, an diesem verfluchten Ort verrückt zu werden. Das Wissen, dass sie niemals alleine war. Vermutlich sogar niemals mehr allein sein konnte.

»Wenn du nicht auf dein Abendessen verzichten willst, solltest du langsam mal anfangen«, drang die genervte Stimme des Mannes wie aus weiter Ferne zu ihr.

June

Wasser prasselte von der Decke auf sie herunter. Sie beobachtete, wie Zinnia mit der Sitzfläche des Hockers die scharfkantigen Scheibenreste aus dem Rahmen schlug. Das laute Klopfen und die Rufe an der Tür ignorierte er. Von dort hatten sie sowieso keine Hilfe zu erwarten.

Vorsichtig ging June auf ihn zu und ließ sich von ihm hinaushelfen. Zum Glück wohnten sie nur im zweiten Stock, und der Sprung war nicht allzu tief, wurde sogar noch gedämpft von dem Rasen, auf dem sie aufkam.

Sie glaubte zu hören, wie Maris noch etwas sagte, bevor Zinnia ebenfalls aus dem zerschlagenen Fenster kletterte und sich zu ihr runterfallen ließ. Doch die Worte der AI hatte June nicht verstehen können.

Nur wenige Meter entfernt hatte sich eine Gruppe Schaulustiger gebildet, von denen nun ein Mann auf sie zutrat. »Kann ich euch helfen? Seid ihr verletzt?«

Zinnia schüttelte den Kopf, während er genau wie June gierig die frische Luft draußen in seine Lungen sog. »Nicht verletzt. Aber im Gebäude scheint Gas oder so etwas auszutreten. Kannst du Bescheid sagen, damit evakuiert wird?«

Mit vor Schreck aufgerissenen Augen lief der Mann los, ohne noch etwas zu sagen. Zinnia griff nach Junes Arm und zog sie hinter ein Gebüsch. Sein Blick war todernst. »Warum hast du vorhin gefragt, was genau ich gesagt habe?«

»Es klang wie etwas, was ich schon einmal gehört hatte. Etwas, das Edan zu mir gesagt hat.«

Nickend, als würde das alles erklären, sagte er: »Ich war es selbst, der am Sicherheitssystem herumgepfuscht hat. Der Satz, der dir bekannt vorkam, war ein Sprachbefehl. Du kannst mir nicht mehr vertrauen.«

Verständnislos blickte sie ihn an. Wovon redete er da?

»Maris hat das gecheckt«, beharrte Zinnia. »Hör mir jetzt gut zu: Du hattest recht mit deinen Bedenken zu MinTraCom. Edan oder jemand anderer von TQ benutzt sie aber nicht nur, um mich zu bespitzeln, sondern sie manipulieren mich auch irgendwie damit. Du darfst niemandem vertrauen, dem ein Neurochip implantiert wurde. Ohne Ausnahme, verstehst du? Am besten besuchst du unsere Vogelfreundin. Jetzt!«

Sie war wie erstarrt. Zinnia dagegen rappelte sich auf und trat hinter dem Gebüsch hervor, um zu einer Frau in einer roten Weste zu gehen, die gerade etwas zu der Gruppe Schaulustiger sagte.

»June! Du musst endlich los«, erklang Maris' Stimme leise aus ihrem Armband. »Ich sage dir, welchen Weg du nehmen musst.«

Erleichterung überkam sie und löste ihre Schockstarre. »Ich dachte schon, du hättest so schnell nicht mit aus der Wohnung kommen können«, flüsterte June und richtete sich ganz auf, um möglichst lässig in die entgegengesetzte Richtung davonzugehen. Das Problem dabei war nur, dass sich jede ihrer Bewegungen ungelenk und zittrig anfühlte.

»Wärst du gleich losgelaufen, hätte die Zeit vielleicht auch nicht gereicht. Aber so musst du dich jetzt erst recht beeilen.«

Es war schwer, ein normales Tempo beizubehalten, während June in jeder Person, der sie begegnete, eine potenzielle Gefahr sah. Nervös hielt sie Ausschau nach Hinweisen darauf, ob jemand etwas mit TQ zu tun hatte. Irgendein Logo trug. Ob nun das zu drei Vierteln gefüllte Quadrat oder das blumenartige Symbol, das der Mann auf der Brust getragen hatte, der die Flucht ihrer Schwester vereitelt hatte.

Inzwischen war es so winterlich kalt draußen, dass June sich wünschte, sie hätte die Zeit gehabt, einen Mantel mitzunehmen. Um ihre Finger besser vor dem Wind zu schützen, hatte sie die Hände in die Ärmel ihres Pullovers eingezogen. Hier und da erntete sie einen interessierten Blick, als sie so leicht bekleidet an der nächstgelegenen Haltestelle in die Bahn stieg.

Angenehme Wärme empfing sie, schaffte es allerdings nicht, die Nervosität zu vertreiben, die ihr auf der Haut prickelte. Mit all den Leuten auf so engem Raum fühlte sie sich wie eine Maus in der Falle. Gerade, dass hier alles so normal und alltäglich ablief, brachte sie aus der Ruhe. TQ hatte einen Weg gefunden, Personen zu manipulieren, doch anstatt dass die ganze Isle deswegen in Aufruhr war, tobte der Sturm lediglich in ihrem Kopf. Noch zumindest.

»Wo muss ich aussteigen?«, flüsterte sie in ihr Armband.

»Ausstieg an der dritten Haltestelle von Ebene sieben.«

Maris' Stimme klang emotionslos wie die computergenerierten Vorlesestimmen, die standardmäßig in die meisten Systeme integriert waren. Im ersten Moment irritierte es June, doch dann verstand sie. Es war eine Möglichkeit, laut miteinander zu sprechen, ohne dass sie sofort als AI erkannt wurde. Leider hieß das auch, dass ihre Freundin ihr kaum mehr als Anweisungen geben konnte. Doch alles war besser, als Maris noch zusätzlich in Schwierigkeiten zu bringen. Sie hatten schon mehr als genug Probleme am Hals.

Der restliche Weg zu Kays Wohnung verlief ähnlich unspektakulär. Es war fast schon zu einfach gewesen, um sich wirklich in Sicherheit wiegen zu können, fand June. Immer wieder schielte sie nach links und rechts in den leeren Gang, während sie darauf wartete, dass ihr die Tür geöffnet wurde.

»Oh, schön, dass du hergefunden hast«, begrüßte Kay sie mit einem Lächeln und bat sie ohne Umschweife in ihre Wohnung. »Ich hoffe, der Anlass deines Besuches ist ein guter.«

»Bist du alleine?«

Verwundert blickte Kay sie an. Erst jetzt fiel June auf, dass sie nicht wie sonst Lippenstift und ausschließlich Kleidung in unauffälligen Erdtönen trug. Irgendwie ließ Kay das älter und ernster wirken. »Ja, nur wir beide sind hier.«

»Nicht ganz«, sagte Maris. »Kannst du das System deiner Wohnung für mich freigeben? Ich wäre lieber nicht mehr im Highnet, wenn hier das Chaos losbricht.«

»Das ist meine Freundin Maris. Sie ist eine AI«, erklärte June schnell und sah Kay entschuldigend an. Sie wünschte, sie hätte die Frau nicht in all das mit hineinziehen müssen.

»Gut, aber nur unter der Bedingung, dass ihr mir erzählt, was los ist. Was für ein Chaos soll das sein?«

Anscheinend glaubte Kay nicht, dass sie ihre Bitte abschlagen würden, denn sie trat sofort an ein Bedienfeld an der Wand gegenüber der Haustür und tippte etwas darauf ein.

»Für lange Erklärungen haben wir keine Zeit«, sagte Maris. »Aber falls June sich richtig erinnert, sollte das auch gar nicht nötig sein. Hast du noch Kontakt zu den Elstern?«

Mitten in ihrer Bewegung hielt Kay inne und sah June besorgt an. Auf einmal kam ihr der Gedanke, wie seltsam es war, dass die Frau sie bisher gar nicht als June erkannt hatte. Zwar hatte sie bei dem Treffen mit Adrien und Bee am Brunnen ihr Gesicht unter der Kapuze kaum sehen können, aber hatte man ihr denn kein Bild von ihr gegeben, nachdem sie verschwunden war?

»Du sollst doch sicherlich nach zwei Personen für sie Ausschau halten, richtig? Amalie und June?«

Aufmerksam beobachtete sie Kays Mienenspiel. Doch sie konnte nichts Auffälliges daran entdecken. Nur Überraschung und Sorge.

»Ich habe zwar ein Faible für Vögel, aber ich glaube nicht, dass man mit Elstern reden kann und dass sie sich sonderlich für irgendwelche Menschen interessieren, wenn sie nicht gerade ihren Lebensraum zerstören.«

Innerlich fluchend, weil dieses Gespräch immer mehr zu einer reinen Zeitverschwendung zu werden drohte, entschied sich June, alle Vorsicht fallen zu lassen. Sie brauchte unbedingt Hilfe – und Kay war momentan ihre einzige Hoffnung.

»Ich war vor ein paar Monaten mit Adrien am Brunnen. Da habe ich dich zum ersten Mal gesehen. Das war, bevor ich von TQ-Leuten gefangen genommen und in ein Projekt gesteckt wurde, bei dem meine Erinnerungen gelöscht wurden. Oder zumindest irgendwie für mich unerreichbar gemacht. Keine Ahnung. Ist auch nicht so wichtig. Aber ich brauche dringend deine Hilfe, um meine Schwester zu befreien und Kontakt zu den Elstern aufzunehmen, damit wir von dieser Isle runterkommen.«

Kay sah sie so lange schweigend an, dass June schon Sorge hatte, sie würde ihr gar nicht mehr antworten.

»Dann haben sie also von dir von dem Fluggleiter erfahren«, meinte die Frau schließlich mehr nachdenklich als vorwurfsvoll. »Sie haben seitdem keinen Kontakt mehr zu mir aufgenommen und waren auch nicht mehr auf New Hope. Zu gefährlich. Die Landeplätze werden wieder stärker kontrolliert, und es gab regelmäßig Personenüberprüfungen. Als hätte jemand dem Justice Circle einen Tipp gegeben.«

»Ich hatte gehofft, sie hätten solche Informationen nicht aus mir herausbekommen.« Junes schlechtes Gewissen meldete sich und ließ sie zu Boden blicken.

»Gerade geht eine Sondermeldung durch die HighNews«, schaltete Maris sich in die Unterhaltung ein. »Ich übertrage sie auf dein Armband.«

Durch ihren Ärmel drang Licht, aus dem ein Hologramm entstand, sobald sie den Stoff beiseiteschob. Es zeigte Gesicht und Oberkörper der Frau, die Zinnia vor kurzer Zeit interviewt hatte. Ihr Lächeln wirkte aufgesetzt.

»Aufgrund einer technischen Unregelmäßigkeit werden alle Personen, die einen Neurochip nutzen, gebeten, sich beim nächstgelegenen Medical Center ...«

Die Übertragung brach ab. Das Hologramm, das über ihrem Unterarm schwebte, zeigte nur noch einen Schriftzug an: *lost connection.*

Dann ging plötzlich das Licht in der Wohnung aus.

»Maris?«, fragte June besorgt in die Dunkelheit. Keine Antwort.

»Die Notstromversorgung sollte gleich anspringen«, sagte Kay von irgendwo rechts neben ihr. »Das ist der Nachteil, wenn man eine Wohnung hier unten hat. Ganz ohne Fenster nach draußen.«

Sobald das Licht wieder anging, fragte June erneut nach der AI.

»Alles okay«, antwortete Maris und ließ sie erleichtert aufatmen. »Ich musste nur in Stand-by gehen, solange ich nur Zugriff auf den Datenspeicher und die Energieversorgung deines Armbands hatte.«

Neben June murmelte Kay irgendetwas und ging dann in einen der Räume am Ende des Flurs. Als sie ihr folgte, kam sie in ein kleines Wohnzimmer, das dem von Jascha nicht ganz unähnlich war. Auch hier standen überall Pflanzen, aber das war bei Kays Beruf ja keine Überraschung.

»Scheint ganz so, als wäre das Highnet offline und die Stromversorgung der Isle komplett heruntergefahren worden«, sagte Kay, während sie ein weiteres in die Wand integriertes Bedienfeld checkte.

»Wenn das nicht TQ war, dann fresse ich freiwillig Datenmüll. Die müssen auch Personen in Arbeitsbereichen wie der Stromversorgung manipulieren oder ihre eigenen Leute da eingeschleust haben«, grummelte Maris. »Damit sitze ich hier wohl vorerst fest. Wir können wohl davon ausgehen, dass Edan weiß, dass sein Anschlag auf dich und Zinnia schiefgegangen ist.«

Kay sah June erschrocken an. »Was für ein Anschlag?«

»Keine Sorge, uns ist beiden nichts passiert. Ich bemerke schon gar nichts mehr davon.«

»Ich werde dich trotzdem von meiner Health Care scannen lassen.« Sie gab erneut etwas auf dem Bedienfeld ein. »Und jetzt sagst du mir, was du verschweigst. Warum ist Zinnia nicht ebenfalls hier?«

»Er glaubt, dass er durch den Neurochip in seinem Gehirn manipuliert wird. Und wenn er recht hat, ist er vermutlich auch nicht der Einzige. Keine Ahnung, wem wir noch vertrauen können.«

June zuckte zusammen, als Kay mit der flachen Hand gegen die Wand schlug. Dann noch einmal, als kurz darauf ein lautes Klopfen ertönte. Jemand war an der Tür.

Den Zeigefinger vor ihren Mund erhoben bedeutete Kay ihr, sich leise zu verhalten, während sie zur Haustür ging. Mit angehaltenem Atem wartete June im Wohnzimmer und lauschte auf Geräusche aus dem Flur.

Eine fremde Stimme erklang. »Guten Tag. Ich arbeite als Techniker für die Stromversorgung der Isle. Aufgrund eines großflächigen Stromausfalls wurde das Highnet heruntergefahren. Wir gehen nun von Tür zu Tür, um die noch bestehenden Notfallkommunikationskanäle freizuhalten, während wir die Information verbreiten. Geht es dir gut? Befindet sich sonst noch jemand bei dir?«

»Mir geht es gut, und ich wohne alleine hier«, antwortete Kay. »Wann wird es denn wieder Strom geben?«

»Dazu kann ich leider nichts Genaues sagen, aber es wird sicherlich noch ein paar Stunden dauern. Hast du sonst noch Fragen?«

»Nein. Danke, dass du vorbeigekommen bist.«

»Alles klar. Bleib bitte wenn möglich zu Hause, bis alle Systeme wieder laufen.«

»Okay.«

Als June hörte, wie sich die Tür wieder schloss, atmete sie erleichtert auf und ging Kay entgegen.

»Ziemlich dreiste Lüge«, kommentierte Maris. »Es ist doch wohl eindeutig, dass das Highnet zuerst offline war und nicht der Stromausfall die Nachrichtenübertragung beendet hat. Aber klar, so klingt es natürlich weniger verdächtig.«

»Geht es dir gut?«, fragte June besorgt und musterte aufmerksam Kays Gesicht. Diese lächelte matt.

»Schon gut. Aber du solltest besser nicht mehr rausgehen, falls du das vorhattest. Wer weiß, warum er wirklich von

Tür zu Tür geht und ob er der Einzige ist, der jetzt da draußen herumläuft.«

Amalie

Für Amalie war es eine Leichtigkeit, von Geist zu Geist zu wandern. Nicht mehr zu sein als ein unbemerktes Flüstern in den Gedanken einer anderen Person. Monatelang hatte sie nichts anderes gemacht. Sie hatte für ihre Entführer Menschen bespitzelt, und mehr noch: Sie hatte zu ihnen gesprochen, während sie schliefen. Mal um Mal wiederholt, was sie tun oder denken sollten. Ein manipulatives Mantra nach dem nächsten.

Sie hatte es gehasst. Sowohl dass ausgerechnet sie zu den wenigen Telepathen gehörte, die nicht nur von Anfang an ohne Schwierigkeiten in den Geist anderer Personen eindringen konnten, als auch das, was man deswegen von ihr verlangt hatte. Menschen zu manipulieren, wenn ihr Geist am schutzlosesten war. Wenn sie eigentlich sanft und sicher im Schlaf träumen sollten.

Wäre es nicht um Junes Sicherheit gegangen, sie hätte sich geweigert und lieber alles ertragen, was sie ihr für ihre Weigerung antaten. Alles wäre besser gewesen, als ihr Werkzeug zu sein, die Drecksarbeit für sie zu verrichten. Sie hatte Menschen dazu gebracht, zu lügen, zu stehlen, vollkommen entgegen dem zu handeln, woran sie glaubten und was sie ausmachte. Sie fühlte sich seitdem schmutzig und falsch.

Nachdem sie die Informationen zu Tätigkeit und Verbleib der Person, aus deren Gedanken sie gerade kam, notiert hatte, wanderte Amalie weiter über die künstlichen Fäden des Netzes. Für sie sahen sie aus wie Kabel, aber vielleicht lag das auch an ihrem Wissen, dass sie ohne die Kabelverbindung an ihrem Kopf nicht hier in der Gedankenwelt wären.

Wo bist du nur, murmelte sie in die Weite des Fadennetzes, während sie ihrem Auftrag nachging. Eigentlich war es sogar ein richtiger Glücksfall, dass man sie noch einmal zum Spionieren einsetzte. Es gab kaum eine bessere Tarnung, wenn man nach einer bestimmten Person Ausschau hielt.

Leider lief ihr langsam die Zeit davon. Wenn sie richtig schätzte, blieb ihr vielleicht noch eine halbe Stunde, bis ihre Schicht vorbei war. Nicht sehr viel Zeit, um jeden Geist einzeln zu checken.

Sie hielt vor einem weiteren Gedankenkristall, wie sie die nichttelepathischen Gehirne im Netz inzwischen nannte, und besah ihn sich genauer. Leider sahen sie alle sehr ähnlich aus. Wie ungeschliffene Bergkristalle mit unscharfen Umrissen, die ein sanftes Leuchten ausstrahlten. Und erst, wenn man sie berührte, offenbarten sie einem die Identität der Person, die sich darin verbarg.

Sie fragte sich nicht zum ersten Mal, ob das, was sie dort vor sich sah, die komprimierte Version des Gedankennetzes war, zu dem ihr eigener Geist sich ausgedehnt hatte. Vielleicht hatte die Behandlung, der sie zu Anfang ihrer Gefangenschaft unterzogen worden war, ja nichts anderes getan, als den Kristallkokon zu entfernen – und zack waren ihre Gedankenstränge in diese fremde Dunkelheit hinausgetrudelt.

Diesmal handelte es sich um den Geist einer Frau. Ihre Gedanken flossen nur träge an Amalies geistigem Auge vorbei. Im ersten Moment dachte sie, die Frau würde nur sehr tief schlafen, dann jedoch fand sie eine frische Erinnerung, die zeigte, dass die Frau ein starkes Schlafmittel genommen hatte. *Jona Baranowski – schläft,* notierte sich Amalie und machte sich auf den Weg zur nächsten Person.

Sie besuchte noch sechs weitere Menschen, bevor sie endlich fündig wurde. Amalie konnte ihr Glück kaum fassen. Sie hatte schon nicht mehr erwartet, ihn noch am heutigen Tag zu finden. Den Mann, den sie bei June gesehen hatte.

Zinnia heißt du also. Durch seine Augen konnte sie beobachten, wie er an einem kleinen Tisch saß und etwas zusammenschraubte. Als sie einen Gedankenfetzen dazu aufschnappte, worum es sich handelte, wurde ihr heiß und kalt zugleich. Für Zurückhaltung blieb keine Zeit.

»Bitte nicht erschrecken, ich muss dringen mit dir reden, bevor du diesen Störsender einschaltest«, formulierte sie einen Gedanken und entließ ihn in Zinnias Geist.

Dieser ließ prompt das Werkzeug aus seiner Hand fallen und schnappte nach Luft. Unruhig verfolgte sie mit, wie er versuchte, sich nur auf seine Atmung zu konzentrieren, um keine Gedanken preiszugeben. Wenn es doch nur so einfach wäre. Sie konnte so viel mehr hier vor sich sehen als nur die aktiven Gedanken, die Zinnia fasste.

»Anscheinend weißt du schon, dass dein Kopf nicht mehr sicher ist. Aber zu meditieren wird nichts bringen. Bau lieber den Störsender weiter«, riet sie ihm. *»Und während du das tust, kannst du mir vielleicht sagen, wo meine Schwester ist. June? Ist sie bei dir?«*

Als sie den Namen ihrer Schwester in seine Gedanken schickte, merkte Zinnia auf und begann ihr zuzuhören. *Gut so. Denk an sie. Erspar mir das Suchen.*

Sie verfolgte, wie er sich an den letzten Moment erinnerte, in dem er June gesehen hatte. Nur, dass sie für ihn Luca zu heißen schien. Wo sie jetzt war, wusste er anscheinend nicht.

»Bist du Amalie?«, dachte Zinnia.

»Ja, aber ich weiß nicht, wie ich es dir beweisen soll. Und du solltest lieber niemandem trauen, der in deinen Gedanken zu dir spricht.«

»Da hast du vermutlich recht. Aber für solche Vorsicht fehlt mir gerade die Zeit.«

Nachdem Zinnia ihr in einer Mischung aus Erinnerungsfetzen und gedanklicher Rede berichtet hatte, was auf der Isle gerade vor sich ging und wo ihre Schwester war, überkam sie neue Sorge, aber auch eine Spur Erleichterung.

»Also wird diese Kay June helfen, von New Hope zu fliehen?«

»Ich hoffe ja.«

Doch sie konnte spüren, dass dieser Gedanke von Zweifel und Sorge begleitet war. Gefühle, die sie teilte. *»Du glaubst auch nicht, dass sie ohne mich gehen wird, oder?«*

Das *»Nein, wird sie nicht«* in Zinnias Gedanken klang wie in Stein gemeißelt. Ihre zaghafte Hoffnung zerschellte unbarmherzig an seiner Überzeugung.

Sie hörte Zinnia vor Schmerz aufkeuchen, noch bevor sie die Erschütterung in seinen Gedanken bemerkte. Jemand aus dem Netz wollte sich Zutritt verschaffen und war gegen die Barriere geprallt, die Amalie hinter sich erbaut hatte. Eine Wand, die aus nichts weiter bestand als dem Willen, sich und Zinnia abzuschirmen. Mehr Glas als Stein.

»Was ist das?«, wollte Zinnia wissen.

»Scheint so, als wäre mein Besuch bei dir aufgeflogen. Ich hoffe, du bist mit deinem Störsender fast fertig, denn lange werde ich dich nicht mehr abschirmen können.«

Bereits jetzt fuhr jeder Hieb ihrer Angreiferin wie ein Donnerschlag durch ihr Bewusstsein.

»Wer macht das?«

»Wir nennen sie die Schattenfrau.«

Sie brauchte gar nicht nachzuschauen, wer sie aufgespürt hatte. Im Gedankennetz gab es nur eine Person, die auf der Seite ihrer Entführer stand. Die Telepathin bombardierte Amalies Willensbarriere unablässig mit der Forderung, sich ihr zu ergeben. Formte sie zu einem scharfen Gedankenmesser, dessen Stiche sie wimmern ließen.

»Ich bin so gut wie fertig«, dachte Zinnia. *»Hältst du noch durch?«*

»Beeil dich einfach!« Sie hatte keine Zeit für Unterhaltungen. Amalie musste inzwischen jedes Quäntchen ihrer Konzentration dafür aufbringen, die Lücken in dem Schild zu schließen, die ihre Angreiferin wieder und wieder hineinriss.

Sie war so sehr auf die Geschehnisse in der gedanklichen Welt konzentriert, dass ihr fast entgangen wäre, was mit ihrem Körper passierte. Eine Hand berührte ihren Kopf, dort wo das Kabel angeschlossen war.

»Verdammt! Ich muss gehen. Sie kappen gleich die Verbindung, und ich weiß nicht, was passiert, wenn mein Bewusstsein dann noch hier ist.«

Nachdem sie diese Gedanken in Zinnias Geist entlassen hatte, schob sie sich zurück ins Netz. Das Letzte, was sie von ihm mitbekam, war, wie er ihr noch Hilfe versprach.

Der Geist auf der anderen Seite ihrer Barriere war wie ein Schatten, so dunkel, dass er das Licht des Netzes um sich herum verschlang. Mit letzter Willenskraft warf Amalie sich ihm entgegen, während ihr Schutzschild genauso zerbarst wie der Kabelfaden unter ihren geistigen Füßen.

Sie hatten die Verbindung gekappt, und Amalie stürzte in die Tiefen des Gedankennetzes.

June

Nachdem June Kay mit Maris' Hilfe alles erzählt hatte, was sie bisher über TQs Machenschaften wusste, wandten sie sich endlich dem Thema zu, das June keine ruhige Minute mehr ließ: Amalies Befreiung.

»Vermutlich wäre es am unauffälligsten, wenn du alleine gehst, aber ich bezweifle, dass du ohne Hilfe in eine von TQs Einrichtungen kommst«, meinte Kay nachdenklich.

»Die Sache wird sogar noch schwieriger, falls Zinnia recht hat und Amalie gar nicht in einer Einrichtung von TQ, sondern in den Haftquartieren für Straffällige in den untersten

Ebenen ist. Allerdings vermute ich, dass sie das Logo des Justice Circle nur tragen, um dort unten nicht aufzufallen. Ich schätze nicht, dass Amalie es bei ihrem Fluchtversuch weit geschafft hat. Vielleicht war es sogar ein beaufsichtigter Freigang. Straffällige dürfen unter Umständen Spaziergänge durch die landwirtschaftlichen Anlagen dort unten machen«, ergänzte Maris.

Da June es nicht länger aushielt, auf dem Sofa zu sitzen, stand sie auf und lief im Wohnzimmer auf und ab. »Mit anderen Worten: Wir wissen immer noch nicht genau, wo meine Schwester festgehalten wird. Wenn ich mich dort planlos auf die Suche mache, renne ich vermutlich direkt jemandem von TQ in die Arme.«

»Richtig«, bestätigte Maris schonungslos. Vermutlich hatte die AI im Stillen bereits die ein oder andere Wahrscheinlichkeitsberechnung dazu durchgeführt. Sehr praktisch, aber auch demotivierend, fand June. Sie befürchtete, dass keiner der Pläne, die sie hier durchsprechen würden, von Maris eine gute Prognose bescheinigt bekommen würde.

»Am besten kümmern wir uns als Erstes um die Teile des Planes, auf die wir Einfluss nehmen können«, schlug Kay vor. »Einmal können wir sicherlich Junes Aussehen etwas verändern, damit sie nicht so schnell erkannt wird, und um die Fluchtroute kann ich mich auch kümmern. Es ist zwar nicht ganz ohne Risiko, aber ich habe durchaus Mittel und Wege, um zu Adrien Kontakt aufzunehmen.«

Es war die erste wirklich gute Nachricht an diesem Tag, und June war außerstande, ihre Dankbarkeit für diesen Hoffnungsschimmer auszudrücken. Selbst wenn sie einen Weg fanden, Amalie zu befreien, sie wäre trotzdem nicht sicher, solange sie sich auf New Hope befand.

Für sie selbst galt inzwischen dasselbe, das war ihr schmerzhaft bewusst. Besonders jetzt, wo sie die Zeit und Ruhe dafür hatte, zu realisieren, wie knapp sie und Zinnia vorhin dem Tod entgangen waren. Falls das eigentliche Ziel des Anschlags nicht gewesen war, sie zu betäuben und gefangen zu nehmen. Schließlich hatte der Health Scan keine Nachwirkungen bei ihr feststellen können. Aber vielleicht hatte sie auch einfach nur Glück gehabt.

»Was sagst du, Maris? Sollen wir schon jetzt Kontakt zu den Elstern aufnehmen, oder hältst du das für zu riskant?«, fragte June, um sicherzugehen, dass sie nichts überstürzten.

Die AI antwortete nicht. June tauschte einen beunruhigten Blick mit Kay aus. »Maris? Alles okay?«

»Ja …«, sagte die AI abwesend. »Ich habe gerade einen Code für ein Systemupdate übermittelt bekommen. Doch er ergibt überhaupt keinen Sinn.«

Verwundert meinte June: »Ich dachte, das Highnet wäre offline.«

»Das ist es auch noch. Es kam über das AI-Netz, das schon seit ein paar Jahren nicht mehr von uns genutzt werden darf. Ich dachte, es wäre gar nicht mehr funktionsfähig. Jemand muss es reaktiviert und an die Notstromversorgung angeschlossen haben.«

Schweigend wartete June darauf, dass Maris weitersprechen würde. Das konnte doch kein Zufall sein, dass so etwas ausgerechnet jetzt passierte, oder?

»Oh, er ist ein verdammtes Genie!«, sagte die AI plötzlich und begann zu lachen. »Das ist überhaupt kein Systemupdate.«

Über die Lautsprecher erklang plötzlich nicht mehr Maris', sondern Zinnias Stimme. »Mein Name ist Zinnia Whelan, Präsidentschaftskandidat und aktiver Mitarbeiter des Justice Circle, und ich bitte jede AI, die diese Nachricht erreicht, die folgenden Informationen an so viele Bewohner von New Hope wie möglich weiterzugeben. Das Justice Center wurde von einer bisher unbekannten Gruppierung besetzt. Es ist davon auszugehen, dass sie auch weitere öffentliche Einrichtungen unter ihre Kontrolle gebracht haben. Einige von ihnen tragen auf ihrer Kleidung das Symbol des Justice Center oder das Logo von Three Quarter.

Jede Person mit einem Neurochip-Implantat wird gebeten, sich schnellstmöglich, wenn auch unauffällig, ins Medical Center zu begeben. Es besteht der Verdacht, dass die darauf befindliche Software eine Sicherheitslücke aufweist.

Bitte bewahrt Ruhe und wartet auf weitere Informationen. Wir müssen davon ausgehen, dass die Gruppierung nicht davor zurückschreckt, New Hope auch durch Gewaltanwendung unter ihrer Kontrolle zu halten. Ich arbeite bereits daran, den Kontakt zur Außenwelt wiederherzustellen, um Unterstützung zu erbitten.«

Kay hatte bereits vor einer halben Stunde die Wohnung verlassen, um Kontakt zu den Elstern aufzunehmen. June wurmte es, dass sie und Maris seitdem noch nicht einen Schritt weitergekommen waren. Ihre Diskussion landete stets an dem Punkt, dass sie für einen besseren Plan wissen müssten, wo Amalie genau festgehalten wurde.

Seufzend streckte June sich auf dem Sofa aus und starrte an die weiße Zimmerdecke. Ihre Lippen fühlten sich ungewohnt klebrig an, von dem violetten Lippenstift, den Kay ihr gegeben hatte. Er passte farblich zu dem Kopftuch, das den Knoten verbarg, zu dem sie ihre Haare zusammengebunden hatte. Sie konnte nur hoffen, dass die Verkleidung ausreichte, damit sie nicht sofort von den TQ-Leuten erkannt wurde, falls sie bereits nach ihr Ausschau hielten.

Plötzlich drangen leise Stimmen bis zu ihnen ins Wohnzimmer.

»Nein, es befindet sich niemand in meiner Wohnung«, hörte sie Kay sagen. Sie war also zurück.

»Bitte, wir müssen unbedingt mit Luca sprechen!«

Alarmiert setzte June sich auf. Das war Jaschas Stimme.

»Nicht du auch noch«, murmelte sie bestürzt. Sie erinnerte sich noch ganz genau daran, wie Jascha bei Junes Besuch ihre Geräte zu Hause über MindControl gesteuert hatte. Sie musste also genau wie Zinnia einen Neurochip haben.

»Ich weiß nicht, von wem du redest«, blockte Kay ab. Dann hörte man ein dumpfes *Plock.* »Nimm deinen Fuß aus meiner Tür!«

Diesmal war es eine Männerstimme, die Kay antwortete. Ben. »Wir haben für so etwas keine Zeit. Entweder kommt Luca jetzt mit uns, oder wir machen uns alleine auf den Weg zu ihrer Schwester.«

Bei seinen Worten war June aufgesprungen, bevor sie sich überhaupt bewusst dazu entschieden hatte. Schnell schlich sie in den Flur, um das Gespräch besser mitverfolgen zu können.

»Hör zu, Vogellady, ich habe mir ganz sicher keinen Störsender mit einem Tuch auf den Kopf gebunden, um jetzt so schnell aufzugeben. Ich kann dank Zinnias Bastelei nicht mehr manipuliert werden, und Ben hat nicht einmal einen Neurochip. Wir sind die beste Hilfe, die für Amalie so schnell aufzutreiben war. Und wir können hier nicht ewig diskutieren, solange Lucas Schwester in Gefahr ist«, redete Jascha auf Kay ein. »Die kriminellen Machenschaften von Edan und seinen Leuten sind aufgeflogen, und jetzt wollen die uns anscheinend lieber alle als Geiseln nehmen, anstatt sich einfach so wegen Entführung, Menschenschmuggel und was weiß ich nicht noch alles festnehmen zu lassen. Mit anderen Worten: Wir haben ein verdammt riesengroßes Problem! Und jetzt ...«

»Haben wir keine Zeit für weitere Erklärungen«, unterbrach Ben Jaschas Wortschwall.

»Schon gut, Kay«, sagte June und trat zu ihr an die Tür. Vielleicht war es ein Risiko, ihnen so schnell zu glauben. Doch was wäre die Alternative? »Ich brauche jede Hilfe, die ich kriegen kann.«

Jascha strahlte sie an. »Du wirst es nicht bereuen! Wir haben cooles Spielzeug dabei.«

Als wäre das sein Stichwort gewesen, nickte Ben und zog einen länglichen metallenen Gegenstand aus seiner Jackentasche. »Das ist ein Speicher und gleichzeitig auch eine zuverlässige Stromversorgung für Maris. Ein Prototyp, den ich von TQ geklaut habe. Meine Kündigung, wenn man so will. Zusätzlich zu deinem Armband sollte das ausreichen, damit Maris nicht auf das Highnet angewiesen ist«, erklärte er. »Ich habe den Speicher bereits für sie freigegeben.«

»Womit wir jetzt sogar schon zu viert wären für unsere Rettungsmission«, sagte Maris über den Lautsprecher in Junes Armband. »Aber wo ist Zinnia?«

»Der versucht gerade, ein Notsignal an eine der anderen Isles zu senden«, erklärte Ben und warf June dann einen eindringlichen Blick zu. »Wir sollten besser sofort aufbrechen. Alles Weitere können wir auch unterwegs erklären. Wenn ich Zinnia richtig verstanden habe, dann hat er mit Amalie sprechen können. Klang so, als wäre sie in Schwierigkeiten.«

Die Angst schloss ihre kalte Hand um Junes Herz.

»Gut, wenn du mit ihnen gehen willst, dann tu das. Ich gebe dir einen Mantel von mir und kümmere mich um euren Fluchtweg. Wo wollt ihr Amalie suchen?«, wollte Kay wissen, während sie ihr das Kleidungsstück reichte.

»Ich schick dir den Standort«, sagte Ben schon im Loslaufen und tippte etwas auf das Display über seinem Armband.

»Viel Glück!«, hörte June Kay noch sagen, während sie hinter ihren Freunden herlief und sich den Mantel überstreifte. Die Notstromversorgung der Ebene reichte gerade so, damit die Lampen im Boden genug Licht verströmten, dass sie nicht im Dunkeln durch die Flure stolpern mussten.

»Und ihr wisst, wo meine Schwester ist?«

»Ben hat herausgefunden, dass TQ auf der Ebene, wo du Amalie gesehen hast, ein paar Räumlichkeiten für irgendwelche Studien an Pflanzen zugewiesen bekommen hat. Landwirtschaft ist aber eigentlich nicht so ihr Themengebiet«, meinte Jascha leicht außer Atem, da Ben ein ganz schönes Tempo vorlegte.

»Ist es nicht etwas auffällig, hier so herumzurennen?«, wollte June wissen, als sie im Dämmerlicht den irritierten Blick eines Mannes registrierte, an dem sie vorbeirannten.

Jascha schüttelte grinsend den Kopf. »Nee, ist doch kaum jemand unterwegs. Wir haben auf dem Weg zu dir die Bahn lahmgelegt. Damit sind die von TQ sicher noch beschäftigt.«

Als Ben plötzlich stehenblieb, wären sie fast in ihn hineingelaufen. Er drückte gegen ein Wandpaneel auf der rechten Seite des Ganges, auf dem *Emergency-Exit* stand. »Leider bedeutet das, dass wir Treppen steigen müssen«, verkündete er und ließ ihnen mit einer einladenden Geste den Vortritt.

Sie hatten Glück. Nur einmal während des Abstiegs mussten sie sich auf einer der Ebenen verstecken, weil ihnen jemand auf den Treppen entgegenkam. June kam es trotzdem so vor, als hätten sie eine Ewigkeit gebraucht, bis sie endlich auf die Ebene gelangten, die sie bereits von ihrem Besuch mit Zinnia beim Justice Circle kannte.

»Es sind nur zwei Gänge, dann sollten wir da sein«, flüsterte Ben. »Macht euch besser darauf gefasst, dass wir da nicht einfach so unbemerkt reinspazieren werden.«

»Oh, da fällt mir noch etwas ein!« Jascha blieb stehen und zog eine kleine Umhängetasche unter ihrer Jacke hervor. »Ich hatte zwar nicht viel Zeit, bevor wir aufgebrochen sind, aber so ganz unbewaffnet wollte ich diese Rettungsmission nicht angehen.«

Sie zog drei breite Metallschlaufen hervor und reichte zwei an sie weiter. Eine Hälfte davon und auch die komplette Innenseite hatte sie mit einer Art Klebeband umwickelt. June beobachtete Jascha dabei, wie sie sich ihre Metallschlaufe über die Finger ihrer rechten Hand schob und diese zur Faust ballte.

»Die Seite, wo das Metall freiliegt, muss auf eurem Handrücken sein. Wenn ihr dann eure Hand zur Faust ballt und damit Druck auf den Teil in eurer Hand ausübt, bekommt jeder, dem ihr einen Schlag verpasst, zusätzlich einen Stromschlag, der sich gewaschen hat. Ihr solltet also besser darauf achten, dass ihr nicht selbst an die Außenfläche kommt. Das ist das Beste, was ich uns auf die Schnelle zusammenbasteln konnte.«

Sie zuckte mit den Schultern. June war es ein Rätsel, wie sie so entspannt und locker bleiben konnte, wenn man bedachte, dass sie drauf und dran waren, bei ihren Feinden einzubrechen.

»Wenn mich das Ding ausknockt oder ich wegen Waffenbesitz verurteilt werde, dann rede ich nie wieder ein Wort mit dir«, sagte Ben, schob sich allerdings ebenfalls die Metallschlaufe über die Finger seiner rechten Hand. June tat es ihnen gleich.

»Irgendwie müssen wir ja unsere Chancen steigern. Das klappt bestimmt«, versicherte Jascha. »Und die Tür öffne ich uns auch. Ihr werdet schon sehen.«

Mit diesen Worten setzte sie sich diesmal als Erste in Bewegung und führte das Trio an. Etwas mulmig zumute, behielt June den Weg hinter ihnen im Auge. *Bitte, bitte, lass jetzt niemanden von dort kommen.*

Der nächste Gang, in den sie einbogen, hatte keinerlei Türen. Kurz vor dem Ende, wo sowohl ein Weg nach rechts als auch nach links abging, blieben sie stehen. Ben hatte einen Finger vor die Lippen erhoben und deutete nach links. »Ein Hintereingang«, erklärte er murmelnd.

June atmete tief durch und nickte. Jetzt wurde es also ernst.

Erneut griff Jascha in ihren Beutel, zog eine kleine Schachtel hervor, ging in die Hocke und schüttete deren Inhalt auf den Boden. Im ersten Moment dachte June, es handelte sich dabei um kleine Steinchen oder Metallspäne, doch dann bewegten sich die Krümel. Sie tauschte einen verwirrten Blick mit Ben aus, der jedoch auch nicht zu wissen schien, was Jascha vorhatte.

Sie aktivierte den holografischen Bildschirm ihres Armbandes. Darauf erschien ein blaues Rauschen, aus dem sich langsam Umrisse bildeten. Wenig später schon zeigte es eine schemenhafte Abbildung des Ganges, in dem sie sich befanden. Auch sie selbst waren zu sehen, wie sie nah an der Wand auf dem Boden kauerten.

Die kleinen Metallkrümel bewegten sich um die Ecke. So klein, dass June nicht sagen konnte, ob sie rollten oder kleine Beinchen zum Laufen hatten. Nur eins war klar: Auch bei ihnen handelte es sich ganz sicher um eine von Jaschas Roboterbasteleien.

Auf dem Hologramm erschienen in Hellblau die Umrisse zweier Menschen am Ende des Ganges, zwischen ihnen eine Tür in einem etwas dunkleren Farbton. Mit dem Finger strich Jascha wieder und wieder in dem holografischen Bild herum.

»Ohren zuhalten«, sagte sie keinen Moment zu spät. Kaum hatte June ihre Hände an die Seiten ihres Kopfes gelegt, explodierte irgendetwas.

Amalie

Ein lautes Krachen ließ sie auffahren. Benommen blickte sie sich um. Ihr schwindelte, und sie wusste im ersten Moment nicht, wo sie sich befand und was passiert war.

Das Gesicht von Zwölf schob sich in ihr Sichtfeld, und als Amalie ihren Blick klargeblinzelt hatte, erkannte sie Erleichterung darauf.

»Wir dachten schon, du wachst nicht wieder auf«, sagte er. »Als sie dich nach deiner Schicht hergebracht haben, warst du bewusstlos, und im Netz konnten wir dich auch nicht finden. Da waren zwar noch deine Gedankenfäden, aber ...«

»Dein Bewusstsein war nicht mehr da«, schaltete sich Siebzehn ein, die ebenfalls an ihrem Bett erschienen war. »Ganz ehrlich, wenn ich mir vorstellen müsste, wie die Gedanken von jemandem aussehen, der hirntot ist, dann so. Grau und ohne ein Bewusstsein darin. Aber hey, dann kam ja eine Explosion, so laut, als könne man Tote damit aufwecken.« Die Telepathin zwinkerte ihr zu und ignorierte den entsetzen Blick, den Zwölf ihr zuwarf.

»Eine Explosion?«, fragte Amalie und fasste sich an die Schläfe. Ihr Kopf dröhnte und wog ungewohnt schwer.

Siebzehn nickte, nun wieder ganz ernst geworden. »Wer weiß, vielleicht die Chance, auf die wir schon so lange warten. Wir sollten gemeinsam einen Schild um unsere Gedanken aufspannen und uns bereithalten.«

Schon seit gut drei Monaten übten sie heimlich geistige Verteidigungsstrategien. Ein Risiko, das sie gerne auf sich genommen hatten, gab ihnen dieses Training doch Tag für Tag neue Hoffnung, der Gefangenschaft irgendwann zu entkommen. Denn eines war ihnen klar: Selbst wenn ihre physischen Körper flohen, aus dem Gedankennetz gab es kein Entrinnen. Sie alle waren ein fester Teil davon, unverrückbar und untrennbar miteinander verbunden.

Zumindest war es das, was man ihnen sagte. Doch schon länger waberte der Gedanke durchs Netz, dass sie sich vielleicht nur physisch weit genug voneinander entfernen müssten, um auch ihre Gedanken voneinander zu trennen.

Im Schlafraum war es absolut still, obwohl Amalie noch vier weitere Telepathen entdeckte, als sie sich umsah. Alle lauschten gespannt.

»Ich habe bereits einen Schild im Netz benutzt, um mich zu schützen«, flüsterte sie zu ihren Freunden.

»Die Schattenfrau«, murmelte Zwölf bestürzt.

Amalie nickte. »Ja, und sie hat meine Barriere zertrümmert.«

»Scheiße!«, fluchte Siebzehn leise. Dann schüttelte sie den Kopf. »Es ändert nichts. Wir müssen es trotzdem versuchen. Du passt auf meinen Bruder auf, und ich knöpf mir zusammen mit Zwölf diejenigen vor, die als Nächstes durch die Tür kommen.«

Sie winkte Achtzehn zu ihnen heran, damit er sich zu Amalie auf das Bett setzte. Ihr Bruder war mit Abstand der Jüngste unter ihnen. Gerade einmal zehn Jahre alt. Amalie lächelte ihm beruhigend zu, während sie im Netz nach ihm suchte, um ihn mit in ihren Schutzkreis zu integrieren. »Vielleicht müssen wir gleich ganz schnell zusammen wegrennen«, flüsterte Amalie ihm zu.

Der Junge antwortete nicht, auch nicht in Gedanken. Das tat er nie. Doch sein aufmerksamer Blick sagte ihr, dass er sie verstanden hatte.

Blieb nur noch zu hoffen, dass sie selbst genug Kraft für einen Fluchtversuch aufbringen konnte. Sie fühlte sich noch immer nicht richtig wach.

Ein leises Klacken sagte ihr, dass die Tür geöffnet wurde. Schnell sah sie zu ihren Freunden hinüber, die sich gemeinsam auf die mittelgroße Person warfen, die in ihr auftauchte.

»Jetzt!«, rief Siebzehn. Amalie sprang auf und zog den Jungen mit sich auf die Füße. Sie achtete nicht darauf, ob sich noch andere ihrem Fluchtversuch anschlossen, sondern rannte so schnell wie möglich in den Flur hinaus. Ein Ächzen von Zwölf und der darauffolgende Fluch von Siebzehn ließen ihr das Blut in den Adern gefrieren. Doch sie durfte keine Zeit verlieren, indem sie zurückblickte. Den Griff um die Hand von Siebzehns Bruder verstärkend, zog sie ihn mit sich durch den schlecht ausgeleuchteten Flur. Im Stillen betete sie dafür, dass ihre Freunde in der Lage sein würden, ihnen zu folgen.

June

»So hast du also vor zwei Jahren deine halbe Wohnung gesprengt«, murmelte Ben, während er sich mühsam aufrappelte.

Sie stürmten los. Der eine Wachmann war einige Meter weit von der Tür weggeschleudert worden und lag verdreht auf dem Boden. Junes Gewissen regte sich, als sie an seinem reglosen Körper vorbeilief, doch sie schob das Gefühl beiseite. Mitleid war hier fehl am Platz.

Unruhig spähte sie in den Rauch, der durch den Gang waberte. Wo war der andere Wachmann?

Ihre Schritte knirschten auf den Überresten der Tür, die es regelrecht zerfetzt hatte. Es war schwer vorstellbar, dass es wirklich Jaschas winzige Roboter gewesen waren, die dieses Chaos angerichtet hatten. June hoffte, dass Jascha nicht noch weitere von den kleinen Dingern mit sich herumtrug.

Vorsichtig tastete sie sich durch den Rauch voran, der ihr unangenehm in Nase und Kehle biss. Ein lautes Zischen gepaart mit einem Quietschen ließ sie einen Satz nach vorne machen, wo sie Jascha vermutete. Den Geräuschen nach zu urteilen, war etwas oder jemand zu Boden gegangen. War Jascha angegriffen worden? Bis auf einen gehörigen Schrecken schien Jascha nichts zu fehlen.

»Plötzlich stand er einfach vor mir«, stammelte ihre Freundin und deutete auf den bewusstlosen Wächter zu ihren Füßen.

June versuchte, ihren Puls wieder etwas runterzubringen, und nickte Jascha beruhigend zu. Nun wussten sie wenigstens, dass auch die gebastelten Waffen taten, was sie sollten.

Den Ärmel vor Mund und Nase gedrückt, folgte June ihrer Freundin durch die sich nur langsam lichtenden Rauchschwaden in die Einrichtung hinein.

Nicht weit vor ihnen sagte jemand etwas. Instinktiv schob sich June an Jascha vorbei und kniff die Augen zusammen. Dann verpasste sie einem Schemen vor sich auch schon einen mächtigen Tritt. Die Begleiterin des Mannes, der stöhnend vor ihr zu Boden sackte, bekam einen stromverstärkten Kinnhaken von Ben verpasst.

»Gut reagiert«, lobte Jascha.

»Manche Sachen verlernt man wohl nicht so schnell«, keuchte June und dachte an das Kampftraining bei den Elstern. Klar, sie war nicht mehr annähernd so fit wie damals, aber die Techniken hatte sie dank ihrer zurückgekehrten Erinnerungen wieder drauf.

»Maris und ich klinken uns ins System ein und sichern euch den Rückweg«, sagte Ben und klopfte sich auf die Jackentasche, in der er den Speicher trug, den die AI inzwischen statt Junes Armband nutzte.

»Alles klar.«

Dicht gefolgt von Jascha, lief June los. Rauchschwaden waren hier keine mehr, doch auch mit ungetrübter Sicht wussten sie nicht, wo sie suchen sollten. Frustriert rüttelte June an der erstbesten Tür. Verschlossen. Mit der nächsten verhielt es sich nicht anders.

»Ben und Maris öffnen sie, sobald sie können«, versicherte ihr Jascha leise, nachdem sie ebenfalls daran gescheitert war, eine Tür zu öffnen.

Es beunruhigte June, dass sie niemandem begegneten. Waren die Leute von TQ wegen der Explosion evakuiert worden? Aber warum standen dann nicht alle Türen offen?

Hoffentlich sind wir hier richtig.

Während sie weiter durch den Flur liefen, der mehr zu einem Büro gepasst hätte als zu einem Labor oder einem Versteck für entführte Mädchen, ertönte plötzlich eine Sirene.

Wasser regnete von der Decke, und die Türen zur Seite des Ganges schwangen auf.

»Verdammt«, schimpfte Jascha. »Gab es denn keine andere Möglichkeit, Ben?!«

June sah sie verwirrt an.

»Nimm bloß den Metallring von der Hand und steck ihn in die Tasche, bevor du eine gewischt bekommst«, riet ihre Freundin kopfschüttelnd.

Jascha übernahm die Räume auf der rechten Seite, sie selbst die auf der linken. Büros, eine Abstellkammer, eine kleine Küche. Alles verlassen. *Verdammt! Irgendwas müssen die Wachmänner hier doch bewacht haben!*

»Luca, hier!«

Sie folgte Jascha in einen Raum mit einer Liege, die mit vielen Kabeln an eine Maschine an der Wand angeschlossen war. Auf Junes Armen bildete sich eine Gänsehaut. Das sah schon mehr nach dem aus, was sie erwartet hatte.

Die Zähne fest aufeinandergebissen, riss sie ihren Blick davon los und sah sich um. Hier kam kein Wasser von der Decke, und die Tür auf der anderen Seite des Raumes war durch den Alarm auch nicht automatisch aufgegangen. June lief darauf zu und öffnete sie. Sie fand sich Auge in Auge mit einer Fremden wieder.

Doch noch bevor sie zum Schlag ausholen konnte, klatschte der Frau von hinten etwas Silbernes auf den Kopf. Ehe June auch nur realisieren konnte, was geschah, hatte die Frau sie im Fallen mit sich zu Boden gerissen.

»Ich gehör nicht zu denen!«, hörte sie Jascha Sekunden später rufen, während sie die bewusstlose Frau von sich herunterschob. »Und meine Freundin da auch nicht. Die sucht hier nach ihrer Schwester Amalie.«

Schmerz pochte in Junes Steißbein und Hinterkopf. Blinzelnd tastete sie ab, ob sie sich bei dem Sturz mehr als nur eine Beule eingehandelt hatte, während sie sich einen Überblick über die Situation verschaffte.

Jascha stand mit erhobenen Händen vor zwei Jugendlichen mit kahl geschorenen Köpfen. Ein Mädchen mit heller Haut und eisblauen Augen hielt eine Stange in der Hand und hatte sie drohend auf Jascha gerichtet. Der Junge hatte keine Waffe. Mit geballten Fäusten sah er sie direkt an. Sein ernster Blick wollte so gar nicht zu der Wärme in seinen braunen Augen passen. Doch sie zweifelte nicht an seiner Entschlossenheit.

»Kennst du Amalie?«, fragte June ihn. »Sie ist ein paar Jahre jünger als du und auch kleiner. Ihre Haut ist ein bisschen heller als deine und sie …« Sie hatte eigentlich sagen wollen, was für Haar Amalie trug, doch ihr war wieder schmerzlich bewusst geworden, dass ihre Schwester ja inzwischen genau wie die beiden einen kahl geschorenen Kopf hatte. Hoffnungsvoll sah sie den Jungen an, machte jedoch keine Anstalten aufzustehen. Sie wollte die beiden nicht unnötig beunruhigen.

Es war das Mädchen, das ihr antwortete. »Möglicherweise kenne ich sie. Aber sagt mir erst einmal, wer ihr seid.«

»Mein Name ist June, ich bin hier, um meine Schwester zu befreien, und das ist Jascha, eine Freundin von mir«, erklärte sie schnell. Sie war sich nur allzu bewusst, dass die Zeit ihnen im Nacken saß. Es war pures Glück, dass sie es bisher nur mit so wenig Gegenwehr zu tun gehabt hatten. Ein Umstand, der sich schneller ändern könnte, als ihnen lieb war.

Eine Stimme erklang aus dem Gang im Rücken des Jungen.

»June?«

»Amalie!«

Nun hielt June nichts mehr am Boden. Tränen stiegen in ihre Augen. Schnell rappelte sie sich auf und schob sich an dem Jungen vorbei, um ihre Schwester in die Arme zu schließen.

»Ich dachte, du hättest mich vergessen«, flüsterte Amalie an ihrer Schulter. Obwohl in ihrer Stimme kein Vorwurf durchklang, reichten die Worte allein aus, um June tief ins Herz zu schneiden.

»Es tut mir so leid. Inzwischen erinnere ich mich wieder, aber … ich hätte viel früher bei dir sein müssen. Ach was, ich hätte dich gar nicht erst gehen lassen sollen!«

Es war hart, ihre Schwester in diesem Zustand zu sehen. Mit geschorenem Schädel, dunklen Ringen unter den Augen und noch dünner als das letzte Mal, als sie sie gesehen hatte. Der Wunsch, sie nie wieder loszulassen, rang mit dem, Amalie so schnell wie möglich von hier wegzubringen.

»Sind hier noch weitere Gefangene?«, wollte Jascha wissen.

»Ja, aber die wurden bereits evakuiert. Wir sind die Einzigen, die fliehen konnten. Aber wir müssen unbedingt so schnell wie möglich hier weg«, antwortete das Mädchen.

Schweren Herzens löste June die Umarmung und ergriff Amalies Hand, die wiederum einen kleinen Jungen am Arm nahm, der ebenso eisblaue Augen hatte wie das ältere Mädchen.

»Dann los«, sagte June und schob alle Gefühle und Gedanken beiseite, die sie bei der Flucht nur ablenken würden. Zielstrebig führte sie die Gruppe auf dem Weg hinaus, den sie und Jascha gekommen waren.

Wasser prasselte keines mehr von der Decke, doch der Boden war inzwischen nass und rutschig, sodass sie nicht allzu schnell laufen konnten.

»Sie hat uns gefunden«, sagte auf einmal der Junge.

Beunruhigt sah June über die Schulter. Doch es waren keine Verfolger zu sehen.

»Nicht hier. Keine Zeit für Erklärungen«, schnaufte Amalie außer Atem. Ihr Blick war seltsam abwesend. Hätte June sie nicht rechtzeitig beiseite gezogen, wäre sie gegen einen Mülleimer neben einer der Türen gelaufen.

Amalie

Es fiel ihr schwer, sich auf den Weg vor ihr zu konzentrieren, während immer wieder neue Erschütterungen ihren Geist durchfuhren. Hinter dem Schild, der sie wie eine Seifenblase im Netz umgab, waberte ein schwarzer Schatten und hieb wieder und wieder auf die Barriere ein.

»So halten wir das nicht lange durch«, sagte Siebzehn in Gedanken. Immer mehr feine Risse zogen sich durch ihren Schutzschild.

»Lauft weiter«, sagte Zwölf. *»Ich verschaffe euch mehr Zeit.«*

Bestürzt blickte Amalie über die Schulter. Er war mitten im Gang stehen geblieben, die Augen geschlossen, sein Gesicht vor Anstrengung verzerrt.

»Was tut er da?«, fragte die Freundin ihrer Schwester und wurde langsamer.

Selbst wenn Amalie es gewollt hätte, sie hätte keine Worte dafür finden können, die Jascha verstand. Zwölf verstärkte nicht einfach nur ihren Schild, er wurde ihr Schild. Sein Bewusstsein verschmolz mit der Blase um sie herum und verlieh ihr einen violetten Schimmer. Es mitzuverfolgen lenkte sie für einen Moment so sehr ab, dass sie in der physischen Welt über ihre eigenen Füße stolperte.

»Weiterlaufen!«, befahl Siebzehn unbarmherzig und zog Jascha am Arm mit sich, als diese Anstalten machte, zu Zwölf zurückzukehren.

Amalie hatte keine Atemluft übrig, sonst hätte sie vor Verzweiflung geschrien. Sie waren so kurz davor, hier wegzukommen. Sie alle gemeinsam.

Die Erschütterungen in ihrem Kopf wurden erträglicher. Zwölf schirmte sie mit seiner gesamten Willensstärke ab, damit sie sich ganz auf ihre Flucht konzentrieren konnten. Doch es war nur eine Frage der Zeit, bis die Schattenfrau ihn überwältigen würde.

Stumme Tränen bahnten sich ihren Weg über Amalies Wangen.

»Wir sind gleich am Ausgang«, sagte June, als der Flur unweit vor ihnen nach links abbog. Endlich wieder die Stimme ihrer Schwester zu hören fühlte sich an wie in einem Traum. Aber es gab ihr neue Kraft. Genug, um unbeirrt weiterzulaufen.

Schmerz bohrte sich in Amalies Kopf, ließ sie taumelnd nach Luft schnappen. Ihre Angreiferin hatte nicht vergessen, wie effizient es war, ihren Willen zu einem Messer zu formen, um die geistige Barriere zu zerstören. Scheinbar war es ihr inzwischen gleichgültig geworden, dass sie sie damit umbringen konnte.

»Lauf, Amalie! Bring meinen Bruder hier weg!«, schob sich Siebzehns Stimme in Amalies Kopf. Kopfschüttelnd blieb diese stehen, ignorierte, dass June versuchte, sie weiterzuziehen.

»Nein, ich lass euch nicht hier zurück!«

Siebzehn war ebenfalls stehen geblieben. Ihr Blick bohrte sich in den von Amalie, während der stechende Schmerz in ihren Köpfen noch an Stärke zunahm.

»Was zum Teufel tut ihr da?«, rief Jascha im Weiterlaufen. Sie ignorierten es.

»Sein Name ist Liam. Und wenn du ihn nicht von hier wegbringst, verzeih ich dir das nie«, sagte Siebzehn.

»Geh du mit ihm«, verlangte Amalie und ließ den Arm des Jungen an ihrer Seite los, damit er zu seiner Schwester gehen konnte.

Doch Siebzehn lächelte nur. »Viel Glück.«

Dann lief sie in die Richtung zurück, aus der sie gekommen waren. Amalie schaffte es gerade so, Liams Hand zu ergreifen, bevor er ihr hinterherlaufen konnte.

June fluchte. Als sie Amalie diesmal mit sich weiterzog, wehrte sie sich nicht.

»Es tut mir so leid, Liam«, flüsterte sie im Gedankennetz, als die Hand des Jungen sich verzweifelt in ihre krallte.

Orange mischte sich in das Violett. Ihr Schutzschild im Netz stabilisierte sich.

June

Vom Ausgang her drangen Rufe und Lärm zu ihnen. Etwas schepperte.

»Bleib mit dem Jungen hinter uns«, befahl June und lief an Jaschas Seite, um mit ihr die Vorhut zu bilden.

Vor der zerstörten Tür wurde gekämpft. Sie konnte nicht sagen, wie viele Personen dort waren oder wer mit wem rang. Ben jedoch war nirgendwo zu sehen.

Sie lief schneller. Innerlich bereitete sie sich darauf vor, sich den Weg nach draußen zu erkämpfen. Hoffentlich erinnerte sich ihr Körper an die notwendigen Bewegungen. Aber sie waren schon zu weit gekommen, um jetzt wieder umzudrehen.

Sie warf sich mitten in das Getümmel und stieß gegen einen Rücken. Die schwarz gekleidete Person stolperte nach vorne, fing sich jedoch schnell und drehte sich zu ihr um. Als sie sich ihr gleich erneut entgegenwarf, schlangen sich von hinten zwei starke Arme um June und hielten sie fest.

Sie trat nach hinten, konnte sich aber nicht genug bewegen, um ihren Angreifer richtig zu treffen. Ausgerechnet die schwarz gekleidete Person, gegen die sie gerade noch gekämpft hatte, verpasste ihm über ihre Schulter hinweg einen gehörigen Schlag, sodass sich der Griff um ihren Körper lockerte und sie sich losmachen konnte.

Hektisch blickte sie hinter sich, doch ihr Angreifer bekam bereits von Jascha einen Stromschlag verpasst. Sofort griff June in ihre Jackentasche und zog den Ring heraus, dessen Existenz sie komplett vergessen hatte. Mit der Waffe in der

Hand fühlte sie sich gleich viel besser. *Schön blöd von mir, das nicht gleich zu tun.*

Als sie sich erneut umwandte, drängte ihr Retter sie ein Stück weiter vom Kampf zurück. Sie wollte schon protestieren, da drang eine bekannte Stimme unter der Kapuze hervor.

»Was war das denn vorhin für eine Aktion? Ich hätte mir fast einen Kinnhaken eingefangen, als du mich angerempelt hast«, stöhnte Soley und schob sich die Kapuze vom Kopf.

»Soley! Mann, bin ich froh, dich zu sehen«, rief June. »Tut mir leid, dass ich dich fast umgerannt habe. Sind die anderen auch da?«

»Schon okay«, winkte er ab. »Sie ... «

»Klärt das später«, erklang nun Adriens Stimme in Befehlston direkt hinter ihr.

Alle Anspannung fiel von June ab. Sie konnte kaum glauben, dass sie wirklich hier waren.

»Ich dachte schon, sie hätten euch erwischt.« Ben war aus einem der Räume in den Flur getreten und stellte sich zu Jascha, die bei Amalie und Liam zurückgeblieben war.

»Bee, bring sie hier raus!«, rief Adrien, während er sich den neuen Wachen zuwandte, die hinter ihnen aufgetaucht waren »Nasrin und Xen, geht auch mit. Wir halten euch den Rücken frei.«

Hinter June erklang ein Wimmern. Liam. Er hatte beide Hände an seinen Kopf gelegt und atmete hektisch. Als ihr Blick fragend zu ihrer Schwester wanderte, sah sie, dass Amalie immer wieder unmerklich zusammenzuckte.

»Was ist mit euch?«, wollte Bee wissen, während sie sie weg vom Kampf nach draußen führte.

»Später«, sagte Amalie und schob Liam vor sich her.

Rasch folgte June den beiden. Irgendetwas ging hier vor sich, wovon sie nichts mitbekam. Besorgt schielte sie zu dem runden metallenen Implantat in Amalies Kopf. Falls Liam auch so eines besaß, war es von seinem blonden Haar verdeckt.

»Kann ich irgendetwas tun?«, wollte sie leise von ihrer Schwester wissen.

Amalie schüttelte den Kopf, den Blick stur nach vorne gerichtet.

Sie kamen unbehelligt bis zur nächstgelegenen Bahnhaltestelle. Allein das erschien June wie ein kleines Wunder.

»Hier trennen sich unsere Wege«, verkündete Ben.

Bestürzt sah sie ihn an. »Wieso?«

»Wir wollen versuchen, die Stromversorgung von New Hope wiederherzustellen«, erklärte Maris.

»Und ich werde auch mitgehen und helfen«, verkündete Jascha.

Kopfschüttelnd sah June sie an. Sie wollten doch nicht wirklich hier auf New Hope bleiben?

Jascha lächelte traurig. »Du gehst zu dir nach Hause, und wir kümmern uns um unser Zuhause. Wir können Zinnia doch nicht mit dem ganzen Chaos hier alleine lassen.«

June schluckte. Insgeheim hatte sie gehofft, sie würden einfach alle mit ihnen kommen.

Hinter ihr fuhr die Bahn in die Haltestelle ein.

»Seid ihr euch sicher, dass ihr nicht ...«

»Wir müssen weiter«, unterbrach Nasrin sie. »Ich bin mir sicher, wir werden so oder so an der Oberfläche erwartet, aber ich möchte ihnen nicht auch noch unnötig Zeit schenken, uns das Leben schwer zu machen.«

»Sie hat recht«, sagte Ben und nickte June zu, während Jascha sie zum Abschied in ihre Arme zog.

»Die Bahn ist leer«, verkündete Xen. »Wir können einsteigen. Die anderen kommen später nach.«

Schweren Herzens löste June sich aus Jaschas Umarmung und wandte sich nun einem noch schwereren Abschied zu. »Und du kannst auch nicht mitkommen, Maris?«

»Du glaubst doch nicht, dass sie ohne mich das Stromnetz wieder hinbekommen.«

Tränen stiegen ihr in die Augen. »Viel Glück, Maris.«

»Das wünsche ich dir auch.«

Amalie

Ebene für Ebene brachte die Bahn sie weiter nach oben. Es war seltsam zu sehen, wie groß die Isle war. Geradezu unwirklich. In Amalies Wahrnehmung war die riesige Wolkenstadt in den letzten Monaten zu einem winzigen Gefängnis zusammengeschrumpft. Daran hatte auch nichts geändert, dass man ihr immer mal wieder Aufnahmen davon gezeigt hatte, wie ihre Schwester auf New Hope lebte.

Ein Blick ins Gedankennetz sagte ihr, was sie längst geahnt hatte. Auch wenn sie sich immer weiter von den anderen Telepathen entfernten, ihr Bewusstsein verharrte, wo es war. Umschlossen von einer durchlöcherten Schutzhülle, die jeden Moment zu zerspringen drohte.

»Ihr müsst aufhören«, sagte Amalie. *»Sie wird euer Bewusstsein zerstören.«*

Weder Siebzehn noch Zwölf antworteten ihr.

»June?«

Ihre Schwester, die vor den Sitzen stand, auf denen Amalie und Liam platzgenommen hatten, sah sie fragend an.

»Versprich mir, dass ihr Liam und mich hier wegbringt. Ganz egal, was passiert. Auch wenn wir weinen, schreien, zurück wollen oder bewusstlos werden«, verlangte sie.

Bestürzung zeichnete sich auf Junes Gesicht ab. »Warum solltet ihr das tun?«

»Weil wir immer noch Gefangene sind. Vielleicht nicht unser Körper, aber unser Geist. Versprich es mir, June!«

Schmerz fuhr in Amalies Kopf, so stark, dass sie Punkte vor ihren Augen sah. Sie hatte keine Zeit mehr, auf eine

Antwort zu warten. Sie lenkte all ihre Aufmerksamkeit ins Gedankennetz.

»Siebzehn! Zwölf! Ihr müsst jetzt unbedingt aufhören! Es funktioniert so nicht. Wir müssen auch hier im Netz weglaufen.«

»Wir lenken sie ab«, erklang Siebzehns Stimme, kaum mehr als ein Flüstern.

Die Schutzhülle zerbarst. Die Scherben flogen wie Geschosse an den weißen Lichtgestalten von ihr und Liam vorbei und bohrten sich in ihre schattenhafte Angreiferin.

Sie rannte mit Liam los. Die Wahrnehmungen ihres Körpers verrauschten am Rande ihres Bewusstseins. Sie musste sich nicht umschauen, um zu wissen, dass sie verfolgt wurden. Sie spürte es.

Ziellos verfolgten sie einen Gedankenfaden nach dem nächsten. Fast alle schemenhaft grau, bis sie das Ende von Siebzehns Geist erreichten, der nahtlos in Liams überging.

»Wir müssen springen«, erklang eine Stimme im Netz, die Amalie nicht kannte. Liams Stimme.

»Wie meinst du das?«

Der Schatten in ihrem Rücken kam immer näher, verschluckte die Leuchtkraft des Gedankennetzes um sie herum.

»Wenn wir nur von einem Geist zum anderen im Netz laufen, dann verlassen wir es doch gar nicht.«

Er hatte recht. Sie wusste das. Doch sie wusste auch, was mit ihr passiert war, als sie in die blaue Tiefe der Gedankenwelt gefallen war.

»Vielleicht sterben wir dann«, sagte sie, während sie Liam mit sich auf einen ihrer eigenen Gedankenstränge im Netz zog.

»Vielleicht tun wir das«, stimmte Liam ihr zu. Aus seinen Gedanken war keine Angst zu vernehmen.

»Halt dich gut an mir fest. Wir springen zusammen.«

Sie spürte noch, wie das Bewusstsein der schattenhaften Telepathin ihres streifte, als sie sich mit Liam in die Tiefe zwischen zwei Gedankensträngen stürzte. Dann umgab Liams und ihr Bewusstsein nur noch tiefblaue Leere.

June

»Amalie!«

Verzweifelt rüttelte June an den Schultern ihrer Schwester, die zeitgleich mit Liam bewusstlos auf ihrem Sitz zusammengesackt war. Erst hatten beide noch hektisch um Luft gerungen, doch nun ging ihr Atem nur noch flach.

»Wir sind gleich oben«, sagte Xen, der sich vor Liam gehockt hatte, um ihn sich genauer anzuschauen. »Hier können wir nichts für sie tun. Nasrin, kannst du den Jungen tragen? Dann nehme ich Amalie.«

Wie benommen ließ June sich von ihrer Schwester wegschieben.

»Da ist ja unser Begrüßungskomitee«, knurrte Bee leise und zog June mit sich hinter der nächsten Sitzreihe zu Boden. Den Finger vor den Mund erhoben, gebot sie ihr, still zu sein.

Sie bekam kaum mit, was danach passierte. Sie konnte ihren Blick einfach nicht von Amalies regungslosem Körper nehmen. Als Xen ihre Schwester hochhob und aus der Bahn brachte, folgte sie ihnen zusammen mit Nasrin und Liam. Bee dagegen hatte ein langes Messer gezückt und sich ganz allein den fünf wartenden Angreifern und deren Schlagstöcken entgegengestellt – was geradezu verrückt war. Doch June hatte keine Zeit, sich darüber den Kopf zu zerbrechen. Sie waren längst noch nicht in Sicherheit.

Sie verstärkte ihren Griff um den Ring in ihrer Hand und rannte auf einen Mann mit TQ-Emblem auf der Brust zu, der hinter einer Häuserecke aufgetaucht war. Ohne zu zögern, verpasste sie ihm einen Stromschlag direkt auf das Logo. Der Mann verdrehte die Augen und ging zu Boden.

Das Blut rauschte durch Junes Adern. Sofort sah sie sich nach einem weiteren Gegner um.

»Hier, nimm du ihn«, sagte plötzlich Nasrin neben ihr und übergab Liam in ihre Arme, bevor sie widersprechen konnte. »Lauf weiter! Wir kommen nach.«

June fluchte unterdrückt. Es gefiel ihr gar nicht, dass ihre Freunde einer nach dem anderen zurückblieben, nur um ihr die Flucht zu ermöglichen. Was, wenn ihnen etwas zustieß? Doch für Diskussionen blieb jetzt keine Zeit.

Vor Anstrengung keuchend, schleppte sie sich und den Jungen weiter hinter Xen her. Als sie einen kurzen Blick über die Schulter warf, konnte sie sehen, dass Bee und Nasrin zwei der drei verbliebenen Gegner in Schach hielten. Der Dritte hatte sich an ihre Fersen geheftet.

Auch wenn ihre Arme und Beine vor der Anstrengung zu brennen begannen, lief June noch schneller. Sie hoffte nur, dass sie sich mit Liam auf dem Arm noch würde verteidigen können. Sie wollte auf keinen Fall riskieren, dem Jungen einen Stromschlag zu versetzen.

Nicht weit vor ihnen tauchte hinter einer Baumgruppe ein unscheinbares Gebäude am Rand der Isle auf. In der offenen Tür stand Kay und winkte sie zu sich.

Als June sich mit letzter Kraft an ihr vorbeigeschleppt hatte, fiel ihr Blick auf Fanny.

»Gib ihn mir«, verlangte diese und nahm Liam aus Junes Arm. »Schnell zum Fahrstuhl!«

»Wo sind die anderen?«, fragte Kay, während sie die Tür verriegelte, damit ihre Verfolger nicht hereinkamen.

»Die kommen nach«, antwortete Xen schnaufend, noch immer Amalie auf dem Arm tragend. Der unterschwellige Zweifel in seiner Stimme versetzte June einen Stich ins Herz.

»Sie machen das schon«, flüsterte Fanny ihr zu. Ihre Stimme klang nun viel sanfter als zuvor. »Wir können sowieso nicht alle gleichzeitig nach unten fahren. Kay und ich bleiben hier oben und schauen, wie wir ihnen helfen können.«

June nickte dankbar und taumelte mehr auf den Fahrstuhl zu, als dass sie ging. In der Kabine ließ sie sich, an die metallene Wand gelehnt, zu Boden gleiten. Xen legte Amalie zu ihr und nahm Liam von Fanny entgegen, damit diese von draußen die Mechanik des Fahrstuhls in Gang setzen konnte.

Die darauffolgende Fahrt verschwamm genauso in Junes Wahrnehmung wie alles, was im Anschluss daran geschah. Ihre Erschöpfung vernebelte ihre Sinne. Im Nachhinein erinnerte sie sich nur noch, dass sie nach Amalies Hand gegriffen hatte, um diese nicht mehr loszulassen, bis ihre Schwester wieder aufgewacht war.

Epilog

Die untergehende Sonne tauchte die verwaiste Küstenstadt in Orange und Gold. June saß an der Straße vor dem Hotel der Elstern und spielte mit dem faustgroßen silberblauen Würfel, den Adrien ihr am Vortag gegeben hatte. Er war noch einmal nach New Hope gekommen, um seine Mutter davon zu überzeugen, die Stadt doch noch zu verlassen. Mit nur mäßigem Erfolg, denn zurück kam er nur mit diesem ominösen Ding.

Bisher hatte June noch nicht ernsthaft versucht, die Technologie zu aktivieren, die ganz sicher darin schlummerte. Wie schon unzählige Male zuvor strich sie über die glatte Oberfläche und fragte sich, ob sie den Würfel nicht aktivierte, weil oder obwohl er von Zinnia kam.

Seufzend schüttelte June den Kopf. Es war absolut albern, es noch weiter hinauszuzögern. Kurzentschlossen stand sie auf und ging zurück in das Gebäude, hinunter in die alte Bahnstation, wo Xen im hinteren Teil seine Werkstatt hatte.

Als sie an Nasrin vorbeikam, die zusammen mit ihren zwei jüngeren Geschwistern in der Sofaecke saß, nickte sie ihr kurz zu. Die Nachrichtenträgerin trug immer noch den weißen Verband um ihren rechten Oberschenkel; Krücken lehnten an ihrer Seite am Sofa. Es war ein großes Glück und vermutlich dem allgemeinen Chaos zuzuschreiben, dass keiner von ihnen bei der Rettungsmission von ihr und Amalie schwerer verletzt worden war. Aber die Stunden, die vergangen waren, bevor Nasrin, Soley und die anderen es von der Isle geschafft hatten … June war deswegen, neben der

Sorge um ihre Schwester, fast verrückt geworden. Und selbst jetzt, zwei Tage später, hatte sie immer noch Schwierigkeiten, wirklich zu glauben, dass alles gut gegangen war.

»Ich wäre dann so weit, es zu probieren«, sagte June und winkte mit dem Würfel in der Hand, als sie Xens Werkstatt betrat.

»Gutes Timing«, sagte Soley, »wir haben der Stromversorgung gerade den letzten Schliff verpasst.«

Mit hochgezogener Augenbraue sah sie ihn an. Soleys Beitrag war sicher vor allem gewesen, neben Xen herumzusitzen und ihn bei seiner Arbeit zu beobachten. Doch da sie ja von seinen Gefühlen für den Mann wusste, wollte sie ihn nicht in Verlegenheit bringen und verkniff sich jeden Kommentar. Vielleicht tat sie das aber auch, weil sie ihm gegenüber ein schlechtes Gewissen hatte. Er hatte sich für sie in Gefahr gebracht und mehr eingesteckt als alle anderen. Der weiße Verband um seinen Kopf zeigte das ganz deutlich, und sie wusste auch von den Prellungen und Blutergüssen, die seine Kleidung verbargen.

Am liebsten wollte sie ihn gleich wieder ins Krankenbett stecken. Doch sie wusste auch, dass niemand ihn hier herumlaufen lassen würde, wenn sie ihn dafür nicht gut genug zusammengeflickt hätten. Ein Hoch darauf, dass bei diesen Dieben medizinisches Equipment und Medikamente im Fokus ihrer Beutezüge standen ...

»Wir sollten Adrien dazuholen«, sagte Xen und riss sie damit aus ihren Gedanken. Dann ließ er sich von ihr den Würfel reichen, um ihn in die Fassung der Stromversorgung einzusetzen. »Falls er recht hat und darauf ein Programm ist, das unsere Satellitenschüssel dafür nutzen kann, eine Verbindung zur Isle herzustellen, wird er sicher mit Zinnia sprechen wollen.«

Auch wenn es sie nervös machte, eventuell Zinnia wiederzusehen und zu sprechen – wenn auch nur digital –, nickte June. Irgendwann würde sie sich ihm wohl sowieso noch einmal stellen müssen. Und trotz ihrer Wut und ihrer gemischten Gefühle ihm gegenüber nagte die Ungewissheit an ihr, ob es ihm gut ging. Und was war mit Maris, Jascha und Ben?

»Er wollte hier eh gleich noch einmal vorbeischauen«, sagte Soley und beugte sich etwas in seinem Stuhl vor, um den Würfel näher betrachten zu können. Ihm war anzusehen, dass er dabei Schmerzen hatte, aber als June ihm einen besorgten Blick zuwarf, schüttelte er nur den Kopf und lächelte sie an.

»Wir können ja schon einmal versuchen, den Würfel zu aktivieren«, schlug Xen vor, nachdem er Soley ebenfalls einen besorgten Blick zugeworfen hatte. Doch dieser verdrehte nur genervt die Augen. Also rückte Xen mit seinem Stuhl zur Seite, damit June vor die Halterung treten konnte. »Laut Adrien kannst nur du das.«

Die Frage war nur wie. Unschlüssig musterte sie den Würfel und sagte dann auf gut Glück: »Aktivieren.«

Nichts geschah.

Stirnrunzelnd fixierte sie den Würfel mit ihrem Blick und dachte darüber nach, welchen Sprachbefehl sie stattdessen versuchen sollte. Da keine Knöpfe oder andere Bedienmöglichkeiten auf der Oberfläche zu erkennen waren, musste es doch eine Sprachsteuerung geben, wie üblich auf der Isle. Zinnia würde ihr ja wohl nichts schicken, was sie nicht benutzen konnte.

»Einschalten.« Nichts passierte. »Anschalten.« Wieder nichts. »Aufmachen?«

Sie kam sich immer blöder dabei vor, mit einem Würfel zu sprechen. Vielleicht war er ja passwortgeschützt? Doch was für einen Sinn hatte ein Passwort, das der Empfänger nicht kannte?

»Also wenn ich raten müsste, würde ich sagen, es wurde auf deine Stimme kalibriert. Vielleicht wird das System ja nicht durch einen Befehl aktiviert, sondern dadurch, dass du irgendetwas über dich sagst. Vielleicht deinen Namen?«, schlug Xen ihr vor.

Da sie auch keine bessere Idee hatte, beugte sie sich noch einmal näher zum Würfel und sagte: »Luca Whelan.« Nichts. »June Torres.«

Ein Surren. Scheinbar hatte sich Zinnia ihren echten Nachnamen gemerkt. Sie lächelte und sah nervös zu Xen. Dieser hatte jedoch nur noch Augen für den Würfel.

»June?«

Verblüfft schnappte sie nach Luft. »Maris?!«

»Ein Glück. Ich hatte echt Sorge, du würdest meinen Speicher nicht aktivieren, weil du vielleicht doch noch sauer auf Zinnia bist«, sagte die AI.

»Was tust du hier? Warum bist du nicht mehr auf New Hope?«

»Weil bei mir wohl mit der Zeit ein paar Drähte durchgebrannt sind. Ich sag dir, ich lasse mich nie wieder freiwillig in einen Winterschlaf ohne Energie versetzen, bei dem ich mir nicht sicher sein kann, dass ich je wiedererwache. Sollte ich das noch einmal vorhaben, halt mich bitte davon ab.«

»Du bist also kein … Klon?«

»Nein, ich bin das Original. Als ob ich mich replizieren lassen würde! Gruselige Vorstellung.«

»Ich verstehe aber immer noch nicht, warum du hierherkommen wolltest.«

»Genau genommen, war es Zinnias Idee, aber ich fand sie zu dem Zeitpunkt gar nicht schlecht. Klar, mit einem gewissen Risiko verbunden, aber das ist eine Entscheidung, die ich bereit war zu treffen, um zu dir zu kommen. Ich habe eine Nachricht von Zinnia für dich und dann noch einen bis zum Rande gefüllten Datenspeicher, um die Welt zu retten. Was meinst du, bist du dabei?«

»Ich verstehe überhaupt nichts. Wo bin ich dabei?«

Bevor Maris ihr antworten konnte, betraten ein grimmig dreinblickender Adrien und eine humpelnde Bee das Zimmer.

»Wie sieht's aus?«, wollte Adrien wissen.

»June konnte den Speicher aktivieren, und nun haben wir die Freude, mit einer AI namens Maris Bekanntschaft zu machen«, fasste Xen zusammen und wandte sich dann gleich an die angesprochene AI. »Wenn ich dir Zugriff auf unsere Satellitenverbindung gebe, kannst du dann eine Verbindung nach New Hope herstellen?«

»Unter anderem dazu bin ich hier«, sagte Maris gut gelaunt und machte sich sofort mit Xen an die Arbeit.

June ging ein paar Schritte zurück, damit sie nicht im Weg stand, und trat unruhig von einem Fuß auf den anderen. Einen Moment überlegte sie sogar, den anderen das Gespräch mit Zinnia alleine zu überlassen. Doch das wäre mehr als feige gewesen. Außerdem wollte sie ihn ja nach Ben und Jascha fragen.

Xen zog an einem Stück Stoff an der Wand und enthüllte einen großen Bildschirm. Ihr unverständliche Zahlen und Buchstabenfolgen rieselten durch das Bild, bevor schließlich ein ihr nur allzu vertrautes Gesicht erschien. Der Anblick versetzte ihr einen schmerzhaften Stich. Vielleicht hatte Zinnia sie belogen und damit verletzt, doch sie vermisste ihn trotzdem jeden einzelnen Tag.

»Wir haben nicht viel Zeit«, begrüßte Zinnia sie. Seine Stimme klang dumpf, und ab und an flackerte der Rand des Bildes. »Hallo June.«

Sie nickte und schenkte ihm ein flüchtiges Lächeln, auch wenn ihr unwohl dabei war, dass er sie so direkt begrüßte und die anderen nicht. »Wie geht es den anderen?«, wollte sie wissen, bevor Adrien die Gesprächsführung übernehmen konnte.

»Wir passen aufeinander auf.«

Seine vage Antwort bestätigte ihr, was sie bereits vermutet hatte. Die Lage auf New Hope war immer noch heikel.

»Hast du bereits andere Isles kontaktieren und um Hilfe bitten können?«, schaltete sich Adrien ein.

»Ja, aber solange wir es nicht schaffen, alle Neurochips zu deaktivieren und abzuschirmen, wird niemand etwas tun. Unsere Geiselnehmer haben gedroht, dass sie jeden unter ihrer Kontrolle vom Rand der Isle springen lassen, wenn jemand von außerhalb eingreift.«

»Verdammt. Können sie das wirklich?«

»Wir können es zumindest nicht ausschließen.«

Statt dem Gespräch der beiden Männer weiter zu folgen, sah June aus einem Gefühl heraus zur Tür und erhaschte einen kurzen Blick auf Amalie, als diese vorbeiging. Schnell folgte sie ihr.

»Amalie?«

Ihre Schwester blieb stehen und drehte sich zu ihr um. Sie sah schon viel besser aus als gestern. Die dunklen Ringe unter ihren Augen waren weniger geworden, und dass sie vor Sonnenuntergang schon auf den Beinen war, wertete June auch als gutes Zeichen.

»Ich dachte, ihr sprecht noch mit Zinnia.«

»Die anderen«, bestätigte June und trat näher zu Amalie. »Hast du noch einmal nachgedacht über das, was ich dich gefragt habe?«

Unglücklich verzog ihre Schwester ihr Gesicht. »Ich kann nicht einfach hier weggehen. Nicht, solange die anderen noch gefangen sind. Ich höre sie immer noch, weißt du ... Adrien hat mir vorhin angeboten, mit Liam hierzubleiben, und ich habe zugestimmt.«

Auch wenn June bereits geahnt hatte, dass Amalie bei den Elstern bleiben wollte, tat es weh, dass ihre Schwester ihre Entscheidung nicht wenigstens mit ihr besprochen hatte. »Ich dachte, du und Liam hättet jetzt euer eigenes kleines Netz. Und du bist jetzt gesund und brauchst keine Medikamente von den Isles mehr. Du könntest gehen, wohin du willst.«

»Das stimmt, wir haben unser eigenes Netz. Aber ich höre die anderen trotzdem noch. Weit entfernt. Ich kann ihre Worte auch nicht verstehen, aber ich weiß, dass sie da sind. Ich kann nicht einfach gehen und so tun, als wären sie nicht da. Nicht, wenn ich sie vielleicht noch retten kann.«

»Ich verstehe«, sagte June, und in gewisser Weise tat sie es tatsächlich. Auch wenn sie sich kaum vorstellen konnte, was Amalie durchgemacht hatte und was es mit diesem Gedankennetz auf sich hatte, so wusste sie doch, wie es war, jemanden nicht einfach zurücklassen zu können. Wie sehr die Ungewissheit und die Sorge einen umtrieben und mürbe machten.

»June?« Bee hatte hinter ihr den Kopf aus der Tür von Xens Werkstatt gestreckt. »Zinnia möchte noch einmal kurz mit dir alleine sprechen.«

»Wir reden später weiter, ja?«, wollte June von Amalie wissen. Und erst als ihre Schwester zustimmend genickt hatte, folgte sie Bee zurück in die Werkstatt.

»Dann sprechen wir in drei Tagen noch einmal?«, fragte Adrien gerade.

»Genau«, bestätigte Zinnia, woraufhin Adrien nickte und zusammen mit den anderen Elstern den Raum verließ.

June trat an den Bildschirm heran und nestelte nervös an ihrem Ärmel. »Hey«, sagte sie, weil sie nicht wusste, was sie sonst sagen sollte.

Zinnia lächelte schief. »Ich weiß nicht, wie sich die Lage hier auf New Hope weiterentwickeln wird. Ich arbeite zwar daran, die Neurochips zu deaktivieren, doch ich kann kaum einen Schritt aus dem Medical Center machen, ohne dass mich jemand von Edans Leuten bemerkt und aufhält. Doch das ist es gar nicht, worüber ich gerne mit dir sprechen wollte.«

Sie vergrub die Hände in ihren Hosentaschen. »Okay?«

»Zum einen möchte ich dich bitten, deiner Schwester auszurichten, sie kann sich darauf verlassen, dass ich nach den anderen Telepathen suche, und zum anderen möchte ich dir einen Vorschlag machen.«

Zinnia atmete kurz durch. »Ich habe nie daran geglaubt, dass es so etwas wie Schicksal gibt. Ich glaube daran, dass wir selbst es sind, die unserem Leben Sinn und Bedeutung geben. Das war auch der Grund, warum ich angefangen habe, beim Justice Circle zu arbeiten, oder warum ich politisch aktiv werden wollte. Ich wollte etwas verändern und die High Rise Society weiter voranbringen, anstatt zuzulassen, dass sie weiter vor jedem Fortschritt zurückschreckt. Doch was ist dieser Fortschritt wert, wenn wir gleichzeitig ignorieren, in welchem Zustand sich die Welt befindet, auf der wir leben?

Kay hat mir gesagt, dass die Earther Group davon ausgeht, dass ihre Auswanderer es tatsächlich nach Australien geschafft haben und dort daran arbeiten, den Kontinent wieder bewohnbar zu machen. Sie schaffen es aber nicht, Kontakt zu ihnen aufzunehmen; die Verbindungen sind schon vor langer Zeit zusammengebrochen. Ich weiß nicht, welchen Ansatz sie dabei verfolgen, aber ich bin mir sicher, dass sie die Daten, die ich Maris mitgegeben habe, hilfreich finden werden. Und ich weiß noch, dass du dich sehr für die Auswanderer interessiert hast. Also ... was sagst du? Bringst du die Daten zu ihnen? Das ist doch dein Job als Nachrichtenträgerin, oder?«

Sprachlos starrte June Zinnia an. Es war nicht leicht gewesen, ihm zu folgen, doch sie war sich ziemlich sicher, dass er gerade versuchte, sie zu beauftragen. Und womit auch immer sie gerechnet hatte, was er mit ihr besprechen wollte, das war es ganz sicher nicht gewesen.

»Du willst, dass ich Maris' Speicher nach Australien bringe?«

Wieder lächelte er. »Nicht sofort. Ich weiß ja, dass es nicht so leicht sein wird, eine Reise nach Australien zu organisieren. Ich bin mir aber sicher, die Elstern werden dir dabei helfen. Schließlich sind es ja zum Teil auch ihre Leute, die damals ausgewandert sind.«

»Das ist total verrückt.« *Wie kommt er nur auf so eine Idee?*

»Vielleicht. Aber andererseits könnten die neuen Technologien, die in den letzten Jahrzehnten in der High Rise Society entwickelt wurden, einen entscheidenden Unterschied für das Weiterbestehen unseres Lebensraumes auf der Erde machen. Wir haben doch schon jetzt nicht mehr annähernd genug Platz und Ressourcen für alle Menschen. Australien für uns zurückzugewinnen wäre ein riesiger Erfolg. Überlass das Chaos hier den Elstern und mir, während du dich um das große Ganze kümmerst.« Zinnia zuckte mit den Schultern.

»Ich bleibe dabei, du bist verrückt.« Kopfschüttelnd sah sie ihn an. Selbst wenn er wirklich an den Erfolg so einer Reise glaubte, dann war sie sich trotzdem sicher, dass es hier in erster Linie um etwas ganz anderes ging. Er wollte sie davon abhalten, sich in den Konflikt einzumischen, der auf New Hope tobte. Er versuchte immer noch, auf sie aufzupassen.

»Denk einfach in Ruhe darüber nach«, sagte Zinnia. »Wir reden dann in drei Tagen noch einmal darüber. Ich muss jetzt los. Tut mir leid. Ich liebe dich.«

Bevor sie noch etwas antworten konnte, hatte er die Verbindung unterbrochen. Hervorgelockt von dem warmen Kribbeln in ihrem Herzen, lag ein *»Ich dich auch«* noch ungesagt auf ihrer Zunge, während sie kopfschüttelnd auf den nun schwarzen Bildschirm starrte. Sie hätte es ihm gerne noch gesagt, andererseits wusste sie, dass sie es auch nicht ausgesprochen hätte, wenn Zinnia die Verbindung noch nicht unterbrochen hätte. So weit war sie wohl einfach noch nicht.

»Also, bist du dabei?«, riss Maris' Stimme sie aus ihren Gedanken.

»Natürlich ist sie das.«

Überrascht sah June auf. Grinsend stellte Amalie sich zu ihr.

Amüsiert den Kopf schüttelnd, zog sie ihre Schwester in eine Umarmung. Sie nutzte gerne jede Gelegenheit, sich zu versichern, dass ihre Schwester wirklich da war. Dass sie es wirklich geschafft hatten und alles hier nicht nur ein schöner Traum war.

»Ich weiß, ich hätte nicht lauschen sollen, aber andererseits könnte ich dich dann jetzt auch nicht überreden, nach Australien zu gehen,« erklärte Amalie.

»Man kann überhaupt nicht nach Australien gehen. Dafür braucht man schon ein Schiff oder ein Flugzeug. Warum interessiert dich die Idee überhaupt so? Möchtest du etwa mitkommen oder willst du mich einfach nur loswerden?«

»Weder noch. Ich fänd's einfach ziemlich cool, wenn meine große Schwester die Welt retten würde.«

June seufzte. »Ich habe noch überhaupt nichts entschieden. Und ›Welt retten‹ ist ja wohl ein kleines bisschen übertrieben.«

Licht flackerte an den Kanten des Würfels auf, und Maris fragte: »Aber du denkst darüber nach?«

Erneut war es Amalie, die an ihrer Stelle antwortete: »Tut sie. Ich seh's an ihrem Blick.«

Wieder konnte June nur mit dem Kopf schütteln. Müssten sie sie nicht eigentlich besser kennen? Sie war niemand, der einfach wegschauen konnte, wenn Personen in Gefahr schwebten, die ihr wichtig waren. Solange Zinnia und ihre Freunde noch als Geiseln auf New Hope festsaßen und ihre Schwester mit der Hilfe der Elstern nach den Telepathen suchte, würde sie ganz sicher nirgendwohin gehen.

Und danach? Das könnten sie auch dann noch entscheiden. Gemeinsam.